KB061013

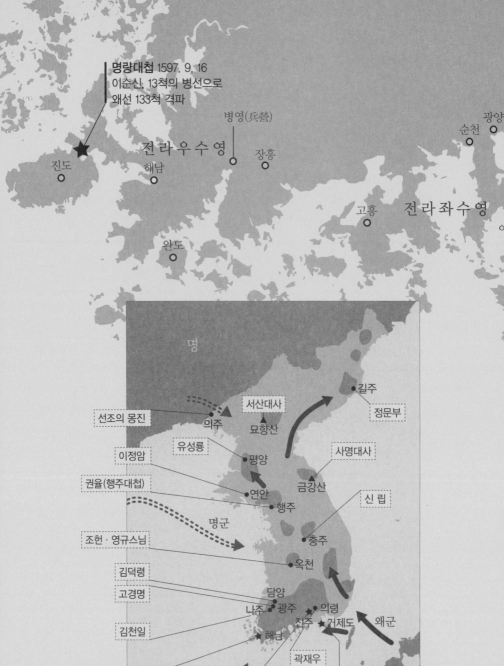

명량대첩 1597. 9. 16
이순신, 13척의 병선으로
왜선 133척 격파

병영(兵營)

광양

순천

전 라 우 수 영

장흥

진도

해남

완도

고흥

전 라 좌 수 영

여수

명

길주

선조의 몽진

정문부

서산대사

의주

묘향산

이정암

유성룡

사명대사

평양

권율(행주대첩)

연안

금강산

행주

신 립

명군

조헌·영규스님

충주

옥천

김덕령

고경명

담양

나주 광주

의령

김천일

진주 거제도

왜군

해남

이순신(명량대첩)

곽재우

일본

김시민(진주대첩)

이순신(한산도대첩)

임진왜란 주요 격전지역

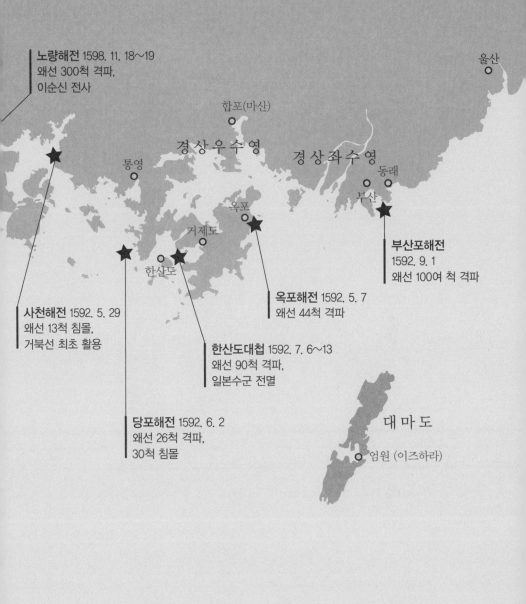

노량해전 1598. 11. 18~19
왜선 300척 격파,
이순신 전사

울산

합포(마산)

경 상 우 수 영

경 상 좌 수 영

통영

동래

부산

거제도

옥포

한산도

부산포해전
1592. 9. 1
왜선 100여 척 격파

사천해전 1592. 5. 29
왜선 13척 침몰,
거북선 최초 활용

옥포해전 1592. 5. 7
왜선 44척 격파

한산도대첩 1592. 7. 6~13
왜선 90척 격파,
일본수군 전멸

당포해전 1592. 6. 2
왜선 26척 격파,
30척 침몰

대 마 도

엄원 (이즈하라)

일 본

소설
징비록

3

나남
nanam

이번영 장편소설 왜란

소설 징비록 · 3
참담한 상흔, 다시 망각 속으로

2012년 6월 30일 발행
2014년 5월 25일 2쇄
2015년 2월 5일 3쇄
2015년 3월 5일 4쇄
2015년 3월 15일 5쇄

지은이_ 李繁榮
발행자_ 趙相浩
발행처_ (주) 나남
주소_ 413-756 경기도 파주시 교하읍
　　　　출판도시 518-4
전화_ (031) 955-4601 (代)
FAX_ (031) 955-4555
등록_ 제 1-71호(1979.5.12)
홈페이지_ http://www.nanam.net
전자우편_ post@nanam.net

ISBN 978-89-300-0607-1
ISBN 978-89-300-0572-2(세트)
책값은 뒤표지에 있습니다.

이번영 장편소설 왜란

소설
징비록

3

참담한 상흔, 다시 망각 속으로

나남
nanam

소설 징비록 3

참담한 상흔, 다시 망각 속으로

차 례

천군(天軍)맞이 17

명나라에서는 발배의 반란이 진압되고 병력에 여유가 생기자 송응창을 경략에 임
명하여 왜군 토벌의 총책임을 맡기고 이여송을 제독으로 임명하여 송응창의 휘하
에 배속시킨다. 명의 2차 파병이 결정되자 명군을 맞이할 총책임자로 임명된 유성
룡은 명군을 위한 군수물자를 마련하기 위해 동분서주한다.

장군 이여송(李如松) 33

명나라의 이여송 장군은 4만여 명의 2차 명군을 이끌고 압록강을 건너 조선으로
온다. 이여송이 평양으로 향하자 조선의 관군과 의병도 명군을 도와 평양을 탈환
하기 위해 평양으로 속속 모여든다.

평양 탈환 48

의병, 관군, 명군의 연합군은 마침내 평양성을 탈환한다. 하지만 이여송은 일본군
섬멸에 소극적인 태도를 보이며 오히려 일본군이 도망칠 수 있는 길을 내주기 위
해 내성의 병력과 성 밖 복병을 철수시킨다.

· 등장인물 ·

이순신(李舜臣) 임진왜란 7년 동안 불패의 신화를 이룩한 민족의 영웅. 선조 때 무과에 급제하였으며 임진왜란이 일어나자 전라좌수사와 3도 수군통제사를 지 내며 수많은 해전에서 승리했다. 거북선, 학익진법 등 과학적 군함과 체계적 전술을 도입하여 우리나라 전쟁사를 새로 쓰게 했다.

유성룡(柳成龍) 퇴계 이황 문하에서 공부하고 문과에 급제한 후 동인의 선봉이 되어 예조판서, 대제학, 영의정 등을 지냈다. 임진왜란이 일어나 나라가 무너 져갈 때 4도체찰사를 맡으며 명장 이순신을 추천하고 뛰어난 지략으로 위기마 다 지혜로운 해결방안을 제시했다. 후에 임진왜란의 어려웠던 사정과 전쟁에 대한 대비책을 담은 《징비록》을 저술했다.

선조(宣祖) 조선의 14대 왕으로 어렸을 때 이름은 이균(李鈞)이었으나 후에 이연 (李昖)으로 바꾸었다. 서화에 능했고 인재를 등용하여 국정 쇄신을 위해 노력 했다. 그러나 대내적으로는 당쟁을, 대외적으로는 외적의 침입을 막지 못해 재 위기간 내내 백성들을 내우외환에 시달리게 했다. 임진왜란 때 의주로 몽진하 였으며 그 도중에 광해군을 세자로 책봉하여 분조(分朝)하고, 명나라에 구원을 요청하였다.

이여송(李如松) 명나라의 장수로 임진왜란 당시 명의 2차 지원군 4만여 명을 이 끌고 참전했다. 사명대사, 김응서 등이 이끄는 조선군과 합세하여 평양성을 탈 환하였으나 왜군 섬멸에 소극적이었다. 왜군이 도망칠 수 있도록 길을 내주었 으며 명군이 조선의 민간인을 학살하는 만행을 저지르는 것을 묵인했다.

송응창(宋應昌) 명나라 장수로 임진왜란 당시 병부시랑으로 이여송과 함께 명나 라 2차 원군의 총사령관으로 참전하였다. 조선의 김응서와 함께 평양성을 탈환 한다. 이후 일본의 패색이 짙어지자 일본과 강화교섭을 추진했다.

서산대사(西山大師) 속명 최현응. 임진왜란 때 승병을 총지휘하는 도총섭이 되 어 서울을 수복하는 데 큰 공을 세웠다.

사명대사(四溟大師) 속명 임응규. 임진왜란 때 승병을 모집하여 서산대사 휘하에서 왜군과 싸웠다. 평양을 수복하고 도원수 권율과 의령에서 왜군을 격파했고, 정유재란 때 울산과 순천에서 전공을 세웠다.

김응서(金應瑞) 평안도 출신으로 선조 때 무과에 급제하였다. 임진왜란 때 명나라 장수 이여송을 살해하려는 왜군 결사대를 섬멸하고 이여송을 도와 평양성을 탈환했다.

고언백(高彦伯) 양주목사 겸 경기 방어사로 임진란 때 서울 일대를 휘저은 유격전의 명수이다. 명나라 군사를 도와 서울 탈환의 공을 세웠고, 양주·울산 등지에서 전공을 세웠다.

김천일(金千鎰) 전라도 의병장. 강화도에 본부를 두고 배를 타고 올라와 김포, 양천 등 한강 하류 일대의 왜적을 급습하였다. 2차 진주성 전투에서 분전하다 진주성이 함락되자 스스로 목숨을 끊었다.

권율(權慄) 영의정 권철의 아들이자 이항복의 장인. 문과에 급제하여 의주목사와 광주목사를 지내던 중 임진란이 터지자 왜군의 전주 입성을 막기 위해 배꽃재〔梨峙(이치)〕에서 의용군 1천 5백 명을 모아 왜군 1만 대군과 싸워 승리하였다. 명군이 온다는 소식에 북상하여 수원의 독산산성을 지켰다. 유명한 행주산성 전투에서 승리했다.

조경(趙儆) 임진란 때 전라방어사로 덕양산에 방어벽을 만들고 권율을 도와 행주산성 전투를 승리로 이끌었다.

소서행장(小西行長, 고니시 유키나가) 약재상을 운영하던 천주교 집안 출신으로 대마도 도주 종의지의 장인이다. 풍신수길의 신하로 군수장교를 지냈으며, 임진왜란 때 왜군 선봉장으로 평양성을 함락하였으나 이여송의 군대에 밀려 퇴각한 후 명과 강화교섭을 벌였다.

황진(黃進) 통신사의 군관으로 일본에 다녀온 무관으로, 임진왜란 때 2차 진주성 전투에서 김천일과 함께 왜병에 맞서 치열하게 싸우다 순국하였다.

심유경(沈惟敬) 명의 유격장군. 임진왜란 때 왜군의 진공을 늦추기 위해 일본에게 대동강 이남의 조선땅을 일본땅으로 승인하겠다는 완병지책을 제안했으며, 일본과의 강화교섭을 이끌었다.

김덕령(金德齡) 임진왜란 때 전라남도 의병장으로 권율 장군 휘하에서 활약했다.

그러나 후에 '이몽학의 난'과 연루되어 적과 내통했다는 모함을 받아 고문을 받다 감옥에서 숨졌다.

이몽학 (李夢鶴) 왕족의 서얼 출신으로 임진왜란 때 의병을 모은다는 명목으로 비밀결사를 조직하였다. 충청도 홍산에서 반란을 일으켜 홍산·청양·대홍 등을 차례로 함락시키고 홍주까지 돌입하였으나 배신한 부하들(김경창·임억명)의 손에 목숨을 잃었다.

이원익 (李元翼) 임진왜란 때 평안도 순찰사로 명나라의 이여송과 평양을 탈환한 뒤 도체찰사로 활약하였다. 이후 광해군 때 영의정을 지내며 공물제도의 폐단을 없애기 위해 공물을 쌀로 바치는 대동법을 건의하고 실시하였다.

원균 (元均) 일찍이 무과에 급제하여 변방의 야인을 토벌하고 부령부사가 되었고, 임진왜란 때 경상우수사에 올랐다. 선조의 총애가 두터웠으나 이순신과의 관계가 좋지 않아 여러 부끄러운 기록을 남겼다. 이순신이 모함을 받아 옥에 갇히자 그의 뒤를 이어 3도 수군통제사에 임명되었으나 칠천 앞바다에서 왜군에게 대패하여 조선수군을 전멸시키고 도주했다.

1592. 4. 13	일본, 약 20만 명의 병력으로 조선 침입
1592. 4. 14	부산성 함락, 정발 전사
1592. 4. 15	동래성 함락, 송상현 전사
1592. 4. 25	경상도순변사 이일, 상주에서 패함
1592. 4. 28	도순변사 신립, 충주 탄금대에서 패한 후 자결
1592. 4. 28	선조, 광해군을 세자로 책봉
1592. 4. 30	선조, 평양으로 몽진
1592. 5. 3	일본군, 한양 점령
1592. 5. 7	이순신, 옥포에서 일본함대 격파
1592. 5. 29	이순신, 사천에서 거북선을 최초로 사용
1592. 5	선조, 이덕형을 명으로 보내 구원요청
1592. 6. 11	선조, 의주로 몽진
1592. 6. 16	일본군, 평양 점령
1592. 7	한산도대첩
1592. 7	의병장 곽재우, 의령·현풍·영산 등지에서 일본군 격파
1592. 7	서산대사, 전국의 승병을 일으킴
1592. 7	임해군·순화군, 회령에서 일본군에게 잡힘
1592. 8	명나라 대표 심유경, 강화를 위한 회담 시작
1592. 9	이순신, 부산포에서 일본수군 대파
1592.10	제1차 진주성 전투
1592.12	명나라 이여송, 약 4만 명의 병력을 이끌고 압록강을 건너옴
1593. 1	의병·관군·명군, 연합하여 평양성 탈환
1593. 2	행주대첩
1593. 2	심유경, 일본과의 강화회담 재개
1593. 4	일본군, 한양에서 철군 시작
1593. 6	제2차 진주성 전투
1593. 8	명군, 철군 시작
1593.10	선조, 한양으로 돌아옴
1597. 2	일본과 명이 진행하던 강화회담이 깨져 정유재란 발발
1597. 2	이순신, 무고로 투옥
1597. 7	원균, 칠천량에서 대패, 이순신 재임명
1597. 9	명량대첩
1598. 9	풍신수길 사망, 일본군 철군 시작
1598.11	이순신, 노량해전에서 일본군을 대파하였으나 전사

천군(天軍) 맞이

명나라의 병부상서 석성(石星, 스싱)은 여전히 걱정되는 게 많았다.

완병지책(緩兵之策)으로 심유경을 시켜 왜군의 발을 평양에 묶어두고, 명 조정이 참전하기로 결정하여 송응창(宋應昌)을 경략에 임명하고 왜군 토벌의 총책임을 맡겨 시행토록 했으나, 일은 진척되지 않고 시일만 가고 있었다.

평양왜군과의 휴전 마감날은 10월 20일이었다. 마감날이 지나면 성질 급한 왜군들이 압록강으로 밀어닥칠지도 모르는데, 송응창은 병력타령만 하며 북경에서 꾸물대고 있었다.

다행히 명나라의 대군이 가 있는 영하의 보바이(哱拜, 발배) 반란이 진압되었다는 반가운 소식이 들어왔다. 그러나 그 반란을 진압한 이여송(李如松, 리루쑹)이 언제 돌아올지, 오면 바로 조선으로 건너갈지는 알 수 없었다.

이여송은 당시 명나라 제일의 명장이었다. 그를 조선으로 꼭 보내야만 했다. 석성은 황제의 힘을 빌려 재촉할 수밖에 없었다.

"폐하, 신을 조선으로 보내주시옵소서."

조회에서 석성은 머리를 조아리며 아뢰었다.

"어인 일이오?"

"그동안은 보바이의 반란이 평정되지 않아서 신이 북경을 떠날 수 없었습니다. 그러나 이제 그쪽이 평정되어 큰일이 없어졌습니다. 그래서 이제 신이 조선으로 나가 왜적을 물리쳐도 될 듯하옵니다. 이번이 아니면 성은에 보답할 기회가 없을 듯하와 간청드리옵니다."

"가만, 저기 송 시랑한테 맡기지 않았소? 경략에 임명하여 왜적을 물리치라고 하지 않았소? 송 시랑 어떻소?"

황제가 송응창을 쳐다보았다.

"그러하옵니다. 어명을 받았습니다."

"그렇지. 상서는 여기 내 곁에 있어야지. 의논할 사람이 있어야 할 게 아니오?"

"황공하옵니다."

"그래, 송 경략(經略)은 언제 떠나오?"

"언제고 떠날 준비가 되어 있습니다. 어명만 내리시면 바로 출발하겠습니다."

"좋소. 혹 부탁이 있으면 여기서 기탄없이 말해 보시오."

"영하의 반란이 진압되었다 하니 이여송을 신의 휘하로 보내주시면 참으로 기쁘겠습니다."

"알겠소. 영하에서 돌아오는 대로 그쪽으로 보내겠소."

"황공하옵니다."

석성이 바란 대로 두 가지 일이 단번에 해결된 셈이었다. 송응창을 출발시키고, 이여송을 참전시키고…….

송응창은 10월이 다 되어서야 북경을 떠났다. 그는 천진(天津)에 가 앉아서 우선 모집된 병력을 배치했다. 일부는 요동으로 보내서 조선쪽에 대비하고, 일부는 발해 연안에 배치해 바다 쪽에 대비했다. 그리고는 천진에서 또 꾸물거렸다.

석성은 하는 수 없이 또 황제의 힘을 빌려 송응창을 요양(遼陽)으로 보냈다.

"10월 20일이 지나면 왜적이 압록강을 넘어올 수도 있소. 언제쯤 평양을 치겠소?"

애가 타는 석성의 독촉에도, "병력이 다 모이려면 11월 15일은 돼야할 것이오" 하며 송응창은 여전히 꾸물거렸다.

석성이 학수고대하던 이여송이 반란의 두목들을 잡아 함거에 신고 마침내 북경으로 개선했다. 반란의 수괴 보바이는 자결로 죽었지만 그의 아들들과 휘하 장수들을 함거에 신고 와 헌부지례(獻俘之禮)를 행하고 개선 보고를 했다. 이여송에게는 영하백(寧夏伯)이란 작호로 백작 작위가 내려지고 아울러 토지, 저택, 금은보화 등 많은 상이 내려졌다.

10월 15일 이여송은 궁중에 들어가 황제에게 사은숙배를 올렸다. 그 자리에서 이여송은 새로운 직함과 함께 황제가 술을 내리는 환대를 받았다.

提督 薊遼 保定 山東 等處 軍務 防海 禦倭 總兵官
(제독 계요 보정 산동 등처 군무 방해 어왜 총병관)

계지방(북경지방)과 요동지방(만주지방), 보정지방(북경의 서남지방), 산동지방의 군무를 관장하고, 바다를 지키고, 왜적을 막아내는, 직책의 총책임자란 긴 직함이었다.

이여송은 무관으로서는 예외적 대우를 받아 제독에 임명되었으나, 문관인 병부시랑(侍郎: 차관) 송응창을 경략(經略)으로 삼아 이여송을 그 휘하에 배속시켰다.

"이제 경이 왔으니 조선에 들어온 왜적에 대해 짐이 근심을 덜게 되었소. 짐이 은 10만 냥을 내릴 것이오. 떠날 때 가지고 가서 장병들의 사기를 돋우어 주시오."

"황공하옵니다. 기필코 왜적을 무찔러 폐하의 높으신 은혜에 보답하겠습니다."

44세 장년의 건장한 체구에서 울려나오는 묵직한 목소리는 황제에게는 필승의 믿음을 주는 안도감으로 들렸다.

"고맙소. 내 속이 후련하오."

궁중에서 물러나온 이여송은 아버지 이성량(李成梁)을 찾아뵈었다. 이성량도 백작의 벼슬을 받은 원로로 지금은 은퇴하여 북경에 살고 있었다. 오랫동안 요동총병을 맡아 많은 공을 세웠고, 영원(寧遠) 땅에서 달단(韃靼: 타타르족)의 침략을 크게 무찌른 공로로 영원백(寧遠伯)의 작호를 받고 백작이 되었다. 그는 여송(如松)을 비롯하여 여백(如栢), 여정(如楨), 여장(呂樟), 여매(如梅) 등 아들 다섯을 두었는데 모두가 출중한 장수들이었다.

"네가 조선에 간다고? 감개가 다르구나. 조선은 우리 조상의 나라다. 열성을 다해 도와주기 바란다."

이제 일은 제대로 되었으나 문제는 시일이었다. 영하(섬서성)에서 싸웠던 병사들도 그렇고 절강성, 사천성 등에서 오는 병사들은 시일이 걸릴 수밖에 없었다. 그 시일 때문에 석성은 속이 탔다. 먼 곳에서 오는 병사들을 다 기다릴 필요는 없었다. 이여송이 우선 요동의 병사들을 거느리고 압록강쯤에 나가 진을 치고 있으면, 그것만으로도 왜적들에게는 위협이 될 수 있었다.

"언제쯤 떠나시오?"

석성이 이여송에게 물어보았다.

"사람이 쉴 틈도 좀 있어야지요."

"성질 급한 왜적들이 압록강을 건너올 수도 있소."

"그래도 군사들이 모여야 하지요. 나 혼자 가서 싸우란 말이오?"

역정을 듣고서야 더 이상 말이 나오지 않았다.

되든 안 되든 한 번 더 휴전 날짜를 연기해 봐야 할 처지였다. 석성은 심유경에게 사정하여 그를 다시 평양으로 보냈다.

11월에 들어서도 병사들의 집결은 제대로 되는 것 같지가 않았다. 송응창은 11월 15일이면 10만의 병력이 모일 것이라고 했으나 석성의 가늠으로는 그 절반도 안 될 것 같았다.

병력 때문에 고민하고 있는데 반가운 소식이 들어왔다.

명나라는 본토와 마찬가지로 만주 지역에도 위소(衛所) 제도를 두어 다스렸다. 만주 전역을 몇 개의 위(衛)로 나누고 각 위에는 지휘사(指揮使)를 두었다. 그 지휘사는 서부는 몽골족의 부족장들을, 동부는 여진족의 부족장들을 임명하고 세습토록 했다.

이 지휘사들을 통제하는 군사행정기관이 요양에 위치한 요동도지휘

사사(遼東指揮使司)였다. 보통 요동도사(遼東都司)라 했다. 지휘사들은 물론 명나라의 명령에 따라 전시에는 휘하병력을 이끌고 전투에 참가해야 했다. 그러나 이 시절 동부의 여진족에게는 명나라의 세력이 제대로 미치지 못해 각 위는 마치 옛날의 독립된 부족공동체처럼 되어 있었다.

무순관(撫順關)의 동쪽 홍경(興京)을 중심으로 한 건주좌위(建州左衛)의 지휘사는 34세의 누루하치(努爾哈赤)였다. 그 지역 여진족의 족장이었다.

그는 그의 조부 때부터 이성량 밑에서 신임을 얻은 처지로 이성량에게 더없이 공손했다. 이성량 역시 그를 잘 보아 명 조정에 건의해 도독첨사(都督僉事)의 벼슬에 용호장군(龍虎將軍)이라는 칭호까지 내리게 했다. 누루하치는 이여송과도 친했으며 그를 형처럼 따르고 존경했다.

누루하치는 이여송이 왜적을 치러 조선으로 간다는 소식을 듣고 요동도사의 도지휘사 장삼외(張三畏)와 북경의 이성량에게 부탁하여 자신이 출전하고자 했다.

"이여송 장군이 쉴 사이도 없이 다시 조선에 출전하신다는 소식을 들었습니다. 그래서야 되겠습니까? 소인에게 3만의 병사가 있습니다. 여송 장군께서 잠시 쉬실 수 있도록 이 일을 소인에게 맡겨 주십시오. 대대로 나라의 큰 은혜를 입은 처지입니다. 이런 어려운 때 나라에 보답하는 것이 소인의 도리가 아니겠습니까? 물리치지 마시고 소인을 꼭 보내주십시오."

두 사람이 조정에 보고했다.

"기특한 일이로다."

온 조정이 찬사를 아끼지 않았다.

"바로 이이제이(以夷制夷: 오랑캐로 오랑캐를 제압하다)로다. 일이 이렇게 잘될 수가 있나?"

명 병사들이 피를 흘리지 않고 왜적을 물리칠 수 있다면 그 이상 좋은 일이 어디 있겠는가? 가장 기뻐한 것은 석성이었다. 가뜩이나 병력 때문에 걱정하던 석성도 반갑고 고맙기 이를 데가 없었다.

의논 끝에 누루하치의 여진군을 선봉군으로 삼고 그 뒤를 이여송 군이 후원하기로 결정을 보았다.

누루하치는 남몰래 회심의 미소를 지었다. 여진의 족장들에게는 대대로 해결하기 어려운 크나큰 애로사항이 하나 있었다. 먹고사는 식량의 문제였다.

여진 지역에서 나오는 것은 모피, 녹용, 산삼, 약초 등 주로 구릉(丘陵), 산지(山地)에서 나오는 것들뿐이었다. 이것들을 가지고 요하(遼河) 하류 지역에 가서 식량과 바꿔 와야 먹고살 수 있었다. 여진의 생산품은 거의 다 식량을 구하는 데 들어갔지만 그래도 늘 식량은 모자랐다. 만일 중국인들이 식량을 팔지 않으면 굶어야 했다. 그래서 늘 중국사람들에게 머리를 숙이고 공손해야만 했다.

식량이 많이 나오는 땅. 요하 하류의 땅이라든가, 조선의 땅은 그들이 부러워하는 낙원이었다. 명나라를 위해서 조선에 나가 피를 흘릴 수 있는 이때야말로 낙원을 얻을 수 있는 절호의 기회였다.

피는 대가를 요구할 수 있는 가장 강력한 무기였다. 잘하면 조선의 땅 일부를 차지할 수도 있고, 아니더라도 명이나 조선이 오래도록 식량을 제공해 주는 기회가 될 것이었다. 누루하치는 조선으로 출병할 준비에 열을 올렸다.

그런데 누루하치의 열기에 찬물을 끼얹는 일이 벌어졌다. 이런 사실을 알게 된 조선조정에서 북경과 요양에 사람을 보내 결사반대에 나섰던 것이다.

"여진도 왜놈 못지않은 오랑캐요."

사실 조선은 국초부터 남으로는 왜구(일본), 북으로는 야인(여진)에게 시달려 왔다. 이 모두 날강도들이었다. 남쪽의 날강도들 때문에 지금 이 난리인데, 북쪽의 날강도들을 또 들여놓겠다는 명 조정의 결정은, 도저히 받아들일 수 없는 조처였다. 가을에 청병의 임무를 띠고 북경에 와 꾸준히 파병을 요청하던 진주사 정곤수조차 누루하치 파병에는 얼굴색을 바꿨다.

"명나라가 여진의 힘을 빌려야 하는 지경이면 파병은 그만두시지요."

명 조정 사람들은 조선사람들에게 손가락질을 해댔다.

"조선놈들, 다 죽어가는 마당에 이밥, 조밥 따지느냐?"

그런데 요양의 경략 송응창이 병부상서 석성에게 사람을 보내왔다. 요양에는 예조판서 윤근수가 쫓아갔었다. 송응창은 누루하치 파병을 반대하고 나섰다.

"경략이 무어라 하더냐?"

"양호지환(養虎之患: 호랑이를 길러 후환을 초래하다)이라 했습니다."

"어째서냐?"

"누루하치가 제2의 보바이가 되지 말란 법이 없다 하십니다."

"누루하치는 그런 자가 아니다. 더구나 전쟁에 나가 제 부하들이 죽고 상하면 힘이 쇠약해질 텐데 무슨 반란을 일으키겠느냐?"

"약해질 때까지 싸울지도 두고 봐야 할 일이지만, 당장 그들에게 무기며 식량, 피복 등을 모두 대주는 일도 보통 큰일이 아닙니다. 그렇게 해서 싸움이 끝나면 또 대가를 요구할 것입니다."

" … 아무래도 다시 생각해 보아야겠다."

석성은 조정의 공론에 부쳤다.

"경략의 의견을 따릅시다. 현지에 나가 있는 사람의 판단이 가장 밝을 것이오."

석성은 여기저기 다독여서 누루하치의 출병을 없던 일로 처리하고 심유경을 다시 평양으로 보냈다.

11월 17일 의주에 들어온 심유경은 용만관에서 임금 이하 대신들의 접대를 받고 11월 19일 의주를 떠났다. 평양으로 가는 길 곳곳에서 조선 관장들의 환대를 받고 11월 26일 일찍 평양에 들어갔다.

그는 소서행장과 회담을 갖고 어렵지 않게 합의에 이르렀다.

　　명은 일본에 봉공(封貢: 책봉과 조공)을 허락하고, 일본은 한강을 경
　　계로 그 이남을 차지한다.

두 사람은 심유경이 천자의 조칙을 받고 책봉사와 함께 나오기 위해서 다음 해(1593년) 1월 15일까지 다시 50일 휴전하기로 합의했다.

소서행장으로서는 조선의 이 엄동설한을 탈 없이 넘길 수 있어 좋았고, 조선의 절반을 차지 할 수 있어 좋았고, 풍신수길 합하도 좋아할 것 같아 좋았다.

평양을 나와 다시 북상할 때 심유경은 가급적 조선의 관장들을 만나

지 않았다. 평양에서 두 사람 사이에 무슨 말이 오갔는지, 무엇을 합의했는지, 조선에서는 아무도 알 수가 없었다. 심유경은 유성룡이 있는 안주에서는 아예 쉬지도 않고 지나갔다.

"평양성의 왜군들은 추위와 굶주림과 질병에 시달리며 지쳐 있는 형편이오. 이런 실상을 직접 확인하고 명 조정에 보고해서 하루빨리 왜군을 쳐 없애야 할 것이오. 왜장의 말에 속아서 화평 운운하며 그들을 살려 보내는 우를 범한다면, 이는 심 대인 답지 못한 일이 될 뿐만 아니라, 후환을 남길 것이오. 실상을 알리고 격멸을 앞당기는 일, 조선은 그것만을 바라오."

평양으로 내려가면서 안주에서 유성룡한테 들은 말이었다. 심유경은 자기의 속내를 빤히 들여다보듯 말하는 유성룡을 다시 보기가 부담스러웠다. 안주에서 쉬지도 않고 그냥 북상하는 심유경이 유성룡은 매우 수상쩍었다. 유성룡은 즉시 임금께 보고서를 올렸다. 의주에서 그의 속내를 탐색해 보고 대책을 강구해야 한다는 뜻이었다.

소신이 심유경의 행동거지를 살펴보건대, 오로지 강화하려는 계책뿐입니다. 이것이 어찌 심유경 개인이 알아서 하는 일이겠습니까? 그가 감히 명 조정의 지시 없이 행할 수 있겠습니까? 반드시 명 조정이 지시한 것임에 의심의 여지가 없습니다.

명국에서는 왜적을 두려워하여, 요행으로라도 전쟁을 그칠 수만 있다면 좋다 여겨 거기에 힘쓰고, 그 밖의 다른 일은 헤아릴 여유가 없습니다. 만약 이런 강화가 이루어진다면 우리나라에는 이루 말할 수 없이 처치하기 어려운 일이 일어날 것입니다. 참으로 수습하기 어렵고, 그 폐해가 만 가지나 되고, 그 폐해가 오래도록 이어질 낭패스러운 일이 앞으로 닥쳐올 것입니다.

　지금 백번 천번 거듭해서 결심하고 다짐해서, 아주 치밀하고 상세하게 대책을 강구해야 합니다. 바른 계책을 짜내서 일이 발생하기 전에 잘 도모해야 할 것입니다. 예로부터 남을 구원하는 측과 남에게 구원을 받는 측은 그 뜻하는 바가 서로 같지 않습니다. 중국이 왜적을 토벌하려는 것은 중국을 위해서입니다. 요행으로라도 전쟁을 중지하려는 것도 중국을 위해서일 뿐입니다. 중국이 어찌 우리의 절박한 사정을 우리만큼 이해할 수 있겠습니까?

　조승훈(祖承訓) 패배 이후 명은 왜적을 매우 두려워하기도 했다.
　'명과 왜가 다시 싸운다 해도 명이 불리해지면 조선을 흥정거리로 삼아 강화할 가능성은 얼마든지 있는 것이다.'
　유성룡의 불안은 바로 여기에 있었다.
　평양을 떠난 심유경은 12월 3일 의주에 도착해 객관인 용만관에 들었다. 그리고 윤근수 등 찾아온 조선 요인들에게 조선의 미래에 대해 멋대로 말했다.
　"소서행장은 평양성을 명나라에 넘기기로 했소. 내 체면을 살려준 거요. 저들은 서울로 물러가기로 했소."
　"그러면 서울부터 그 이남은 왜군들이 그대로 있다는 것인데, 곧 명의 군대가 출동하고 또 쳐 내려간다는 말이오?"
　평양성 하나 돌려주고 왜군은 서울 이남에 그대로 남아있다는 게 무슨 뜻인지 알 수 없었다.
　'이거 아무래도 큰일이구나. 서울 이남은 왜군이 차지하고 그 이북은 명나라가 차지하기로 자기들끼리 밀약(密約)한 게 아닌가?'

유성룡의 우려가 사실이 된단 말인가? 당황한 윤근수가 심유경의 속을 헤쳐 보려 했다.

"치고 안 치고는 송 경략의 일이오."

속을 털어놓을 심유경이 아니란 것을 윤근수는 짐작하고 있었지만 좀더 헤쳐 보았다.

"평양성은 조선에 넘겨주시지요. 우리 힘으로 접수해 지킬 수 있소. 추운 이때에 명나라의 병사들이 고생하는 수고를 조선이 덜어드리는 게 마땅하지 않소?"

"고마운 말씀이지만 그건 안 되오. 약속한 때문이오."

"명군이 평양에 들어오고, 왜군은 서울 이남에 그대로 버티고 있다는 것, 그건 장차 어찌한다는 것이오?"

"말하지 않았소? 송 경략의 일이오. 그때 가 봐야 안단 말이오."

"……?"

'틀림없다. 조선 몰래 꾸민 꿍꿍이가 있구나.'

심유경을 만나 보았어도 답답하기는 마찬가지요 느낌은 수상쩍고 불길했다.

'명나라는 출병한다 했지만, 왜군 격살을 학수고대하는 조선을 배신하는 것은 아닌가?'

그러나 아직은 속단할 수 없었다. 그러니 소홀히 대접할 수도 없었다. 정중하게 대접하고 다음날 압록강까지 나가 그를 전송했다.

"명군이 평양을 접수한다 그 말이오. 명나라 대군이 들어올 것이니 그리 알고 맞이할 준비를 하시오. 부탁하오."

부탁하며 그는 압록강을 건너갔다.

명나라 대군이 들어온다니 아무튼 준비는 해야 했다. 그러나 걱정거리가 한두 가지가 아니었다. 명나라 대군을 먹일 식량이 가장 큰 걱정거리였다. 전쟁에 흉년까지 겹친 데다 세공을 받을 수 있는 곳도 몇 군데 되지 않았다. 겨우 전라도 한 도와 충청도 서부, 평안도 북부가 전부였다. 그나마 농사를 제대로 짓지도 못했다. 장정들은 다 전쟁터에 나가고 아녀자와 노인들이 농사를 지었다.

10만 명이라고도 하고 100만 명이라고도 하는 명나라 군사들의 식량을 대자니 참으로 난감하였다. 관원들은 집집마다 돌아다니며 구석구석 뒤져 양곡이라고 할 만한 것은 모조리 압수했다. 내년 농사에 쓸 씨앗까지 압수하는 지경이었다. 백성들의 앞날이 큰일이었다.

양곡만 준비하면 되는 것이 아니었다. 양곡은 끓여야 먹을 수 있는 게 아닌가? 관원들은 또 민가에 들어가 닥치는 대로 솥단지들을 빼내왔다. 또한 물이 있어야 밥을 지어 먹을 게 아닌가? 관원들은 또 민가를 덮쳐 눈에 띄는 대로 물독, 항아리들을 들고 나왔다. 불을 지필 땔감이 있어야 할 게 아닌가? 말먹이 풀도 있어야 할 게 아닌가?

양곡을 보관할 창고도 있어야 하고, 말이 들어갈 외양간도 있어야 하고 ….

명나라 대군이 지나가는 길, 의주에서 평양까지의 대로변에 준비한 이 모든 것들을 죽 옮겨다 놓을 일꾼들이 또 있어야 할 게 아닌가?

고마운 천병(天兵: 천자의 군대)들의 숙소를 위해서 대로 근처에 사는 사람들은 쫓겨나야 했다. 노약자도 부녀자도 병자도 산모도 다 쫓겨났고 불평이나 항변에는 곤장 아니면 참수였다. 수많은 백성들이 정처 없는 유랑민이 되어 떼거지로 떼도둑으로 떠돌아다녔다.

'내 나라 내 백성들인데 외적이나 다름없이 마구 빼앗고 두들겨 패고 내쫓기만 해서야 되겠는가? 마음만이라도 돌봐주어야 하고 기운만이라도 북돋아줘야 할 게 아닌가?'

천병을 맞이하는 총책임자로, 또한 이 지역 군사와 외교의 총책임자로 평안도 도체찰사에 임명된 유성룡은, 궁리 끝에 한 가지를 조정에 건의해서 시행하도록 했다.

그것은 공명첩(空名帖) 제도였다. 공명첩이란 이름 쓸 곳을 비워 두었다가 직첩을 전달하는 현장에서 이름을 써넣게 만든 직첩(職帖)이었다. 말하자면 이름을 공란으로 해서 벼슬을 내리는 임명장이었다. 관원들이 이 공명첩을 무더기로 가지고 나갔다. 바치는 양의 다소에 따라 현장에서 참봉(參奉), 훈도(訓導), 찰방(察訪), 주부(主簿) 등의 직첩에 이름을 써넣어 바치는 사람에게 내주었다.

식량을 바치는 사람, 말먹이 콩을 바치는 사람, 또는 말이나 소를 바치는 사람, 은덩이를 바치는 사람, 왜적의 머리를 베어오는 사람 등에게 나라의 보상으로 이 공명첩을 내주었다.

관원들은 또 면역첩(免役帖: 부역이나 군역을 면제해 주는 증명서)과 면천첩[免賤帖: 천인의 신분을 면하고 양인(평민)으로 한다는 증명서]도 가지고 다니며 거기에 맞는 사람들에게 내주었다.

상국의 천병을 맞이하기 위해 조선조정과 백성들은 실로 할 수 있는 짓은 다 해가며 눈물겹게 버둥거렸다.

유성룡은 주로 안주에서 이 모든 일을 지휘했다.

그동안 모인 것을 조사해 보니 양곡이 5만 섬, 콩이 4만 섬이었다. 이것은 군사 5만, 군마 2만의 두 달치 먹이가 되었다. 물론 그 이상 모아야 했지만, 앞으로 더 버둥거리고 짜낸다 해도 얼마가 더 모일지는 알 수 없었다. 계절은 바야흐로 엄동설한이었다.

심유경이 지나간 이후, 조선 몰래 명과 일본이 무슨 흥정을 하는 게 틀림없다고 느끼며, 배신감에 속을 끓이던 조정은, 요양에 나가 있는 연락관들에게 자세한 내막을 알아보도록 지시했다.

그러던 차에 12월 11일, 요동도사의 도지휘사 장삼외(張三畏)가 의주에 들어와 용만관에서 이항복 등 조선의 요인들과 만났다.

"마침내 우리 명군이 평양으로 진격할 날이 다가왔소. 내일부터 선발대가 강을 건너 들어올 것이오. 아시겠지만 조선군은 우리의 각 부대와 함께 작전을 하며 안내를 맡아야 하니까, 1천 명에서 3천 명까지의 작은 부대로 나누어 7, 8개의 부대로 편성해 주시오."

'그동안 심유경 때문에 공연한 속앓이를 한 게 아닌가?'

이항복, 윤근수, 한응인, 이성중(李誠中) 등 조선의 요인들은 당황과 안도가 교차하는 표정을 지으며 서로의 얼굴을 마주 보았다.

"조선의 식량 사정이 어려운 것을 알고 있소. 그래서 가까운 요동에서 우선 약 8만 섬을 모았소. 양곡과 콩이 반반이오. 먼저 압록강 쪽으로 옮긴 것이 2만 섬이니 내일부터 받아 가시오."

조선의 요인들은 숨통이 트이듯 긴 한숨을 내쉬었다.

장삼외가 갑자기 목소리를 낮추더니 난감한 듯 말을 이었다.

"발설하기도 창피한 일입니다만 혹시 심유경이 조선에 나타나면 즉시 알려주시오."

" ...... ? "

참으로 놀라운 일이었다. 무슨 일이 터진 게 틀림없었다. 조선 요인들은 몹시 궁금했지만 참고 돌아왔다.

다음날 요양에 가 있는 조선 연락관 이호민(李好閔)에게서 놀라운 보고서가 도착했다.

이호민이 요양에 당도한 이여송을 만났다. 이여송이 말했다.

"부친(이성량)께서 조선을 회복하는 데 최선을 다하라 하셨소. 그리고 이 기회에 아예 왜국의 본토까지 진격해서 그 소굴을 쳐부수라고 하셨소."

이여송은 심유경과 소서행장이 수작한 꿍꿍이의 내막도 말해 줬다.

"장차 한강을 경계로 그 이남은 일본이, 그 이북은 명이 차지해서 조선을 나누어 갖자는 수작을 부렸다 하오. 그래 놓고는 송 경략에게는, 명나라가 봉공만 허락하면 왜군은 조선에서 물러가기로 했다고, 거짓 보고를 했다 하오. 그 거짓말이 탄로난 것이지요. 심유경에게 체포령이 내려졌소."

조선사람들은 깜짝 놀랐다. 식은땀이 나고 분기가 솟아 치가 떨렸다. 조선을 통째로 쥐고 농간을 부린 이런 협잡꾼에게 나라의 운명을 맡기고 고맙다고 칙사대접을 했단 말인가?

"허어, 이런 육시랄 놈이 있나? 까딱 잘못했으면 이 사기꾼의 농간에 조선이 토막 나 속절없이 망할 뻔하지 않았는가?"

장군 이여송(李如松)

12월 17일 송응창으로부터 정식 출병통지가 왔고, 12월 25일 마침내 명나라 제일의 장군 이여송이 3만의 군사를 이끌고, 얼어붙은 압록강을 걸어서 건너왔다.

조선 참전 총병력은 조승훈(祖承訓) 패전 이후 이미 압록강 연변을 지키던 사대수, 낙상지 휘하 6천 명과 선발대로 건너온 7천 명을 합쳐 보기(步騎) 도합 4만 3천이었다. 주력은 기병이요 화력은 주무기인 대포였다.

명에서는 일본군을 대략 20만으로 알고 있었다. 주력은 보병이요 주 무기는 화약을 쓰는 조총임을 알고 있었다.

요양의 송응창 사령부는 아무리 머리를 쥐어짜 보아도 이 겨울철에는 더 이상 병력을 모을 수가 없었다.

논이 많은 조선에서 전투를 치르자면 겨울이 가장 좋았다. 주력이 기병이요, 주무기가 우마차로 끌고 다니는 대포였다. 겨울이 가기 전에 출병해야 했다. 병력의 수가 턱없이 모자랐지만 부족을 전술로 메우기로 하고 출전을 감행했다. 전술은 대회전(大會戰)을 피하고 각개격파로 싸우는 것이었다.

1월에 평양을 탈환하고, 2월에 서울을 수복하고, 3월에 전국토를 회복한다는 계획이었다.

조정의 신료들을 거느리고 대안에서 기다리던 좌의정 윤두수가 다가가자 이여송이 말에서 내렸다.

"조선을 위해서 몸소 나와 주시니 그 고마움 하늘 같사옵니다."

이여송이 윤두수의 두 손을 잡으며 대답했다.

"조선은 내 조상의 나라요. 어찌 최선을 다하지 않겠소? 함께 노력해서 왜적을 물리칩시다."

소문과는 달리 겸손한 사람인 것 같았다.

"고맙소이다."

윤두수는 이여송의 접반사들을 소개했다. 공조판서 한응인, 동부승지 심희수, 한성판윤 이덕형이 앞으로 나와 읍하고 물러섰다.

명군이 오는 것을 계기로 조정에서는 윤두수를 책임자로 하는 접대도감(接待都監)을 설치하고, 장수마다 접반사를 배정하여 돌보도록 했다. 접반사는 통역, 숙수(熟手: 요리사), 사령(使令: 심부름꾼)들을 거느리고 장수들을 뒷바라지하도록 했다.

접반사들의 인도하에 각 부대는 준비한 숙소로 이동했다. 이동하는 면면을 보다 보니 조승훈과 심유경도 눈에 띄었다.

조승훈은 1천여 명을 이끄는 장수였다. 심유경은 몹시 초췌한 모습으로 말을 탄 채 기병들에 둘러싸여 끌려가고 있었다.

이여송을 안내하여 성문에 이르니 임금이 나와서 영접했다. 함께 용만관에 들어와 좌정했다. 격식에 따른 인사가 끝나자 이여송이 임금을 안심시켰다.

"황상의 명으로 이제 천병이 왔습니다. 왜적은 반드시 궤멸될 것입니다. 임금께서는 마음을 편히 하시기 바랍니다."

"참으로 황송하고 고마운 일입니다."

"평양성 내에는 조선사람들이 많다 들었습니다. 전투가 벌어지면 옥석구분(玉石俱焚: 착한 사람이나 악한 사람이나 다 같이 재앙을 받음)이 될 터이니 조선백성들이 피할 수 있도록 조치해 주십시오."

평양은 조선 제2의 도시였다. 왜군 치하에서도 어쩔 수 없이 평양에 들어가 일상을 살 수밖에 없는 조선백성들이 1만여 명이 되었다.

"참으로 고마우신 말씀입니다. 그렇게 해야지요."

이어서 다례(茶禮)와 주례(酒禮)가 베풀어졌다.

이여송 한 사람에게만 예의를 갖춰 환대하는 것이 미안해서 임금은 군단장 정도의 장수들을 합석시키고 싶었다.

이여송의 부대는 1천 명씩의 몇 개 직속 별동대와 주력부대 3개 군단으로 편성되어 있었다. 군단 병력은 1만 1천이었다. 제1군단장은 좌협대장(左協大將) 이여백(李如栢)으로 이여송의 아우였다. 제2군단장은 중협대장 양원(楊元), 제3군단장은 우협대장 장세작(張世爵)이었다. 이들은 모두 부총병(副總兵)이었다.

"세 분 대장도 여기 모시면 어떨까요?"

임금의 말에 이여송은 묵묵부답이었다. 머쓱해진 임금을 대신해 통사 홍순언이 다시 한 번 물었다.

"세 분 대장들께도 여기서 함께 주례를 베풀어 드리면 어떨까요?"

이여송은 들어 올리던 술잔을 입에 대지도 않고 상에 '탁' 내려놓았다. 술이 튀어 상 위에 떨어졌다.

"비적(匪賊)과 맞대고 있는 이 난국에 주례가 다 무슨 말이오? 그만두시오."

과연 겉으로 겸양하고 속으로 오만한 이여송의 본모습이 나타난 듯했다. 주례는 그만두었다.

"고마움의 표시로 작은 예물을 마련했으니 받아주시오."

공기는 불편했지만 임금의 성의는 보여야 했다.

"나는 천자의 명을 받고 온 사람이오. 충심을 다해 소임을 다할 뿐이오. 예물은 받지 않겠소. 임금의 고마운 성의를 생각해서 더욱 진력하겠소."

"참으로 고맙소이다. 장군을 모신 것은 조선의 홍복입니다."

임금은 환도(還刀) 한 쌍을 남겨 놓고 물러나왔다.

압록강에서부터 궁금하던 것을 윤두수가 나오면서 물어보았다.

"참, 아까 조승훈, 심유경 두 장군을 본 것 같은데 이번에 참여했습니까?"

"그렇소. 조승훈은 백의종군이오. 입공속죄(立功贖罪: 공을 세워 죗값을 하는 것)하라는 것이고, 심유경은 죄인이지만 생각한 바 있어 끌고 온 거요."

심유경은 북경으로 가다가 송응창에게 잡혀와 곤장 100대를 맞았다고 했다.

임금은 곧바로 세 군단장을 찾아보았다. 그들도 환도만 받았다.

조정은 사뭇 들뜬 분위기였다. 그러나 속이 깊은 이들은 시름이 깊었다.

"자고로 피값은 비싼 것이오. 이제 또 피값을 치러야 할 것이오."

의주에서 평양으로 가는 길에서는 매일 남으로 이동하는 군상들이 자욱하게 흙먼지를 일으켰다. 선발대로 달려가는 기병들, 대포를 싣고 이동하는 우마차들, 사이사이 새까맣게 꿈틀거리는 보병부대들, 식량, 마초 등을 지게에 지고 나르는 조선백성들, 행렬은 끝없이 이어졌다.

평양을 치려고 다가가는 이 같은 대이동을 소서행장은 까맣게 모르고 있었다. 소서행장은 평양에 주둔하면서 조선의 가난한 백성들을 데려다 간첩으로 이용했다. 그들에게 식량, 무명 베, 소, 돼지 같은 주로 의식에 필요한 물품을 상으로 주었다. 이 간첩들은 시키는 대로 순안, 숙천, 안주, 의주 등지에 들어가 필요한 정보들을 물어다 주고 그때마다 상을 받아서 먹고살았다. 이들이 한 40여 명 되었다.

그러다 도체찰사 유성룡의 체포 지시로 김순량(金順良) 등 몇 명이 붙잡혀 처형되었다. 그 바람에 백성들의 간첩노릇이 사라지고 소서행장은 조선측 정보를 얻을 수가 없었다.

이여송은 12월 28일 의주를 출발하여 1월 4일 숙천에 도착하여 역관 숙녕관(肅寧館)에 들었다. 여기서 평양은 100리 남짓 거리였다. 이여송을 동행한 접반사 한응인, 이덕형, 안주에서 합류한 도체찰사 유성룡, 숙천에 있던 도원수 김명원 등이 모여 이여송의 자문에 응했다.

"혹시 순안에서 들어온 소식이 있소?"

이여송은 김명원을 쳐다보았다.

"새로운 소식이 없습니다."

"그래요? 순안까지는 몇 리요?"

"56리입니다."

이여송은 고개를 돌려 창밖을 내다보았다.

이여송의 장기는 기병(騎兵)을 질풍같이 몰아 적을 섬멸하는 야전(野戰)이었다. 요동에서 여진족과 싸울 때도, 산서(山西)에서 몽골병과 싸울 때도, 넓은 벌판에서 기병의 노도 같은 기동력으로 단기간에 결판을 냈었다.

그는 이번 출정의 초기부터 왜군들을 어떻게 하면 속전속결(速戰速決)로 제압할 수 있을까 그 궁리를 하고 있었다. 자신이 거느린 우세한 기병대가 그 능력을 마음껏 발휘할 수 있어야 했다.

그것은 야전이었다. 야전은 평양성의 왜군을 끌어내는 것이었다. 이여송은 이미 평양성에 낚시를 던져놓고 그 소식을 숙천에서 기다리고 있었던 것이다.

지난가을부터 압록강 연안을 지키던 사대수가 가짜 황제의 칙사 노릇을 하도록 이여송은 일을 꾸몄다. 사대수는 심유경과 1천여 군사를 대동하고 먼저 내려갔다. 사대수는 이성량 밑에서 성장하여 부총병에 이르고 은퇴하였으나 이번에 다시 참전한 장수였다.

1월 3일 순안에 도착한 사대수는 심유경이 직접 쓴 편지를 순안과 평양을 오가며 심부름하는 파발꾼 김자귀(金子貴)에게 내주어 소서행장에게 전하게 했다.

그리고 만일에 대비하기 위해서 병력 2천을 요소에 배치해 숨겨 놓았다. 사대수 자신의 병력 1천 명과 이여송이 만일을 염려하여 뒤따라

보낸 이여송의 심복참모 이영(李寧)이 이끌고 온 1천 명이었다. 이영은 머리가 비상한 수재라 했다. 그 역시 이성량의 가정(家丁: 남자 하인)으로 참장까지 오른 장수였다

평양의 소서행장은 심유경의 편지를 받자 참모들과 휘하장수들을 오라 해서 편지를 다 확인시켰다.

"심유경의 친필이 틀림없습니다."

현소의 말이었다.

"나도 그렇게 보았소. 그러면 칙사 맞을 준비를 해야 할 게 아니오?"

"편지에 말한 절차대로 하면 될 것 같습니다."

현소가 편지를 다시 한 번 천천히 읽었다.

우리 황제폐하께서 일본의 조공(朝貢)을 허락하시었소. 내가 폐하께 특청을 드려서 장군의 소원대로 이번에 오면서 책봉사(冊封使)를 모시고 여기까지 왔소. 장군께서도 예의를 갖추어 영접하는 것이 도리일 것이오. 우선 예절을 아는 사람들을 순안에 보내서 정중하게 모시고, 장군께서도 참모들과 장병들을 거느리고 도중까지 나와서 위의를 갖추고 호위하여 평양성으로 들어가는 것이, 칙사를 맞는 합당한 예의일 것이오. 나는 도중 낙마로 보행도 어려운 처지이지만 장군과의 약속을 위해 가마에 실려 여기까지 왔소. 우리, 양국의 평화를 위하여 함께 노력합시다.

다음날 소서행장은 명나라 칙사를 모시고 갈 23명의 사절단을 순안으로 보냈다. 단장은 소서행장의 심복 죽내길병위(竹內吉兵衛)였고 장대선이 통역으로 따랐다.

"너희들이 직접 칙사의 가마를 메어 모셔라."

소서행장의 당부였다.

사절단은 멀리까지 마중 나온 이영의 안내로 유시(오후 6시)쯤 객관에 당도했다. 지팡이에 몸을 의지한 심유경이 문간에서 기다리다 안으로 맞아들였다.

"천자께서 보내신 칙사어른이십니다."

심유경이 상좌에 앉은 나이 지긋한 어른, 즉 사대수를 소개했다.

"칙사어른을 모시고 오라는 분부를 받들어 모시러 왔습니다."

"고맙소."

사절단을 위한 저녁식사가 진수성찬이었다. 죽내와 장대선은 칙사와 심유경과 함께 저녁을 먹는 영광을 가졌고 나머지는 다른 방에서 융숭한 대접을 받았다.

"이것은 북경의 고급술이오. 이것은 북경의 고급요리입니다."

사대수 칙사는 아주 곰살갑게 나왔다. 죽내는 긴장도 풀리고 감격스럽기도 했다.

"저희 소서 장군께서 말씀하시기를 …."

"시장하실 텐데 우선 드십시다. 드신 후에 말씀하셔도 되지요."

"그렇게 하시지요."

심유경도 웃으며 거들었다. 식사 후 차를 마셨다.

"평양에서는 지금 칙사어른을 맞이할 준비로 매우 부산합니다."

"아, 그렇습니까? 장군의 성의를 짐작하겠습니다."

심유경이 고개를 끄덕였다.

"그리고 또 장군께서는 내일 아침 휘하참모들과 장수들을 거느리시고 강복원(降福院)까지 나와서 칙사를 영접하신다 했습니다."

"과연 장군이십니다."

"그리고 강복원에서 평양까지의 연도에는 저희 병사들이 주욱 도열하여 경의를 표하는 예를 갖추기로 했습니다."

강복원은 순안에서 40리, 평양에서 20리로 전에 심유경과 소서행장이 처음 만나 화평을 논의하던 곳이었다.

"참 고맙소. 평양성에 어서 들어가고 싶소 그려. 우리 일찍 자고 내일 일찍 출발합시다."

사대수가 일어서자 죽내는 머리를 조아려 배웅했다.

사대수는 객관을 나와 병사들이 묵고 있는 안정역(安定驛)으로 와서 칙사의 옷을 군복으로 갈아입었다. 거기서 기다리는 이영과 상의하고 즉시 숙천의 이여송에게 급사를 보냈다. 그리고 조선의 순변사 이일(李鎰)에게 안내원을 부탁하고 이 밤 안으로 강복원까지 달려가 복병할 준비에 들어갔다.

그때였다. 사방으로 달리는 횃불과 소란스런 인마의 소리가 고요한 순안의 밤을 갑자기 깨뜨리고 있었다. 그러더니 머지않은 객관 쪽에서 중국말, 일본말이 범벅이 된 채 고함과 비명이 섞이며 칼싸움 소리가 요란하게 들렸다. 사대수는 달려갔다.

"탄로가 난 것 같습니다. 도망치는 놈들을 잡다 보니 싸움이 붙었습니다."

객관은 100여 명이 단단히 지키고 있었는데 23명의 일본군 사절단이 이들의 포위를 뚫고 달아나려 했었다. 이영이 먼저 달려왔었다. 죽내와 장대선이 잡혀 묶여 있었다.

"숫자를 확인해 보았소?"

사대수가 물었다.

"사상자와 묶인 자가 18명입니다. 5명이 달아난 것 같습니다."

달아난 5명이 살아서 평양으로 돌아간다면 이 유인작전은 수포로 돌아가는 것이었다.

"이 밤 안으로 잡아야 하오."

사대수는 전 병력을 도망자의 수색에 투입했다. 이일에게도 부탁하여 조선군 4천여 명도 수색에 나섰다.

밤 4경(새벽 2시) 친위병만 거느리고 이여송이 숙천에서 급거 달려왔다. 나머지 명군은 뒤따라오고 있었다.

밤샘 수색으로 2명은 잡아 죽였는데 3명의 행방은 묘연했다.

이여송은 화가 치밀었다. 얼마나 일을 어설프게 했으면 탄로가 났단 말인가? 그리고 탄로 났다 해도 얼마나 어설프게 지켰으면 놓친 사람이 있단 말인가?

비록 비단옷은 입었으나 얼굴빛이 거무튀튀하고 생긴 게 천생 무인(武人)인 사대수의 모습이 바로 가짜 칙사라는 것을 탄로내고 있었다. 이것이 연극이라는 것을 안 왜인들이 칼을 들고 갑자기 덤비는 바람에 몇 사람 놓치고 말았다.

장대선을 심문해 원인을 알게 된 사대수가 이여송에게 설명하고 사죄했다.

"운수인 걸 어찌하겠소."

이여송은 화를 눌렀다.

"이영 장군은 일단 예정대로 강복원 주변에 매복하시오. 바로 떠나시오."

　이여송은 붙잡히지 않은 3명이 평양까지 갈 수도, 못 갈 수도 있다고 여겼다.

　1월 5일. 해가 웬만큼 오르자 강복원에서 이영으로부터 소식이 왔다.

　　　탈출한 자들이 평양에 들어간 것 같습니다. 강복원에는 사람들이 나
　　　타나지 않고 왜적의 척후들이 출몰하고 있습니다. 평양에서는 바위,
　　　나무토막 등을 성벽에 올리고 있습니다.

　농성 준비에 틀림없었다.

　뒤따라오던 명군도 순안에 도착했다. 조선군도 순안으로 집결했다. 명군 장수들, 이일을 비롯한 조선군 장수들이 모두 이여송이 있는 안정역으로 모였다.

　순안 동북 50리쯤에 있는 법흥사(法興寺)에서 1천여 승군들을 이끌고 서산대사(西山大師)와 사명대사(四溟大師)도 왔다.

　가사를 걸친 백발의 노승이 들어오자 이여송이 일어나 매우 공손하게 자리를 권했다. 그리고 이여송은 서산대사로부터 눈길을 떼지 못했다. 전쟁터를 누빈 지 수십 년에 이렇게 티 없이 맑고 태평한 얼굴은 본 적이 없었다. 감탄과 숭앙의 정을 금할 길이 없었다. 더구나 싸움터에 싸우러 온 사람임에랴!

　"실례가 되지 않는다면 …. 대사께서는 금년 기세(幾歲: 몇 살)이신지요?"

　"헛나이 74세입니다만 아직 움직일 만합니다."

대답하는 목소리도 쳐다보는 눈빛도 맑고 시원스러웠다.

"오호. 장하십니다. 하오나 스님들이 무기를 들고 나서서 살생을 해도 되겠습니까?"

"우리는 살생을 하지 않습니다."

" …… ? "

"가령 산짐승이 사람을 잡아먹고자 덤빈다고 칩시다. 그때 그 짐승을 찌르고 사람을 살려야 할까요? 아니면 짐승을 살려서 사람을 죽여야 할까요?"

" …… ! "

"그래서 왜적을 죽이는 것은 살생이 아니요, 구생(求生)입니다. 우리가 하는 일이 바로 구생이 아닙니까?"

"진리 하나를 배웠습니다. 이제부터 우리가 평양성을 칠 것인데 스님께서는 어떤 일을 하시면 좋겠습니까?"

"뭐, 아무거라도 시키는 대로 하겠습니다."

역시 시원스러웠다.

이여송은 평양지도를 꺼내들었다. 지도에는 여기저기 붉은색으로 표시가 되어 있었다. 각 부대의 배치를 결정할 참이었다.

이 지도는 안주에서 유성룡으로부터 받았다. 아주 세밀하면서도 알기 쉽게 그린 지도였다. 유성룡은 지도를 가리키며 그 지역의 지세와 시설, 군사들이 이동할 수 있는 길과 요충지 등을 이여송에게 설명해 주었다. 이여송은 주필(朱筆)로 표시를 해가며 설명을 들었다. 유성룡은 또한 조선군의 위치와 군세와 실정도 설명해 주었다. 그러면서 승군(僧軍)에 관한 얘기도 들려주었다.

"이렇게 자세한 설명을 들으니 이제 더욱 승산이 확실해집니다. 왜적을 반드시 토벌할 터이니 이제 염려 놓으십시오. 왜병들이 주로 의지하는 것은 조총이 아니겠소? 우리는 5, 6리 나가는 대포를 주무기로 씁니다. 왜적이 어찌 당해내겠습니까?"

유성룡의 고마움에 대한 이여송의 답변이었다.

당당한 체구에 준수한 용모, 사람을 흡입하는 그윽하고 슬기에 찬 눈, 겸손하면서도 거침없는 태도. 차분하면서도 막힘없는 말씨.

유성룡을 대하면서 이여송은 자기도 모르는 사이 존경심이 우러나왔다.

'조선에서 처음으로 인물을 만났구나.'

이여송은 황제와 아버지 이성량 이외에는 그 누구도 존숭(尊崇) 하거나 열복(悅服) 하지 않을 만큼 자존심이 내강(內剛) 한 사람이었다.

이여송은 유성룡이 돌아간 뒤 한참 동안 뭔가 생각하다 붓을 들어 시 한 수를 부채에 적었다.

'명과 조선이 바라는 소임을 완수하는 것이 내 본분이니 어찌 진력하지 않을 수 있겠소? 내 혼신을 다해 싸우겠소.'

이여송은 자신의 충심(衷心) 을 유성룡에게만은 예의롭게 보여주고 인정받고 싶었다.

提兵星夜到江干 爲説三韓國未安
(제 병 성 야 도 강 간 위 설 삼 한 국 미 안)
明主日懸旌節報 微臣復釋酒盃歡
(명 주 일 현 정 절 보 미 신 복 석 주 배 환)

春來斗氣心逾壯 此去妖氛骨已寒
(춘 래 두 기 심 유 장 차 거 요 분 골 이 한)

談笑敢言非勝算 夢中常憶跨征鞍
(담 소 감 언 비 승 산 몽 중 상 억 과 정 안)

군사를 거느려 밤을 도와 강을 건너니

삼한 나라가 평온치 못함이라

황제께서 매일 승전보를 기다리시니

소신은 밤술의 즐거움도 그만두었소

봄철 북두성 기운에 마음 더욱 장하니

이제부터 왜적들 뼛속이 이미 시릴 것이오

웃고 말해도 어찌 아니 승첩이겠소

꿈속에서도 늘 싸움터를 생각하고 있소.

자신의 충심을 붓으로 토로한 부채를 이여송은 그 밤으로 유성룡에게 보냈었다.

그런데 여기 순안에서 사람을 또 만났다.

"자. 스님께서는 여기 이 북쪽 기슭에 포진해 주시지요."

이여송은 모란봉을 가리키며 일러주었다.

"그렇게 합시다. 그럼 우리는 떠나겠소."

역시 시원스러웠다.

"잠시만 기다려 주시오."

이여송은 붓을 들어 무언가 써 내려갔다.

無意圖功利 專心學道仙 今聞王事急 總攝下山嶺
(무 의 도 공 리 전 심 학 도 선 금 문 왕 사 급 총 섭 하 산 령)

공명도 이익도 뜻이 없고, 오로지 도를 닦을 뿐인데
오늘 나랏일 위급하다니, 총섭으로 산마루 내려오셨소.

이여송은 이렇게 시 한수를 적은 다음 봉투에 넣어 서산대사에게 내
밀었다.

"천학(淺學)의 솜씨이오나 정표로 받아주십시오."

"고맙소이다."

이여송은 서산 옆에 있는 사명대사를 돌아보며 이 나라 조선의 소생
을 확신했다. 사명대사의 생동하는 눈빛에 아까부터 감동하고 있었다.

"조선은 반드시 일어날 것이오."

"고맙소이다."

"전군은 오늘 부산원까지만 가기로 하겠소."

부산원은 전에 심유경과 소서행장이 휴전 팻말을 꽂아 놓았던 곳이
었다. 부산원은 순안에서 30리였고 평양에서 30리였다. 전혀 서두르
지 않아도 되는 거리였다.

서산과 사명 두 사람은 문 앞까지 따라나온 이여송의 배웅을 받으며
말에 올랐다.

평양 탈환

1월 6일. 지난밤을 부산원에서 보낸 명군과 조선군은 일제히 남으로 이동해 평양성을 포위하고 부대별로 맡은 위치에 포진했다.

평양성은 내성과 외성으로 되어 있었다.

동북쪽이 내성이고, 내성 동쪽 성벽으로 장경문(長慶門)과 대동문(大同門)이 있고, 서북 성벽에는 칠성문(七星門)이 있었다. 대동강은 동쪽 성벽 밖으로 흘렀다. 서남쪽의 외성은, 서쪽 성벽에 보통문(普通門)이 있고, 남쪽 성벽에 정양문(正陽門)과 함구문(含毬門)이 있었다. 보통문 밖으로 보통강이 흘렀다.

내성과 외성 사이를 가르고 있는, 내성 남벽에는 주작문(朱雀門)과 정해문(靜海門)이 있었다. 모란봉(牧丹峰)은 내성 밖 북쪽으로 성과 가까이에 있는 숲이 우거진 작은 산이었다.

이여송은 평양성의 동쪽은 성벽 가까이 대동강이 흐르기에 병력을 배치하지 않고, 나머지 남, 서, 북쪽의 요소, 주로 성문을 마주 보는 위치에, 왜군의 조총 사거리가 닿지 않는 곳에 부대별로 병력을 배치했다. 서쪽은 주로 명군, 남쪽은 주로 조선군을 배치했다.

보통문 앞에는 보통강을 사이에 두고 명 제1군 이여백(李如栢)의 군사 1만여 명이 포진하고, 칠성문 앞에는 제2군 양원(楊元)의 군사 1만여 명과 제3군 장세작(張世爵)의 군사 1만여 명 도합 2만여 명이 배치되었다.

북쪽 모란봉 기슭에는 제1군 소속의 전세정(錢世楨), 제2군 소속의 사대수(査大受), 제3군 소속의 오유충(吳惟忠)이 각각 1천 명씩의 군사를 이끌고 와 포진했고, 이들과 함께 서산대사의 승군 1천여 명도 배치되었다.

남쪽의 함구문 앞에는 용강(龍岡) 인근지역 출신 병사 8천여 명이 별장 김응서(金應瑞)의 지휘하에 포진하고, 정양문 앞에는 방어사 정희운(鄭希雲) 휘하 2천 명이 자리잡았다. 그리고 이쪽 조선군 쪽에는 대포를 지원하기 위해서 명 조승훈(祖承訓)과 낙상지(駱尙志)가 각각 1천 명씩을 이끌고 배속되었다.

조선군 뒤에는 순변사 이일(李鎰)이 기동부대 3천 명을 데리고 좀 떨어진 후방고지에 포진했다.

이여송 자신은 이여백의 후방, 전군을 바라볼 수 있는 야산의 정상지점에 9천 명의 기동부대를 데리고 포진했다.

공격하는 명군과 조선군은 도합 5만 8천여 명이고, 소서행장의 왜군은 약 1만 5천 명이었다.

소서행장은 위기가 닥치고 있음을 직감했다. 그는 대군에 포위되기 직전 급사를 보내 황해도의 제3군 사령관 흑전장정에게 외원(外援)을 요청하고, 서울에 있는 총대장 우희다수가에게도 급박한 사태를 알렸다. 흑전장정의 지원군이 오기까지는 빨라도 5~6일, 소서행장은 적어도 그때까지는 버텨낼 작정이었다.

1월 6일. 평양성 포위 포진을 마친 이여송은 몇 군데에서 대포를 시험발사해서 대포의 사거리를 조정하게 했을 뿐 다른 지시는 내리지 않았다. 성내 왜군들도 포격에 대한 대응사격을 하긴 했으나 다른 움직임은 없었다.

이여송은 오후에 200여 기 호위군을 이끌고 모란봉의 포진 현장을 찾았다. 유성룡의 설명을 들을 때 모란봉은 주필 표시를 해둔 곳이었다. 그는 소나무가 울창한 모란봉의 산속에 신경이 쓰였다.

"허어. 대사께서 여기까지 오셨습니까?"

이여송은 현장에 와 있는 서산대사를 보고 놀랐다.

"이왕 나온 김에 와 봤소."

"추운 날씨에 상한(傷寒) 드시기 십상이지요. 양지쪽에 올라가시어 구경이나 하시지요."

그는 부하를 시켜 서산대사를 뒤쪽 산기슭의 민가에 모시도록 했다. 그러고 나서 명군으로 하여금 모란봉 소나무 숲을 향해 대포를 쏘게 했다. 역시 짐작대로였다.

그 숲속에는 소서행장 자신이 2천 병력을 이끌고 야간의 후방기습을 위해 매복하고 있었다. 소서행장은 2천군을 이끌고 쏟아져 내려왔다. 이여송은 즉각 후퇴했다. 한없이 도망가는 명군을 쫓다 말고 소서행장이 돌아섰다. 유인작전 같다고 생각했기 때문이었다.

소서행장이 숲속으로 다시 들어가자 이여송은 빙긋 웃으며 명군 장수들에게 지시했다.

"저놈들 병력이 들통 났소. 우리 쪽은 4천이오. 시기를 보아 처치하
시오."

이여송은 자신의 지휘소로 돌아갔다.

그 밤 소서행장은 기선을 제압하기 위한 전면적 기습을 노리고 있었
다. 소서행장은 성내로 들어오고 종의지가 모란봉으로 스며들었다.

소서행장은 정예 병사 3천을 선발하여, 조총과 단도로만 무장시킨
다음 1천 명씩 세 부대로 나누었다. 밤 자정을 기해서 성내의 세 부대
는 이여백, 양원, 장세작의 부대를 기습해 들어가고, 모란봉의 종의지
는 모란봉을 빠져나가 이여송의 뒤를 기습하기로 했다. 앞뒤가 공격받
은 채 혼란에 빠지면 전군이 몰아붙일 작정이었다.

왜군으로서는 서둘지 않을 수 없는 밤이었다. 적은 수의 병력이 기
선을 제압해야 할 밤이었다.

그러나 명군은 나른하고 느긋한 밤이었다. 조총 사거리 밖에서 성문
을 감시하며 대군이 포진하고 있는데, 자멸을 원치 않는 바에야 왜군
이 나올 리 없는 밤이었다.

모란봉 기슭 쪽의 명군은 사대수의 1천 명이 그나마 전투태세로 포
진해 있을 뿐, 오유충과 전세정의 2천 명은 멀찌감치 비켜 세운 군막
속에서 아예 술타령에 노름판이었다.

조선의 승군은 사명대사의 예감에 따라 사대수 뒤쪽에서 경계태세
로 포진했다. 진영 앞으로는 길게 함정을 파 나뭇가지로 덮어놓고, 함
정 양쪽으로는 장애물을 설치해 적병이 달려오다 넘어지도록 조치해
놓았다.

밤이 이슥해지면서 사명이 뒤를 돌아보니 명군 군막들에는 여전히 불이 켜져 있고 떠드는 소리가 멀리까지 들려왔다.

사명은 해도 너무한다 싶어 오유충을 찾아갔다. 오유충은 거나한 술판에 바야흐로 환락삼매(歡樂三昧)였다.

"적진을 앞에 두고 있는데 이거 너무 한심하지 않소?"

"뭐라 한심하다고?"

"그렇지 않소?"

"중놈이 뭘 안다고 건방지게 … ."

오유충의 주먹이 정면으로 날아왔다. 순간 사명이 그 손목을 낚아 틀어쥐고 끌어당겼다. 꿈틀거리는 몸뚱이를 들어 밖으로 내던져 버렸다. 사명은 거구의 장사였다.

사명은 돌아와 승병들을 단속했다.

"이 밤에 적들은 장님이나 마찬가지다. 별소리가 다 들려도 조용히 기다리고 있어라. 적들이 다가와 넘어지거나 구덩이에 빠질 때 처치하면 된다."

승병들은 모두 엄폐물 뒤에 엎드려 있었다.

얼마 지나지 않아 총소리가 들렸다. 모란봉을 살금살금 내려온 적들이 사대수 진영 앞에 이르자 갑자기 조총을 쏘며 달려들었다.

끄덕끄덕 졸다가 기습을 당한 명군은 기겁해서 아우성치며 사방으로 달아나기만 했다. 총에 맞아 비명을 지르며 쓰러지는 자들이 속출했다.

왜병들은 사대수 진영을 돌파한 다음 불빛이 비치는 군막을 향해 달려갔다. 그들은 달려가다가 승병들이 설치해 놓은 장애물에 넘어지고 함정에 빠졌다. 넘어지고 빠진 자들은 승병들 창칼의 희생물이었다. 어둠 속에서 난전이 벌어졌으나 왜적은 상대를 모른 채 당하기만 했다.

"후퇴하라!"

종의지는 하는 수 없이 후퇴하여 다시 모란봉 숲속으로 사라졌다.

한편 소서행장은 자정 가까이 되자 특공대를 지휘하여 소리 없이 성벽을 타고 넘어갔다. 그리고는 양원, 장세작, 이여백의 진영으로 조총을 쏘며 돌격해 들어갔다. 마음 놓고 혼곤히 잠들었던 명군들은 어찌할 바를 몰랐다. 돌연 요란한 조총소리에 병사들, 말들이 놀라 이리저리 뛰고 부딪고 치고 박으며 아수라장이 되어 흩어졌다.

이여송의 9천 명 직할부대가 있어 다행이었다. 이여송은 직할부대를 동원해 흩어져 달아나는 병사들을 수습하고 장수들을 독려해 겨우 반격으로 전환할 수 있었다. 명군은 가까스로 궤멸을 면한 셈이었다. 반격은 동이 트면서 왜군이 성내로 후퇴하자 멈췄다. 명군은 정신을 차리고 포진을 정돈했다. 적지 않은 희생이 있었으나 궤멸의 위기를 면한 것은 참으로 다행이었다.

그것은 따지고 보면 조선 승군 1천 명의 공로였다. 더 따지고 보면 오로지 한 사람 사명대사의 공로였다. 조선 승군이 없었다면 종의지 부대가 이여송의 후미를 쳤을 것이요, 그래서 이여송의 직할부대마저 아수라장이 되었다면 승패는 끝났을 것이었다.

다음날 이여송은 전군에 휴식령을 내렸다. 다음날인 1월 8일 총공격을 감행하기 위해서였다.

"며칠만 버티자."

소서행장은 농성전으로 들어가며 황해도 흑전장정의 원군을 기다렸다. 이여송도 그것을 알고 있기에 그 며칠 이전에 평양성을 함락시켜야만 했다.

양군이 조용하던 1월 7일 밤 소서행장은 또 하나의 기습작전을 시행했다. 초승달도 지고 난 축시(새벽 2시), 소서행장은 가려 뽑은 결사대 800명과 함께 보통문을 몰래 나와서 이여백의 부대를 우회하여 이여송의 숙소를 급습하고 이여송을 살해할 작정이었다.

8백 결사대가 소리를 죽여가며 밤빛에 희부연 보통강을 지나 어둑한 뭍에 오를 때였다. 수많은 검은 그림자들이 느닷없이 불쑥 나타나 창칼의 맹습을 가해왔다.

깜짝 놀란 결사대는 비명을 지르며 되돌아 뛰었다. 총을 쏘아 쫓아오는 자들에 대항하며 달아났다. 그러나 그때는 고함소리와 총소리에 놀라 깨어난 이여백의 병사들까지 가세하여 덤벼들었다.

왜병들은 희부연 보통강 위에서 갈팡질팡 미끄러지고 넘어지면서 수없이 번뜩이는 칼 밑에 피를 토하고 쓰러졌다. 소서행장을 포함 겨우 몇 명이 도망하여 성내로 돌아왔을 뿐, 결사대 800명이 거의 다 참살되고 말았다.

소서행장의 이 특공작전을 무력화시킨 것은 이번에도 조선군이었다. 따지고 보면 이번에도 조선군 별장 김응서 한 사람의 공로였다.

김응서는 재기와 담력이 특출한 30세의 젊은 장수였다. 그는 평안도 용강 출신으로 20세에 무과 급제하여 임란 전 10여 년간 만호, 첨사 등 무관직을 거쳐온 장수였다.

임란이 일어나고 조정이 북으로 피란하면서 평양은 임금 이하 많은 문무관원들이 발길을 들여놓았다 떠나간 곳이었다. 김응서도 평양이 왜군에 함락되기 전까지 조방장으로 평양 방어의 일익을 맡고 있었다. 그러는 사이 계월향(桂月香)이란 기생과 정이 들어 평양 함락 전날까지도 계월향 집에 기숙하고 있었다. 그러다 함락과 동시에 갑자기 헤어졌다.

피란하지 못한 계월향은 왜군장수의 수발을 들며 살다가, 평양을 공격하러 온 조선군 속에 있는 김응서와 교신하게 되었다. 계월향은 왜장에게 김응서를 농사짓는 오라비라 속여 평양성 내로 데려와 왜장에게 인사시켰다. 김응서는 왜장이 내준 민간인 출입증으로 다른 민간인들과 마찬가지로 평양을 수시로 드나들면서 각종 정보를 수집했다.

기회를 보다 김응서는 왜장을 죽였다. 즉시 계월향을 태우고 말을 달려 탈주코자 했다. 그러나 이미 체포령이 내려져 성문으로는 나갈 수가 없었다. 조총을 쏘며 달려드는 왜군들을 피하며 성벽 넘을 곳을 찾아 헤매다 계월향은 총에 맞아 말에서 떨어졌다.

"저를 버리고 가세요."

김응서는 말에서 내려 계월향을 들쳐 업고 달렸다. 계월향의 가슴에서 솟는 피가 김응서의 등을 타고 흘렀다.

"저를 버리고 빨리 가세요."

말소리는 잦아들고 몸은 무거워지고 있었다. 하는 수 없었다. 계월향을 내려놓고 13척이나 되는 성벽을 기어올라 밖으로 뛰어내렸다.

김응서는 계월향 덕택에 점령지 평양의 주둔군 진지, 지휘관 처소, 군수품 창고, 군량미 보관소, 병영막사 등을 훤히 알았고, 그것을 또한 지도로도 그렸다. 이 모든 시설은 내성에 있었다.

'내 손으로 평양을 탈환하리라.'

김응서는 계월향의 영혼을 위해서도 그렇게 하고 싶었다. 그는 그가 인솔하는 평안도 출신 병사들을, 평양의 내성처럼 만들어 놓은 훈련장에서, 몇 번이고 되풀이해서 훈련시켰다.

1월 7일 밤. 김응서는 함구문만 지켜서는 안 된다고 깨달았다.

"오늘 밤 또 야습이 없으란 법이 없다. 명군들은 아무래도 주밀(周密)하지 못해."

그는 척후들을 뽑아 요소에 배치하고 적정의 변화가 있을 때는 신속히 보고하라 했다. 그리고 휘하 3천을 비상대기시켰다.

초승달이 지면서 보통문 쪽 척후가 급히 달려왔다. 비상대기 휘하 3천을 양쪽으로 갈라 이여백의 주둔지 양쪽 보통강의 건너편에 매복시켰다. 이래서 김응서는 소서행장 결사대 8백을 섬멸할 수 있었다.

1월 8일. 먼동이 트면서 이여송은 천우신조를 비는 제사를 지냈다.

"오늘 신수가 어떤고?"

이여송은 늘 데리고 다니는 복술가(卜術家) 유여복(劉餘福)에게 물었다.

"최상입니다."

아침을 먹은 다음 총공격이 시작되었다. 공격하는 명군과 조선군 5만 8천의 쿵쾅거림과 함성 그리고 포성이 지축을 흔들고 흙먼지와 포연이 자욱이 하늘을 가렸다.

화전(火箭)이 비 오듯 성내로 쏟아지면서 성내의 태울 수 있는 모든 것을 태우고 성벽 위의 수많은 깃발까지도 다 태워버렸다.

이여송은 이리저리 돌아다니며 공격을 독려했다.

"상금이 5천 냥이다. 성에 먼저 오르는 자에게 준다."

적은 성첩 뒤에 숨어 조총을 쏘고 끓는 물을 퍼붓고 돌덩이와 통나

무릎 던졌다. 성을 오르다 굴러떨어지는 병사들이 속출했지만 오르기는 멈추지 않았다.

방패를 등에 짊어지고 머리에 이고 칼을 차고 장창을 끼고 …, 칠성문 쪽 장병들이 맨 먼저 성에 올라 명군의 깃발을 꽂았다. 성문이 열리고 명병들이 쏟아져 들어갔다.

조선군 쪽에서는 함구문이 먼저 부서졌다. 그쪽을 맡은 김응서가 가장 용감하게 가장 요령 있게 잘 싸웠다. 함구문에 들어선 조선군은 순식간에 왜군을 밀어붙이고 주작문을 뚫고 내성으로 들어갔다.

김응서의 병사들은 평양성 공격 모의훈련에서 익힌 그대로 목표를 신속하게 공격하고 점령하고 불태워 버렸다. 김응서 부대로 인해서 내성의 주요 시설과 양곡과 군수물자는 다 결딴이 나고 말았다.

김응서의 부대에 밀린 왜적은 만수대(萬壽臺)와 밀덕대(密德臺) 쪽으로 물러가 숨었다. 그들은 돌과 흙으로 방벽을 쌓아 놓고 그 뒤에 숨어 조총으로 대항했다.

해가 저물고 있었다. 칠성문에서 내성으로 맨 먼저 들어온 양원, 장세작 부대는 그러나 전진을 못하고 있었고, 보통문의 이여백 부대는 사상자만 많이 낼 뿐 아직 성문조차 열지 못하고 있었다.

장세작의 뒤를 따라 들어오던 이여송의 백마가 적탄에 맞아 쓰러지는 통에 이여송이 땅바닥으로 나가떨어졌다. 호위병들이 쫓아왔으나 이여송은 다행히 멀쩡하게 일어섰다.

"현재의 상황을 알아 오너라."

이여송은 호위군관들을 각 장수들에게 보냈다. 잠시 후 보고가 들어왔다. 전진은 없고 사상자는 많고 병사들은 지치고 저항은 여전하고 날은 저물고 ….

"공격을 중지하고 사정거리 밖으로 후퇴하라!"

이여송은 일단 전군의 공격을 중지시키고 명 장수들과 의논에 들어 갔다.

"궁서설묘(窮鼠囓猫: 쥐도 궁하면 고양이를 문다) 라 했습니다. 적은 대군에 포위되었으니 사생결단으로 야습을 감행할 수도 있습니다."

장세작이었다. 그의 예견은 늘 잘 맞았었다.

두 번의 야습에 놀란 병사들이요 이여송이었다. 오늘밤 왜군 전체가 성벽을 넘어온다면 승패를 떠나서 그 피해는 엄청날 것이었다.

"어찌하면 좋겠소?"

"소서행장에게 말해서 성벽을 넘지 말라 해야지요."

좌중에 실소가 터졌다.

"허허 … 행장이 우리 시키는 대로 한단 말이오?"

이여송이 웃으며 물었다.

"저들은 길이 막힌 쥐입니다. 길을 열어 주면 됩니다."

"무슨 뜻인지 알겠소. 그렇게 해봅시다."

이여송은 명군을 원위치로 후퇴시키고 편지를 써 장대선에게 내줬다.

> 우리 병력으로 그대로 밀면 그대들은 섬멸당하고 말 것이오. 허나 인 명 몰살은 사람으로서 차마 못할 일이오. 잠시 물러서 그대들에게 살 길을 열어 주고자 하니 장수들을 거느리고 와서 항복하시오. 목숨을 보장하겠소. 또한 후한 상도 내릴 것이오.

"행장에게 갖다 주고 답장을 받아오너라."

백기를 들고 장대선 일행이 밀덕대 근처의 소서행장 진영을 찾았다. 편지를 받은 소서행장 또한 장수들과 의논에 들어갔다.

"속임수가 아닐까요? 이여송은 처음부터 우리를 속였습니다."

"그럴 수도 있소. 그러나 우리가 방비하면서 대처하면 되오."

"항복하자는 것입니까?"

소서행장은 황해도 병력이 올 때까지 버틸 수 없게 되었다. 대수롭지 않게 여겼던 조선군 때문에 군수품 창고들이 거의 다 타 버리고 말았다. 전투력의 핵심인 식량과 화약이 소실됐다. 당장 내일부터 굶어야 할 처지요, 화약이 없으면 조총은 막대기에 불과했다.

간밤의 정보로는 중화에 조선군 3천 명이 내려와서 잠복중이라고 했다. 사실이었다. 이일이 자기 휘하 병사들을 보낸 것이었다.

"서울까지 무사히 후퇴하자는 것이오."

"……."

현소가 답장을 썼다.

전군을 이끌고 진정으로 물러가고자 합니다. 후퇴하는 길을 막지 말아 주시기 간원하옵니다.

답장을 받은 이여송은 또 장수들과 의논했다.

"항복이 아니라 편안히 돌아가겠다는 말이 아니오?"

"더 이상 희생 없이 평양성을 차지하는 것도 좋습니다."

"그렇다면 중화의 조선군 복병으로 하여금 그들을 치도록 하지요."

"앞으로 우리를 믿게 만들 필요가 있소. 나는 믿음을 주고 싶소. 그래야 앞으로 우리가 유리한 상황을 만들 수 있소."

이여송이 방침을 결정지었다.

"……."

이여송은 원하는 대로 해주겠다는 답장을 써서 장대선에게 주고 조선군 진영에 휘하 군관들을 파송했다.

"함구문 밖으로 철수하라고? 절대 못하겠소."

김응서는 강경했다.

"글쎄올시다. 생각 좀 해봅시다."

정희운도 마땅찮아 했다.

"중화의 복병도 철수시키라고? 다 차린 밥상을 스스로 걷어차란 말이오?"

이일도 못마땅해 했다.

"제독의 분부요."

"분부야 따라야 하겠지만 ….."

군관들은 돌아가 분위기를 전했다. 이여송이 이일을 불러들였다.

"순변사는 어찌해 내 말을 거역하는 것이오?"

"그럴 리가 있습니까?"

"그러면 왜 시키는 대로 하지 않았소?"

"졸병에게도 알려주고 시켜야 할 일을 제대로 할 게 아니겠습니까? 소인은 그래도 여러 명 휘하를 거느린 장수입니다. 왜 중화의 복병을 철수시켜야 하는지 알아야 분부를 제대로 이행할 게 아니겠습니까?"

병법(兵法)대로 말하는 이일은 56세의 노장군이었다.

"죄송합니다. 내 실수했소이다."

이여송은 사실대로 설명해 주고 부탁했다.

"알겠소이다."

이일은 내성의 병력을 성 밖으로 철수시키고, 중화에 사람을 보내 복병을 철수시키라 했다.

그러나 이는 이여송의 아주 졸렬한 작전이요 조선에게는 두고두고 한이 되는 작전이었다. 명군에게는 전혀 부담이 없는 중화의 조선 복병을 더 강화했어야 마땅한 작전이었다. 이여송은 제법 인의(仁義)가 있는 대장군 행세를 했다. 이번에 그 진면목이 드러난 셈이었다.

그날 밤 초승달 아래 대동문과 장경문으로 쏟아져 나온 왜군들은 미친개에 쫓기는 비렁뱅이 떼 꼴이었다. 닥치는 대로 누더기를 걸치고, 조총이나 창칼 등을 아무렇게나 메고 끌며, 황겁으로 쭈뼛해진 채 사방을 두리번거리며, 얼어붙은 대동강을 가로질러 허겁지겁 달아났다.

'길을 열어 준다 했으나 어찌 믿을 수 있단 말인가? 심유경이나 이여송이나 다 같이 중국 종자가 아니냐?'

당장 뒤쫓아 올 것 같고, 어디선가 숨어 있다 불쑥 나타날 것만 같았다. 마음이 급하다 보니 남을 생각할 여유가 없었다. 죽은 자는 물론이요 병든 자, 다친 자를 내팽개치고 달아나는 판이었다.

중화를 지날 무렵엔 달이 지고 천지는 더욱 깜깜해졌다. 분명 수많은 복병이 불쑥 나타나 옆구리에 창칼을 찔러댈 것만 같았다.

달리다 뒹굴고 꼬꾸라져 엎어지고, 겁에 질려 비명을 질러도, 돌아볼 겨를이 없고 부축할 정신이 없었다. 제 한 몸 주체하기 힘든 그대로 휘청거리며 무작정 달렸다.

그러나 참으로 다행히 복병은 없었다. 후미의 낙오자들 몇이 갑자기 나타난 조선군에게 당했을 뿐이었다.

조선백성 1만 명

소서행장의 제1군은 조선에 건너온 이래 가장 위태로운 순간을, 전멸을 면치 못할 위기의 순간을 지나가고 있었다.

"봉산(鳳山)까지만 가면 된다. 거기 우군이 있다."

봉산에는 제3군의 일부 병력 6천여 명이 부사령관의 지휘하에 주둔하고 있었다.

밥과 잠은 고사하고 잠시 쉴 틈도 없이 죽을 고생을 다하며 평양에서 160리 봉산에 도착했으나 아무도 없었다. 명나라의 대군이 평양에 닥쳤다는 소식을 듣고는 주둔군이 그냥 남쪽으로 달아나 버렸기 때문이었다. 겁에 질리고 굶주림에 허기진 왜군병사들은 탈진 지경이었다.

"죽는 게 오히려 낫겠다."

병사들은 삶의 의욕을 잃고 주저앉았다. 장교들이 타이르고 채찍질을 해도 소용이 없었다. 병사들은 무더기로 이탈하여 흩어졌다. 그래도 막을 길이 없었다. 흩어진 병사들은 대부분 조선군이나 백성들에게 죽임을 당하거나 얼어 죽었다. 병사들은 산속으로도 들어갔다. 죽지 않고 가다가 조선백성들을 만나면 무릎을 꿇고 손을 비벼 빌면서 입을 가리켰다. 절간으로 들어가 그렇게 빌면서 먹을 것을 애원했다. 먹을 것을 얻어먹고 살아나면 그들은 거의 다 돌아가지 않고 조선사람이 되었다.

소서행장 부대가 흑전장정이 있는 황해도 배천 근처 진영에 도착한 것은 1월 12일이었다. 행장은 낙오자를 기다리며 며칠을 머물렀다.

낙오자들도 다 도착했다고 여겨져 최종 점검을 해보니 6천 6백여 명에 불과했다. 평양 전투 전에 1만 5천여 명이었으니 근 8천 4백 명의 병사를 잃은 셈이었다. 행장은 한동안 하늘만 보고 걸었다. 눈물을 흘리고 싶지 않아서였다.

수길의 대행으로 조선에 나와 있던 삼성 일행은 서울에 있었다. 1월 12일 평양의 급보가 도착한 이후 줄곧 들어오는 소식은 참담했다.

밀고 내려오는 명군이 50만이라는 소식이었다. 삼성은 서울 이북의 모든 주둔군에게 서울로의 철수령을 내리고, 함경도의 제 2군 청정에게도 급사를 보냈다.

명군 50만은 이여송의 치밀한 선전의 효과였다. 이를 사실로 믿은 삼성과 왜군 수뇌부는 부대별 작전으로는 각개 격파를 면할 수가 없다고 여겼다.

"서울에서 결전합시다."

행장의 제 1군을 위시해서 배천에 있는 흑전장정의 제 3군, 개성에 있는 소조천융경의 제 6군까지 모두 들어온 것이 1월 22일. 병력을 합해 보니 5만이었다. 함경도에 있는 가등청정의 제 2군은 거리상 단시일

내에 오기는 어려웠다. 우선 5만의 병력으로 대결하는 수밖에 없었다.

얼마 전 안주에서 이여송을 만나 평양성 지도를 건네주고 난 다음 유성룡은 이와 같은 날을 예상하고 황해도 좌방어사 이시언(李時言), 우방어사 김경로(金敬老)에게 비밀히 특명을 전달했었다.

"중화의 도로변 요소에 복병하고 있다 달아나는 적을 치도록 하시오. 굶주리고 쇠잔한 채 도망가는 처지라 대항도 못하고 섬멸될 것이오."

이시언은 바로 중화로 갔으나 김경로는 딴 일을 핑계대고 가지 않았다. 유성룡이 군관을 보내 다시 독촉하자 그제야 마지못해 중화로 갔다. 그러나 황해도 순찰사 유영경(柳永慶)이 호위를 부탁하는 공문을 보내자 적과 싸우는 것을 꺼리던 차에 그만 재령(載寧)으로 가 버렸다. 김경로는 소서행장이 초췌한 몸으로 깡그리 굶으면서 중화를 기어가던 바로 그 전날 달아났던 것이다.

소서행장의 전 부대원이 기운은 빠지고 발은 부르터 걷기도 힘들어 거의 기어가던 그 절호의 기회에, 김경로도 달아나 버리고, 이일의 휘하도 철수해 버리고, 이시언만이 남아 지키다 겨우 낙오병 60여 명을 베었을 뿐이었다.

'그때 소서행장의 부대가 섬멸되었다면 서울의 우희다수가는 저절로 무너졌을 것이고, 함경도의 가등청정은 돌아갈 곳이 없어지고, 황해도의 흑전장정은 고립무원이 되어 섬멸되었을 것이다. 명군은 크게 다치지 않고 천천히 남하하여 머지않아 부산포 앞바다를 바라보며 축배를 들었을 것이 아닌가?'

유성룡은 김경로가 나라의 일을 너무나 크게 망쳐놓은 데에 화가 치밀었다. 임금께 상주하여 처벌토록 했다.

조정에서는 선전관 이순일(李純一)에게 표신(標信)을 내주고 내려가 김경로의 목을 베라 했다. 김경로의 조선군도 이여송의 절제를 받고 있었으므로 이순일은 이여송에게 알렸다.

"김경로는 죽을죄가 분명하나 대적이 앞에 있으니 백의종군시켜 입공속죄할 기회를 주는 게 좋겠소."

이여송의 입장에서는 김경로도 자신의 뜻을 잘 받든 자였다. 자문(咨文: 공문)을 만들어 이순일에게 내주었다.

1월 8일 밤 왜적들 주력은 하여튼 무사히 평양성을 빠져나갔다. 평양성에 남은 자들은 왜적으로는 병든 자, 다친 자들이 다소 있었으나 나머지는 모두 조선백성들이었다.

1월 9일. 김응서는 누구보다도 먼저 성내로 들어가고자 부하들과 대기하고 있었다. 해가 떠오르면 일제히 들어갈 판이었다.

그런데 이여송의 참모 이영이 달려왔다.

"조선군은 성내로 들어가지 말라는 제독의 분부요."

말에서 내리지도 않고 소리쳤다.

"조선의 평양성이오. 조선군이 먼저 들어가야 할 판에 들어가지 말라니 그게 무슨 말이오?"

김응서는 어이가 없었다.

"허어 참. 양보하라는 뜻이 아니겠소?"

양보? 김응서는 알아들었다. 점령지의 전리품. 재물과 여자와 그리고 횡재가 되는 진기한 것들, 그런 것이었다. 그러나 여기는 왜놈들의 성이 아니었다.

"여보시오. 평양은 왜놈들의 성이 아니라 조선의 성이란 말이오."

"그게 문제가 아니오. 문제는 이 성 때문에 우리가 많은 피를 흘렸다는 거요."

이영은 핏대를 올리며 한마디 내지르고는 가 버렸다.

"허어, 이런 고약한 놈들. 너희 맘대로는 안 된다. 선두 입성하라."

김응서는 부하들에게 지시했다. 그러나 입성하던 조선군들을 장세작의 1만여 명군들이 쫓아내기 시작했다. 대드는 조선병사들과 난투극도 벌어졌다. 억지를 쓰다가는 죽는 병사가 생길 것도 같았다. 하는 수 없었다. 김응서는 부하들을 함구문 밖으로 물렸다.

잠시 후 장교가 인솔하는 10여 명씩의 명군 감시단이 조선군마다 배치되어 조선군이 움직이지 못하도록 단속했다.

김응서는 이일에게 쫓아가 항의했으나 이일 역시 도리 없긴 마찬가지였다. 돌아오는 길에 장세작을 만났다.

"날씨가 차가운데 차라도 한잔 합시다. 이리 오시지요."

그의 부드러운 말씨 따라 그의 장막으로 들어갔다.

"장군은 어찌해 성내에 들어가지 않소?"

"뻔하지 않소? 난장판 되는 꼴이 보기 싫어서…."

"말리면 되지 않소?"

"말릴 수가 있소? 이여송 제독도 말릴 수가 없을 것이오."

"……?"

"전쟁이라는 것이 생긴 때부터 전해오는 내림인지라 어쩔 수 없는 모양이오. ”

“ …… .”

김응서는 맥이 풀렸다.

“내 어제 보니 조선군이 대단히 잘 싸우던데 … , 그런 강병이라면 조선군만으로도 넉넉히 왜적을 감당할 수 있었을 텐데 왜 이 지경이 되었는지 모르겠소. ”

“딱 한 가지입니다. 대비하지 않은 탓이지요. 대비만 했다면야 초장에 끝났을 겁니다. ”

진리는 항상 간단하고 쉬운 것이었다.

“대비가 없었다면 할 수 없는 노릇이지만 … , 대비하지 않은 죗값은 참으로 참혹할 것이오. 조선은 이미 왜군에게 참담한 값을 치렀소만, 이제 또 명군에게 치를 차례요. ”

‘명군에게도 값을 치러야 한다니 … ?’

상상해 본 일도 없는 어처구니없는 말이었다. 김응서는 풀이 죽은 채 물러나왔다. 그는 말에 채찍을 가했다. 어디든 무작정 달리고 싶었다.

성안에서는, 대로에서든 뒷골목에서든, 어디서나 무작정 사람 도살이 행해지고 있었다. 왜군의 병든 자, 다친 자들을 길바닥에 끌고 나와 실컷 걷어차고 칼질을 했다.

조선사람도 마찬가지였다. 남녀노소 구별도 없었다. 상투를 잡아끌어내 몽둥이로 때려죽였다. 아이들은 잡아내 발로 밟아 죽였다. 여자들은 항상 더 복잡하게 당했다. 울안이고 울밖이고, 헛간이고 뒷간이고 가릴 것 없이 눈에 띄는 그 자리에서 덮치고 깔아뭉개다 끝나면 칼질을 했다. 노소를 가리지 않고, 한 여자에 여러 놈이 번갈아 덮치기도 했다.

왜군이고 조선남녀고 가릴 것 없이 잘라낸 머리통을 우마차에 실어냈다. 실어다 보통문 밖 공터에 산같이 쌓아올렸다.

눈이 뒤집히고 혈안이 된 전리품 노획도 광풍처럼 몰아쳤다. 관가고 민가고, 창고 사당이고 가릴 것 없이 샅샅이 뒤져 챙겼다.

왜군들의 행티가 모질고 잔인해 치를 떨었는데 명군들의 그것은 비교가 안될 만큼 훨씬 더 가혹했다.

순찰하던 이여송이 보통문 밖의 머리통 산을 보았다. 부하들이 알아서 해주는 것이 고마웠다.

'나 이여송의 승리다. 격살한 적군이 최소한 만 명 정도는 돼야 이름값을 하지.'

3천의 희생을 치르며 대적과 싸워 함락시킨 공성전에서, 왜군 기백의 머리로는 물론 용납되지 않는 일이었지만, 산같이 쌓이는 머리통의 아찔한 높이에 그만 질려버렸다.

"이제부터는 숫자만 보고하라. 머리통은 그만 모아라."

일일이 목을 베 모으는 것은 시간도 많이 걸렸다. 짧은 시간에 대량으로 처치하는 방법을 강구해야 했다.

"단시간에 끝내도록 하라."

전령들이 사방으로 달렸다. 공터마다 엄청나게 큰 모닥불을 피웠다. 삽시간에 성내는 역사상 유례없는 모닥불 축제의 장이 되었다. 사람들이 무더기로 끌려왔다. 끌려오는 족족 몽둥이로 패서 모닥불에 쓸어 넣었다. 불길 속에서 버둥거리며 오그라들어 죽어갔다.

그것도 거추장스러웠다. 더 간편한 방법이 있었다. 굴비 엮듯이 줄줄이 엮어서 대동강으로 끌고 갔다. 얼음을 깨 구멍을 만들고 그 속으로 쑤셔 넣었다. 발버둥치는 앞사람 하나 걷어차 쳐넣으면 주르르 딸려 들어갔다.

참으로 간편했다. 단시간에 수천 명을 깨끗이 해치웠다.

"조선놈들, 제구실 했으면 우리가 와서 죽을 일도 없지. 우리는 죽는데 너희만 살 수는 없지. 그러니 죽어 주는 것도 도리니라. 너무 서러워 마라."

조선놈을 많이 죽일수록 좋았다. 상금이 오르고 그래서 사들일 밭뙈기가 늘어나고 …, 학살은 바로 잘사는 길이기도 했다.

해가 저물면서 일도 끝나갔다.

이여송은 보통문 밖에 제단을 마련하고 전사한 3천여 장병들을 위한 위령제를 지냈다. 쌓아올린 머리는 1천 2백여 개였다. 물론 그 대부분이 조선사람의 것이지만 이 머리들을 제물로 바친다는 제문을 읽으며 이여송은 통곡하며 눈물을 흘렸다.

제사를 마치자 이여송은 한겨울의 추위에도 잘 싸워준 장병들의 노고를 치하했다.

"여러분이 몸을 사리지 않고 용감히 싸워준 덕택으로 수천수만의 왜적들을 목 베고 태우고 수장시켜 깨끗이 쓸어버렸소. 진망(陣亡: 싸움터에서 죽음)의 우리 장졸들 혼백도 여한 없이 고이 잠들 것이오.

북경에서 황상께서 내리시는 은 10만 냥을 싣고 왔소. 여러분이 왜적을 처치한 공로대로 나눠줄 것이오. 우리 대명(大明)의 힘은 막강하고 황상의 은혜는 무궁하오. 이제 서울을 치고 부산을 회복할 때까지 더욱 용감히 잘 싸워주시오."

화답하는 장병들의 우렁찬 함성이 천지를 진동시켰다. 위령제는 끝나고 제단의 머리는 대동강으로 들어가고, 장병들은 성내 숙소로 들어가고 이여송은 평안감영으로 들어갔다. 조선군은 성 밖에 머물렀다.

승리의 날이었다.

"하다못해 고기 한 점에 술 한 잔이라도 하지 않을 수 없는 날인데 겨우 좁쌀로 뭉친 주먹밥 한 덩이씩 먹고 자란 말이냐?"

장병들의 불평에 이여송도 화가 났다. 평양과 순안 사이의 식량 수송을 맡은 평안도 순찰사 이원익을 불러들였다.

"이 모양으로 싸울 수 있겠소?"

"죄송합니다."

"제대로 먹어야 싸울 게 아니오?"

"죄송합니다. 하오나 … ."

이원익은 먹을 것을 제대로 대지 못하는 애로사항을 차근차근 들려주었다. 의주에서 순안까지는 그간 길이 좀 정비되어 우마차가 다닐 수 있었으나, 순안에서 평양까지는 길이 좁아 군량이나 무기를 순전히 사람의 등짐이나 마소의 등짐으로 운반하는 수밖에 없었다. 그러다 보니 식량은 병사들의 이동속도를 도저히 따라갈 수가 없었다.

명군에게 약속한 식단에는 고기와 두부도 들어 있었다. 그러나 난리통에 백성들이 흩어져 버렸으니 기르는 가축이 없었다. 궁벽한 지역까지 찾아다니며 돼지나 닭들을 구해와 봤자 장군들 대접하기도 모자랐다.

두부도 문제였다. 4만여 명이 먹을 두부를 만드는 데는 우선 콩을 가는 맷돌이 엄청나게 필요했다. 필요한 만큼 모으기도 힘들었지만 그 많은 맷돌을 짊어지고 병사들을 따라다닐 인력도 구할 길이 없었다.

명군의 행패도 문제였다. 먹을 것을 얹고 가는 마소나 등짐으로 나르는 인부들을 만나면, 강제로 빼앗고 여차하면 때리고 밟아 죽이기도 했다. 인부들이 다 팽개치고 달아나기 바빴다.

역참에 보관중인 것도 강탈해 가고, 역부들을 두들겨 패고 때로는 찔러 죽였다. 역참의 기능도 마비되었다.

졸병들뿐이 아니었다. 장수들도 행짜를 부리는 자가 적지 않았다. 술과 고기를 내라, 여자를 내라 하다 마땅찮으면 고을의 관장에게 매를 쳤다. 관장도 달아나고 관원도 달아났다.

사실이 이렇다 보니 평양에 들어온 명군들은 반찬은 고사하고 밥도 제대로 먹지 못했다.

"사정이 이래서 제대로 마련하지 못했습니다."

"우리 중국군만 탓하는데 그래서 못하겠다는 말이오?"

"그런 뜻은 절대 아닙니다."

"난제를 타개할 생각은 하지 않고 풍월이나 읊어대고 주흥이나 즐기고 하니…, 이거 대신들이란 작자들이…. 내 아예 조정에 경고하는 수밖에 도리가 없군."

"……."

"나가서 제대로 좀 해보시오."

머쓱해진 채 이원익이 나가자 이여송은 편지를 썼다.

우리 중국군은 압록강을 건너온 뒤 들판에 주둔하고 노숙하면서 분발하여 평양을 수복했소. 그런데 이 평양 전투 하나만 따져본다 해도, 그대들은 죄와 허물 뿐이오. 식량이 부족하고 마초가 없어도 그대들은 앉아서 구경만 하고 있었소.

내가 천자에게 아뢰어 군을 이끌고 요동으로 돌아간다면, 그대들은 다 죽고 또다시 나라도 집도 없어질 것이 아니겠소? 이제 평양에 주둔하고 계책을 세워 남으로 진격할 것이며 그대들의 나라와 집을 안정시킬 것이오. 그러니 조선의 으뜸 대신은 급히 나의 처소로 와서 설명을 듣고 시기에 맞춰 식량과 마초를 조달하도록 하시오.

이번에도 태만하거나 위반할 경우에는 법을 참조하여 중형을 내릴 것이니 결코 소홀히 생각하면 안 될 것이오.

이여송이 편지를 조선조정에 보내도록 조치하고 나자 참모 이영이 보고하러 들어왔다.

"조선군이 밀고 들어왔습니다."

"자세히 말해 보시오."

명군들이 들어와 평양의 조선사람들을 마구 죽일 때, 죽지 않고 용케 평양을 빠져나간 사람들이 1천여 명되었다. 이 백성들이 조선군을 찾아가 기막힌 사정을 전해 주었다.

"명군이 왜군을 빼돌렸소."

"그러고 나서 성내에 들어온 명군이 조선사람들을 다 잡아 죽였소."

조선군들은 피가 끓고 숨이 차고 치가 떨렸다.

"어쩐지 도망치는 왜놈들을 추격하지도 않고 우리더러 추격하지 말라고만 하더니…. 그래 놓고 조선백성들만 죽여?"

조선군은 누구랄 것도 없이 성안으로 밀고 들어갔다. 명군들과 난투

극이 벌어졌다. 양측 병사 몇 명이 밟혀 죽었다. 양측 장수들이 겨우 말렸다.

"제독께서 해명하실 것이오."

양측은 일단 물러갔다.

이여송은 난감했다. 자신이 추격을 금지하고 복병마저 철수시켜 일본군을 빼돌린 것도 사실이었다. 자신이 조선백성을 학살하라고 지시하지는 않았지만, 학살하는 것을 뻔히 알고 묵인한 것도 사실이었다.

"어찌하면 좋겠소?"

"이 일은 확실하게 처리해야 합니다. 너무 걱정하지 마십시오. 일단은 양측의 장수들을 부르시지요."

"해명해야 하는 것이오?"

"아닙니다. 제게 생각이 있습니다. 탈이 없도록 처리하겠습니다."

"알았소. 이 장군이 맡아 처리하시오."

다음날 조선장수 이일, 김응서, 정휘운 등과 명군장수 이여백, 장세작, 양원 등이 이여송 앞에 모였다.

조선군이 잘 싸워 주어서 평양성을 빨리 탈환할 수 있었다는 이여송의 찬사가 그치자 이영이 나섰다.

"조선군이 성내로 밀어닥쳐 소동이 벌어졌다는데 어찌된 일이오?"

이일에게 물었다.

"명군이 왜적은 빼돌리고, 1만여 명에 이르는 조선백성들을 학살했으니 이게 될 법이나 한 일이오?"

"1만여 명을 학살했다? 참으로 놀라운 일이오. 이거부터 따져봅시다. 한 사람의 목숨도 소중히 여기는데 절대 그럴 리는 없소. 자세하게 구체적으로 말씀해 보시지요."

"일일이 이름을 대란 말이오?"

"그렇소. 어느 곳의 누가 명군한테 죽었다, 이래야 증거가 되지 않 겠소?"

"백성들 이름을 우리가 어떻게 다 압니까?"

"그래요? 좋소. 이름은 모른다 칩시다. 그럼 죽은 사람의 시체는 있 을 게 아니오? 학살당한 자의 시체를 봅시다."

"그야 다 불태우고 얼음 밑에 몰아넣지 않았소?"

"잘 들으시오. 우리는 왜적의 시체를 화장하고 수장했지 조선백성 을 그렇게 한 일은 없소. 절대로 그럴 리는 없소."

"불태우는 것은 도망 나온 우리 백성이 보았고 우리 승군이 보았소. 그리고 물속으로 밀어 넣는 것은 성 밖에 있던 우리 군사들이 보았소."

사명의 승군 일부는 명군의 허락을 받아 무기 없이 성내에 들어가 재(齋: 죽은 자의 명복을 비는 일)를 지낼 수 있었다.

"거 참 이상하오. 그런 끔찍한 일이 조선사람들 눈에만 띄고 우리 중 국사람들 눈에는 왜 띄지 않았단 말이오? 세상에 그런 일은 없소."

"어 …."

'자신들 눈에는 띄지 않았다고? 눈뜨고 사람들을 알아보지 못했다면 네놈들은 짐승들이지.'

이일은 이렇게 말하고 싶었으나 그 말이 나오지 않았다. 교묘히 억 지 쓰는 말을 자기도 교묘히 억지를 쓰면서 이겨낼 자신도 없었다.

"그럼, 다음 문제를 말해 봅시다. 왜군을 우리가 빼돌렸다는 것은 무엇이오?"

"조선군은 성내에서 물러가고, 중화에 배치한 복병도 철수시키라 하지 않았소?"

"그야 제독께서 분명히 그렇게 말씀하셨지요."

"그게 그거 아닙니까?"

"하, 장군은 병법도 모르시오? 8일 밤 조선군은 함구문 밖 대동강 강변에 포진하고 있었지요?"

"그랬소만 … ."

"그랬다면 왜군이 대동강 위로 도망치는 것을 보지 못했단 말이오?"

"그야 보았지요."

"보았다면 … 그래 병법대로 해야 할 게 아니오? 적정의 변화가 있으면 보고하고 작전지시를 받아야 할 게 아니오?"

"복병을 철수시키라는 판국에 무슨 보고요?"

"제독의 그런 지시는 심오한 전략에 의한 것이오. 제독께서는 밤새도록 보고가 오기를 기다리고 계셨소."

'허, 사람 미치게 만드네. 난처해지면 심오한 전략 어쩌고?'

이일은 또 말이 막혔다. 할 말은 있었으나 심오한 전략을 핑계 대는 데야 이겨낼 자신이 없었다.

"결국은 장군이 왜군을 도망시킨 것이오. 장군의 군무 소홀 때문에 왜군이 다 도망쳤단 말입니다. 이제 아시겠소?"

"헉 … ."

'적반하장도 때국(대국) 놈들답군.'

이일은 작은 나라의 비애를 삼키며 참았다.

이여송이 결론을 내렸다.

"이제 모든 게 밝혀졌소. 순변사는 물러가서 처분을 기다리시오."

조선장수들이 물러 나왔다. 이여송은 이영을 칭찬했다.

"누군가에게 이 소동의 책임을 물어야합니다. 조선백성들을 죽였다는 헛소문과 왜적을 놓쳐 버린 데 대한 책임을 물어야 합니다."

이영의 말이었다.

"이일을 죽여야 합니다."

"그게 좋겠습니다."

명나라 장수들이 찬성했다.

"죽이는 것은 좋습니다만 조선사람들의 손을 빌려 죽이는 것이 더 좋을 듯합니다."

이영의 말이었다. 이여송은 이영의 말을 좇았다.

다음날 이여송은 조선조정에 공문을 발송했다.

… 이렇듯 왜적의 도주를 방치하는 등 군무를 소홀히 한 이일을 참형에 처하는 것이 옳다고 생각합니다.

이여송의 편지를 받은 조선조정은 속이 부글부글 끓었다. 저들의 잘못을 온통 조선에 뒤집어씌우는 술책임을, 조선은 잘 알지만 시정할 방법은 없었다.

후송된 명군 부상병들과 연락관들에 의해 요양에서 알았고, 이어서 북경조정도 이 기막힌 내막을 들었다. 그러나 이여송은 이 기회에 조선의 기를 아주 꺾어 놓을 심산이었다.

중국군이 피를 흘려 평양을 수복하고 곧 서울로 진격할 참인데 국왕은 의주에만 앉아 계실 것이오? 평양 전투에서 내 말이 죽었소. 국왕은 내게 말 한 필을 선사하시지 않겠소?

임금은 버럭 화를 냈다.

"오만방자한 이여송 이놈이 ⋯ . 내가 뺄도 없는 병신인 줄 안단 말인가?"

임금은 중신들을 불러 놓고 이여송에 대한 화풀이를 했다.

"나는 원래 몸도 약하고 정신도 흐릿한 사람이오. 거기다 의주에 온 뒤 몸은 더 쇠약해지고 중국 관원들 접대하느라 한질(寒疾)까지 얻었으니 남으로 내려가고자 움직이는 일이 마음 같지 않소. 국새(國璽)를 동궁에 보내서 왕위를 계승토록 하시오. 그리하면 신왕이 속히 움직여 이 제독과 협력하기 좋을 것이오. 나는 몸이 나아지는 대로 천천히 내려갈 것이오."

'이여송 네놈은 내 아들놈하고나 상대해라.'

임금의 울화였다.

국가존망이 달린 비상시국이었다. 임금이 화를 낸다고 이여송이 누그러질 리도 없었다. 이여송이 더욱 화를 낼 것이고 그러면 조선에 원인을 뒤집어씌우고 돌아가 버릴 수도 있을 것이고, 그러면 어떤 위태로운 파국이 올지 알 수 없었다.

중신들은 속이 타들어갔다. 중신들이 말려도 고집을 부렸다.

"선위교서도 마련하고 절차를 진행하시오."

어찌할 것인가? 그러나 임금이 어리석다고 해서 나라를 망칠 수는 없었다. 중신을 대표하여 좌상 윤두수가 밤에 임금을 만났다.

윤두수는 임금 앞에 엎드려 흐느껴 울었다. 이제 환갑 나이의 늙은이였다. 그는 울고 싶어서가 아니라 저절로 울어졌다. 윤두수는 흑흑 느끼며 어깨를 들썩이며 한참을 오열했다.

"진정하시고 말씀을 해보시오."

"전하, 황공하옵니다."

"말씀을 해보시오."

"소신들이 어찌 전하의 통분하심을 모르겠습니까?"

"백성들이 그렇게 학살을 당했는데도 참아야 하고, 또 그렇게 학살한 놈한테 수모를 당해도 참아야 한단 말이오?"

"황공하옵니다. 우선은 국토를 회복해야 하옵니다. 어리석은 체, 미련한 체, 꾹 참고 우선은 국토를 회복해야 하옵니다."

말하는 윤두수의 주름진 뺨 위로 두 줄기 굵은 눈물이 계속 흘렀다. 그 모습을 보며 임금도 눈물이 글썽거렸다.

"우리가 어쩌다 이 신세가 되었소? 울지 마시오. 내 참기로 하겠소."

"황공하옵니다."

"좌상이 알아서 처리하시오."

윤두수는 평양으로 갔다. 가면서 이여송에게 줄 말부터 준비했다. 금부도사를 대동하고 내려가면서 어찌하면 이일의 처형을 면할 수 있을까 머리를 쥐어짰다.

'옳지, 이여송의 하는 짓을 세상 사람들이 다 알도록 공표해야 되겠구나. 이여송도 찔리는 구석이 있을 것이다.'

평양에 들어와 이일을 묶어 놓은 다음날 윤두수는 사방에 방문을 내
붙이도록 했다.

이여송 제독의 명에 따라 오늘 평안병사 겸 순변사 이일을 잡아 가두
고 내일 오정에 보통문 밖에서 참형에 처할 것이오. 누구나 참관해도
좋소.

소문이 쫙 퍼지고 성 안팎 병사들이 들끓었다. 윤두수는 또 이여송
에게 편지를 보내 그의 의견을 구하는 척했다.

제독의 분부대로 이일을 오늘 잡아 가두고 내일 오정에 보통문 밖에
서 참형에 처하고자 합니다. 그러나 참형의 경중을 어찌 적용할지 모
르니 지시해 주시기 바랍니다. 참수(斬首)로 할 것인지 또는 요참(腰
斬)으로 할 것인지 그런 것을 결정해 주시기 바랍니다.

'이 너구리같은 늙은이가 … 허 참.'
이여송은 빙긋이 웃으며 이영에게 명령서를 내주고 윤두수를 모셔
오라 했다.

이일의 사죄(死罪)를 사면(赦免)한다.

아무튼 고마운 일이었다.
"참으로 고맙소이다."
이여송을 만난 윤두수는 머리를 깊이 숙여 고마움을 표시했다.

이여송은 유쾌한 표정이었다.

"임금이 보낸 것은 없습니까?"

"없을 리가 있겠습니까? 임금께서 기꺼이 준마(駿馬)를 내주셨습니다. 그것도 다섯 마리씩이나. 제가 끌고 왔지요."

"허어, 고마운 일이오."

"그리고 임금께서는 곧 남하하십니다. 제독께서 진격하시는 대로 따라가시며 병력과 치중(輜重: 군수 물자)을 독려하실 것입니다."

"허어, 반가운 일이오."

"평양에서 명군의 희생도 컸다 들었습니다."

"3천 명을 잃었소."

"조선군에서 3천 기(騎)를 마련해 보내 드리겠습니다."

"허어, 환영할 일이오."

이여송의 얼굴이 환하게 펴졌다.

조선조정은 이일 대신 이빈을 순변사로 임명하고 기병 3천을 뽑아 이여송을 따르도록 했다.

패주하는 명장(名將)

이제 서울 진격을 앞둔 이여송은 고민이 많았다.

서울에 대병(大兵)이 모이기 전에, 그리고 강물이 풀리기 전에 재빠르게 밀고 올라가 서울을 탈환해야 하는데, 그게 뜻대로 될 것 같지가 않아서였다. 바로 식량 문제였다. 군사들만 멀리 전진했다가 식량이 없다면 낭패가 될 수밖에 없었다.

이여송은 안주에 있는 유성룡을 불렀다.

"이제 서울로 진격해야 하는데, 어떻소? 이번에는 식량이 제대로 되겠소?"

"방략(方略)을 말씀해 보시지요. 방략을 알아야 거기 맞춰 치중을 대비할 것이고, 또한 치중에 따라서 방략을 수정할 경우도 있을 것입니다."

'뭐, 치중에 따라서 방략을 수정할 경우도 있다?'

이여송에게는 매우 비위가 상하는 말이었지만 화를 낼 수는 없었다.

의견이 옳아서만은 아니었다. 그것은 유성룡의 말이기 때문이었다.

"옳은 말이오. 우리는 기병으로 질풍같이 달려가 도성으로 모여드
는 적들을 외곽에서 밟아 버릴 작정이오."

" …… ."

"그렇게 외곽을 밟아 버리면 평양에서처럼 성내의 적들은 길을 열어
달라고 사정할 것이오."

"그러면 당장은 보병이 소용없는지요?"

"그렇소."

"그러면 언제 진격하시지요?"

"빠를수록 좋소."

"그러면 언제든지 진격하시지요. 식량은 걱정 마십시오."

"좋소. 우리는 당장 남하할 것이니 유 정승도 곧 남하하시어 식량 준
비를 하시오."

유성룡이 이야기를 마치고 나오자 명군의 선봉은 이미 대동강을 건
너 남으로 내려가고 있었다. 그들 때문에 길이 막혀 나아갈 수가 없었
다. 유성룡 일행은 샛길로 빠져 명군보다 빨리 중화를 거쳐 황주(黃
州)에 도착했다. 1월 11일 밤 자정쯤이었다.

이제 왜군들은 없었다. 유성룡은 즉시 황해감사 유영경(柳永慶)에
게 공문을 보내 곡식을 연도에 운반하도록 지시했다. 유영경은 전부터
유성룡의 지시를 받고 있었다. 양곡을 적에게 빼앗기지 않도록 백성들
로 하여금 깊은 산속에 감춰 두도록 했었다. 황해도 백성들은 겨울 추
위를 무릅쓰고 밤마다 몰래 서울로 가는 대로변 요소요소에 곡식들을
옮겨 놓았다.

또한 공문을 이원익에게 보내 김응서의 군사로서 움직일 수 있는 군사 5천 명을 동원해 평안도 곡식을 운반하여 빨리 황주에 도착시키도록 했다.

　명군의 선봉은 1월 20일 개성에 이르고 23일에는 이여송이 마지막으로 개성에 들어왔다.

　명군들의 선봉은 임진강까지 남하하여 강가에 포진했다. 그런데 임진강은 벌써 반 이상 녹아서 강물이 출렁이고 있었다.

　선봉과 함께 내려온 유성룡이 생각하니 큰일이었다. 부교를 놓을 수밖에 없었다. 그러나 배도 없고 판자도 없었다. 유성룡은 궁리 끝에 굵은 칡덩굴을 잘라다가 다리를 만들기로 했다.

　접반사로 온 이덕형과 함께 인부들을 동원하여 작업을 서둘렀다.

　강 양쪽에 여러 개의 기둥을 세운 다음 밧줄처럼 꼬아 만든 굵은 칡 줄을 강을 가로질러 기둥에 묶었다. 가로지른 칡 줄 사이에 굵은 막대기를 끼워 칡 줄이 수평으로 팽팽해지도록 여러 번 꼬았다. 그리고 그 위에 나뭇가지와 마른 풀을 촘촘히 깔고 흙을 덮었다. 수레도 지나갈 수 있을 만큼 튼튼한 다리가 만들어 졌다.

　"띵호와(최고다)!"

　명군들이 엄지를 쳐들며 감탄했다. 훌륭한 현수교(懸垂橋: 줄다리)였고 조선 최초의 현수교였다.

　명군이 남하함에 따라서 의주의 조정도 남행길을 나섰다. 왜적들을 피해 허둥지둥 의주까지 쫓겨온 게 작년 6월, 어언 반년이 지났다. 조정에게나 임금에게나 단 하루도 영일(寧日)이 없던 암담하고 불안하고 지겨운 세월이었다.

왕가에도 불행은 컸다. 임해군과 순화군이 적의 수중에 여전히 잡혀 있고, 신성군(信城君)이 의주에서 병사했다. 서울에서라면 병이 들지 않을 수도 있었다.

'하지만 어쩌랴. 이제 형세가 바뀌어 도망가는 적을 쫓아 내려가지 않는가? 서울도 곧 회복되리라. 죽었다 살아났다고 생각하자.'

남행길에 오른 일행은 사실 죽었다 살아난 셈이었다.

우선 조정을 정주(定州)에 정하기로 하고 영변에 와 있는 광해군의 분조와 지방관아들에 알렸다.

1월 19일, 세자 광해군 일행이 사직과 종묘의 신주를 모시고 정주에 들어왔다. 다음날 20일, 임금 일행이 도착했다. 임금과 세자는 작년 헤어진 후 7개월여 만에 다시 만났다.

그리고 22일, 임금의 원조정과 세자의 분조정이 정식으로 합쳐 임금의 조정 하나로 정상화되었다.

조정은 선전관을 각처의 육군, 수군과 의군 진영에 보내 왜적의 격멸을 독려했다.

평양 탈환 이후 조선백성들을 학살한 사건으로 말썽이 생기자 명 조정은 암암리에 의주의 조선조정에 사실을 확인한 적이 있었다.

"명군이 조선백성을 학살한 일은 없었소."

조선조정은 이렇게 답변해 주었지만, 명 조정은 사람을 내보내 다시 조사해서 조선백성을 학살한 사실이 틀림없다고 결론지었다.

산동도어사(山東都御史) 주유한(周維韓)과 이과급사중(吏科給事中) 양정란(楊廷蘭)이 다 같은 내용의 보고서를 올렸다.

평양 전투에서 목 벤 수급의 절반은 조선백성의 것이었으며, 불에 태워 죽인 자와 물에 빠뜨려 죽인 자 1만여 명은 모두가 조선백성으로 그렇게 학살한 것이 사실이옵니다.

명 조정은 서울 진공을 앞두고 또 그런 일이 벌어질까 걱정이 태산 같았다. 명 조정 특히 병부에서는 궁리 끝에 황제의 면사첩(免死帖)을 보내기로 했다. 전에 의주에 왔던 명나라 황응양(黃應暘)이 면사첩을 가지고 정주에 나타났다.

"면사첩 1만여 통을 가져왔습니다. 이여송 제독은 요동사람으로서 흑백을 분별치 못하고 다만 살육을 좋아할 뿐입니다. 어리석은 백성들이 불가피해서 적에게 협조했다 하더라도 적극적으로 가담하지 않은 이상은 이 면사첩을 주어 안심하고 생업에 종사할 수 있도록 하시오. 이 면사첩만 보이면 누구도 감히 다치지 못할 것이오."

면사첩은 황제가 내린 것이었다.

"황상의 은혜가 가히 끝이 없사옵니다."

아무튼 그 태산 같은 걱정이 사라져 참으로 다행이었다.

그런데 그 태산 같은 걱정은 엉뚱한 데에서 또다시 현실이 되고 말았다.

지난해 5월 서울이 함락되기 전 백성들은 서울을 빠져나가 시골로 피란을 나갔었다. 적의 점령이 장기화되자 백성들의 살길도 막막해졌다. 적들이 점령지에서 으레 시행하는 선무공작(宣撫工作)을 시행했다. 왜군의 통행증을 받은 사람들은 자유롭게 성문을 출입하며 장사도 하고 왜군들의 일을 도와주고 보수도 받았다. 서울은 곧 예전의 일상으로 돌아갔다.

어디나 사람은 가지가지였다. 백성들 중에는 적에게 아첨하고 그들의 앞잡이로 나서는 눈치꾼도 있고, 고자질로 동포를 팔아 이득을 보는 파렴치한도 있었다. 심지어 적군을 인도하여 교외의 왕릉을 파헤치는 도굴꾼도 있었다. 그와는 반대로 적의 동태를 탐지하여 성 밖의 관군이나 의병대에 알리는 의리파도 있었고, 후미진 곳으로 적을 유인하여 때려죽이는 열혈남아도 있었다.

이와 같이 용감한 사람들을 후원하는 성 밖의 대표적 인물이 고언백(高彦伯)과 김천일(金千鎰)이었다. 양주목사 겸 경기 방어사 고언백은 서울 일대를 휘젓고 다니는 유격전의 명수로 왜적들도 잘 알고 있었고 그를 잡으려고 혈안이 되어 있었다. 전라도 의병장 김천일은 강화도에 본부를 두고 배를 타고 올라와 김포, 양천 등 한강 하류 일대의 적을 급습하고 다녔다. 그 또한 적의 참살 목표였다.

외부의 조선군과 연결되어 있거나 적을 해치다 잡힌 사람들은 산 채로 화형에 처해졌다. 종루 앞이나 남대문 밖 사람들이 많은 곳에서였다.

명군과 조선군이 평양을 탈환하고 서울을 점령하기 위해 남하한다는 소식이 전해지자, 고언백은 별장 박수인(朴秀仁)을 성내로 들여보내서 내응세력을 수십 개의 부대로 편성했다. 그리고 각 부대에 화약고, 무기고, 식량 창고, 적군 지휘소 등을 맡아 불을 지르는 임무를 부여했다. 그런데 이 정보가 왜군 수뇌부에 포착되었다.

1월 24일. 개성에서 이여송이 명군, 조선군 장수들을 모아 놓고 서울 탈환작전을 상의하던 날이었다.

새벽, 날이 새기도 전에 개미떼처럼 서울의 거리거리 골목골목으로 쏟아져 나온 왜군병사들이 느닷없이 조선백성들을 닥치는 대로 찌르고 베어 죽이기 시작했다. 집집마다 이 잡듯이 뒤져서 남자란 남자는 노소를 불문하고 처치했다. 젖먹이 어린것들은 그냥 밟아 죽였다. 죽이기만 한 것이 아니라 불을 질러 태워버렸다. 전쟁 초기 궁궐과 관가는 탔어도 민가와 민간 건물은 남아 있었다. 그러나 이날 그것들마저 남자들과 함께 모두 타서 사라졌다.

왕조 200년, 도성 한양은 유례없이 철저한 잿더미의 폐허가 되고 말았다. 그나마 여자들을 죽이지 않은 것만은 다행이라 할 수 있을까. 남자만 골라 죽인 왜군들의 기묘한 적개심의 사건, 그날의 참혹한 사건은 두고두고 오래도록 조선의 여한으로 남게 되었다.

"50만의 대적과 어떻게 싸울 것인가?"

남자들을 다 죽이고 나서 왜적들은 싸울 방법을 상의했다. 농성은 고군(孤軍)이 되어 자멸할 가능성이 크므로, 성 밖으로 나가 싸우는 것이 낫겠다는 결론을 내렸다. 그리하여 소서행장이 군사 1만으로 서울을 지키고, 소조천융경이 2만을 지휘하여 전방에 나가고, 우희다수가가 2만을 지휘하여 뒷받침해주기로 했다.

작전대로 왜군들의 선봉은 홍제원(弘濟院)을 지나 영서역(迎曙驛: 서울 녹번동)까지 나가 있었다.

한편 칡다리를 만들어 대포를 실은 수레들이 건너갈 수 있음을 확인하자 유성룡은 이여송을 찾아 빨리 진군할 것을 건의했다. 그러나 이여송은 1월 27일에서야 겨우 임진강을 건너 파주에 닿고 선발대의 전진을 지시했다.

그에 따라 부총병 사대수와 양주목사 고언백이 3천 명을 이끌고 전진했다. 안개가 자욱한 날씨였다. 혜음령(惠陰嶺), 벽제관(碧蹄館), 여석현(礪石峴)을 지나 영서역에 이르자 안개 속에서 고개를 올라오던 왜군 2천여 명과 갑자기 만났다.

서울 근교에서 오랫동안 왜군들과 싸우며 이런 조우전(遭遇戰: 갑자기 만나 싸우는 전투)에도 단련된 고언백의 기병들이 미처 정신을 못 차리는 왜군들 속으로 번개같이 돌진해 쳐들어갔다. 뒤따라오던 사대수의 기병들도 용기를 얻어 달려들었다. 적은 순식간에 600이 넘는 시체를 남기고 도망쳐 갔다.

파주에서 이 소식을 들은 이여송과 명군장수들은 마음이 들뜨기 시작했다.

"이것들이 어서 죽고 싶어 기어 나왔구나. 아주 자-알 됐다. 가자."

이여송이 말에 올랐다. 이여백 이하 1천여 명이 뒤를 따랐다.

가벼운 마음으로 혜음령을 달리는데 말이 갑자기 넘어지면서 이여송도 옆으로 떨어져 땅바닥에 쓰러졌다. 부하들이 뛰어내리고 안아 일으키고 하는 작은 소동이 벌어졌다. 크게 다친 데가 없어 다시 말에 오르긴 했으나 이여송은 기분이 언짢았다. 앞으로 더 갈까 말까 고민중인데 사대수로부터 연락이 왔다.

"벽제관으로 후퇴해 있습니다. 적이 북상중입니다."

이여송은 앞으로 달렸다.

"정말로 빨리 죽고 싶어서 다 기어 나오는군."

이여송이 벽제관에 이르러 장수들을 만났다.

"적의 북상을 어찌 알았소?"

"홍제원까지 정찰을 나갔다 왔습니다. 적은 무악재를 넘어 홍제원 골짜기로 들어오고 있었습니다. 어림잡아 5천 명 정도 되는 것 같습니다."

고언백이 대답했다.

"섣불리 건드려서 성안으로 도로 들어가면 안 되겠기에 일부러 물러 났습니다."

사대수의 말이었다.

"아주 잘했소. 그런데 처음 영서역에는 몇 명이나 나타났소?"

"2천여 명쯤 되었습니다."

"저들은 보병이지요?"

"그렇습니다. 우리 기병이 밀고 내려가면 바람 앞에 등불 신세지요."

점심을 마치고 이여송은 병력을 집합시켰다. 사대수, 고언백의 군사 3천, 이여송 인솔 군사 1천, 도합 4천이 집합했다.

"길을 안내하시오."

이여송은 고언백에게 일렀다.

"후속부대가 도착하면 진격하시지요."

후속부대는 대포 등 중무기를 끌고 오느라 뒤처졌다.

"소화도 시킬 겸 바람이나 쏘여 봅시다."

"하오나 적 대군이 올라올 수도 있습니다."

"갑옷, 투구는 무거우니 경무장으로 따르시오."

고언백은 이여송이 적을 너무 가벼이 보는 것이 마음에 걸렸으나 어쩔 수가 없었다. 4천의 기병은 경무장만 한 채 말에 올라 벽제관을 떠났다.

한편 일본군의 계획은 명군의 예상과는 전혀 달랐다. 어느 골짜기든 대병력을 숨겨 두었다가 지나가는 적 대군을 양편에서 조총으로 쏘아

몰살시키자는 계획이었다.

소조천융경은 홍제원 골짜기를 복병작전 지역으로 생각했으나, 명군이 벽제관 쪽으로 물러갔으므로 좀더 북상하여 여석현 골짜기에 복병을 배치했다.

양쪽으로 작은 야산들이 이어진 골짜기의 중간쯤에 골짜기를 비스듬히 가로막고 약간 솟아올라 있는 등성이가 여석현이었다. 그 등성이에 500여 명의 병력을 배치해 다가오는 명군을 향해 총을 쏘도록 했다. 그래서 전투가 시작되면 골짜기 쪽으로 달아나다 숲속으로 사라지도록 했다. 나머지 약 2만 명 병력은 여석현의 앞뒤 골짜기의 양편과 후방의 야산 숲속에 감쪽같이 매복시켜 놓았다.

골짜기는 가운데 한 줄로 죽 이어지는 좁은 길을 빼고는 거의 다 논이었다. 봄기운이 느껴지는 화창한 날씨에 얼었던 논바닥은 거의 다 녹아서 수렁 같은 진창이 되어 있었다.

골짜기는 좁고 길었다. 골짜기는 웬만한 대군은 순식간에 섬멸시킬 수 있는 조총의 유효사거리 안에 들어 있었다. 명군의 선두가 콧노래를 부르며 여석현에 당도한 때였다. 갑자기 고개 위에서 총소리가 요란하게 울렸다. 명군이 보아하니 적은 잘해야 기백 명인 것 같았다.

"밟아 버려라."

기병들은 박차를 가하며 언덕길로 뛰어 달려들었다. 왜병들은 총을 쏘다 말다 하며 도망가 숨기 바빴다.

그때쯤이었다. 전 골짜기가 떠나갈 듯 총성이 울리면서 4천 병력이 거의 다 들어온 골짜기에 총알이 우박처럼 쏟아졌다. 순식간에 대혼란이 일어났다. 왜군들은 주로 말을 쏘았다. 말들은 푹푹 쓰러지고 아니면 진창에 빠져 허우적거렸다. 명군들도 말에서 떨어져 진창에 빠지며 허우적거렸다. 겨우 단검 하나 들고 허우적거리는 명군들에게 왜군들이 달려들어 장검으로 처치해 버렸다.

중간쯤 달려오던 이여송은 사태를 파악하고 자기가 경솔했음을 실감했다.

"후퇴하라. 빨리 후퇴하라!"

명령은 내렸으나 너무 깊이 들어와 있었고 너무 늦어 있었다. 이여송에게는 좀더 많은 총알이 날아왔다.

이여송이 후퇴하려 말을 돌리는 순간 말이 수직으로 솟더니 쿵하며 바닥으로 넘어졌다. 동시에 이여송도 땅바닥으로 나뒹굴었다.

오늘 두 번째의 낙마였다. 적병들이 몰려들었다. 금빛 갑옷을 입은 적장 하나가 장창을 들고 달려왔다. 참으로 위기의 순간이었다. 그때 명군의 한 군관이 번개같이 말을 달려와 이여송을 가로막고 달려드는 적을 차례로 쓰러뜨렸다.

이여백 등 장수들과 이영 등 참모들이 몰려들었다. 그러는 사이 먼저 달려와 이여송을 막던 군관은 왜병들의 집중사격으로 그만 말에서 떨어져 죽고 말았다. 이여송의 호위군관 이유승(李有昇)이었다.

장창을 들고 달려오던 왜군장수는 명 장수들이 쏜 화살에 쓰러졌다. 그때서야 명군들은 이여송을 말에 태우고 에워쌌다. 달려드는 적들을 막으며 길을 열어 겨우 후퇴할 수 있었다.

이여송은 꼭 죽는 줄로만 알았다가 지옥에서 나오자마자 파주를 향하여 무작정 달렸다. 왜군들은 혜음령까지 추격해 왔으나 명의 후속부대가 다가오자 되돌아갔다.

"모두 후퇴하라!"

2만여 명의 명군 후속부대도 발길을 돌려 다시 파주로 되돌아갔다.

이 전투에서 명과 조선의 병사 3천 4백이 전사하고 겨우 6백여 명이 살아왔다. 너무나도 참담한 패전이었다.

이여송은 장막 안에서 홀로 끙끙 앓았다.

'조선에서는 야전이고 공성전이고 하나도 되는 게 없으니 … .'

이여송은 모든 자신감을 잃었다. 모든 것을 그저 피하고만 싶었다. 이여송은 끙끙거리며 뒤척이다가 한밤중에 장수들을 불렀다.

"의견이 있으면 말해 보시오."

"우선 임진강을 건너 포진해야 합니다."

"…… ."

"우리는 지금 강을 등지고 있습니다. 적이 몰려오면 강으로 밀리다가 또 한 번 당할 수 있습니다."

"알겠소. 내일 건너기로 합시다. 그리고 그다음에는…."

"좀 쉬시면서 차차 결정하시지요."

"알겠소. 늦었으니 가서 쉬시오."

다 돌아간 다음 이여송은 장세작만 다시 불렀다.

"장군의 의견을 듣고 싶어서 따로 불렀소."

"우리의 형세는 지금 진퇴유곡(進退維谷)입니다. 빨리 벗어나야 합니다."

"맞는 말이오만 벗어날 길이 … ?"

"탄원서를 올리시지요. 가령 몸에 병이 생겼다든가 해서…."

"알겠소."

이여송은 즉시 황제에게 보내는 탄원서를 써서 북경으로 급송했다.

다음날 명군이 동파리(東坡里)로 퇴각할 것이라는 말을 듣고 유성룡은 깜짝 놀랐다. 급히 우의정 유홍을 깨워 모셔오라 했다. 유홍은 황해, 강원, 경기 3도 도체찰사(三道都體察使)로 내려왔고, 유성룡도 지금은 충청, 전라, 경상 3도 도체찰사였다.

둘은 도원수 김명원, 순변사 이빈과 함께 이여송의 장막을 찾았다. 잠시 후 이여송이 장막 밖으로 나오고 장수들이 그의 좌우에 시립했다.

"승패는 병가지상사라고 합니다. 강을 건너가신다 들었습니다만 적의 형세를 보아 다시 진격해야 하지 않겠습니까?"

유성룡의 말이었다.

"어제 적을 많이 죽였으니 우리가 불리한 것은 없겠으나 이곳 땅이 워낙 진창이라 주둔하기가 어렵소. 동파로 가서 병사들을 좀 쉬게 했다가 다시 진격할 것이오."

이여송의 말이었다.

"요사이 비도 오고 그래서 땅이 진창인 것은 동파도 마찬가지입니다. 파주도 야산 쪽을 고르면 주둔할 만합니다. 부디 지금의 형세를 늦추지 마시고 이대로 계시다 진격해 주십시오."

유홍도 거들었다.

"허어, 답답하십니다. 잠깐⋯."

그러더니 이여송은 장막에 들어가 서장(書狀: 편지) 초고를 내왔다.

"황제께 상주한 탄원서의 초본이오. 보시오."

유성룡이 받아 읽었다.

… 도성의 적병이 20여만 명이라 중과부적이옵고, 신이 병이 심하온즉 다른 사람으로 하여금 임무를 맡도록 하여 주시옵소서.

유성룡은 어이가 없었다.

"서울의 적이 어떻게 20만이 되겠습니까? 그저 몇만에 불과합니다. 그리고 … ."

그리고 이여송이 어디가 어떻게 아픈가 묻고 싶었으나 참았다.

"20만이고 몇만이고 내가 어찌 알겠소? 당신네 사람들이 그렇다고 하니 그런 줄 알지요."

"적은 결코 몇만을 넘지 못합니다. 여기서 물러나시면 적들의 사기만 올려주는 꼴이 됩니다."

"…… ."

"20만은 허튼 소리입니다. 물러가시면 명군의 위세에도 좋지 않습니다."

이빈의 말에 장세작이 화를 벌컥 내며 다가와 발길질을 했다.

"네가 뭔데 우리 위세를 따지냐? 건방진 놈. 진퇴는 우리가 알아서 하는 것. 상관 말고 물러가라."

하는 수 없었다. 네 사람은 돌아오고 명군은 동파로 건너갔다.

다음날 1월 29일, 명군이 다시 개성으로 후퇴한다는 말을 듣고 유성룡이 이여송을 다시 찾아갔다.

"이렇게 후퇴하다가는 결국 임진강 이북도 보전하기 어려울 것입니다. 잠시 더 동파에 계시다 적의 동태를 살펴보시고 움직이시지요."

유성룡에게는 화를 낼 수도, 짜증을 낼 수도 없었다.

"알겠소. 내 그리하리다."

대답은 그랬으나 유성룡이 나오자 이여송은 개성으로 물러가고 명군 부대도 따라서 물러갔다.

동파에는 부총병 사대수와 유격장군 관승선(冊承宣)이 병사 수백명을 데리고 임진강을 지키는 흉내만 내고 있었다.

개성으로 물러난 후에도 유성룡은 날마다 사람을 보내 문안을 드리고 진병(進兵)을 간청했다.

"날이 개고 길이 마르면 당연히 진병할 것이오."

이여송의 대답은 매일 같았으나 전혀 움직일 낌새도 보이지 않은 채 세월만 갔다.

그런데 또 난데없는 변괴가 일어났다. 전혀 예상치 못한 말의 병이 생겨 수일 만에 수천 필의 말이 떼죽음을 당했다.

거기다 군량이 늘 부족해 명군 병사들의 불만이 자꾸 터져나왔다. 유성룡과 조선사람들은 속이 썩어 문드러질 지경이었다. 양곡은 모자란데 명군은 무위도식으로 허송세월만 보내고 있어서였다.

충청, 전라에서 조세로 올라오는 양곡을 예성강을 통해 개성에서 받아 충당했으나 늘 부족했고, 강화에서 조와 마초를 구해왔으나 그것도 늘 모자랐다. 북에서 오기로 한 양곡은 아예 소식도 없었다.

심사가 꼬인 명 장수들이 본국으로 회군(回軍)하자고 매일 떠들어대며 이여송에게 하소연했다.

이여송도 심사가 꼬였다. 양곡 책임자 유성룡, 호조판서 이성중(李誠中), 경기좌감사 이정형(李廷馨)을 불러들였다. 이여송은 장수들이 죽 늘어서 있는 마당에 조선의 책임자들을 꿇어앉히고 호통을 쳤다.

"군량은 군대의 생명이오. 군대의 생명을 조이는 자에게는 당연히 군법을 시행할 것이오."

꿇어앉은 유성룡의 눈에서는 눈물이 줄줄 흘렀다. 저절로 흐르는 눈물이었다. 죽는 것이 서러워 흐르는 눈물은 아니었다.

'어쩌다 나라가 이 지경이 되었단 말인가?'

세상 누구에게도 낯을 들 수 없을 만큼 비참해진 내 나라의 처지가 서러워 흐르는 눈물이었다.

이여송은 조선에 들어와 유성룡을 처음 본 때부터 그를 공경하는 마음이 떠나지 않았다. 유성룡의 눈물을 물끄러미 바라보던 이여송이 갑자기 또 호통을 쳤다.

"나를 따라 서하(西夏: 감숙성, 섬서성 지역)를 정벌할 때는, 여러 날 먹지 못했어도 돌아가자고 보채지 않았잖소? 그래서 마침내 큰 공을 세우지 않았소? 지금 조선에 와서 마침 며칠 식량보급이 되지 않았다고 어찌 갑자기 돌아가자 한단 말이오? 가고 싶거든 제장들이나 가시오. 나는 적을 치고서야 돌아갈 것이며, 마땅히 마혁과시(馬革裹屍: 시체를 말가죽으로 싸는 것) 해 돌아갈 것이오."

호통을 들으며 마당에 늘어선 명군장수들이 머리를 조아렸다.

"송구하옵니다."

"생각이 짧았습니다."

이여송은 모두 물러가라 하고 안으로 들어갔다.

유성룡은 군량을 제때 보급하지 못해 명군에 폐를 끼친 개성 경력(經歷) 심예겸(沈禮謙)을 불러다 곤장을 쳤다.

"시일이 좀 지체되었습니다만 곧 도착할 것입니다."

공교롭게도 매를 때리고 나자 곧 소식이 들어왔다. 강화에서 군량을 싣고 온 배 수십 척이 서강에 닿았다고 했다. 다행이었다. 명군도 그날부터는 제대로 밥을 먹게 되었다.

명군의 무위도식이 2월 중반으로 이어질 무렵에 난데없는 소문이 퍼졌다.

"함경도의 가등청정이 함흥에서 양덕(陽德) 맹산(孟山)을 거쳐서 평양을 습격하러 오고 있다."

북쪽으로 돌아갈 기회를 엿보던 이여송이 얼른 접반사 이덕형을 불렀다.

"평양은 근본이 되는 곳이오. 만약 이곳을 지키지 못하면 대군은 돌아갈 길이 없소. 가서 구원하지 않을 수 없소. 그리고 조선군대는 원군도 없으니 임진강 북쪽으로 옮기도록 하시오."

이덕형은 즉시 유성룡에게 연락했다. 유성룡은 종사관 신경진(申景禛)에게 편지를 써주고 빨리 이여송에게 전달하라 했다. 편지는 퇴각 불가의 5가지 이유를 적은 것이었다. 이유는 구차한 구실일 뿐 제발 물러가지 말라는 애원이었다.

1. 조선 선대왕의 분묘들이 모두 경기도에 있는데 지금 적 점령하에 있어 신과 사람이 다 같이 하루속히 회복되기를 간절히 바라고 있습니다.

조선이 충효사상을 근간으로 하는 숭유국가(崇儒國家)임을 잘 아는 이여송에게 이를 다시 깨우쳐 주었다.

2. 경기 남부의 백성들은 하루하루 천군(天軍)이 오기를 학수고대하고 있는데 물러갔다 하면 그들은 실망하여 서로 이끌어 적에게로 갈 것입니다.
3. 조선의 강토는 한 자, 한 치의 땅이라도 결코 버릴 수 없습니다.

땅은 나라와 백성의 바탕이었다. 땅에 의지해 하루하루를 살아가는 것이 백성의 일상이었다. 그 백성이 있어 나라가 있는 것이었다. 조선군은 지켜줄 능력이 없고, 명군은 평양까지 물러나 버리고, 조정은 국토의 끄트머리에 가 있고, 임금이나 조정은 대책이 없으니, 백성은 그 땅을 차지한 왜군에 의지해 살 수밖에 없는 일이었다. 땅 한 자를 버리면 그만큼의 나라와 백성도 버리는 일이었다.

4. 조선의 장수와 군사들은 비록 힘은 약해도 바야흐로 천군에 의지하여 함께 진격할 계획을 세우고 있는데, 물러갔다 하면 통분과 원망으로 흩어져 버릴 것입니다.

조선군(특히 육군)은 적과 정면대결을 할 수 있는 전문군대가 없었다. 조정은 장수를 임명하는 일 이외에 군대를 위해서 해주는 일이 거의 없었다. 장수는 녹봉이 없고 병사는 무기가 없고 군대는 군량이 없었다. 명군이 들어오면서 그 명군에 의지해 보조군대로나마 전면전을 치를 수가 있었다. 조선군의 이런 사정을 알고 있는 이여송을 각성시키는 항목이었다.

5. 대군이 한번 물러가면 임진강 북쪽 지역도 보전하지 못할 것입니다.

명군이 평양으로 물러가면 조선국토가 분할되는 빌미가 될 수 있고, 분할되는 상황에서는 임진강 이북도 지켜낼 수가 없을 것이며, 명나라도 직접적으로 위협받게 된다는 사실을 깨우쳐 주었다.

그러나 편지에 대한 언급도 답장도 없이 이여송은 후퇴를 서둘러 2월 18일 마침내 평양으로 물러가고 말았다. 부총병 왕필적(王必迪)과 휘하 2천을 남겨 개성을 지키라 하고 … .

행주산성 (幸州山城) 전투

　　당시 전라감사 권율(權慄)이 고산현감(高山縣監) 신경희(申景禧),
승장(僧將) 처영(處英: 금산사의 뇌묵대사, 雷默大師), 전라방어사 조
경(趙儆)과 함께 행주(幸州)의 덕양산(德陽山: 행주산성)에 있었고,
전라병사 선거이(宣居怡)는 관악산에, 고언백과 이시언은 양주 해유
령(蟹踰嶺)에, 순변사 이빈과 도원수 김명원은 임진강 남안(南岸) 파
주에, 유성룡은 북안 동파에 있었다.

　　이들 조선군은 모두 서울 진공에 대비하고 있었다. 명군과 함께 서
울에 들어가되 빨리 진입해 이번에는 명군이 조선백성을 죽이는 참극
을 반드시 막아보려 했다. 그런데 정작 명군은 평양으로 내빼버린 것
이었다. 이여송의 분부에도 불구하고 조선군은 아무도 임진강 이북으
로 철수하지 않았다.

　　그밖에도 충청감사 허욱(許頊)이 전 경상우병사 조대곤(曺大坤)과
함께 양천에, 의병장 박유인(朴惟仁), 이산휘(李山輝), 윤선정(尹先

正) 등이 서울의 서북 창릉(昌陵: 서오릉 지역) 일대에, 우성전(禹性傳)이 한강 하류 심악산(深嶽山)에, 홍계남(洪季男)이 수원 방면에 포진하고 있었다.

조선군은 서울을 멀리에서 포위하여 포진하고 지구전에 들어갔다.

서울의 일본군은 명군이 물러가자 기운이 솟았다. 그런데 성내에 모든 물자가 모자라는 게 문제였다. 사람이고 말이고 먹을 것이 부족했다. 땔감도 없었다. 식량도 구하고 마초도 베고 산에 가 땔나무도 찍고, 또 각 지역의 우군과 내왕도 하고 본국과 연락도 해야 하니 밖으로 나가야만 했다.

그런데 마음 놓고 나다닐 수가 없었다. 조선군이 어딘가에 숨어 있다가 활을 쏘고 칼질을 했다. 쫓아가면 감쪽같이 사라졌다. 밖으로 나가기만 하면 결코 무사할 수가 없었다. 풀을 베든 양식을 구하든 심지어 편지 한 통을 전하려 해도 나갈 때는 최소 수백 명씩 움직였지만 그래도 조선군과 의병들의 유격전에 사상자는 늘 생겼다.

서울에 모인 왜군 수뇌부는 골치를 앓다가 하나의 작전을 구상해 냈다. 압도적인 병력을 동원해서 유력한 조선진영 하나를 박살내자는 구상이었다. 그리고 그들은 행주의 권율을 찍었다. 이치 전투에서 패배한 원한도 있고, 조선에서 전쟁영웅으로 떠받드는 까닭도 있어, 본보기로 권율을 박살내기로 하고 기회를 엿보며 사전 작전에 들어갔다.

사전 작전의 첫 번째는 양천의 허욱 부대를 내쫓는 것이었다.

충청감사 허욱은 양천에서 한강을 오르내리며 육지에 올라 유격전을 펼치곤 했다. 행주 덕양산에서 전투가 벌어지면 반드시 와서 합세할 것이었다. 왜군들은 소문을 퍼뜨리기도 하고 어수룩한 조선사람을 잡아다 겁을 먹이기도 했다.

"복도정칙(福島正則) 장군께서 이번에 충청도를 치러 내려가시는데 길안내를 좀 해야겠다. 너 충청도 사람인줄 알고 데려왔으니 딴소리하면 죽는다."

"나는 참말로 경기도 사람이오. 충청도 길은 모릅니다."

이런 식으로 몇 사람 잡아다 겁먹게 해 놓고 충청도가 아니라고 하면 내보냈다.

소문은 양천에 있는 충청감사 허욱의 귀에 여러 번 들어갔다.

원래 충청도 담당인 제5군사령관 복도정칙은 충청도 동부지방 일부를 점령한 다음 서부지방은 가만두고 경기도 죽산(竹山: 안성시 죽산면)에 올라와 술만 퍼마시고 있었다. 정칙은 아직도 충청도로 내려갈 기색이 없었다.

그러나 허욱은 불안했다. 정칙이 내려와 충청도 서반을 점령하면 남해안에서 서해안, 강화도, 조정으로 이어지는 중대한 통로가 잘라져 토막 나는 것이었다. 허욱은 육상에 오른 군병들을 모두 불러내 배에 태우고 양천을 떠나 서해안 충청도로 내려갔다. 권율이 양천에 온 정철을 보러 왔다 간 다음이었다.

권율도 허욱도 이것이 왜군들의 치밀한 계획에 의한 작전이라는 것을 전혀 몰랐다.

애초에 권율은 전라도에서 올라와 수원의 독산산성(禿山山城)에 포진했었다. 명군이 내려온다는 소식이 있자 서울 근교로 옮겨 대기하는 편이 좋겠다고 생각했다. 그래서 전라방어사 조경(趙儆)을 시켜 포진할 장소를 정하도록 하고 북상해 올라왔다.

오다가 전라병사 선거이에게 병력의 절반인 2천 병사를 주어 달아나는 적을 치도록 관악산에 포진시키고, 권율은 조경과 승병장 처영 이하 2천 3백 명을 데리고 조경이 골라잡은, 일명 배산(盃山)이라고도 하는 행주의 덕양산으로 왔던 것이다.

서울에서 멀지도 가깝지도 않은 30리, 산 뒤쪽은 한강과 접해 있어 물길로도 통할 수 있었다.

그런데 크지도 작지도 않은 덕양산에는 나무는 울창한데 집도 성도 아무것도 없었다. 각종 무기와 대포를 끌고 오느라 늦게 도착한 부대는 우선 장막을 치고 밤을 보냈다. 다음날 아침 이른 조반을 끝내고 조경은 2천 3백 명 전원을 동원해 벌목을 시작했다. 지략 있는 무인의 예단으로는 도저히 그냥 있을 수 없는 일이었다.

"허어, 부질없는 짓이오."

늦잠 자다 일어난 권율이 제지했다.

"명군이 오면 도성으로 갈 것인데 집이든 울타리든 만들어 무얼 하오? 이리 다시 올 일도 없을 것이오. 쓸데없이 병사들 기운만 빼는 일이오."

"혹여 오늘이라도 왜군이 닥치면 방비가 전혀 없으니…."

"그들이 여기를 어찌 알고 오겠소. 그만둡시다."

"알겠습니다."

그러나 조경은 걱정이었다. 혹시라도 시일이 길어지면 왜군의 표적이 될 수도 있으니 목책이라도 세워야만 했다. 그러나 고집을 부리면 상하 화합이 깨질 수도 있어 일단은 참았다.

그런데 양천 허욱 진영에서 사람이 왔다. 왕명을 받든 양호체찰사

정철(鄭澈)이 강화도를 거쳐 양천에 와 있다는 소식이었다. 정철과 권율은 매우 친한 사이였고 노년의 나이 58세, 57세로 다 같이 두주불사의 술고래였다. 권율은 희색이 만면하여 당장 한강을 건넜다. 오랜만에 반갑게 만난 두 사람은 과연 쓰러질 때까지 동이 술을 마셨다.

조경으로서는 참으로 좋은 기회였다. 동복현감(同福縣監)으로 권율 휘하에 있던 황진(黃進)이 충청도 조방장으로 허욱 진영에 가 있었다. 조경은 황진에게 사람을 보내 며칠간 두 분을 잘 모시고 특히 술대접에 정성을 다하라고 부탁했다. 둘은 마시고 취하여 쓰러졌다. 일어나면 또 마시고 취하여 쓰러졌다. 둘은 세월 가는 줄을 몰랐다.

그사이 조경은 병사들을 동원하여 나무를 자르고 통나무를 엮어 녹각(鹿角)이라고 하는 방어용 목책을 열심히 만들었다. 그것을 산 둘레에 빽빽이 세웠다. 그러는 동안에도 권율은 돌아오지 않았다. 조경은 다시 녹각 안쪽으로 돌과 흙을 이용하여 튼튼한 벽을 죽 쌓았다. 튼튼한 성벽이 되었다. 왜군의 조총을 막아낼 방벽이 생긴 것이었다.

덕양산은 며칠 사이에 외성과 내성이 있는 야무진 성채(城砦)로 변했다. 그때서야 돌아온 권율은 어안이 벙벙했다.

"허허, 어느 사이 철옹성이 되었나? 솜씨가 있어. 허허."

그도 언짢은 기분은 아니었다.

2월 11일, 서울의 적정을 살피러 으레 나가던 권율의 정찰병이 그날은 적의 특이한 이동을 발견했다. 1천여 명이나 되는 병사들이 서대문을 나와 서북 방향으로 가다가 성산(城山)에서 멈추어 장막을 치고 묵을 준비를 했다.

"야습을 할 수도 있다. 경계하라."

보고를 받은 권율은 대수롭지 않게 여겼다.

다음날 2월 12일.

어둑새벽에 일본군 보기(步騎) 3만의 대병력이 권율 부대를 목표로 서울을 출발했다. 총사령관 우희다수가를 비롯 독군장관(督軍長官) 석전삼성, 6군 사령관 소조천융경, 1군 사령관 소서행장 등 서울에 모인 장수들이 이끄는 대군이었다.

해가 막 뜨려는 묘시(오전 6시)경 덕양산 초소에서 망을 보던 병사는 깜짝 놀랐다. 멀리 접근해 오는 어마어마한 꿈틀거림에 병사는 입을 다물지 못한 채 뛰어가 보고했다.

다급한 북소리 따라 선잠을 깬 병사들이 무기를 들고 모였다.

"어찌하는 게 좋겠소?"

권율의 물음에 조경은 초소로 다시 올라갔다. 벌판을 가득 메우고 밀려오는 어마어마한 수의 병사들은 왜군에 틀림없었다. 그리고 수만 명의 대군에 틀림없었다, 뛰어내려와 권율에게 말했다.

"이렇게 많이 올 줄은 몰랐습니다. 도주하는 게 좋겠습니다."

권율 부대는 대포와 치중을 끌고 산을 내려와 달리기 시작했다. 동북으로 파주를 향하고 달렸다. 외길을 달려 5리쯤 왔을까, 조금만 더 가면 육지 어디로든 갈 수 있는 교차로인데 갑자기 앞에서 조총소리가 울렸다. 조경이 손을 들자 행진이 멈췄다.

"복병입니다."

어제 정찰병이 본 1천여 왜병이 바로 여기서 진로를 차단하고 있었다. 되돌아갈 곳은 한강을 건너 양천이거나 아니면 도로 덕양산이었다. 한강은 배가 없으니 어쩌랴. 전 부대는 다시 덕양산으로 달려 올라갔다.

달려오면서 권율은 종사관 김맹복(金孟福)에게 일렀다.

"빨리 월곶(月串)으로 가시오. 뭘 써줄 시간이 없으니 그냥 가서 이 사태를 말하시오."

김맹복은 쪽배를 부지런히 저어 강화로 내려갔다. 강화 동북에 있는 포구인 월곶은 경기수사 이빈(李蘋)의 수군영이 있는 곳이었다.

덕양산에 다가온 왜군은 한강에 접한 남쪽을 제외하고 동, 북, 서쪽을 3중으로 포위했다. 그리고 3교대의 파상공세로 돌진해 들어왔다. 3만 명과 2천 3백 명의 싸움이었다. 13대 1의 대결이었다.

먼 뒤에서, 들판을 가득 메우고 앞에서 전진하는 왜군병사들을 바라보며 앳된 총사령관 우희다수가 물었다.

"얼마나 걸리겠습니까?"

"반나절이면 끝납니다."

산전수전을 다 겪은 노회한 장수 소조천융경이 대답했다.

1만여 명의 왜군 제1진이 성난 파도처럼 밀려들었다.

덕양산의 조선군사들은 들판의 왜군들이 대포의 사정거리 안에 들어올 때까지 조용히 기다렸다. 웬만큼 가까운 거리에 이르자 천지를 진동하는 굉음이 터지면서 수박덩이처럼 커다랗고 시커먼 포탄들이 여기저기 날아와 떨어졌다.

떨어진 게 뭔지 몰라 잠깐 구경하는 사이 귀청이 찢어지는 폭음과 함께 수박덩이가 터지고 무수한 철편들이 사방으로 튀어 날았다. 한덩어리에 수십 명씩, 밀집한 경우에는 100여 명씩 피투성이가 되어 쓰러지고 또는 날렸다가 떨어졌다. 대완구(大碗口)로 쏘는 비격진천뢰

106

(飛擊震天雷) 였다.

그런 사이를 뚫고 녹각 가까이까지 접근하는 적들은 화살을 퍼붓고 발화통(發火筒)을 내던져 처치했다. 발화통은 일종의 수류탄이었다.

왜군들은 2진, 3진이 숱한 사상자만 내고 물러나자 비상수단을 썼다. 통나무로 바닥이 없는 커다란 상자를 만들었다. 수백 명이 그 상자를 들고 그 안에서 총을 쏘며 전진해 왔다.

조선군은 천자포(天字砲), 지자포(地字砲) 등 대포를 쏘아 통나무 상자를 박살냈다.

그런 사이를 뚫고 기병들이 달려들었으나 녹각에 가로막혀 넘어지거나 멈칫거리다 갑옷을 뚫고 들어가 박히는 편전의 공격에 송충이가 되어 쓰러졌다. 비상수단도 소용없이 왜군의 사상자는 엄청나게 불어나고 있었다.

조선군은 무기와 지리에서 유리했다. 성능이 월등한 화약무기로 산 위의 보이지 않는 숲속에서 아래를 향해 쏘았다. 일본군은 무기와 지리에서 불리했다. 훤히 노출된 들판에서 주로 조총을 위로 쏘며 올라와야 했다

그러나 병력의 차이가 너무나 컸다. 왜군들은 교대로 싸웠으나 조선군은 쉴 틈 없이 싸워 지쳐가고 있었다.

한낮이 기울어가자 서풍이 불어왔다. 서북쪽에서 처영(處英) 스님의 승병부대와 싸우던 융경이 또한 비상수단을 써서 공격해왔다. 융경의 부대 수천 명은 제각각 커다란 마른 풀 더미를 한 아름씩 안고 돌진해 녹각에 쌓고서 불을 질렀다.

불은 삽시간에 목책을 태우고 숲에 옮겨 붙었다. 이를 기회로 조총

을 쏘며 올라오는 왜군들이 토담으로 된 내성을 넘었다. 바람을 탄 연기와 불길이 또한 거세어 처영의 서북쪽은 밀리며 짓밟혀 뚫릴 위기를 맞았다. 뚫리면 산 전체가 무너질 판이었다.

비상사태를 알리는 전고(戰鼓)가 다급하게 울리고 조경 등 장수들이 달려오고 권율이 달려왔다.

"물러서면 죽는다!"

호통과 함께 권율이 물러서는 병사들을 칼로 후려쳤다. 병사들은 물러서지 못하고 멈칫거렸다. 권율을 선두로 장수들이 앞장서 밀고 내려갔다. 멈칫거리던 병사들도 밀고 내려갔다. 내려 쏟아지는 조선군의 무서운 기세에 적들은 뒷걸음치며 대항할 재간도 틈도 없어 그냥 돌아서 달아나기 시작했다.

적들을 완전히 밀어낸 조선군은 서둘러 나무를 찍어 타버린 목책부터 만들어 다시 세웠다. 위기를 넘기고 다시 제자리로 돌아가 싸웠다. 이제 가공할 적군의 숫자에도 가슴이 의연해지고 두려운 싸움에도 자신감이 차올랐다.

그런데 무기가 점점 고갈되어 갔다. 진천뢰. 발화통, 화포의 포탄 등이 바닥나고 화살마저 떨어져갔다. 큰일이었다.

조경이 이리저리 주위를 둘러보다가 커다란 돌멩이를 주위들고 와서 다가드는 적병을 향해 내던졌다. 돌멩이가 적병의 머리통에 떨어지자 적은 폭 꼬꾸라져 꼼짝하지 못했다. 덕양산은 유달리 돌멩이가 많은 산이었다. 병사들은 돌멩이를 집어다 쌓아놓고 그걸로 싸웠다. 내려 보고 싸우는 데는 그만이었다. 힘을 다해 사정없이 내려 던지는 돌에 적들도 속수무책이었다.

참으로 간편하고도 훌륭한 무기였다. 그러나 그 무기도 바닥을 드러내고 있었다. 날은 저물고 적은 억세고…. 큰일이었다.

조선군의 무기 바닥을 알면 적들은 굶주린 이리떼처럼 들이닥칠 것인데…. 그러면 갈가리 찢기고 마지막이란 말인가?

그런데 기적이 일어났다. 한강을 거슬러 온 배 3척이 산 남쪽 물가에 와 닿았다. 의병장 김천일과 함께 의병 300여 명이 내리고, 뒤이어 충청수사 정걸(丁傑)이 병사들을 독려하며 숱한 화살다발을 내리기 시작했다. 산 위의 병사들은 함성을 지르며 펄쩍펄쩍 뛰었다. 지친 몸에 생기가 돌고 팔다리에 힘이 불끈 솟았다.

권율이 쫓아가 두 사람의 손을 덥석 잡았다.

"허어. 어인 일이시오?"

"허어, 종사관을 보내지 않았소?"

세 사람이 산으로 오르는데 또다시 병사들이 한강을 바라보며 함성을 질렀다.

한강을 온통 뒤덮고 무려 40여 척의 배가 올라오고 있었다. 배에는 전라도 깃발이 펄럭였다. 전투가 벌어진 것은 전혀 모른 채 전라도 군사들에게 줄 무기와 식량을 싣고 올라오는 보급선이었다. 타지에 가서 싸워도 보급은 본도에서 대주게 되어 있었다.

정걸은 80세의 나이였으나 건장한 체구에 자세가 늠름했다. 충청수사 복장을 한 정걸이 산을 오르다 돌아서 보급선단을 향하여 손을 번쩍 들고 흔들어 환대를 표시했다.

"이순신 장군의 함대가 올라왔다."

병사 누군가가 소리쳤다.

"와와, 이순신 함대다!"

"이순신 장군이다!"

함성은 더 커지고 이순신의 이름은 왜병들에게도 들렸다.

많은 사상자를 낸 왜군들은 사기가 말이 아니었다. 더구나 총사령관 수가가 화살을 맞고 말에서 떨어져 중상을 입었고, 석전삼성 등 장수들도 여러 명 부상을 입은 판이었다.

한강을 올라오는 수십 척 원군(援軍)의 배가 분명 보이는데, 이순신의 이름까지 들리는 게 아닌가? 신시(오후 4시)가 되자 왜군들은 숱하게 많은 전사자와 부상자들을 끌며 부축하며 서울 쪽으로 철수하기 시작했다.

그래도 다 수습하지 못하고 버리고 간 시체가 130여 구나 되었다. 산에서 내려온 조선병사들이 왜군들의 시체들을 끌어다 사지를 찢었다. 분풀이였다. 그리고 그 사지들을 사방의 나뭇가지에 걸어놓았다.

13대 1의 전투에서 여지없이 참패한 왜군은 권율을 그냥 둘 수가 없었다. 반드시 잡아서 사지를 찢어 나뭇가지에 걸어야 했다.

왜군들은 다음날 바로 행주 덕양산 주위로 척후들을 파견했다.

"그날 올라온 선단은 전라도 수군이 아니라 보급선이었습니다."

"수군 장수복장을 한 사람은 가짜 이순신이었습니다."

보고를 받은 서울의 왜군은 덕양산 고사 작전을 계획했다. 한강으로 올라오는 보급을 차단하고 산을 포위해서 권율 부대에 식량이 떨어지기를 기다린다는 것이었다. 식량이 떨어지면 기어나올 것이고 기어 나오면 밟아버린다는 작전계획이었다.

왜군은 우선 한강을 차단하기로 했다. 무슨 배든, 쪽배, 나룻배까지 모두 긁어모아 서강진(西江津)에 집합시켰다. 150여 척이 모였다. 배에 맞게 무장을 한 병사들을 승선시켰다. 순식간에 150척의 수군함대가 편성된 셈이었다.

이 소식은 득달같이 강화 월곶의 정걸에게 보고되었다. 정걸은 그동안 뭍에서 정비하며 햇볕에 말리던 판옥선 등 전함 50여 척을 바다에 띄우고 무장을 시켜 병사들을 태웠다.

2월 15일 정걸의 충청함대는 한강을 거슬러 행주로 올라왔다.

행주쯤에서 서강을 떠나 다가오는 150여 척의 왜군선단을 만났다. 정걸은 전라좌수영의 조방장으로 이순신 함대에서 조선수군의 전법과 기량을 제대로 익힌 장수였다.

보아하니 멀리서 대포를 쏠 것도 없었다. 갑판에 촘촘히 세워 울타리처럼 장치한 조총 방어용 방패를 다시 한 번 확인하라 했다. 이윽고 충청함대는 판옥선들을 몰아 일본선단의 중심으로 일제히 돌진해 들어갔다. 일거에 왜군 배들은 산산조각으로 부서져나갔다. 아니면 그냥 뒤집혀졌다. 물에 빠져 허우적거리는 왜병들은 다 조선수군이 쏘는 화살의 표적이 되어 스러졌다.

일각도 되지 않아 왜군선단을 박멸해 버린 정걸은 그대로 올라와 용산 강가에 정지했다. 정걸이 올라온다는 급보를 받은 왜군들은 2만여 명이 강변으로 쏟아져 나와 조총을 쏘았다.

용산에는 세미(稅米)를 보관하던 용산창(龍山倉)이 있었다. 서울의 왜군들은 자신들의 양식을 거기에 보관하고 있었다. 반드시 지켜야 했다.

정걸은 왜병들이 쏘는 조총에는 신경도 쓰지 않았다. 그는 조총의 사거리 밖에 함대를 정지시켰다. 그리고 신호용 무기이면서 동시에 발화용 무기인, 멀리 나가는 신기전(神機箭)을 용산창에 집중적으로 쏘아붙였다. 마침내 용산창에 불이 붙었다. 연기가 오르며 불길이 치솟자 정걸은 함대를 출발시켜 유유히 하류로 떠났다.

사방에 척후를 보내 사태를 파악한 권율은 덕양산을 떠나기로 했다.

"내일 아침 일찍 목책을 다 태우시오."

다음날 2월 16일 산성을 버리고 북으로 이동했다.

"덕양산아, 고맙다."

권율의 부대는 그날로 파주산성으로 들어갔다.

강화(講和)에 매달리다

　　용산의 양곡이 다 타버린 서울의 왜군은 앞날이 암담했다. 식량은 바야흐로 목숨이었다. 남은 것으로는 죽만 쑤어도 석 달을 버티기 어려웠다. 조선사람들에게 약탈할 수도 없었다. 어디서고 나타나는 조선군의 유격병 때문이기도 했지만, 조선백성들 역시 먹을 게 없어 죽어가는 형편이었다. 농사를 지어도 어려운 판인데 농사를 놓쳤으니 먹을 게 있을 리가 없었다.

　　서울이나 경기지역의 백성들은 굶다 못해 유성룡이 있는 동파로 모여들었다. 그가 군량책임자이기 때문이었다. 임진강 기슭에는 전라, 충청지역에서 군량을 싣고 온 배들이 줄을 지어 정박해 있었지만 백성들을 먹일 수가 없었다. 유성룡은 참으로 가슴이 아팠다. 곧 다시 내려올 명군을 먹여야 하는 식량이기 때문이었다.

　　어느 날 유성룡이 사대수 부총병을 보러 갔더니 그의 막사에 젖먹이 어린애가 있었다.

"장군 처소에 웬 젖먹이입니까?"

"내가 마산역(馬山驛: 파주)으로 가던 중이었소. 이 아이가 길가에서 죽은 어미의 젖을 빨고 있지 않겠소. 하도 불쌍해서 데려왔소. 마땅한 사람에게 맡겨 기르게 할 요량인데 우선 군중(軍中)에서 기르고 있소."

유성룡은 저도 모르게 눈물이 났다.

다음날 전라도 소모관(召募官) 안민학(安敏學)이 벼 1천 석을 싣고 올라왔다. 유성룡은 조정의 허락을 받아냈다. 전 군수 남궁제(南宮悌)를 감진관(監賑官: 흉년에 굶주리는 백성들을 먹이는 일을 감독하는 관원)으로 삼아 굶는 백성들을 먹이도록 했다.

솔잎가루와 쌀가루를 섞어 물에 타 먹게 했으나 굶는 사람은 많고 곡식은 모자라 살려내지 못한 아까운 목숨이 수두룩했다. 명나라 장수들도 안타깝게 여겨 군량 30석을 보태주었으나 그저 고마운 성의일 뿐이었다.

봄비가 내리는 밤이었다. 유성룡이 숙사 안에서 자다 들으니 가까이 사람들이 모여 신음하는 소리가 그치지 않았다. 아침에 나가 보니 숙사 처마 밑에는 기대앉은 채 죽어 있는 사람이 여럿이었다. 여기저기 딴 처마 밑도 마찬가지였다.

평시에도 춘궁기(春窮期)인 때였다. 난리통에 조선천지는 기근(饑饉)으로 죽어가고 있었다. 기근이 왜군보다 더 무서웠다. 그러니 왜군들도 식량의 현지 확보는 가망 없는 일이었다.

왜군들은 병력 감소도 큰 걱정이었다. 조선에 건너와 10개월, 왜군 병력의 3분의 1 즉 5만여 명이 사라졌다. 전사(戰死)보다 병사(病死)

가 더 많았고 지금도 계속 죽어가고 있었다. 식량과 약품이 부족한 터에 전염병까지 돌아 무더기로 죽기도 했다.

도망병도 적지 않았다. 추위와 배고픔을 견디지 못해 도망치기도 했고, 무서운 점령자의 행티, 말하자면 민간인들을 대량으로 학살하는 짓, 특히 닥치는 대로 강간하고 나서 잔인하게 살해하는 짓, 이런 짓을 도저히 견딜 수 없어 도망치기도 했다.

어떻게 할 것인가? 하는 수 없었다. 풍신수길에게 사실대로 보고했다. 수길은 처남이요 5장관 중의 한 사람인 천야장정(淺野長政)을 조선에 내보냈다.

"사정을 알아보고 식량과 병력의 보급대책을 세우라."

천야장정이 와서 확인해 보니 두 가지 다 일본에서 충당해야 했다. 그런데 애로사항도 두 가지였다.

첫째는 수송에 쓸 배가 모자랐다. 일본의 배는 똑같은 배를 전투용으로도 수송용으로도 사용했다. 그런데 이순신과의 싸움에서 너무 많이 없어졌다. 배를 계속 만들고 있지만 아직도 모자랐다.

둘째는 길이 막혔다. 있는 배들을 동원해 식량을 실어온다 해도 부산까지 오면 그만이었다. 바다로는 이순신에게 막히고 육지로는 의병들에게 막혔다.

풍신수길이 예비병력을 요량해 보니 2만 이상은 불가능했다. 자신의 직할군이 있었으나 그걸 보낼 수는 없었다. 통일 후 여러 해라 하나, 면종복배(面從腹背)하는 적대세력이 아직도 남아 있었다.

풍신수길은 심복 웅곡직성(熊谷直盛)을 또 서울에 파견했다. 서울에 들어와 장수들과 회합을 가졌다. 수길의 뜻을 전하고 대책을 논의했다.

- 태합이 조선에 나올 때까지는 현지 장수들이 모든 일을 의논해서 행한다.
- 그 결정에 따르지 않고 제멋대로 행동하는 자는 태합이 용서치 않는다.
- 식량보급은 당분간 불가능하다.
- 보충병력은 2만 명을 동원, 모리수원(毛利秀元)이 이끌고 간다. 그 이상의 보충병력은 당분간 불가능하다.

"식량보급도 안 되고 병력보충도 안 되고 … 어떻게 싸울 수 있겠소?"

싸울 수 없는 것은 분명했다. 그렇다면 철수하는 수밖에 없었다. 그러나 철수 역시 지난(至難) 한 일이었다. 부산까지 1천여 리, 어디고 조선의 관군 내지 의병이 없는 곳이 없었다. 칼을 갈고 있는 그들을 뚫고 가기란 실로 어려운 일이었다.

아무리 생각해 보아도 또다시 평화협상 그것밖에 없었다.

"이 길밖에는 없는 것 같소. 소서 장군이 또 맡아 주시오."

명군과의 협상을 소서행장에게 일임하고 다들 헤어졌다.

행장은 심유경을 다시 만나 그와 상의하는 게 좋겠다고 생각했다. 그러나 심유경이 어디 있는지, 어떻게 되었는지 알 수가 없었다.

사대수의 병력이 동파에 있음을 안 행장은 사대수와 연락을 취하고자 여러 방법으로 편지를 보냈다. 회신은 감감무소식이었다.

그런데 2월 29일 제 2군사령관 가등청정이 임해군 일행을 데리고 서울에 들어왔다. 그들은 왕자 일행을 데리고 옴으로써 비교적 안전하게 이동할 수는 있었지만, 그들의 사정도 어렵기는 소서행장 부대보다 덜

하지 않았다. 장병들이 다 같이 육신은 피골상접이요 외양은 남루하기가 거지꼴이었다. 병력도 거의 반으로 줄어 있었다. 청정의 직할 1만명은 5천 4백여 명이 되었고, 과도직무의 1만 2천 명은 7천 6백여 명으로 줄었다.

행장은 청정에게 부탁하여 조선왕자 순화군을 수행하는 전 호조판서 황정욱(黃廷彧)을 빌려왔다.

한강으로는 매일 조선수군의 배가 오르내렸다. 대개는 밀물 때 상류로 서강진(西江津)까지 올라왔다가 썰물 때 하류로 내려갔다. 그럴 때면 조선수군은 일본군을 전혀 두려워하지 않고 육지 어디고 올라와 정찰을 마친 다음 내려가곤 했다.

행장은 황정욱 편에 편지를 전달하게 했다.

조선국 예조판서와 충청수사 정걸에게 보내는 편지였다.

　　만나서 화평을 논의하기 바랍니다.

황정욱은 관복을 차려입고 서강진 아래 현석리(玄石里) 강가에 나와 기다렸다. 밀물 따라 조선수군의 배가 올라왔다. 황정욱 옆에 선 수행원들이 외쳤다.

"전 호조판서 황정욱 대감이시다. 잠깐 배를 대어라."

배를 대고 수군병사들이 배에서 내렸다. 그들은 편지를 받아 들고 배를 돌려 강을 내려갔다.

맨 나중에 서울에 들어온 가등청정은 소서행장이 강화를 맡아 진행시키는 데 동의는 했지만 미덥지는 못했다. 이전 평양에서 소서행장이 강화에 실패하고 명군에 속아 패주한 사실을 알고 있었다.

"미덥지 못한 행장에게 맡기고만 있을 일이 아니다."

그는 자신의 종군승(從軍僧) 일진과 상의했다.

가등청정은 이왕 강화하는 수밖에 없는 형국이라면 강화에서도 자신이 으뜸 공로를 세우고 싶었다. 우직한 성품대로 우직하게 나왔다.

왕자들을 겁박하여 편지를 쓰게 만들었다.

일본군은 막강합니다. 또한 요사이 증원군이 들어오고 있어 더욱 강대해질 것입니다. 강화(講和)만이 살길입니다. 빨리 강화하지 않으면 조선은 망하고 명국도 피해가 클 것입니다. 우리 두 사람의 목숨도 어찌될지 그저 암담할 뿐입니다.

임해군이 편지 두 통을 썼다. 한 통은 조선조정 앞으로, 한 통은 명국조정 앞으로 썼다.

그리고 청정의 이름으로 또 한 통의 편지를 썼다.

안변에서 약속한 기일이 다가오고 있습니다. 꼭 만나서 양국의 화평을 의논하고자 합니다. 일시와 장소 연락바랍니다.

송응창의 참모 풍중영(馮仲纓)에게 보내는 편지였다.

청정이 안변에 있을 때, 요양의 송응창이 그의 참모 풍중영이란 사람을 청정에게 보낸 적이 있었다. 강화를 논하자는 것이었다. 청정이 요구조건을 내걸자 풍중영은 상부의 허락을 받아 3월 10일 다시 오겠다고 약속하고 돌아갔었다.

임해군의 종 하나와 순화군의 종 하나가 각각 말을 타고 커다란 왕자의 깃발을 말안장에 꽂아 잡고 앞장섰다. 일본군 기병 20명이 호위하는 사절단 일행을 금연희(琴連希)라는 청정의 참모가 인솔했다. 동파를 향하고 당당히 육로로 달렸다. 중간에 조선군의 제지를 받았으나 깃발과 편지로 무사통과할 수 있었다.

　임진강 나루에서 왕자들의 사자가 왔다고 유성룡에게 통지하자, 호위기병들은 대기하고 세 사람만 강을 건너라 했다.

　유성룡은 왕자들의 사자(使者)가 왔다 하니 의관을 정제하고 강가에까지 나와 세 사람을 맞았다. 유성룡이 편지 3통을 꺼내 읽어 보더니 맞을 때와는 달리 표정이 굳어졌다.

　"너희들은 이만 물러가거라."

　"회답을 받아야 갈 게 아닙니까?"

　인솔자가 서 있었다.

　"편지에 회답을 보내라는 말씀이 없으셨다. 쫓아 보내라."

　유성룡은 돌아섰다.

　금연희 일행이 쫓겨 온 후 일이 틀렸다 짐작한 가등청정은 즉시 일진과 상의했다. 그리고 이번에는 청정의 이름으로 강화도의 장수들에게 편지를 썼다.

　　왕자님들께서는 임금과 조정의 소식이 몹시 궁금하시어 장군님들을 만나보고 싶어 하십니다. 직접 내왕이 어려우시면 휘하를 보내주셔도 됩니다. 후하게 대접하고 왕자분들을 뵙도록 돌봐드리고 꼭 돌려보내 드리겠습니다.

임해군과 순화군의 노복들이 편지를 가지고 현석리 한강가로 나갔다. 역시 조선수군의 배들이 올라오고 있었다.

임해군과 순화군의 깃발을 들고 외쳤다.

"편지요."

배들이 다가와 멎자 노복들이 달려가 편지를 건넸다.

그날의 배들은 위력정찰을 나온 조선수군의 함대였다. 경기수사 이빈(李蘋), 충청수사 정걸, 의병장 김천일이 50여 척의 함선에 수군을 총동원하여 출동한 것이었다.

정걸이 받아 읽고 두 장수에게 돌렸다. 내용은 두 왕자가 소식을 듣고자 하는 것처럼 썼지만 그 진의는 강화(講和)를 바라고 있음을 세 장수들은 짐작했다.

"속임수가 아니겠소?"

"그야 그럴 수 있지요. 허나 강화가 저들의 진심이라면 그냥 손 놓고 있을 일은 아닌 것 같소. 강화를 원하는 것을 보면 저들이 어려운 것 같은데 사실을 알아보고 대책을 강구하면 좋을 것이오."

정걸의 의견이었다. 정걸은 지난번 황정욱에게 받은 편지를 유성룡에게 보냈다. 유성룡에게서도 조정에서도 아직 지시가 없었다.

"자원자가 있으면 한 번 보내서 진실을 알아봅시다."

정걸의 제의에 이빈과 김천일이 동의했다.

정걸은 그동안 한강을 오르내리며 조선백성들의 참상을 여러 번 목도했다. 난리가 없어도 겨울을 지내고 춘궁기가 돌아오면 굶는 백성들이 허다했다. 그런데 임진년 난리에 점령지에서는 한 해 농사를 아예 짓지 못한 곳이 대부분이었다. 그런데다 잡곡이든 감자든 고구마든 끼니를 때울 만한 것들은 왜군들에게 거의 다 약탈당한지라 기아(飢餓) 상태는 가혹할 수밖에 없었다.

점령지 산야 어딜 가나 10리도 못가서 굶어죽은 시체 몇은 보기 마련이었다. 배를 타고 강변을 지나다 정걸 자신도 참담한 광경을 목도했다. 아마도 먹을 수 있는 풀을 캐고 있었으리라. 죽어 쓰러진 아낙 옆에서 어린것이 어미의 가슴을 더듬고 있었다. 정걸은 배를 대고 병사를 시켜 아기를 데려오라 했고, 강화 어느 집에 맡겨 기르고 있었다.

정걸은 군관들에게 의견을 물어보았다.

"제가 다녀오겠습니다."

9척 장신의 거구가 자원했다. 김천일의 군관 이신충(李藎忠)이었다. 답장으로 김천일이 청정에게 몇 자 적었다.

편지는 잘 받아보았소. 수문장 이신충을 보내니 두 분 왕자를 뵙도록 돌봐주시오.

이신충은 답장을 받아 가지고 홀로 나섰다. 왕자의 노복들과 왜군 호위병 10여명과 함께 청정의 부대가 있는 갈월리(葛月里)로 들어갔다. 갈월리까지 약 20리, 만나는 일본병사마다 모조리 초라한 입성에 도대체 기운 있어 보이는 자는 하나도 없었다. 말뼈 무더기도 여러 군데 눈에 띄었다. 말이 굶어죽었거나 아니면 병사들이 잡아먹었거나 한 것 같았다.

사령부가 가까워지자 양편으로 초췌한 왜병들이 허수아비처럼 죽 늘어선 가운데 병영의 연병장을 지났다. 연병장을 지나자 제 2군사령부였다. 그는 수위장에게 답장을 전하고 사령부로 안내되어 들어갔다. 제법 호사스럽게 치장한 넓은 방 상좌에 가등청정이 좌정하고 다음으로 두 왕자가 나란히 앉아 있었다. 통역이 시키는 대로 청정과 인사를 교환한 다음 이신충은 두 왕자에게 차례로 큰 절을 올렸다.

형식적인 인사말이 끝난 뒤 청정은 혼자 한참을 떠들었다.

"강화를 하면 하고 말면 말지 왜 꾸물대느냐?"

"관백이 증원군 수십만을 동원하여 곧 바다를 건너올 텐데 망하기로 작정했느냐?"

"돌아가거든 당신네 조정에 반드시 고하라."

대강 그런 뜻이었다.

어두워지자 불이 켜지고 저녁 밥상이 들어왔다. 술도 곁들여졌다. 이신충은 시장한 김에 밥과 반찬 그릇을 깨끗이 비웠다.

식사가 끝나자 황정욱, 황혁 부자와 전 남병사 이영(李瑛)이 들어왔다. 다시 술이 몇 잔 돌았다.

"나는 볼일이 있어 자리를 떠야겠소. 당신네들끼리 터놓고 이야기하시오."

청정이 나가고 통역도 나갔다.

조용조용히 조선사람들끼리 이야기를 이어갔다. 이신충은 주로 듣고만 있었다. 포로생활 중의 과거사는 모두 억울하고 참혹한 것들이었다. 청정에게서도 직접 모진 고문과 수모를 당했었다. 청정은 왕자들이라고 존중해 준 적이 없었다.

임해군은 몽둥이로 두들겨 맞은 상처가 아직도 남아 있었고, 환갑 나이인 황정욱은 임금에게 보낼 항복 권유문 작성을 거절하다 심하게 두들겨 맞았고, 또 전국옥새(傳國玉璽) 있는 곳을 대지 않는다 해서 땅바닥에 엎디어 죽지 않을 만큼 짓밟히기도 했다. 남병사 이영은 태도가 고분고분하지 않다 하여 몇 배 더 심하게 맞아 거의 죽었다 살아났다.

이신충은 별채에 나와 낯선 일본병사들 사이에서 하룻밤을 보냈다. 다음날 조반을 마치고 여러 통의 편지를 받아 싸들고 노복과 호위병을 따라 현석리 강변으로 다시 나왔다.

이신충은 청정을 만나고 돌아오며 보고 들은 사실들을 김천일에게 자세히 보고했다. 그리고 받아온 여러 통의 편지를 넘겼다. 두 왕자가 임금께 보내는, 황정욱이 조정에 보내는, 청정이 이여송에게 보내는 그런 편지들이었다.

김천일은 이신충의 보고내용을 편지로 써 봉투에 넣은 다음, 이신충이 가져온 편지와 함께 동파의 유성룡에게 보냈다. 유성룡은 즉시 임금께 보고했다.

이여송은 이미 싸우려는 의사가 없습니다. 강화를 통해 적군을 물리치고자 할 것입니다. 그러면 개성으로 돌아올 것이고, 그가 오면, 이미 궁지에 몰린 적들을 강화가 아니라 격멸로 끝장낼 수 있습니다. 반드시 그리되도록 조치하시옵소서.

유성룡은 김천일의 편지와 청정의 편지를 사대수에게 보냈다.
사대수는 또 평양의 이여송에게 보냈다.

2월 18일 평양으로 물러간 이여송은 스스로도 난감했다.

'나야말로 진퇴양난이로구나.'

이여송의 생각에 일본군은 예상외로 매우 강력했다. 더 싸우려 했다가 무슨 봉변을 당할지 알 수 없었다. 그렇다고 조정에서 부르지도 않는데 철수해 돌아갈 수도 없었다.

고민 고민하고 있는데 참으로 반가운 편지가 들어왔다.

만나서 화평을 논의합시다.

동파의 사대수가 보낸 소서행장의 편지였다.

동파의 사대수 진영에서 나온 척후병들은 강 건너 멀리 남쪽까지 다니며 적정을 탐지하곤 했다. 서울 북쪽 지역의 그런 사실을 안 소서행장은 자신의 척후병들로 하여금 사대수의 척후병들에게 편지를 전달하게 했다. 그렇게 소서행장의 편지는 사대수의 척후에 전달되었고, 그 편지는 사대수를 통해 이여송에게 전달되었다.

이여송은 즉시 송응창을 찾아갔다. 송응창은 명군의 남하를 따라서 의주에 건너와 있었다. 찾아간 겉사정은 모자란 병력과 식량을 독촉하기 위한 것이라 했지만 속사정은 강화 준비작업이었다.

송응창이 반대할 리가 없었다. 요양에서 감시를 받던 심유경이 불려와 다시 협상에 나서게 되었다.

"가다가 조선왕을 만나 의중을 떠보시오. 반대하면 우리끼리 진행하는 수밖에 없소."

송응창은 떠나는 이여송의 귀에 대고 속삭였다.

이때 선조임금은 평양 가까운 영유(永柔)에 와 있었다. 이여송이 군량 때문에 경략에게 다녀온다는 말을 듣고 숙천까지 나가 그를 맞았다.

강화에 대한 의견을 묻자 예상대로 임금은 펄쩍 뛰었다.

"불구대천의 원수와 어찌 화평을 할 수 있소? 격멸이 있을 뿐이오."

금방 뒤따라 평양에 들어온 심유경에게 이여송은 단단히 일렀다.

"조선사람들에게는 회담내용을 절대 알리지 말라."

이여송과 심유경은 평양에서 소서행장과 사전연락을 취했다. 심유경의 연락원이 사대수의 척후병으로 가장하고 사대수의 척후병과 함께 조선군 지역을 지나 서울의 행장 진영까지 다녀오곤 했다.

동파에서 사대수 진영을 수시로 드나드는 유성룡조차 이런 사실을 깜깜하게 모르고 있었다. 사대수 진영에 있는 조선인 통역이 몰래 귀띔해 주어 알게 된 유성룡은 깜짝 놀랐다.

"허어, 이미 이렇게 내통하고 있었다니? 내가 허수아비였구나."

유성룡은 사대수를 찾아갔다. 사대수는 이여송의 편지를 내보였다.

간사한 왜놈들이니 심유경이 보낸 사람이 돌아올 때까지 기다려 봅시다.

"죄송하게 되었습니다. 이미 일본군과 접촉하고 있었소."

"심유경도 적진에 사람을 보냈단 말이오?"

"그렇소."

유성룡은 돌아와 즉시 조정에 글을 올렸다.

요즘 명군들이 강 건너 파주 쪽으로 왕래하는 자가 부쩍 늘었는데 적정(賊情)을 탐지하는 것이라 합니다. 심유경이 보낸 사람도 이 틈에 섞여 갔을 것입니다. 저들이 이미 이렇게 된 것을 신도 이제야 알았습니다.

속이 뒤틀린 임금은 즉시 유성룡에게 유서를 내렸다.

평소 나는 경을 믿었소. 왜란 전 일찍이 왜노(倭奴)들에 대한 대비책을 세우도록 경에게 누누이 일렀으나, 경은 '걱정 마라, 과장된 낭설이다' 그랬소. 그런 결과로 나라의 형편이 이 꼴이 되었소.
　　이제 경은 장수의 책임을 맡아 밖에 나가 있으니, 적을 격멸하여 원수를 갚는 것이 경의 임무요 또한 과인이 오매불망(寤寐不忘) 절치부심(切齒腐心)하는 바이오.
　　요즘 저들이 화평을 논한다 하나 이는 말해서도 안 되고 들어서도 안 되는 일이오. 경이 만일 그들의 강화에 현혹된다면 경은 전죄가 있는 자로서 또 죄를 짓는 것이오. 누구든 화평을 논하는 자는 사악한 자이니 먼저 머리를 베어 효수한 다음 과인에게 알리시오.

임금의 유서를 받은 유성룡은 기가 막혔다.
그들의 강화 수작을 일찍 파악하지 못한 것은 잘못이라 할 수도 있었다. 그러나 임진왜란에 대한 방비를 방해한 원흉처럼 치부하는 것은 참으로 어이없는 일이었다.
실상은 그 반대였다. 임금은 왜란 전의 실상을 혼돈하고 있었다. 임금이야말로 방해의 중심이었다. 그러나 어쩌랴. 임금이 혼돈해도 나라는 구해야 하는 것을.

126

다 잊고, 임금도 유성룡도 조선사람 그 누구도 소원하는 바를, 다시 말해서 왜적과의 강화가 아니라 왜적의 섬멸을, 기어이 이뤄내야만 했다.

유성룡이 임금의 유서를 받은 날 심유경 일행은 이미 한강가 현석리에 와 있었다. 그는 동파 사대수 진영에서 배를 타고 임진강을 내려와 강화 월곶에 이르렀고 거기서 한강을 거슬러 현석리까지 왔다.

다음날 정오쯤 소서행장 일행도 현석리에 나타났다. 그들은 이미 약속이 되어 있었다.

심유경과 행장은 옛 친구나 된 것처럼 손을 서로 맞잡고 몹시 반가워했다. 잠시 후 양측 일행은 행장의 진영을 향해 말을 달렸다.

용산 행장의 진영에서 심유경과 행장은 필담을 위해서 현소 한 사람만 참석시키고 단둘이서 회담에 들어갔다.

심유경은 송응창이 적어 준 화평조건이라는 것을 꺼내 보여주었다.

1. 지난 잘못을 깨끗이 씻어 버리고 조선국토를 온전히 돌려줄 것.
2. 두 왕자와 신하들을 돌려보낼 것.
3. 관백에게 고하여 명나라에 사죄하는 글을 올릴 것.
4. 이와 같이 하면 명 병부(兵部)는 황제께 아뢰어 관백을 일본의 국왕에 봉할 것임.

"깨끗이 손 털고 썩 물러가라 이런 뜻이 아니오?"

"그렇지요. 허나 이것을 시작으로 협상해나가다 보면 귀결점이 나올 것이오."

둘은 정담을 나누듯 조건 하나하나를 협의해서 몇 가지 합의에 도달했다.

1. 일본군은 부산 방면으로 철수한다.
2. 명군은 추격하지 않는다.
3. 조선군이 공격하지 못하도록 명군이 감시한다.
4. 일본군은 철수 도중 약탈, 살인 등 악행을 금한다.

명군의 입장에서는 피 한 방울 흘리지 않고 서울을 탈환하는 것만으로도 큰 기쁨이었다. 그런데 부산까지 철수한다니 황홀할 지경이었다. 일본군의 입장에서는 살아서 고국으로 돌아갈 수 있어 춤을 출 기분이었다.

5. 두 왕자와 수행원들은 일본군이 서울을 빠져나갈 때 조선측에 전원 돌려보낸다.

일본의 입장에서는 부산까지 가는 동안 볼모로 이용할 여지가 남아 있었으나 우선 합의했다.

6. 명나라는 일본에 봉작(封爵)을 해줄 뿐만 아니라 일본의 조공(朝貢)도 허락한다. 이를 의논하기 위해 명은 일본에 사신을 파견한다.

일본은 사실 국부(國富)의 기초가 되는 은(銀: 당시는 화폐와 같았음)이 부족했다. 명나라는 은이 풍부했다. 일본은 주로 포도아(葡萄牙: 포르투갈) 상인들의 중계무역을 통해서만 은을 구할 수 있었는데 비용이 너무 많이 들었다. 명나라와 조공무역을 하면 은을 훨씬 싼값에 구하는 셈이었다. 늘 명과의 직접 무역을 원했으나 중국은 역대로 봉공(封貢: 봉작과 조공)이 없는 나라와는 무역을 하지 않았다. 이 전쟁을 일으킨 이면에는 일본의 이런 의도도 숨어 있었다. 상인 출신인 행장은 이 점을 간과하지 않았다.

7. 봉작과 조공이 실현되면 일본군은 조선에서 완전히 철수하여 일본으로 돌아간다.

풍신수길의 속마음은 아직 알 수 없었으나 조선에 나와 있는 일본군으로서는 일본으로 다 돌아가는 것이 최고의 소망이었다.

8. 심유경은 이 합의 조항에 대한 본국 조정의 동의를 얻어서 4월 9일을 기한으로 서울에 다시 온다.

심유경 일행은 한강가 현석리까지 전송 나온 행장과 작별하고 배에 올랐다. 강가에 모인 일본군들은 배가 석양 노을 속으로 온전히 사라질 때까지 손을 흔들며 환송해 주었다.
'이제 살아서 고향땅을 밟게 되었구나.'
어둑해질 때까지도 그들은 심유경이 사라져간 서녘을 한참이나 바라보고 서 있었다. 본국으로 돌아갈 희망은 조선사람들의 길에서는 이미 기대할 수가 없었다. 이제 오로지 심유경이 가는 길에 기대할 뿐이었다.

돌이 물에 뜨고 나뭇잎이 가라앉는 한이 있어도, 조선사람들은 일본을 용서치 않으리라.

일본병사들은 그들의 뜨내기 수첩에 이렇게 적기도 했다.

일본병사들은 조선에 와서, 조선을 겪으며, 조선의 의지를 절감하고 있었다. 조선인들의 항전(抗戰) 의지로 먹을 것도 입을 것도 쉴 곳도 없이 말라 시들어가는 목숨이 그리는 것은, 오로지 갈 수 없는 고향땅이었다. 초췌한 몸을 웅크려 뒤척이며 그리는 고향땅은 꿈속에서나 보고 헤맬 뿐이었다. 그런데 이제 그 고향땅을 살아서 밟을 희망이 보였다.

온전히 어두워져서야 강가에 모였던 행장 일행은 돌아섰다. 횃불을 높이 쳐들고 소리를 높여 노래를 부르며 천천히 말을 몰아 그들의 병영으로 돌아갔다.

심유경이 의주에 도착하자 송응창은 곤장을 칠 때와는 딴판으로 문밖까지 몸소 나와서 맞아주며 얼싸안고 등을 토닥거렸다.

"그대는 소진(蘇秦), 장의(張儀)를 능가하는 인물이로다."

이런 소식은 즉시 조선조정에 알려졌다.

영의정 최흥원이 조선조정의 자문(咨文: 공문)을 들고 의주로 달려갔다.

유성룡은 평양으로 달려가 이여송에게 호소했다.

"숱한 백성들이 학살당하고 나라는 거덜 났소."

이여송은 못마땅했으나 속내는 보이지 않았다.

"이 흉악한 것들이 이 나라 조종의 능묘를 파헤치고 유골까지 훼손 했소이다. 역지사지(易地思之)해 보시오. 장군 같으면 물러간다고 고이 보내겠소?"

왜적들은 진귀한 보물을 노리고 여러 능묘를 파헤쳤고 선조의 아버지 덕흥대원군(德興大院君)의 능묘도 파헤쳤다.

"참으로 안타까운 일이오. 허나 내 마음대로 되는 것이 아니라는 것을 이해해 주시오. 송 경략에게 다시 말씀드려 보겠소이다."

이여송이 늘 취하는 핑계작전이었지만 말만은 공손했다.

임금도 그냥 앉아 있을 수가 없었다. 송응창을 만나고자 영유를 떠났다. 숙천쯤 가다가 애유신(艾維新)이란 자를 만났다. 명 호부주사(戶部主事)로 조선에 나온 운량감독관(運糧監督官)이었다. 토색질이 심한데다 성품이 포악해서 조선사람들에겐 실로 혐오스런 존재였다. 운송담당자였던 검찰사(檢察使) 김응남(金應南), 호조참판 민여경(閔汝慶), 의주목사 황진(黃璡) 등이 그에게 불려가 몽둥이로 두들겨 맞았다.

호부주사는 6품관이었다. 김응남은 판서(정2품)를 지내고 지중추부사(知中樞府事)로 검찰사를 겸직하고 있었다. 계장이 장관에게 몽둥이질을 한 셈이었다. 서럽고 한스런 일이었다. 이런 소식이 전해지자 그를 잡아 죽이겠다고 조선병사들이 쫓아왔었다. 병조판서 이항복이 겨우 말려 병사들을 돌려보냈다.

임금은 애유신에게 물었다.

"왜적과 강화한다는 소문이 들리는데 정말이오?"

"강화요? 그럴 리가요. 섬멸을 위한 송 경략의 묘책일 테지요."

임금은 어이가 없었다.

임금 일행이 청천강을 건넜을 때 송응창의 심복참모 왕군영(王君榮)을 만났다.

"경략을 만나러 가는 중이오."

왕군영은 임금의 말뜻을 알아들었다.

"강화는 장병들의 목숨을 아끼시는 황상의 뜻이기도 합니다. 송 경략의 계획은 이미 정해졌습니다. 국왕께서 가신다고 변경되지는 않습니다. 하실 말씀이 있으시면 제게 하시지요. 수행을 시켜 즉시 경략께 전해 드리겠습니다."

그는 정중하고 분명하게 털어놓고 남행길을 재촉했다.

"갑시다."

임금은 북행길을 재촉했다.

정주에 들자 송응창의 접반사로 의주에 가 있는 예조판서 윤근수(尹根壽)의 보고서가 도착했다.

송 경략은 일본으로 사신을 보낸다 합니다. 사신들도 이미 결정되었습니다. 참장 사용재(謝用梓)가 정사. 유격장군 서일관(徐一貫)이 부사. 심유경은 부산까지만 간다 합니다.

의주에 갔던 영의정 최홍원이 돌아오고 접반사 윤근수가 또 달려왔다.

"전하, 가셔야 소용이 없습니다. '싸울 테면 너희들이 싸워 보라. 우리는 빠지겠다. 이기면 포상이요, 지면 군법이다', 이렇게 나오고 있습니다."

"……."

"신들이 우매하여 전하께서 수모를 겪으시니 신들이 죽어 마땅하옵니다."

최홍원의 눈에 눈물이 고였다.

"하는 수 없소. 돌아갑시다."

임금의 눈에도 이슬이 맺혔다.

왜군 남하

조선 조야의 상심이나 울분과는 상관없이, 4월 8일 이여송은 개성으로 들어오고, 부총병 유정(劉綎)이 증원군 5천 명을 이끌고 압록강을 건너왔다. 이런 이동은 왜군 철수를 보장하고, 조선군 동요를 제압하려는 강화(講和) 굳히기 작전이었다.

이여송은 남행차 평양에 들른 심유경에게 특별지시를 내렸었다.

"내가 개성에 당도한 후에 적진에 들어가도록 하시오."

일본군이 떠나고 명군이 미처 도착하지 못하면, 그사이 조선군이 일본군을 추격할 수도 있었다. 전투가 다시 벌어지면 화평은 물거품이 될 수도 있었다.

4월 9일 그날 심유경은 이여송 지시를 기다리며 강화도에 있었다.

이여송은 파주, 고양 등에 명군들을 전진 배치하고 나서 강화도에 급사를 보냈다. 심유경, 정사 사용재, 부사 서일관이 수행원들을 데리고 배에 올라 현석리로 향했다. 그들은 현석리에서 기다리던 소서행장과 다시 만났다.

"왕자 일행을 저 함선으로 보내 드리려 하오."

심유경이 행장에게 말했다.

"미안하지만 아직은 불가하오."

행장은 품에서 종이 몇 장을 꺼내 보였다.

　　형세를 보다가 왜군을 쳐라. 기회를 놓치지 말라.

도체찰사 유성룡이 서울 아래의 관군과 의병 등 조선군들에게 내린 비밀명령서였다.

"그럼 볼모로 데려간단 말이오?"

"그렇소. 철수하는 도중에 조선군이 공격하면 우리는 왕자들을 위협할 수밖에 없소."

"경략께서도, 제독께서도 거듭거듭 영을 내렸건만⋯. 제독께 다시 연락드리겠소."

1593년 4월 16일, 마침내 왜군들은 철수를 시작했다. 작년 5월 2일 그들이 서울에 들어온 후 무려 11개월여 만이었다.

그들은 왕자들 일행을 앞세우고, 명나라 사신들을 따르도록 하고, 포로 신세인 조선악공들을 시켜 풍악을 울리면서, 당당하게 행진해 갔다. 연도에 숨어 기회를 노리던 조선군은 어쩔 도리가 없었다.

서울의 왜군이 마지막으로 철수하던 4월 19일 동파 유성룡의 거소에 명군들이 들이닥쳤다.

"제독의 분부요. 같이 가시지요."

유성룡은 말에 올라 그들을 따라갔다. 따라가 보니 사대수의 본영인 동파의 역관이었다. 경기우도감사 이정형(李廷馨)과 도원수 김명원도 와서 대기하고 있었다.

사대수가 이여송이 보낸 장수들과 함께 기다리고 있었다. 이여송의 핵심참모 이영, 유격장군 척금, 유격장군 전세정이었다.

세 사람이 자리에 앉자 이영이 문서를 꺼내 유성룡에게 내밀었다.

"읽어 보시오. 경략께서 내린 패문(牌文: 명령서)이오."

권율 진영에서 이미 읽어본 패문이었다. 강화를 성사시키기 위해 송응창과 이여송이 지나칠 정도로 촉각을 곤두세우고 서둘던 작금의 일이 떠올랐다.

'화평의 성공 여부는 조선사람들에게 달려 있다. 완강한 조선사람들을 통제할 묘책은 …?'

궁리하던 송응창은 기패(旗牌: 황제의 명령을 깃발에 적어서 전달하는 명령서)를 생각해냈다.

'그렇다. 황제의 명령서 이상의 묘책은 없다.'

송응창은 즉시 기패를 작성해 내려보냈다.

4월 11일 해질 무렵 파주 권율의 진영에 유격장군 주홍모(周弘謨)가 군악소리 요란하게 울리며 300여 병사들을 이끌고 들어섰다. 권율 진영에는 마침 도체찰사 유성룡과 도원수 김명원이 와 있었다.

"기패를 모시고 왔소. 모두 와서 기패에 절을 하시오."

1. 일본인들은 조공을 애걸했다. 고로 일본군은 식량, 마초를 약탈하거나 백성을 살해해서는 안 된다. 위반하는 자는 용서 없이 참형에 처한다.
2. 일본은 조공을 바라고 용서를 빌고 있다. 명나라 관원과 군인은 오로지 병부의 처분에 따라야 한다. 공을 탐하여 보잘것없는 적이라도 죽이는 자는 참형에 처한다.
3. 조선국 관원과 군인에게는 왜적은 불공대천의 원수다. 그러나 저들이 조공과 용서를 빌고 있으니 병부가 의논하여 처분하는 것을 기다려야 한다. 보복을 하거나 분란을 일으키는 자는 참형에 처한다.

"이 기패가 왜 이쪽으로 왔소?"

유성룡이 물었다.

"조선군에 관계되는 것도 있으니 당연히 들러야지요."

"우리 조정은 왜적과 강화하는 데 반대요. 그러니까 절은 할 수 없소."

주홍모가 서너 번 더 요청했으나 유성룡은 절을 하지 않았다. 따라서 조선장수들도 절을 하지 않았다.

주홍모가 이 사실을 개성의 이여송에게 급보했다. 밤에 이여송의 접반사 이덕형도 유성룡에게 급보했다.

"'기패는 황제의 명령인데 절을 하지 않았단 말이냐? 군법을 시행하고 회군해 돌아가겠다', 이렇게 말하며 이여송이 크게 화를 냈습니다. 내일 아침 오셔서 사과해야 되겠습니다."

다음날 유성룡은 김명원과 함께 개성으로 가서 이여송의 영문(營門)에 이름을 대고 찾아왔음을 통지했다.

두 사람은 영문 앞에서 두 손을 모아 쥐고 공손히 서 있었다. 부슬비가 내리고 있었다. 안에서 두 번씩이나 사람이 나와서 두 사람을 살피고 들어가더니 잠시 후 들어오라는 통지가 왔다. 들어가 사과했다.

"소인들이 비록 어리석기는 하오나 기패에 절하는 것을 어찌 모르겠습니까? 다만 기패에 있는 패문에 조선사람은 적을 죽이지 말라는 대목이 있는지라, 이것을 원통히 여겨 절을 하지 못했습니다. 하오나 죄는 달게 받겠습니다."

유성룡의 말에 이여송은 좀 부끄러운 기색을 보였다.

"옳은 말씀이오. 하지만 대감께서 기패에 배례하지 않았는데도 내가 그것을 용인하고 문책하지 않았다는 사실을, 만약에 송 시랑이 알게 되면 반드시 나까지 문책할 것이오. 그러니 대감의 사정을 밝히는 정문(呈文: 공문의 일종)을 만들어 보내시오. 송 시랑이 물으면 그것으로 해명할 것이고, 묻지 않으면 그냥 둘 것이오."

두 사람은 물러나와 정문을 만들어 보냈다.

이여송은 개성에 머물며 매일 사람들을 내보내 왜군들의 남행길 사정을 알아보았고 왜군 진영에도 다녀오게 했다.

어느 날 유성룡이 이여송에게 문안하고 동파로 돌아오는 중이었다. 오다가 사대수의 가정(노복)을 만났다. 그는 개성 제독에게 심부름 가는 중이었다. 마상에서 서로 읍하고 지나갔다.

한 마장 왔을 때 뒤에서 말 탄 세 사람이 쫓아왔다.

"체찰사가 누구요?"

"나요."

대답하자마자 그들은 유성룡의 말을 돌리라고 소리쳤다. 쇠사슬을 쥔 한 사람은 긴 채찍으로 유성룡의 말을 후려쳤다.

"콰이콰이(快快: 빨리빨리)!"

무슨 영문인지도 모르고 유성룡은 되돌아 달렸다. 뒤에서는 연방 유성룡의 말에 채찍질을 가하며 유성룡을 몰고 갔다. 유성룡은 말고삐를 단단히 잡고 말 등에 바싹 엎드렸다.

수행원들은 다 뒤처지고 군관 김제(金霽)와 종사관 신경진(辛慶晉)만 겨우 따라왔다. 개성에 거의 왔을 때였다. 성안에서 한 사람이 달려 나오더니 유성룡을 몰고 가던 사람들에게 무언가 수군거렸다. 그들이 돌아서 유성룡에게 읍했다.

"수고가 많으셨습니다. 이제 돌아가셔도 됩니다."

유성룡은 어리둥절한 채 그냥 돌아왔다. 다음날 이덕형이 어이없는 이 사건의 자초지종을 통지해 주었다.

"유 체찰이 강화를 반대해서 임진강의 배를 모두 거두어 가 버렸습니다. 사자(使者)가 왜군 진영으로 드나들지 못하도록 그렇게 한 것입니다."

이여송의 가정이 밖에서 들어오며 한 말이었다.

"유 체찰을 당장 잡아 오라. 그리고 형틀도 준비하라. 오는 즉시 곤장 40대를 쳐라."

이여송은 눈을 부릅뜨고 팔을 휘두르며 앉았다 섰다 했다.

그때 사대수의 가정이 들어오자 이여송이 큰 소리로 물었다.

"배가 있더냐, 없더냐? 임진강에 말이다."

"배가 많습니다. 왕래하는데 아무 지장이 없습니다."

"허어, 저런 … 빨리 가서 유 체찰을 보내드려라."

사람이 달려 나가자 이여송은 고함을 질렀다.

"저놈을 잡아다 매우 쳐라."

헛소리 한 가정이 형틀에 묶여 곤장을 맞다 기절해 버렸다.

유성룡은 오늘 불려온 이유를 짐작할 만했다. 분명 조선군의 추격 그것이었다.

"다 읽었으면 이제 패문의 조항을 엄수하는 것이지요?"

이영이 대답을 재촉했다.

" …… ."

유성룡은 고심하고 있었다.

"왜 대답이 없소?"

"저 … 왜군 진영에 들어간 기패에 저들이 절을 했소?"

"물론이요. 총대장 우희다수가 이하 전 장병이 복종했소. 오늘 밤쯤 도성의 왜병들은 다 철수할 것이오."

" …… ."

"패문은 황제의 뜻을 받들어 내린 것이오. 그런데 그대는 지난번에도 복종하지 않았소. 오늘도 그럴 것이오?"

" …… ."

"그대는 이미 황제의 뜻을 알고 있는 터에 왜군을 치라고 비밀명령까지 내렸소. 어쩌자는 것이오?"

유성룡은 긴 한숨을 쉬고 나서 결연한 한마디를 했다.

"무단히 쳐들어와 살육을 자행한 왜적들을 결코 그냥 돌려보낼 수는 없소."

이영이 언성을 높였다.

140

"싸우겠다면 그대들만 싸워 보시오. 조선은 먹을 것도 없고 백성들도 거의 다 죽었는데 무슨 재주로 싸울 수 있단 말이오?"

"……."

유성룡은 어떻게 하든지 왜군을 공격할 작은 실마리 하나라도 찾고자 했다.

"조선이 단독으로 싸울 수 있겠소?"

이번에는 전세정이 물었다.

"싸울 수 있소."

"싸울 수 있다고요? 그런데 어째서 국왕은 도성을 버리고 도주했소?"

"국도를 옮겨 회복을 도모하는 것 또한 싸움의 한 가지 방법이오."

"……."

잠시 침묵이 흐르는 동안 척금이 입을 열었다.

"내가 느낀 점을 좀 말씀드리겠소. 조선은 200여 년간 숭유(崇儒) 정책을 써왔소. 그러다 보니 세상만사를 선악과 명분으로 판단하게 되었소. 하지만 세상일이 어디 다 그렇소? 이해나 득실로 따져보고, 대소와 강약을 비교해 보고, 그래서 판단할 때도 있을 게 아니오?"

"……."

전세정이 다시 입을 열었다.

"화평은 폐하의 뜻이오. 경략이나 제독이 비록 싸우고 싶다 해도 폐하를 거역할 수 있겠소? 조선도 탈진되도록 싸우는 것보다, 이번 기회에 국력 회복을 도모하고, 그리고 원수를 갚는 것이 더 순리에 맞지 않겠소? 옛날 구천이 와신상담(臥薪嘗膽)하여 부차에 보복한 경우도 있지 않소?"

"그렇기도 하오만 … 지금 우리에게 바라는 게 무엇이오?"

"도체찰사와 도원수, 조선군은 두 분의 장악하에 있소. 그런즉 두 분이 조선군에 전투중지 명령을 내려주기를 바라는 것이오."

그들은 애원하는 셈이었다.

"그런 일은 우리 임금의 지시를 따라야 하오. 사람을 급파해서 지시를 받아오겠소."

"이건 지체할 수 없는 일이오. 국왕은 700리 북쪽에 계시지 않소?"

"음 … . 잠시 우리끼리 의논할 시간을 주시오."

유성룡이 두 사람을 데리고 밖으로 나와 의견을 물었다. 유격전으로 적과 싸우며 죽을 고비를 여러 번 넘긴 이정형이 말했다.

"싸우는 것으로 따지자면 적으로 하여금 한발 물러서게 하는 데도 많은 피를 흘려야 합니다. 스스로 천리를 물러간다 하는데 군이 마다할 것까지야 없지요."

"그걸 누가 모르겠소. 그러나 너무 원통하니까 보복하자는 것이 아니오."

"하지만 5만여 적들이 보복한다고 그냥 당하고만 있겠습니까? 부산까지 철수한 뒤에 보복해도 얼마든지 할 수 있습니다."

" …… ."

과연 그랬다. 대적과 섣불리 싸우다 더 큰 참극을 부를 수도 있었다. 문제는 임금과 조정이었다. 시와 경서에는 탁월해도 전략이나 병법에 밝은 사람은 하나도 없었다. 정언신이 몹시 그리웠다. 정언신 같은 명장(名將)이 한 사람만 있어도 앞뒤 모르고 복수만 외쳐대는 임금을 설득해 복수는 차후로 미룰 수도 있는 일이었다.

"아무래도 이 감사 말씀대로 하는 게 좋을 것 같소."

유성룡은 김명원과 연명으로 조선군에 내리는 공문을 만들어 가지고 사대수의 본영으로 왔다.

척금 유격장군과 전세정 유격장군이 경략의 패문을 가지고 가는 바이니, 각 군영에 차례로 전달하여 준수토록 하라. 다만 왜병들이 몰려나와 약탈을 일삼는 경우에는, 언제 어디서든 이를 격멸해도 무방하다.

유성룡은 그래도 조선군이 왜적에 보복할 수 있는 한구석 틈을 기어이 열어 놓았다.

"참으로 고맙소. 같은 공문을 한 통 더 만들어 주시지요."

한 통을 더 만들어 주었다. 그들은 희색이 만면하여 말에 올랐다.

"셰셰(謝謝: 고맙소), 싸이짼(再見: 또 봅시다)."

두 사람은 마상에서 손을 흔들어 주고 남으로 달렸다.

서울 수복

서울을 철수하는 일본군의 맨 끝은 용감하기로 이름난 제 2군의 병사들, 과도직무의 부대였다.

경기도 방어사 고언백 부대가 동대문으로, 순변사 이빈과 의병장 이산휘(李山輝) 부대가 서대문으로 짓쳐 들어갔다.

마지막 부대 병사들은 남대문 쪽을 향하고 있었다. 혈육, 동포를 잃은 조선군들은 핏발 선 눈을 부릅뜨고 사나운 호랑이처럼 달려들어 사정없이 격살했다. 왜적들은 비록 용맹으로 이름난 병사들이라 하나 달아나기 바쁜 패잔병들이었다. 쓰러져 죽고 상하는 자가 수도 없이 많았다.

"멈추시오."

달려가는 고언백을 척금이 막아섰다.

"무슨 일이오?"

"추격하지 말라 했소."

"그런 명령은 받은 일 없소."

"여기 명령서가 있소."

척금은 유성룡과 김명원 두 사람의 연명으로 된 명령서를 내보였다. 어쩌랴. 분기(憤氣)를 참으며 조선병사들은 돌아섰다. 그리고 성 밖으로 나갔다.

일본군이 모두 철수한 다음날인 4월 20일. 동파에 와 있던 이여송이 서울에 입성했다. 정오가 지나면서부터 서대문으로는 끝도 없이 긴 행렬이 조선의 수도 한성부의 탈환을 기뻐하며 걸음을 재촉하고 있었다. 흰옷의 조선병사들이 앞장서고, 이어서 붉은 옷의 명나라 남군 병사들, 검은 옷의 북군 병사들이 뒤따르고 … 행렬은 끝없는 장관이었다.

유성룡도 병사들과 함께 그리운 도성으로 들어왔다. 유성룡은 들어서면서 코를 감싸 쥐었다. 그러나 어느새 두 눈에서는 눈물이 흘러내렸다. 당시대로서는 세계적으로도 유수한 아름다운 도시 조선의 서울 한양이었다. 그러나 그런 한양의 모습은 흔적도 없었고, 어디고 보이는 것은 저주의 지옥과 같이 소름끼치는 폐허의 잔해뿐이었다.

해가 쨍쨍한 음력 4월의 한낮이었다. 여기저기 죽은 채 방치된 사람들과 말들의 썩는 냄새가 코를 찔렀다. 시체를 쪼던 까마귀들, 독수리들이 날아올라 하늘을 빙빙 돌고 있었다.

궁궐과 관청과 민가들이 거의 보이지 않았다. 타버리고 허물어진 집터들에는 꺼멓게 그을린 주춧돌만 드문드문 박혀 있었고, 골목엔 어디고 하얀 해골바가지들이 아무렇게나 나뒹굴고 있었다. 어쩌다 보이는 산 사람들은 굶주리고 병들어 몰골이 귀신같았다.

숭례문으로부터 동쪽, 그리고 근처 남산 밑, 적들이 거처하던 지역만 건물들이 좀 남아 있을 뿐이었다.

이여송은 적장 수가 쓰던 소공주댁(小公主宅: 남별궁. 지금의 조선호텔)에 자리를 잡았다.

이여송이 소공주댁으로 들어가는 것을 보고 유성룡은 남산 기슭으로 말을 몰았다. 묵사동(墨寺洞: 묵정동) 옛집은 아직 남아 있었고 그저 쓸 만했다. 참으로 다행이었다.

유성룡은 아직 눈물이 마르지 않은 채 먼저 종묘에 나아가 부복했다. 눈물이 다시 솟았다. 한참이나 통곡했다.

이여송의 접반사로 함께 입성한 이덕형은 이여송이 좌정하자 곧바로 동북쪽 도저동(桃楮洞: 혜화동)으로 말을 몰았다. 옛집은 사라지고 타다 남은 기둥과 부서진 기왓장뿐이었다.

허물어진 담장 아래 우물터 옆 작은 돌 축대 위에, 부인 이씨가 정화수를 떠놓던 흰 주발이 그대로 놓여 있었다. 재 먼지를 뒤집어쓴 채였다. 터지는 울음을 참으려 해도 소용없었다. 소리죽여 울었다.

작년 4월, 이덕형이 소서행장을 만나러 남으로 내려갔을 때, 부인 이씨는 아이들을 데리고 시아버지 이민성(李民聖)이 있는 강원도 이천의 안협현(安峽縣)으로 피란 나갔다. 시아버지는 거기 현감이었다. 안협은 깊은 산골이었기에 그곳으로 피란온 사람들이 제법 많았다.

이덕형 집안과도 가까이 지내던 여류화가 이매창(李梅窓: 신사임당의 딸, 이율곡의 누님)도 와 있었다. 그런데 이 산골짜기에도 적이 쳐들어온다는 흉보가 전해졌다. 여인들이 그리고 부인 이씨도 화가 이매창도 백암산(白巖山) 절벽에서 몸을 던졌다.

저녁에 유성룡은 이덕형을 불러 앞세우고 이여송을 찾아갔다.

"적들이 멀리 가지 못했을 것입니다. 군사를 출동시켜 급히 추격해 주십시오. 간청드립니다."

"내 생각과 꼭 같소. 한강에 배만 준비되면 아주 싹 쓸어버립시다."

이여송은 의외로 선선하게 나왔다.

유성룡은 밖으로 나오면서 바로 종사관 이귀(李貴)에게 일렀다.

"마포로 바로 가시오. 거기서 배를 타고 강화에 가서 정걸, 이빈 수사에게 전하시오. 수군함대를 이끌고 늦어도 내일 새벽 해뜨기 전까지는 노량진에 대라 하시오."

집에 오니 장수들이 하회를 기다리고 있었다.

"드디어 복수의 기회가 왔소. 이 제독이 쾌히 승낙했소. 명군이 바로 추격한다 했소. 우리가 주인이니 우리가 앞장서야 하오. 명군이 한강을 건너오면 즉시 출동할 수 있도록 서둘러 한강 이남에 집결토록 하시오."

장수들이 자리를 떴다. 유성룡은 경기좌감사 성영(成泳)을 따로 불렀다.

"종사관을 보내기는 했소만 일이 워낙 중대하니까 감사가 직접 강화도에 가시어 독려해 주시오. 수군이 오지 못하면 명군이 강을 못 건너는 것이오. 그러면 일은 낭패가 아니겠소?"

성영은 그길로 즉시 강화도로 내려갔다.

그 밤 장수들은 급거 강을 건너갔다. 주로 노량진에서 쪽배든 뗏목이든 닥치는 대로 끌어다 타고 건넜다. 순변사 이빈, 전라감사 권율, 평안방어사 정희현(鄭希玄), 황해방어사 이시언(李時言), 경기방어사 고언백 등이 건너갔다.

　사명대사도 승병(僧兵)들을 인솔하고 저자도(楮子島: 서울 한강변 옥수동과 압구정동 사이에 있던 섬) 쪽에서 강을 건넜다.

　배를 구하지 못한 병사들은 헤엄쳐 건너갔다.

　유성룡은 남쪽으로 가는 길 연도(沿道)의 관군과 의병대에게 전령을 급파했다.

　"교량과 도로를 파괴하고 요소에 잠복 대기하고 있다가 추격군과 호응토록 하라."

　새벽까지 대소 80여 척의 배가 노량진 나루에 모였다.

　이여백, 장세작의 명군 1만 5천여 기병이 말을 달려 강가에 도착했다. 배가 작다고 불평하는 명군들을 달래가면서 조선수군 병사들이 솜씨 좋게 노를 저어 명군들을 대안으로 실어다 내리고 돌아와 또 실어다 내렸다.

　명군들이 반쯤 건넜을 때였다. 성안에서 조승훈이 달려 나오더니 이여백과 장세작에게 무엇이라 속삭이고 돌아갔다. 강을 건넜던 명군들이 갑자기 배를 대라 하여 다시 건너오기 시작했다. 영문도 모르고 조선수군들은 또 진땀을 빼며 명군들을 되돌아 실어 날랐다.

　유성룡이 달려와 물었다.

　"발에 병이 났소. 말도 못 타게 생겼소."

　이여백은 가마를 대령시켜 갈아탔다.

　'어허, 이런 사기꾼이 있나?'

　유성룡이 발을 동동 굴렀으나 어쩔 수가 없었다. 이여백은 한강 방비부대라며 명군 일부를 남겨 놓고 성안으로 들어가 버렸다. 조선군들은 강가에 남아 있었다.

유성룡은 권율을 대동하고 이여송을 찾았다.

"이게 무슨 일이오?"

"송 경략의 명령이 도달했소. 추격하지 말라는 것이오. "

"……."

"왜적들은 조선왕자 2명, 명국사신 2명을 볼모로 데려가고 있소. "

"추격해서 왜적들만 주살하면 되지 않소?"

"허어, 모르시는 말씀. 왕자와 사신을 협박할 것이오. "

"그분들이 다치지 않게 우리가 추격하겠소. "

"마음대로 하시오. 하지만 왕자와 사신이 다치면 책임져야 할 것이오. 그러니 송 경략의 명령을 듣는 게 좋을 것이오. "

송 경략의 명령까지 말하니 할 수 없었다. 유성룡은 물러나왔다.

병법에서 군령(軍令) 번복은 금기사항이었다. 그런데 조선군은 연달아 군령을 번복해야만 했다.

"또 군령을 번복해야 하오?"

유성룡이 권율에게 물었다.

"제가 장수들 의견을 들어보겠습니다만 모두 추격을 원할 겁니다. "

밤이 되자 조선군은 이미 추격을 시작하고 있었다.

그런데 명군들이 달려들어 이를 저지했다. 한강변에서 도강을 준비하던 순변사 이빈의 부대는 갑자기 달려든 명군들에게 포위되어 무장해제를 당하고 이빈은 버드나무에 묶이는 신세가 되었다.

묶인 이빈 앞에서 명군은 그의 선봉장수 변양준(邊良俊)의 목을 쇠사슬로 매어 그를 마구 끌고 다녔다. 변양준은 피를 토하다 기절했다.

고언백은 이미 남태령을 넘어가고 있었는데 갑자기 나타난 사대수에 의해 저지되었고, 한강을 건너던 권율은 명 초병들에 발각되어 이여송의 처소에까지 끌려갔다 나왔다. 경기지역 조선군은 할 수 없이 추격을 중단했다.

다음날 찾아온 이덕형에게 유성룡이 물었다.

"명군이 한강을 반쯤 건너다 말고 되돌아온 게 송 경략의 명령 때문이었소?"

"추격하지 말라는 명령은 애초부터 내려진 것이지요. 그날 따로 내려온 게 아닙니다."

"그럼 사기극을 벌인 것이오?"

"말하자면 그렇지요."

피곤에 지친 몸으로 겨우 움직이던 유성룡은 쓰러져 드러눕고 말았다. 심상(心傷)의 깊이가 몇 장(丈)이었을까? 그날 4월 23일 몸져눕고부터 몇 차례의 사경(死境)을 겪으며 달포를 앓았다.

부산까지 내려가는 연도의 조선군은 관군이든 의병대든 수백 명이든 수십 명이든 재주껏 일본군을 공격했다. 길을 끊어 함정을 만들고 다리를 부숴 행로를 차단하고 밤이면 기습을 가했다.

그러나 왕자 일행 때문에 조선군은 조심하지 않을 수 없었고, 그들 때문에 일본군은 불안한 대로나마 길을 갈 수 있었다.

"송 경략께서 추격하라는 패문을 보내왔다. 즉시 추격하라."

이여송은 왜군 선봉이 이미 부산에 다 도착한 다음에서야 남하하기 시작했다. 왜군을 추격한다는 명목이었다. 참으로 기가 막힌 사기극

작전이었다. 적은 이미 천리 밖에 있는데 그 적을 추격한다면서, 이여송은 잘 것 다 자고 먹을 것 다 먹어가면서, 산천경개를 구경하듯 천천히 남하했다.

"남쪽을 살피시오."

유성룡에게 임금의 지시가 내렸다. 적정을 파악하고 대책을 강구하라는 것이었다. 유성룡은 아직 회복이 덜 된 몸으로 이여송을 따라 남하했다.

'왜적은 잠시 불리해 철수했다. 언제 다시 북상할지 알 수 없다. 이여송에게서 보았듯 명군은 도대체 믿을 수가 없다.'

조선 스스로 철저한 방비태세를 갖추는 것. 언제 어디서고 그것만이 대책이라는 것을 유성룡은 다시 한 번 뼈저리게 느꼈다.

이여송은 문경새재를 내려오다 멈추고 탄복해 마지않았다.

"참으로 천험의 요새요. 이런 곳을 왜적이 그냥 넘어왔단 말이오?"

"……."

유성룡은 할 말이 많았다. 그러나 말하지 않았다.

이여송 등 고급지휘관들은 조령을 구경하고 문경까지 내려왔다가 그냥 되돌아 서울로 올라가 버렸다.

계속 내려가도록 지시받은 명군들은 경상도와 전라도 몇 군데로 분산해서 왜군들을 포위하듯 그럴듯하게 주둔했다. 조선군도 따라 내려와 도원수 김명원이 선산(善山)에, 순변사 이빈이 의령(宜寧)에 머물렀다. 관군과 의병도 그곳으로 모였다.

왜군은 5월 2일 선봉부대가 부산에 도착하고, 5월 18일 과도직무의 부대가 울산에 도착하면서 남하 철수를 모두 마쳤다.

그러나 그들은 일본으로 건너갈 요량은 하지 않았다. 그들은 울산 서생포(西生浦)에서 동래, 김해, 웅천(진해), 거제 등에 나누어 진영을 설치하고, 배가 닿기 좋은 바다를 끼고 산에 의지해 성을 쌓았다. 오래 주둔할 태세였다.

유성룡은 조선군의 주둔지까지 내려와 살피고 다시 북상했다. 문경과 새재를 지나며 지형을 다시 한 번 꼼꼼히 살펴보았다. 옛 한나라 경제(景帝) 때의 조조(鼂錯)가 병사에 관하여 진언한 내용을 읽은 적이 있었다. 그 내용이 불현듯 떠올랐다.

군사가 전장에 나가 싸울 때는 긴요한 3가지 조건이 있습니다. 첫째가 지세(地勢)를 얻는 것이고, 둘째가 군졸이 명령에 잘 훈련된 것이고, 셋째가 병기가 예리한 것입니다. 용병의 대요(大要)인 이 3가지 조건에 승부가 달려 있으므로 장수된 자는 반드시 숙지해야 합니다.

임란 초기 왜군은 잘 훈련된 군졸과 우수한 병기 이 두 가지 조건에서 조선군보다 우세했다. 그러나 조선군은 지세를 얻을 수 있는 조건에서는 왜군보다 우세했다. 그러므로 반드시 지세의 장점을 살려 싸웠어야 했다.

'문경의 토천(兎遷: 불정역 맞은편 벼랑)에서 새재(조령)까지 30여 리의 험난한 지역에 사수 천여 명만 매복시켜 놓아도 왜적은 물리칠 수가 있었다. 적들은 우리 군사를 전혀 볼 수도 없고 그 수를 알 수도 없어 견디지 못하고 패퇴했을 것이다. 그런데 조총이라는 우수한 무기로 무장한 잘 훈련된 왜군을 맞아서, 훈련되지 못한 오합지졸들을 데리고 험

지를 버리고 평지에서 승부를 겨뤘으니 어찌 이길 수 있었겠는가?'

한스러운 생각에 가슴 저리며 올라오다, 유성룡은 새재 중간쯤 이여 송이 탄복하던 곳에서 잠시 머물렀다. 방비를 조금만 갖춰 놓으면 참으로 난공불락의 요새가 될 것 같았다.

"여기 새재에 숨어 있다가 왜적을 많이 죽였습니다."

문경을 지나다 들은 얘기였다.

"신립 장군은 새재를 버리고 충주에서 싸웠지 않소?"

"왜적들이 올라간 뒤의 얘기지요. 신충원(辛忠元)이라고 하는 충주 관노였던 사람이 의병들을 모아 싸웠는데, 새재를 오르내리는 왜적들을 많이 죽이고, 그 공으로 수문장이 되었지 않습니까? 그 사람들은 이 일대를 손금 보듯 환히 알고 있지요."

유성룡은 충주에 들러 신충원을 불렀다. 과연 문경 백성들의 말 그대로였다. 신충원은 의병들을 모집해 새재와 단월 사이를 오가며 왜적들을 많이 죽였고, 그들의 수급을 바치고 수문장에 임명된 자였다.

"새재에 성을 쌓는다면 어디기 좋겠는가?"

유성룡이 물었다.

"새재 꼭대기는 길이 여러 갈래로 나뉘어져 지킬 수가 없습니다. 꼭대기에서 동쪽으로 한 10리쯤 내려오면, 양쪽으로 가파른 절벽이 있고 가운데로 계곡물이 고인 곳이 있는데, 사람들이 통나무를 걸쳐 놓고 건너다니는 곳이 24군데나 됩니다. 이곳을 응암(鷹巖) 또는 '매바위골'이라고 부릅니다. 여기다 성문을 세우고 병기를 설치하여 지키면 그만입니다. 적병이 오면 다리를 철거하고 또한 계곡물을 막아 두었다가 갑자기 터서 양쪽 절벽 사이로 세차게 흐르게 하면 적군은 발을 붙일 수가 없습니다. 여기에서 궁노(弓弩), 능철(菱鐵), 화포 등을 갖추어 지킨다면, 경졸(勁卒: 단련된 병졸) 100여 명으로도 수많은 적을 물리칠 수 있습니다."

신충원은 요체를 터득하고 있었다.

"제가 데리고 있는 승병도 있고 또 제 주위에 심마니들이 많아서 합치면 100여 명은 됩니다. 영풍(迎豊)읍과 서면(西面) 수회촌(水回村)은 토지가 아주 비옥한데 지금은 무인지경입니다. 이들을 여기에 둔전(屯田)케 하여 군량을 스스로 마련할 수 있게 하고, 화약과 총포 등을 갖추어 주야로 훈련케 한다면, 몇 달 안 가서 정예군사가 될 것입니다."

유성룡은 신충원에게 감동되었다.

"그대가 관문을 세울 수 있겠는가?"

"시켜만 주신다면 성심을 다해 세워 보겠습니다."

유성룡은 올라가 임금에게 직접 신충원을 추천해서, 그를 조령의 둔전관(屯田官) 겸 파절장(把截將: 파수장)으로 임명토록 하고 공명첩 수십 권을 보내주었다.

신충원은 공명첩으로 천인들을 많이 모았고, 돈 많은 양민들로부터 사람과 자금을 조달할 수 있었다. 이로써 조령에는 최초로 관문이 세워졌다. 다음 해 10월 충청순찰사 윤승훈(尹承勳)이 그의 장계에서 최고의 찬사를 아끼지 않았다.

신이 조령에 도착하여 직접 관(關: 지금의 제 2관문인 조곡관)을 설치하는 것을 살펴보았습니다. 조령 꼭대기에서 남방 10리 응암이라는 곳에 설치하고 있었습니다. 동남쪽이 모두 100장이 넘는 깎아지른 절벽이요 그 사이로 길이 하나 나 있는데 말을 타고 두 사람이 함께 지날 수가 없습니다. 파절장 신충원이 백성을 모집하여 성을 쌓고 시냇물을 끌어다 참호를 만들었는데 공역이 거의 완성되었습니다. 그 형세가 중국의 산해관(山海關: 중국 하북성, 만리장성 동쪽 끝에 있는 관문)이라도 이보다 더 나을 수 없을 정도여서, 한 사람이 지키면 만 사람도 열 수 없을 것입니다. 응암의 축성을 마친 뒤에는 또 신충원에게 죽령을 맡겨 관을 설치하도록 하는 게 좋겠습니다.

그러나 신충원은 유성룡이 실각한 후 천인이란 이유로 파직 배척되었고 죽령의 관문 계획도 사라지고 말았다.

2차 진주성 전투

　명나라와 일본이 화평 논의에 들어가면서 풍신수길은 나고야를 찾은 명 사신 사용재, 서일관에게 극진한 대우를 해주었다.

　그러면서 한편으로는 조선 주둔군에게 비밀지령을 내렸다. 그것은 작년에 참패를 당한 진주성을 공격해 사람이고 성곽이고 아주 깡그리 말살시켜서 일본의 힘을 보이라는 것이었다. 전라도와 서해안을 염원하던 풍신수길은 이순신과 함께 진주가 한이 되어 있었다.

　"협상은 항상 힘이 센 만큼 유리하다. 반드시 가공할 위력을 보여라."

　그는 조선주둔군 사령부의 군사(軍師) 흑전여수(黑田如水)에게도 특명을 내렸다. 조선주둔군은 이때 육군, 수군 도합 12만 1천여 명이었다. 지금까지 조선에 건너온 병력이 20여만 명이었으니까 그간 손실병력이 또한 적지 않은 것이었다.

　흑전여수는 병참기지와 수송선단이 있는 부산, 김해, 거제도, 기장(機張)에 2만 3천여 병력을 배치하여 기지를 방어케 하고, 가덕도에 5

천 4백의 수군병력을 배치하여 조선수군에 대비시켰다. 나머지 9만 2천여 명을 진주성 공격에 배치했다. 성 하나 치는데 9만 2천여 명, 왜군의 역사에는 아직껏 없는 일이었다.

왜군이 다시 진주성을 공격한다는 소식이 조선군에도 전해졌다. 그러나 조선군은 반신반의하면서 왜군의 교활한 심리전인 줄로 짐작했다. 그러나 곧 왜군들이 정말로 진주를 목표로 움직이기 시작하자 조선군은 긴장했다. 김명원의 지시에 따라 조선군 각 부대는 의령으로 집결했다. 동시에 명군 각 진영에도 쫓아가 외원을 부탁했다.

진주성으로 향하는 왜군이 9만여 명의 대규모 병력이라는 것을 파악한 조선군에서는 대책에 부심했다.

"섣불리 성안에 들어갔다 포위당해 양도(糧道)가 끊어지면 자멸할 것이오."

김명원의 의견이었다.

"맞소. 그리고 진주성은 왜군들이 정작 목표로 삼고 있는 전주로 가기 위한 관문에 불과하오. 그러니 좀 물러서 운봉(雲峯)의 산악지대에서 맞아 싸우는 게 나을 것이오."

"그 계책이 좋습니다. 지리적으로 익숙한 우리가 저들을 험한 산속으로 유인해서 섬멸하면 됩니다."

"좋소. 그러면 조선군은 모두 운봉으로 집결하시오."

도원수 김명원의 명령으로 조선군은 운봉으로 이동하기 시작했다.

도원수 김명원, 순변사 이빈, 전라감사 권율, 전라병사 선거이, 방어사 이복남 등이 예하병력을 이끌고 운봉으로 향했다.

따라가던 전라 의병장 김천일이 잠시 멈추더니 뒤에 오는 장수들을 불러 모았다.

"진주는 명실 공히 관문이오. 전라도의 관문이란 말이오. 이번 전란에 온전한 곳은 전라도뿐이오. 전라도가 온전한 덕분에 수륙으로 물자와 사람이 뒷받침이 되어 오늘날 적들을 이렇게라도 밀어내린 것이오. 운봉은 지대가 넓어 저 많은 적들을 도저히 막아 낼 수가 없소. 그러니 진주에서 막아야 하오. 단언컨대 진주를 잃으면 운봉도 호남도 없소."

김천일은 일찍이 학문과 덕행이 높아 추천으로 여러 벼슬을 지낸 올곧은 선비였다. 금년 57세.

"맞습니다. 진주를 지킵시다."

진주에 주둔하던 경상우병사 최경회(崔慶會)가 동의했다.

"옳은 말씀입니다. 저도 진주를 지키겠습니다."

김천일의 의견에 충청병사 황진(黃進)이 동조했다. 당숙 황윤길을 따라 군관으로 일본에 다녀와, 일본의 조선침략 야욕을 알리기에 애쓴 사람이었다.

충청조방장 정명세(鄭名世)가 합세했다.

"저도 함께 지키겠습니다."

김해부사 이종인(李宗仁)도 가세했다. 북병사를 지낸 무관으로 장대한 체구에 힘이 장사였다. 의병장 고종후(高從厚)도 참가했다. 금산에서 전사한 고경명의 첫째 아들로 대과에 합격했으나 아버지 전사후 의병장으로 분투하여 복수대장이라 불렸다.

그리고 또 힘을 보태겠다고 나선 사람들이 많았다. 해남현감 위대기(魏大器), 사천현감 김사종(金嗣宗), 거제현령 김준민(金俊民), 진해현감 조경형(曹慶亨), 남포(藍浦)현감 송제(宋悌), 웅천현감 허일(許

鎰) 등이었다.

또한 의병들이 가세했다. 태인 의병장 민여운(閔汝運), 순천 의병장 강희보(姜希輔), 곡성 의병장 양응원(梁應源), 강진 의병장 황대중(黃大中), 해남 의병장 임희진(任希進), 영광 의병장 심우신(沈友信), 도탄(陶灘) 의병장 이계련(李繼璉), 보성 의병장 오유(吳宥), 김천일 휘하 의병부장(義兵副將) 장윤(張潤) 등이었다.

이들은 시각을 지체치 않고 진주성으로 들어갔다. 성내는 근처에서 몰려든 5만 3천여 피란민들로 가득 차 웅성거리고 있었으나, 진주목사 서예원(徐禮元)은 손을 놓고 동헌에만 앉아 있었다.

주로 전라도 장수들이 모여 진주성을 지키러 들어갔다는 소문이 퍼지자 힘을 보태려고 전라도 조방장 강희열(姜希悅)과 의병장 이잠(李潛)도 뒤늦게 달려왔다.

장수들이 모여 작전 부서를 결정했다. 총대장 격인 도절제(都節制)에 김천일, 최경회를 추대하고 전투지휘를 담당할 순성장(巡城將)은 황진에게 맡겼다. 기타 장수들은 3개의 성문을 나누어 맡아 지키기로 하고 교대할 수 있도록 했다.

이들 장수들과 싸울 조선병력은 도합 7천 명이었다. 장수들 따라 이들 또한 성벽에 배치되어 싸울 준비를 했다. 전문 전투병력인 왜적 9만 2천과 싸울 준비를 했다. 1 대 13의 대결이었다.

6월 21일 아침 마침내 적들이 나타났다. 멀찍이 성을 포위하고 주춤거리더니 그냥 쉬는 모양이었다.

6월 22일 아침 북쪽 성 밖 비봉산(飛鳳山)에 적의 장수들이 나타나 손으로 성안을 가리키며 무엇인가 의논하는 모양이었다. 잠시 후 장수들이 사라지면서 왜군들이 동서 양면으로 새까맣게 육박해 들어왔다.

도절제는 성 남쪽 남강의 벼랑 위에 선 촉석루(矗石樓)에 본부를 설치해 지휘하고, 황진은 동문에 본부를 두고 성을 순시하며 싸움을 독려했다.

적들은 4진으로 나누어 차례로 교대하며 밀려들었다.

성내 병사들은 성가퀴 뒤에 조용히 있다가 적들이 해자 가까이 오면 갑자기 화살을 쏘고 대포를 쏘았다. 적들은 숱한 사상자를 내고 물러가곤 했다. 오후가 되자 적들은 해자의 물을 빼는 작전으로 나왔다. 방패를 앞세우고 조총을 쏘고 그 뒤쪽에서는 해자의 둑을 파헤쳤다. 조선군은 그쪽에 집중사격을 가해 많은 수를 쓰러뜨렸으나, 한나절이 지나면서 둑은 무너지고 해자의 물은 남강으로 다 빠져나갔다.

밤이 되자 적들은 수많은 사다리를 성벽에 걸치고 개미떼처럼 기어 올라왔다. 조선군은 칼을 휘두르고 돌을 던지고 뜨거운 물을 퍼부었다. 황진은 서문 동문을 돌며 성벽에 올라 적병을 쏘기도 하고 칼로 치기도 하면서 병사들을 격려했다.

자정쯤에야 적이 물러가 잠시 쉴 수 있었다. 황진은 적의 배후에서 적을 공격하는 외원(外援)이 없으면 적을 물리치기 어렵다는 것을 알았다. 물리치지 못해 적의 공격이 오래가면 무기와 식량의 고갈로 성은 무너질 것이었다. 황진은 해남현감 위대기를 불렀다.

"전라병사 선거이에게 가서 외원을 부탁하시오. 지금 운봉에 있을 것이오."

선거이는 전라감사 권율 휘하에서 함께 싸웠던 전우였다. 위대기는 남강 절벽을 타고 내려갔다.

6월 23일, 적들은 한편으로는 조총으로 맹렬히 공격하고, 한편으로는 흙을 짊어져다 물 빠진 해자를 메웠다. 해자를 다 메우자 적들은 성벽에 개미떼처럼 달라붙었다. 밤에도 마찬가지였다. 맨바닥 없이 적들은 죽어 넘어졌다. 그렇게 깔린 동료들의 시체들을 딛고 적들은 악을 쓰며 기어 올라왔다.

낮에 3번, 밤에 4번, 한 번에 2만여 명이 기를 쓰고 덤비는 공격을 조선군은 잘 막아냈다.

6월 24일, 적들이 지쳤는지 멀리 그늘로 가서 쉬었다. 조선군도 좀 쉴 수 있었다.

6월 25일, 먼동이 트면서 보니 동문 밖에 느닷없는 흙산이 하나 솟아올라 있었다. 밤사이 적들이 쌓아 올린 것이었다. 성보다 높아 성안이 훤히 들여다보였다. 그 흙산 위에 굴을 만들어 놓고 적들은 요란하게 조총을 쏘아댔다.

큰일이었다. 올려 쏘아야 하는 조선군의 화살은 토산(土山)에 미치지도 못했다.

"각자 자기 앞 동편에 방벽을 쌓아라."

모두 노출된 성벽 위 병사들은 한편으로는 벽에 기어오르는 적병들을 막고, 한편으로는 백성들이 날라다 주는 돌과 흙으로 방벽을 쌓으며 한동안 위태로운 싸움을 이어갔다. 그러는 사이 성벽 위에서는 많은 사상자가 생기고야 말았다.

다행히 방벽이 완성되자 토산의 공격은 별것이 못되었다. 성벽을 기어오르는 적병도 더는 견디지 못하고 다 꺼꾸러져 떨어지며 물러가고 말았다.

밤이 되자 황진이 백성들을 모아놓고 부탁했다.

"우리도 이쪽 동편에 저 같은 토산을 쌓아야 적을 막을 수 있소. 여러분의 도움을 부탁합니다."

밤은 어두웠지만 백성들은 나름대로 챙긴 연장들을 들고 나와 열심히 일했다. 일의 갈래를 나누어 군관들이 맡아 진행시켰다. 통나무를 찍어 오고 돌을 옮겨와 가장자리를 쌓고, 그 안에 흙을 날라다 쌓았다.

덩치가 대단한 장사 하나가 묵묵히 커다란 돌들을 짊어 나르고 있었다.

"힘이 장사로세."

"보통 장사가 아니야."

사람들이 관심을 보이자 군관도 궁금했다.

"너 어디서 왔어?"

"……."

"너 이름이 뭐야?"

"……."

들은 체도 하지 않고 무거운 돌을 지고 묵묵히 걷기만 했다. 돌을 부리고 돌아서 그냥 가는 그를 군관이 회초리를 들어 후려쳤다. 많은 사람들이 쳐다보고 있었다.

"너 누구냔 말이야?"

그가 허리를 펴고 돌아서서 군관을 쳐다보았다. 군관은 깜짝 놀랐다. 그는 바로 수성장 황진이었다. 병마절도사의 장수복장을 벗고 잠방이와 적삼을 입고 있었다.

"아이코…. 용서하십시오."

군관은 당황하여 어찌할 바를 몰랐다.

"염려 마라. 일 좀더 해야겠다."

황진은 다시 묵묵히 일을 계속했다. 백성들과 병사들이 감동했다. 모두들 자발적으로 분발했다. 성내의 토산은 놀랍게도 그 하룻밤 사이에 멀끔하게 솟아올랐다.

6월 26일, 이른 아침 황진은 성내 토산 꼭대기에 현자총통을 올려다 놓았다. 성 밖 토산의 토굴 진지에 차대전(次大箭)을 쏘아붙였다.

황진은 대포의 명수였다. 쏘는 족족 명중이었다. 적 토산 정상은 박살이 났다. 흙먼지와 불길이 치솟는 가운데 적병들이 피투성이가 된 채 퉁겨지고 곤두박질쳐져 굴러떨어졌다.

적들은 토산을 포기하고 물러갔다.

얼마가 지났을까? 어디서 그렇게 많은 소를 잡았는지, 피도 마르지 않은 생가죽으로 여러 겹 둘러 감은 커다란 궤짝 수레 수십 개를 밀며 그 속에 숨어서 성벽으로 접근해왔다. 조선군은 기다렸다. 성 밑에 다다르자 바윗덩이 같은 큼직한 돌덩이들을 내던졌다. 소가죽 수레들은 금방 다 부서졌다.

적은 별짓을 다했다. 이번에는 동문 밖에 높은 기둥을 쭉 세우고 그 꼭대기에 덕을 엮고 그 위에 판자를 얽어 망루를 만들었다. 거기서 성내로 총을 쏠 작정이었다. 조선군은 다 되기를 기다렸다. 조총을 쏘려 들면 대포를 쏘아 망루집을 통째로 부숴버릴 작정이었다.

그런데 그들은 망루가 만들어지자마자 갑자기 활을 들어 막대기를 성내로 쏘아댔다. 기름먹인 홰막대기에 불을 붙여 쏘는 것이었다. 동풍이 불고 있었다. 동문 안쪽 초가들에 삽시간에 불이 붙어 번져나갔다. 온 성내가 불바다가 될 수도 있었다. 불을 끄느라 난리가 났는데 천행으로 소낙비가 쏟아졌다. 순식간에 불은 다 꺼졌다.

밤에도 적은 몇 번씩 달려들었으나 사상자만 내고 물러갔다.

6월 27일, 컴컴한 새벽 성 밖에 또 토산이 솟았다. 동문 쪽에 세 개, 서문 쪽에 두 개, 다섯 개의 토산이 솟았다.

적들은 그 정상에 대나무 덕을 매고 거기서 조총을 쏘았다. 대포를 쏘아 부수려 했으나 화약이 떨어져 없었다. 삽시간에 성내 백성 수백 명이 총격에 쓰러졌다. 피하는 수밖에 없었다.

그러는 사이 다른 한편으로는 두꺼운 판자로 커다란 궤짝을 만들어 여러 개를 밀고 다가왔다. 그 밑에 숨어서 철추(鐵錐)로 성벽을 깨기 시작했다. 조선군은 기름 먹인 짚단에 불을 붙여 수없이 내던졌다. 궤짝이고 사람이고 다 불붙어 타는 데야 어찌하랴.

6월 28일, 이날도 아침부터 적들이 밀려왔다. 토산 위 덕에서 요란하게 총을 쏘았다. 화약이 없어 대포를 쏘지 못하는 성내 형편을 아는 모양이었다. 서서 앉아서 마음 놓고 쏘았다. 평지에서는 방패를 앞세우고 수백 개의 사다리를 들고 달려들었다. 사다리를 성벽에 세우고 방패를 이고 줄줄이 올라왔다.

해질녘까지 세 차례나 집요하게 달려들었으나 조선군은 잘 막아냈다. 수많은 시체를 성 밑에 남겨놓은 채 지쳐서 물러갔다.

순성장 황진이 성벽 위를 돌면서 장병들을 치하하며 방비태세를 정리했다. 북문 쪽 성 밑에 시체가 무더기로 쌓여 있었다. 황진이 멈춰서서 뒤따르는 김천일의 의병부장 장윤에게 한마디 했다.

"병사들이 참으로 잘 싸워 주었소. 여기 쌓인 시체만 천 구도 넘을 것 같소."

그때였다.

탕, 탕, 탕!

요란한 총소리와 함께 날아온 총탄이 황진의 이마를 관통했다. 그는 쓰러지고 그대로 숨을 거두고 말았다. 눈 깜짝할 사이였다. 성 밑 시체 무더기 속에서 왜병 몇이 총을 들고 일어나 달아나고 있었다.

황진의 전사가 알려지자 성내의 온 장병과 백성이 비통과 실망으로 기운이 쏘옥 빠져나갔다.

"원수를 갚기 위해서도 기운을 내야 하오."

김천일은 후임 순성장으로 진주목사(정3품) 서예원을 임명하려고 했다.

"김해부사(종3품) 이종인이 적격입니다."

최경회가 건의했다.

"서열을 무시할 수 없소. 그대로 서예원으로 해야 하오."

김천일에게는, 그보다는 신실한 유학자 선비에게는, 명분과 차서(次序)는 어길 수 없는 신조였다. 최경회는 초긴장의 상황에서 서로의 화합을 깰 수가 없었다.

"옳은 말씀입니다."

그 밤부터 서예원은 순성장이 되었다. 다행히 큰 싸움 없이 그 밤이 갔다.

6월 29일, 아침부터 비가 내렸다. 적들은 동이 트기 무섭게 총공세로 나왔다. 적들은 용을 쓰고 덤볐다. 성 위를 돌아야 할 서예원은 코빼기도 보이지 않았다. 최경회가 장창을 들고 나서 대신 성 위를 돌았다. 성 위로 머리를 내미는 적을 벼락같이 내려치고 때로는 번개같이 활을 쏘아 적을 꺼꾸러뜨리며 걸었다.

한바탕 몰려들던 적을 물리치고 숨을 돌리는 사이 병사들이 성내를 내려다보며 킬킬거렸다. 서예원이 천천히 말을 몰고 있었다. 축 늘어진 채 고개를 숙이고 말 가는 대로 놓아두고 있었다.

최경회가 내려갔다.

"병사들이 보고 있소. 창피하지도 않소?"

"벌벌 떨려서 성 위로 올라갈 수가 없소."

서예원은 거의 울고 있었다.

"촉석루에 올라가 쉬시오."

장윤을 순성장으로 임명했다. 그도 무관으로 황진 못지않은 용장이었다. 역시 병사들을 잘 지휘했다.

적들은 그를 노렸다. 오후 시작한 전투에서 장윤이 성 위에 올라 걸자마자 동시에 발사된 10여 발의 총탄이 그를 쓰러뜨리고 말았다.

비가 계속 쏟아진 때문인지 동문의 옹성이 무너지면서 성벽을 쳤다. 성벽에 커다란 틈새가 생겼다. 그 틈새를 놓치지 않고 적들이 밀려들었다. 이종인과 병사들이 달려들어 치열한 백병전이 벌어졌다.

백병전을 치르는 사이 적들은 북문 쪽 성벽을 넘어 들어왔다. 그리고 기어이 북문을 열어 젖혔다.

동문 쪽에서 죽을힘을 다해 적들을 물리치고 돌아보니 북문을 통해 쏟아져 들어온 적병들은 이미 노도처럼 성내로 밀려들고 있었다. 땅거미도 밀려들었다.

일선에 있던 이종인, 최경회는 재빨리 부하들을 촉석루 쪽으로 후퇴시켰다. 촉석루 주위는 제법 높이 솟은 반월형 대지로 넓은 대나무 숲이 둘러싸고 있었다. 대나무 숲 안쪽에 방어선을 구축하고 병사들은 숨을 죽이고 엎드려 머리털을 곤두세웠다.

부연 밤빛 아래 사위가 조용해졌다. 대숲 바깥쪽도 야차(夜叉) 같은 적들의 검은 물결이 성안 바닥을 가득 메우고 스멀거릴 뿐 조용했다.

그때 촉석루에서 구르듯 달려 내리는 그림자가 하나 있었다. 그 그림자는 병사들 사이를 뚫고 서슴없이 대숲 속으로 사라졌다. 목사 서예원이었다.

"어, 어 ⋯."

병사 하나가 뒤따라 달려 나가자 여기저기서 달리고 우르르 달리더니 병사들의 진용이 무너지면서 거의 다 흩어져 대숲 속으로 사라졌다. 스멀거리던 야차들이 먹이를 찾아낸 듯 웅성거리며 달려들었다.

이종인이 앞장서 야차의 물결을 막았다. 겨우 20여 명의 병사들이 이종인을 도와 달려들었다. 잠시 동안 고함과 비명과 창칼의 쇳소리가 들렸으나 겨우 20여명의 조선군은 종말을 맞고 있었다. 야차들은 대숲을 뒤지며 헤치며 달려들어 지휘소로 밀려들었다.

"때가 온 것 같소."

김천일이 최경회를 쳐다보았다.

"갑시다."

최경회가 벼랑에서 강물로 뛰어들었다. 이어서 김천일과 그 아들 그리고 고종후가 몸을 날렸다.

비가 계속 내렸다. 성내 곳곳에서 들리는 비명소리에 몸이 들려서 야차들은 성내로 또 달려갔다. 야차들은 닥치는 대로 사람을 쳐 죽였다. 사람들이 강으로 달렸다.

"잡히지 말고 강물로 뛰어라."

숱한 사람들이 허겁지겁 달렸다. 야차들이 쫓아왔다. 뒤처지는 늙은이, 어린이는 사정없이 치고 찔렀다. 여자들은 비 내리는 땅바닥에 깔고 덮쳤다. 울부짖는 젖먹이들은 집어 들고 휙휙 돌려 아무데고 내던졌다.

밤새도록 사람들의 시체를 그득하게 보듬어 안고 남강(南江)은 분한에 부풀어 더욱 도도히 흘렀다. 남강에 비는 더 많이 내렸다. 하늘의 흐느낌이었을까.

다음날 7월 1일, 날이 맑게 개었다. 적들은 집집마다 뒤져서 조선인들을 끌어냈다. 적의 군관들은 누가 더 많이 끌어오나 내기를 했다. 적 군관들은 잡아온 백성을 하나씩 골라 세운 다음 병사들에게 시범을 보였다.

"이렇게 비스듬히 치는 것이다."

목을 치고 허리를 자르고 가슴을 찌르는 법을 보였다. 병사들은 그대로 따라서 잡아온 민간인들을 그렇게 처치했다. 노소에 관계없이 여자들은 윤간(輪姦)을 거친 다음 또 그렇게 처치했다.

"꾸물대지 말고 신속하게 처리하라."

잡아오는 사람들을 모두 사창(社倉: 양곡 창고)에 몰아넣었다. 둘레에 짚단과 나뭇단을 쌓아놓고 불을 질렀다. 불길이 용오름 되어 하늘에 닿으면서 무고한 진주백성들도 하늘로 올라갔다.

사람뿐이 아니었다. 소, 말, 돼지, 개 심지어 닭까지 살아 있는 것은 다 죽였다. 살아 있는 것뿐이 아니었다. 세워진 건물들, 백성의 집들도 모조리 태웠다. 용케 숨어 있던 사람들이 튀어나오면 발길로 걸어차 불길 속으로 처넣었다. 튀어나와도 걸어차지 못해 용케 달아나는 자들도 있었다. 쥐새끼들이었다.

집뿐이 아니었다. 성벽도 다 허물어 버렸다. 생목숨 6만이 전멸되고 성마저 사라진 진주는 처참한 폐허가 되어 애달픈 전설만 남겼다.

성벽에 치(雉)와 포루(砲樓)를 설치하라던 유성룡의 선견지명도 애달픈 전설 속에 헛되이 묻히고 말았다.

그 밤 야차들은 촉석루에 불을 밝히고 잔치를 벌였다.

"아이고, 어쿠, 살려주시오. 나는 진주목사요."

어젯밤 맨 먼저 촉석루에서 도망쳐 대숲에 들어갔던 서예원은 하루를 잘 넘겼으나 그 밤 야차들에게 잡혀 촉석루로 끌려왔다.

"진주목사에 틀림없나?"

"예예, 제가 진주목사입니다. 목숨만 살려주십시오."

"어허, 최고의 선물이 들어왔군."

가등청정이 일어나 서예원을 끌고 내려가더니 모가지를 뎅겅 잘라 버렸다. 그리고 피 흐르는 머리를 들고 와서 휘하에게 일렀다.

"이 머리를 상자에 넣고 소금을 채워라."

병사가 머리를 받아들고 나갔다.

"머리는 왜 상자에 넣소?"

"태합께 보낼 선물이오."

"오오, 과연 충신이오."

도진의홍의 찬사였다.

서예원의 머리는 바로 풍신수길에게 보내졌다.

상자 겉에는 이름표가 붙어 있었다.

조선국 진주목사 김시민(朝鮮國 晋州牧使 金時敏)

"허어, 작년의 원수도 갚았구나."

풍신수길은 미소를 머금었다.

밤이 깊어 촉석루의 잔치도 시들해졌다.

서예원이 잡혀가는 것을 보며 대숲 속에 꼭꼭 숨어있던 주논개(朱論介)는 겉에 두르고 있던 검은 쓰개치마를 벗어 놓고 남강 절벽 밑으로 내려갔다. 야차들에 잡히지 않고 빠져 죽을 작정이었다.

고향인 전라도 장수에서 최경회를 만났었다. 그의 소실이 되어 진주에 왔었다. 전투 전에 남편 최경회가 장수로 가라는 것을 마다했다. 접전중에 잠시 한 번 왔다가고는 그만이었다. 성이 함락되던 지난 밤 남편의 종말을 직감하고 깨끗한 모시옷으로 갈아입었다. 그리고 대숲에 들어와 숨어 있었다.

"오, 미인!"

절벽 밑 강가에 나와 바람을 쏘이던 왜군장수 하나가 다가왔다. 그는 거나하게 취한 상태였다. 하얀 모시 치마저고리를 입은 젊은 논개의 모습은 취객의 눈에는 밤빛에 하강한 선녀로 보였다.

'오, 선녀가 내려왔군.'

논개는 얼른 물속의 너럭바위(지금의 의암)로 몸을 날렸다. 바위를 휘감고 강물은 여전히 도도했다. 이제 한 발짝 내딛으면 남편이 기다리는 저승이었다.

"오이, 선녀 미인. 이리 와!"

왜군장수가 손짓으로 불렀다. 논개는 물에 뛰어들려다 잠시 미뤘다. 그리고 바위에 살포시 앉았다.

'남편에게 가지고 갈 선물이 생겼구나.'

손을 들어 왜장을 불렀다.

"이리 오세요."

왜장이 너럭바위로 풀쩍 뛰었다. 논개는 일어서 두 팔을 벌리고 왜장을 맞아들였다.

"정말 선녀 미인이로군."

왜장이 논개를 껴안았다. 향긋한 냄새가 풍겼다. 논개도 왜장을 껴안았다. 건장한 체구였다. 논개는 왜장을 끌어당기며 점점 더 다정하게 껴안았다.

"함께 좋은 데로 갑시다."

가락지 끼어 더 다부진 손깍지를 세게 조이면서 살며시 뒷걸음질 쳤다. 등으로 시원한 바람기를 느끼는 순간 논개는 왜장을 낀 채 강물로 텀벙 넘어졌다. 논개는 머리를 숙이고 더욱 세게 손깍지를 조였다.

"이런 고얀⋯."

왜장은 자맥질을 하면서 논개의 머리를 쥐어박았다. 입안으로 물이 차고 숨이 찼다. 돌덩이 같은 주먹으로 가슴에 붙은 머리를 사정없이 내리쳤다. 얼마나 쳤을까? 논개의 몸은 굳고 움직임은 멈췄다. 그러나 논개의 팔은 단단히 묶은 밧줄이었다.

팔을 비틀어 잡아 뜯었다. 팔은 이제 달궈 붙인 쇠사슬이었다. 왜장은 용을 쓰며 별짓을 다해 보았으나 논개의 팔은 그대로였다. 왜장도 이윽고 힘이 풀어지며 늘어졌다. 껴안긴 채 함께 가라앉았다.

가등청정의 휘하장수 모곡촌육조(毛谷村六助, 게아무라 로쿠스게) 였다. 그는 검술의 달인이었다.

강화(講和)의 조건

"이제 젠라도를 쳐야 한다."

우쭐해진 왜장들이 날뛰기 시작했다. 우직한 가등청정이 먼저 서둘렀다. 하동(河東), 구례(求禮)를 쳤다. 과도직무는 지리산을 향하고 단성(丹城), 산음(山陰)을 쳤다. 둘은 합세하여 남원, 순천, 광양으로 쳐들어갔다.

굶주리는 조선군은 상대가 되지 못했다. 남원에 있던 낙상지(駱尙志)의 배부른 명군은 싸우는 시늉만 내다 달아났다.

그런데 적들은 더는 갈 수가 없었다. 먹을 게 없어서였다. 청정의 독촉에 부산에서는 배가 떠났지만, 이순신이 지키는 한산도 해역까지 왔다가 그냥 돌아가곤 했다. 그래도 왜적수군은 떳떳했다. 풍신수길이 조선수군을 만나면 달아나라고 명령했기 때문이었다.

청정도 돌아가는 수밖에 없었다. 다른 왜장들은 미리 알아서 돌아가고 있었다.

왜군들이 거쳐 가는 곳은 그야말로 야차들의 지옥이었다. 살인, 약탈, 강간, 방화는 기본일 뿐이었다.

건강한 어른들과 소년소녀는 잡히는 대로 묶어서 데리고 갔다. 건축, 제련(製鍊), 선박, 종이, 피혁(皮革) 등의 기술자들은 모조리 잡아갔다. 특히 도자기 기술자는 혈안이 되어 잡아내 끌고 갔다. 도망갈 가능성이 큰 사람들은 손바닥을 뚫어 쇠줄로 꿰어서 밧줄에 묶어 끌고 갔다.

데리고 갈 필요가 없는 사람들은 다 죽였다. 그냥 죽이는 것도 아니었다. 기발한 방식으로 죽이면서 끔찍한 고통 속에 죽어가는 모습을 감상하며 즐겼다. 산 사람의 사지를 하나하나 잘라냈다. 가슴을 가르고 벌려서 뛰고 있는 심장을 꺼냈다. 배를 갈라 갈고리로 내장을 끄집어냈다. 옷에 기름을 뿌리고 불로 태웠다. 어린애를 꼬챙이에 꿰어 들고 시시덕거렸다.

창원, 김해, 부산 등 그들 주둔지로 가는 왜적부대들은 어김없이 약탈품을 가득가득 실은 우마차들과, 묶여서 끌려가는 조선사람들의 긴 행렬을 에워싸고 행진해갔다.

진주가 결딴이 난 뒤 총병 유정은 팔거(八筥)에서 합천으로 와 지켰고, 오유충은 봉계(鳳溪)에서 초계로 와 지켰다.

왜군들은 더는 싸우지 않고 본국으로 돌아갈 준비에 바빴다.

진주성 공격은, 중국의 사신이라고 하는 사용재와 서일관이 화평을 논의하기 위하여 수길을 만나러 왜군사령부(명호옥)에 온 이후 이뤄졌다. 물론 수길의 은밀한 지령이었다.

화평회담은 식량보급이 되지 않아 죽게 생긴 왜군이, 명군에 애걸하여 이루어진 것이었다. 그러나 소서행장은 그 반대로 보고했다. 여석현 패전 후 식량도 부족한 판에 추격당해 전멸될까 두려워 명군이 애걸했다고 보고했다.

"거짓말은 상관없다. 우리도 어찌되었든 화평이 이뤄지기를 바랄 뿐이다."

수길 주위의 고위장관들도 행장의 화평 노력에 동조하고 있었다.

명나라 두 사신은 접반사로 정해진 소서행장과 3장관 즉 석전삼성, 대곡길계(大谷吉繼), 증전장성(增田長盛) 등 네 사람이 서울에서부터 항상 근접 수행했다. 외부와의 접촉을 차단하기 위함이었다.

통역도 두지 않았다. 현소가 두 사신을 늘 따라다니며 필담으로 의사를 소통케 했다.

두 사신들에 대한 접대는 나고야(명호옥)에 들어와서 더욱 융숭해졌다. 두 사신은 수길이 자신의 잘못을 반성해 사죄하는 것으로 알았다. 반면 수길은 명 사신이 자기에게 사죄하러 온 것으로 알았다.

황금으로 으리으리하게 꾸민 명호옥의 태합 처소에서 수길은 명 사신을 접견하고 환영연을 베풀었다.

"두 분의 화평 노력을 치하하오."

수길은 두 사신에게 술을 내리고 칭찬했다.

두 사신에게 선물도 푸짐하게 내렸다. 갖가지 귀중품 외에 은화(銀貨) 덩이도 각각 넉넉하게 안겼다. 필담을 맡은 현소에게도 은화가 내리고, 사신의 수행원들에게도 푸짐한 선물이 내렸다.

연회가 파하고 명 사신이 물러가자 수길은 4인 접반사를 불러 조용히 지시했다.

"일찍 조선으로 돌아가라. 가서 진주공격을 독려하고, 행장은 심유경에게 내 편지와 선물을 전달하고, 그가 진주공격을 알아채지 못하도록 잘 구슬려라."

수길도 적을 방심시키고 급습하는 것이 특기 중 하나였다.

심유경은 일본사신 소서비탄수(小西飛彈守)를 데리고 북경에 가기 위해 이미 부산을 떠나 북상중이었다. 비탄수는 행장의 핵심참모로서 행장과 수길이 상의해서 정한 이른바 일본측 사신이었다.

"왕자들은 언제쯤 돌려보내야 하는지요?"

행장이 물었다.

"화평을 진행하고 있지만 지금 대세로 보면, 우리가 서울에서 부산까지 천여 리를 후퇴했다. 우리가 진 형국이란 말이다. 이런 때에는 내가 제시한 조건이 받아들여지지 않는다. 진주에서 크게 이기고 나서, 이긴 자의 입장에서 협상해야 한다."

"예에 …."

"진주성을 함락시키면 모조리 죽이고 철저히 파괴하라."

"예에 …."

"그다음에 왕자들을 보내는 게 협상에 유리할 것이다."

"명심하겠습니다."

다다미 바닥에 머리를 박으며 큰 소리로 외친 다음 네 사람은 물러나왔다.

행장은 진주성 공격을 독려하기 위하여 곧 떠나고 사신 일행은 나머지 접반사들과 함께 6월 28일에야 부산을 향해 나고야를 떠났다. 진주에서는 황진 장군이 전사하고 조선군의 전세가 기울어가던 날이었다. 함께 배에 오른 현소의 배낭 속에는 수길이 보내는 2통의 문서가 들어 있었다. 화평조약의 조건 7개 항목을 적은 문서와 4인 접반사에게 내리는 주지사항 5개 항목을 적은 문서였다.

사신 일행은 급할 것이 없었다. 일기도, 대마도에서도 좀 쉬다가 7월 15일 부산에 도착했다.

명 사신들은 부산에 와서야 진주성의 함락과 그밖에 왜군들이 저지른 만행을 알게 되었다. 심유경과 함께 왔다가 연락차 부산에 남았던 유격장군 주홍모(周弘謨)로부터 자세한 소식을 들었다.

"어르고 등골 빼는 놈들이로군."

사실 그동안 명 사신들은 꿈같은 세월을 보냈었다. 수려한 경관에 매일같이 진수성찬(珍羞盛饌)이요 미주가효(美酒佳肴)에 어여쁜 오도기(御伽: 수청 드는 여자) 시중이었다.

부산에 와서야 사신들은 제정신으로 돌아왔다. 가슴속에 찬바람이 휘몰아쳤다.

한편 현소로부터 수길의 봉서를 받아 펼쳐든 행장과 세 장관 등 네 사람은 내용을 찬찬히 읽어갔다. 그들은 어안이 벙벙해져서 입을 다물지 못하고 한참씩이나 서로의 얼굴을 쳐다보곤 했다. 먼저 화평조약의 조건 7개 항목을 읽었다.

  1. 화평의 서약은 천지가 다하도록 지켜져야 한다. 그러므로 명나라
     황제의 공주를 맞아들여 일본의 후비(后妃)로 삼는다.

2. 두 나라는 사이가 벌어져 무역이 단절되었다. 이제 이를 고쳐 관선(官船)이나 상선(商船)이 서로 왕래하도록 한다.
3. 양국 우호의 불변을 다짐하는 뜻으로 양국 조정대신들의 서약서를 교환한다.
4. 조선에 대하여는 선봉군을 파견해 이미 토벌하였다. 지금은 나라를 진정시키고 백성들을 안정시켜야 하므로 이 일을 위하여 훌륭한 장수를 파견할 것이다.

위에 말한 조건을 승낙하면 비록 조선이 반대할지라도 대국(명나라)과 합의하고 8도(八道)를 분할하여 4도와 국도(國都)를 조선왕에게 반환할 것이다. 또한 연전에 조선에서 세 사신을 파견하여 우리와 호의를 교환한 바 있다. 자세한 내용은 사인(四人 : 행장 등 네 사람)의 설명에 맡긴다.

5. 조선의 4도는 이미 반환하였다. 그러므로 조선왕자와 대신 한두 명을 인질로 하여 일본에 보내야 한다.
6. 작년에 우리 선봉군이 조선왕자 두 명을 사로잡았다. 그들은 떠도는 소문을 듣고 우리와 어울리지 않는다. 사인(四人)이 심 유격(沈 遊擊)에게 인도하여 자기나라로 돌아가게 할 것이다.
7. 조선국왕의 대신들은 대대로 이 조약에 위반하지 않겠다는 뜻으로 서약서를 작성해야 한다.

다음으로 4인에게 내리는 주지사항 5개 항목을 읽었다.

1. 내 모친은 해가 뱃속으로 들어가는 태몽을 꾸고 나를 낳았다. 따라서 나는 태양의 아들이다. 겨우 10여 년 만에 난세를 평정하고

일본을 통일한 것은 하늘의 뜻이다.

2. 왜구들은 오래전부터 배를 타고 명나라에 가서 소동을 일으켰다. 내가 이를 금지해서 바다가 평온해지고 왕래에 지장이 없게 되었다. 그런데 명나라는 왜 고맙다는 인사 한마디 없는가? 우리 일본이 소국이라고 업신여기는 것인가? 명나라를 치려고 했는데 조선에서 사신을 보내왔다. 잘 주선하겠다고 했다. 만일 일이 뜻대로 되지 않아 일본군이 바다를 건너오는 경우에는 길을 열어주겠다고 약속하고 돌아갔다.

3. 조선은 명나라에 고해서 잘 주선하겠다고 약속했는데 3년이 지나도록 가부간 소식이 없었다. 거짓말을 하고 약속을 위반한 조선을 어찌 그냥 둘 것인가? 쳐들어가 그 수도까지 초토화했다.

4. 명나라가 조선을 구원하러 나섰지만 별수 없었다.

5. 이때 명나라 사신 두 사람이 사령부(명호옥)에 와서 서로 화친하고 지내자는 대명천자의 말씀을 전했다. 이에 대해서 별지에 적은 조건 7개 항목으로 답하는 것이다. 4인은 이 취지를 사신에게 설명하라. 명나라의 회답이 있을 때까지 더 이상 군대가 바다를 건너가는 일은 보류할 것이다.

화평조약의 조건 7개 사항은 풍신수길이 명 사신으로 왔다 귀국하는 사용재와 서일관에게 주라는 것이었다. 풍신수길이 도장을 찍었으니 국서나 다름없었다.

어찌할 것인가? 이 문서는 명국 입장에서 보면 오만방자하기 짝이 없는 것이었다. 이 문서를 명나라에 넘긴다면 평화는 깨지고 다시 총칼을 들고 나서게 될 것은 빤한 일이었다.

"어떻게 하지요?"

"없던 것으로 합시다."

"이거 사실상 국서가 아니오? 실질적인 일본의 왕인 태합께서 사신들에게 주는 국서를 신하인 우리가 없던 것으로 하면 … 탄로 날 경우 우리는 멸문(滅門)이 될 것이오."

"그야 누가 모르겠소?"

"요즘 태합께서는 건강이 좋지 않다 하오. 전세가 불리하다는 소식이 전해진 후에 그렇게 급속히 나빠졌다고도 하고 … ."

"어떻든 이 평화회담은 지속되어야 합니다. 여기서 북경까지 그리고 또 나고야(명호옥)까지 몇 번 오고가다 보면 가부간 결정이 날 때까지는 몇 년이 걸릴 겁니다. 그사이 연로하신 태합께서 돌아가실 수도 있소. 그러면 전쟁에 나설 사람은 아무도 없소. 아니라 해도 그사이 새로운 대책을 세울 수도 있지 않겠소?"

"좋소. 태합의 이 문서는 없던 것으로 합시다. 싸움을 계속할 수는 없소."

"그럽시다."

4인은 멸문지화(滅門之禍)를 무릅쓰고 풍신수길의 요구조건은 없는 것으로 하고, 봉서는 행장이 깊숙이 감춰 두기로 했다. 그리고 네 사람과 친숙한 총사령관 우희다수가와 소조천융경, 모리휘원(毛利輝元) 같은 유력자들을 찾아가 실정을 말하고 양해를 구했다. 그들은 미소로 묵인해 주었다.

두 사신은 떠날 때가 되자 국서를 달라 했다.

"태합께서 국서는 주시지 않았습니다."

소서행장이 한마디로 잘랐다.

"국서가 없다니요? 부산에 가면 좋은 일이 있다 하시지 않았소?"

"좋은 일이 물론 있지요."

" …… ?"

"조선왕자들을 보내드리겠소. 이렇게 좋은 일이 어디 있겠소?"

"그야 좋은 일이오만 … 우리는 돌아가 무어라 얘기해야 합니까?"

"그런 염려는 하지 마시오. 심 유격(遊擊)과 함께 먼저 떠난 사신 소서비가 태합의 뜻을 다 전할 것입니다."

국서가 없어 난처하긴 했지만 왕자들을 데리고 간다면 그래도 체면유지는 되는 셈이었다.

7월 22일, 그들 사신 일행은 왕자 일행과 함께 북으로 떠났다.

일본군이 부산 방면으로 후퇴한 뒤 송응창 경략은 진주성 함락의 소식은 들었지만 명군도 철수하도록 지시했다. 다만 일본군이 본토로 건너가지 않고 있기 때문에, 유정 등 몇몇 장수들과 휘하 1만 6천 명의 병사들을 경상도의 성주, 대구, 경주, 삼가 등과 전라도의 남원에 주둔시켜 일본군에 대비토록 했다.

명 조정은 부총병 유정(劉綎)을 도독(都督)으로 임명해 조선의 명군을 맡겼다.

이여송도 휘하장수들과 함께 서울을 떠나 북행길에 올랐다. 이여송은 북행길을 가면서 남행길 때와는 판이하게 다른, 조선땅의 삭막한 풍경을 보고 가슴이 섬뜩했다.

지나는 고을마다 자기들을 환송하는 관원들 외에는 백성들은 단 한 사람도 구경할 수 없었다. 논밭은 잡풀만 우거지고 어쩌다 서 있는 빈

집들도 문짝이 제대로 달린 집은 하나도 없었다.

　왜군들이 온갖 잔학한 짓을 다 했지만 따지고 보면 명군이 더 잔학했다. 명군은 싸움터가 아니라 해도 조금만 못마땅하면 사람들을 그냥 죽였다. 눈에 띄는 여자는 예외 없이 덮쳤다. 노략질도 훨씬 더 철저했다. 왜군들이 한바탕 훑고 지나간 자리를 명군들이 재차 훑고 지나면서 집안에 남아 있는 세간은 물론 심지어 문고리, 돌쩌귀까지 다 빼갈 지경이었으니, 가슴이 섬뜩할 만큼 삭막할 수밖에 없었다.

　"파괴가 이렇게 심한 줄은 몰랐소. 우리 군대가 못된 짓을 많이 한 것 같소."

　이여송은 미안한 마음이 들었다.

　"왜군은 얼레빗, 명군은 참빗〔倭子梳子, 天兵篦子(왜자소자, 천병비자)〕, 조선사람들이 이렇게 말한답니다."

　옆을 따르는 장수가 들려주었다.

　9월 중순 송응창도 이여송도 모두 압록강을 건너 요동으로 사라졌다.

　일본군은 수길의 명에 따라 경상도 남해안 일대에 그들의 왜성을 쌓기에 바빴다. 울산(蔚山), 임랑포(林浪浦), 기장(機張), 동래(東萊), 부산(釜山), 김해(金海), 감동포(甘同浦), 안골포(安骨浦), 웅천(熊川), 장문포(長門浦), 영등포(永登浦), 이렇게 11곳에 본성을, 그 외 7곳에 작은 성을 쌓아 도합 18개의 성을 세웠다.

　왜군들이 왜성을 짓기 바쁘던 8월 4일, 일본 본토에서는 온 나라가 들썩이는 대사건이 일어났다. 수길의 소실 정군(淀君)이 그의 거소 정성(淀城)에서 수길의 아들을 낳았던 것이다.

수길은 명호옥에서 소식을 듣고 벌떡 일어나 방안을 이리저리 몇 바퀴 돌았다.

"학송(鶴松)이가 돌아왔나? 기적이 일어났구나. 아암, 기적이지. 기적이야."

학송은 연전에 죽은 그의 외아들이었다. 58세의 나이에 다시 아들이 태어났다는 것은 가히 기적이었다.

"전 장병에게 술과 떡을 선사하라."

수길은 문을 활짝 열어젖히고 크게 외쳤다.

그날 명호옥의 수만 장병들은 전시의 긴장을 다 풀어놓은 한바탕의 잔치에 혀가 꼬부라지고 몸이 휘청거렸다.

"조선 점령군은 축성공사가 끝나는 대로 수비에 필요한 병력만 남기고 다 철수하라."

조선의 왜군은 수길의 지시에 따라 9월부터 차례로 철수하여 일본으로 건너갔다.

조선에는 4만의 병력과 행장, 청정, 의홍 등이 우선 남았다.

한편 조선조정의 환도는 아직도 이뤄지지 않고 있었다. 서울의 수복과 동시에 조정도 서울로 돌아왔어야 했지만 임금의 미적거림으로 해서 너무 늦어지고 있었다.

4월 20일 서울이 수복된 이후 의주에서 내려와 평안도 영유(永柔)에 2개월 가까이 머물던 임금은, 전염병의 유행으로 그곳을 떠나 강서(江西)로 내려왔다. 거기서도 2개월 가까이 미적거리다 8월 11일 해주(海州)를 향해 남하했다.

8월 15일, 남에서 올라오는 임해군 일행과 봉산(鳳山)에서 만나 양쪽 일행은 상봉의 뜨거운 눈물을 흘렸다. 임해군 일행도 여기서부터는 임금 일행과 합류했다.

8월 18일, 임금은 해주에 도착했다. 그러나 더 이상은 내려갈 생각을 하지 않았다.

"전하께서 하루라도 빨리 환도하시어 도성에 계셔야 합니다. 그래야만 조속히 나랏일도 질서가 잡히고 민심도 안정됩니다."

전란중에 백성들은 산지사방으로 흩어져 죽고, 상하고, 떠돌고 있었다. 하루라도 빨리 죽은 자와 산자 모두를 위무하고 안정시켜야 했다. 살아남은 자에게는 살길을 마련해 주어야 했다. 또 망가질 대로 망가진 나라의 질서를 회복하고, 극도로 피폐해진 국력을 소생시켜 나라의 앞날에 대비해야 했다. 이 모든 것의 근본이요 첫째가 임금의 환도(還都)와 좌정(坐定)이었다.

신하들이 환도를 거듭 간청했으나 임금은 움직일 기색이 없었다.

임금은 수려하고 아늑한 고장 해주의 평온에 기대어 다 잊고 쉬고 싶었다. 임금은 대사헌 김응남(金應南)이 서울에서 올린 보고서를 떠올리며 더욱 그랬다.

종묘와 궁궐은 소진되어 없어지고 대소 사가들도 거의 부서져 없습니다. 타다 남은 흔적만 어지러이 흩어져 있고 어딜 가나 백골이 뒹구니, 산하는 있어도 시가는 없습니다.

구휼을 위해 급식소를 설치는 했으나 창고가 비었으니, 떠도는 백성들을 다 구할 길이 없습니다.

하루에도 수를 셀 수 없을 만큼 많은 사람들이 죽는 터라, 도로는 시체로 막히고 개천은 시체로 썩고 있습니다. 살아 움직이는 사람들이 있다 하나, 이미 저승사자에 잡혀가는 몰골들입니다.

도심 주위 수백 리 안으로는 야생의 초목과 짐승의 터전이고, 간혹 살아서 도성으로 들어오는 사람들은 무너진 벽 틈새가 겨우 거처일 뿐입니다. 그런 사람들마저도 사신들과 중국군의 시중에 시달려 기름기도 핏기도 다 가셨습니다. 살길이 없으니 서러워 통곡하며 하늘에 빌기도 하지만 무슨 소용이 있겠습니까?

혹은 나무에 목을 매달고 혹은 달리는 말 밑에 엎드려 죽음을 재촉하는 형편입니다. 백성들의 삶이 이런 처지가 되었으니, 나라의 사정이야 더 이를 말이 있겠습니까?

사정이 이렇다면 임금 된 자야말로 먼저 서둘러 환도하자고 해야 옳은 일이었다. 작년 피란 나갈 때는 임금이 먼저 서둘러 다 버리고 야반도주로 떠나지 않았던가?

거듭해서 대신들이 환도를 재촉하자 임금은 광해군에게 선위하겠다며 8월 30일 비망기(備忘記)를 내렸다.

나는 젊어서부터 병이 많아 반평생을 약으로 연명하고 있는데 이는 약방 의원들이 다 아는 사실이다. 전일 옥당(玉堂: 홍문관)에 내린 비답에 '인간 세상에 뜻이 없다'고 한 말을 보면 더욱 상상될 것이다. 겨울이면 방안에만 박혀 있고 봄가을에도 정원을 돌아본 적이 없다.

난리를 만나고서는 온갖 고생을 다했는데 이런 기력으로도 지금까지 죽지 않은 것은 진실로 이치 밖의 일이니 천도가 무심하다 해도 가할 것이다.

이전에도 답답하고 절박한 뜻으로 임금 자리를 물러나고자 호소한 게 한두 번이 아니었으나 조정의 의논으로 뜻을 이루지 못했는데 그때 사실은 적을 토벌하지 못한 처지라 의리상 병을 말하지 못했을 뿐이다.

강서에 머물면서는 몇 달을 먹지 못하였고 지금은 겨우 죽만 마실 뿐이다. 밤이면 병풍에 기대어 밤을 새우고 낮이면 정신이 혼미하여 멍청이가 된다. 그런 와중에 광병(狂病), 목병(目病), 비병(痺病), 습병(濕病), 풍병(風病), 한병(寒病) 등 갖가지 병이 함께 일어나서 이 한 몸을 공격하니 한 줌 원기로써 그 병들을 어찌 감당할 수 있겠는가? 광병으로 말하면 …. 이 밖에도 고질이 된 몹쓸 병들은 일일이 다 들어 말할 수도 없다. 가을이 아직 깊지 않았는데도 갓옷을 껴입고 있으니 쇠약하여 숨이 거의 끊어지려는 형세가 하루도 넘기지 못할 것 같다. 이러한데도 체면불구하고 그대로 임금 노릇한 사람은 일찍이 전고에 없었던 바이니 절대로 그냥 임금 노릇을 할 수는 없다.

지금은 흉적이 이미 물러갔고 옛 강토도 수복되었으므로 나의 뜻은 이미 결정되었다. 다시는 돌이킬 수 없다. 세자가 장성하였으므로 난리를 평정하고 치적을 이룩할 임금이 되기에 충분하니 선위에 관한 여러 일들을 속히 거행하도록 하라.

비망기는 상세 명료하고 조리 정연했다. 열거한 병들을 앓는 자로서는 절대로 가능한 솜씨가 아니었다. 임금은 당시 건강상태가 양호했을 뿐만 아니라 구미가 좋아 부실한 어선(御膳)을 타박하기 일쑤였다.

임금이 왕위를 물려주겠다는 세자 광해군이 사실은 몸이 극도로 쇠약해져 몹시 앓고 있었다. 지금 19세의 광해군은 원래 건강이 좋았었다. 그러나 난리중에 적 점령지에까지 들어가 백성들을 위무하고 의병을 격려하며 흩어진 민심을 수습하며, 존망의 위기에 처한 나라를 구하고자 나름으로 혼신의 노력을 기울이다 쓰러진 것이다.

좌의정 윤두수가 백관을 인솔하고 엎드려 선위 결정을 거두도록 계청했다. 누워 앓고 있는 광해군이 새벽마다 부축을 받고 뜰에 나와 땅바닥에 꿇어 엎드려 읍소해야 했다.

"아바마마, 양위의 전교를 거두어 주소서."

그래서 세자는 병이 더 위중해지고 있었다. 선위 전교 다음날인 9월 1일부터 왕이 뜻을 바꾼 9월 8일까지 앓는 몸으로 매일 꿇어 엎드려 읍소해야 하는 세자의 고통은 누구나 가히 짐작하고도 남을 만했지만 왕은 전혀 아랑곳하지 않았다. 세자에 대한 왕의 내심(內心)이 온전히 드러나는 좋은 사례였다.

좌의정 윤두수가 백관을 이끌고 들어와 다시 선위 전교를 거두어 주기를 간청했다.

"민망하고 절박하여 눈물을 감당할 수가 없도다. 견딜 수 있다면 어찌 그렇게 했겠는가? 환도하여 능침에 배알한 다음에는 바로 내 뜻을 받아주겠는가? 그렇게 해준다면 지금 억지로라도 경들의 뜻에 따르겠노라."

윤두수의 두 번째 간청에 임금은 마지 못하는 척 선위 전교를 거뒀다.

선조는 스스로 난처할 때면 선위라는 극적인 장면을 잘 운용할 줄 아는 임금이었다.

임금의 환도

정작 아프다는 임금은 9월 22일 해주를 떠났다. 그러나 세자 광해는 심해진 병으로 떠날 수 없어 해주에 남았다.

1593년 10월 1일. 임금은 마침내 환도하여 월산대군(月山大君)의 옛집(덕수궁 자리)에 좌정했다. 아수라장 같고 살벌하던 분위기는 차츰 가라앉았으나 할 일은 태산 같았다. 손을 대려 하니 어느 것 하나 막막하지 않은 것이 없었다.

대세는 평화로 가는 쪽이었지만 조선으로서는 안심할 단계가 아니었다. 왜군은 철수한다 하더니 내려가 느닷없이 진주를 치고, 경상 해안에 많은 왜성을 쌓고 그냥 주저앉았다. 튼튼하게 쌓은 성들은 그냥 주저앉아서 쉬는 성들이 아니었다.

안심하지 못할 일은 또 있었다. 명나라 쪽에서 흘러나온 소문이었다.

"왜놈들이 조선 4도를 내놓으라고 한다더라."

왜와 명, 양자 간에 분명 무슨 꿍꿍이가 있다는 소문이었다.

조선으로서는 결코 끝난 전쟁이 아니었다.

10월 27일 유성룡이 다시 영의정에 제수되었다.

유성룡은 우선 국가방위 체제를 시급히 개선해야 함을 깨달았다. 왜군이 물러간 근본적 이유는 명군도 아니고 화평회담도 아니었다. 첫째 이유는 바다의 이순신이었고, 둘째 이유는 육지의 의병(義兵)들이었다. 그들 때문에 보급이 끊어진 것이 근본 이유였다. 왜병들은 이순신만 두려운 존재가 아니었다. 조선천지 어느 곳이나 없는 곳이 없는 의병들 또한 두려운 존재였다.

유성룡의 건의로 작년부터 육군, 수군의 지휘체계를 정비해오던 것을 조정은 조속히 완성시키기로 했다. 육군은 관병과 의병을 막론하고 도원수의 휘하에 두어 단일체계로 일원화했다. 관군 외의 모든 병사들은 각 도의 순찰사 즉 감사의 지휘하에 두었다. 영향력이 큰 의병대장(義兵大將)에게는 관직을 주어 자동적으로 지휘체계에 포함되도록 했다.

또한 중앙에 훈련도감(訓練都監)을 설치하여 병사들의 기량을 향상시켰다. 훈련도감의 도제조(都提調)를 맡은 유성룡은 명나라 척계광의 《기효신서》(紀效新書)를 교본으로 채택하고 명군의 군교들을 자문관으로 영입하여 유능한 직업군인들을 양성토록 했다.

유성룡은 특히 화포장(화포의 기술자)의 양성에 신경을 썼다. 그는 명나라의 화포(특히 불랑기포)와 화약의 원료인 염초의 제조법을 습득시키려 했으나 명군은 그 핵심기술은 한사코 전수하지 않으려 했다. 명군은 전쟁이 끝난 후에도 조선 각지에 남아 있던 화포 등을 모두 회수해 갔다.

전통의 궁(弓), 도(刀), 창(槍)의 무술을 연마시켰고, 또한 조선의 화포기술을 연마시키는 외에, 일본식 조총도 신무기로 택하여 그 사용 기술도 연마시켰다.

유성룡은 전부터 염두에 두었던 진관법을 부활시켰다.

지역단위로 부대를 편성하는 제도였다. 자기가 사는 고장에서 생업에 종사하면서 군사훈련도 받다가 유사시에는 전투에 임하는 제도였다. 농부로 말하면 농번기에는 농사를 짓고 농한기에는 군사훈련을 하고 유사시에는 출전하는 것이었다. 가장 큰 장점은 부대의 상하 즉 장수와 병사가 늘 함께 동고동락하는 관계로 단결력, 능률성, 애향심, 충성도 등이 높아서 강력한 전투력을 발휘한다는 것이었다.

왜란이 일어나기 바로 전해(1591년), 전운이 짙어갈 때 유성룡은 총체적 전술론인 전수기의 10조(戰守機宜十條: 일명 기무 10조)를 비변사에 제출하고 시행할 것을 주장했었다. 이는 사실 이름난 장군인 신립이나 이일이나 아니면 병조판서 같은 사람이 서둘렀어야 할 일이었다. 그러나 조정에서는 전쟁은 없을 것이라는 편안한 주장에 밀리면서 관심조차 두지 않았었다.

그 전술론을 유성룡은 다시 정리해 임금께 상주하여 허락을 받고 시행을 독려했다. 그 전술론의 요체는 물론 10가지였지만 시행할 일은 수십 가지였다.

제 1조 척후(斥候)

적을 알지 못하고는 싸울 수가 없다. 척후는 군대의 눈과 귀다. 눈과 귀로 적의 동정을 정확히 관찰해야 한다. 200리까지 관찰하고, 적어도 닷새 전에는 알아야 한다. 척후는 그 지역의 토박이를 쓰는 게 유리하다. 척후는 반드시 후한 상을 주어야 한다. 척후는 적국이 이용할 수도 있기 때문이다.

충주 전투에서 신립이, 상주 전투에서 이일이 실패한 가장 큰 원인은 척후에 대한 무지였다.

제 2조 장단(長短)

적군과 아군의 장점과 단점을 파악해야 한다. 그러기 위해서 항상 적을 연구해야 한다. 아군의 장점으로 적을 공격하고 적군의 장점으로 아군을 공격하지 못하게 해야 한다. 왜군의 장점은 조총과 창칼과 접전이다. 아군의 장점은 궁시와 대포다. 적군의 장점을 무력화시키고 아군의 장점을 능률화시키려면 반드시 험준한 지세나 난공의 성곽을 이용해야 한다.

이순신은 난공(難攻)의 선박을 이용했다.

제 3조 속오군(束伍軍)

속오는 대오(隊伍)를 약속(約束)한다는 뜻이다. 병사 5인을 묶어 1오(伍: 5명)로 하고, 2오를 1대(隊: 10명), 3대를 1기(旗: 30명), 3기를 1초(哨: 90명), 5초를 1사(司: 450명)로 한다. 이런 편제는 고금동서가 별로 다르지 않다. 이런 편제로 묶어 놓으면 아무리 많은 병사라도 다스리기가 아주 쉽다. 옛날 한(漢)나라의 한신(韓信) 장군이 다다익판(多多益辦: 많을수록 다루기 좋다)이라 한 편제다.

속오는 군대의 조직체계 즉 편제다. 유성룡이 이를 굳이 전술론에 삽입한 것은 조선군대의 조직체계가 너무나 부실했기 때문에 반드시 숙지해야 할 전술의 기본으로 삼고자 한 때문이었다. 그런데 조선군대는 편제다운 편제가 전혀 없었다.

> 오늘날 우리나라 장수들은 이 속오의 분수(分數)를 아는 자가 없습니다. 활을 조금 잡을 줄 아는 사람은 군관이라 명칭하여 장수가 자기 장하에 모아 둡니다. 그리고 초나 기의 장(長)으로 배치하지 않고 사환(使喚)하는 임무만 시킵니다. 병사들은 대오나 기, 초의 편제에 소속되는 곳이 없으니 따라서 진을 치고 싸우는 법을 알지 못합니다. 병사들은 몰려다니다 패전하여 무너지는 것만을 걱정합니다. 장수된 자가 진실로 이 속오법만 안다면 비록 시정에서 모은 오합지졸일지라도 모두 교련시켜 강병으로 만들 수 있습니다.

유성룡은 속오에 대해서는 따로 특별히 상주하여 그 중요성을 환기시켰다. 이 속오군은 당시로서는 혁명적인 국민개병제(國民皆兵制)의 개념이었다. 조선에서는 전통적으로 양민계층만 병역의무를 졌고 양반이나 천민계층은 병역의무가 없었다. 유성룡은 이 전통적 제도를 혁파하여 모든 사람이 병역의무를 지게 했다.

> 양반(兩班), 출신(出身), 서얼(庶孽), 향리(鄕吏), 공천(公賤), 사천(私賤) 등 상관없이 장정으로 실제 군사가 될 만한 사람은 모두 뽑아서 사목(事目: 정해진 규정)에 따라 대오를 편성하고 가까운 부근의 각 동리에 거처토록 하라

유성룡이 각 도의 감사, 병사에게 지시한 공문이었다.

양반이란 양반으로서 시임(時任) 관직에 있지 아니한 사람, 출신이란 과거에 합격했으나 아직 벼슬길에 나가지 못한 사람, 서얼은 서자와 그 자손, 향리는 고을에서 대물림으로 내려오는 아전이었다. 공천, 사천은 각종 노비를 비롯해서 백정, 광대, 점쟁이, 갖바치 등 모든 천민을 포함했다.

제4조 명령엄수

군대는 조직체계이며 동시에 명령체계다. 군대는 명령으로 살고 명령으로 죽어야 한다. 명령이 지켜지려면 장수의 명령이 분명해야 한다. 장수의 명령이 불분명해 병사가 명령을 어기면 그것은 장수의 죄다. 장수의 명령이 분명한데 명령이 지켜지지 않으면 그것은 병사의 죄다. 병사에게 죄가 있고 장수에게 죄가 없을 때라야 병사에게 형벌을 시행할 수 있다.

오늘날 장수 된 사람들은 적과 싸울 때 분명한 명령 없이 뒤섞여서 함께 전진합니다. 아무리 혼란스러워도 분명한 명령을 내리는 사람이 없습니다. 요즘 우리 군대는 싸울 때면 반드시 참퇴장(斬退將)이라는 한 사람의 장수를 세워 후퇴하는 병사를 베어 죽이게 합니다. 명령이 제대로 서지 못해 패전하도록 만들어 놓고 뒤로 물러나는 병사들을 베어 죽인다면 이는 참으로 웃지 않을 수 없는 일입니다.

지난번 평양전투에서는 뒤에 있으면서 먼저 물러간 사람은 형륙(刑戮)을 당하지 않고, 앞에 있으면서 힘껏 싸우다 나중에 물러난 사람은 도리어 형륙을 당했습니다. 그래서 전군이 분노했습니다.

유성룡의 보고서였다.

제5조 중호(重壕)

해자(垓字)를 이중으로 만드는 것이다. 바깥 해자는 깊고 넓게, 안 해자는 넓이를 바깥 해자의 반으로 하고 바닥에 마름쇠를 늘어놓는다.

제6조 설책(設柵)

군영의 보루가 되는 영책(營柵: 군영의 목책)은 흙이나 돌로 쌓는 성곽보다 공력이 적게 들어가지만 제대로 세우면 성만큼 좋은 기능을 한다.

그 좋은 보기가 왜군의 영책이었다. 천리 거리를 사이사이 영책을 세워 잇대고 있었는데 아군은 그 하나도 깨뜨리지 못했다.

행주산의 녹각 목책도 훌륭한 본보기였다.

제7조 수탄(水灘)

적이 배 없이 건널 수 있는 얕은 여울을 방어하는 것이다. 마름쇠 사용이 으뜸이다.

양근(楊根)의 용진(龍津)과 평양 대동강의 얕은 여울을 왜군들이 쉽게 건넌 것은 조선군이 마름쇠를 설치할 줄 모른 때문이었다.

제8조 수성(守城)

성을 잘 지키는 방법이다.

옛 사람들은 성을 잘 지켰다. 안시성(安市城)에서 당(唐)나라 군사를 물리쳤고, 귀주성(龜州城)에서 글안(契丹)을 물리쳤다. 그러나 왜적이 온 이후 성은 곳곳에서 무너졌다. 근본 이유는 옛날처럼 기본 원리에 입각해서 성을 쌓지 않은 때문이었다.

옛날의 성에서는 여장(女墻: 성가퀴)의 높이가 사람의 키만큼 높았고 그 사이가 좁았다. 그러나 당시의 성들은 여장이 낮아 병사들이 쥐처럼 엎드려 움직이니 불편하기 짝이 없고 여장 사이의 간격이 너무 넓어 적들이 넘어오기 쉽게 되어 있었다.

옛날에는 옹성(甕城: 성문 밖의 작은 성)을 제대로 쌓아 성을 지키기가 쉬웠는데 당시에는 옹성이 거의 없었다.

도성인 서울을 보아도 동대문 밖의 곡성(曲城)만 하나 있을 뿐 정작 있어야 할 옹성은 하나도 없습니다. 옹성이 없으면 성 밑을 제대로 볼 수 없고 성 밑에 붙어 기어오르는 적을 막아낼 수가 없습니다. 그러나 이제 여장과 옹성을 옛 방식대로 만들 시간과 인력이 없습니다. 그러나 포루(砲樓)만 설치하면 성의 모든 결함을 보완할 수 있습니다. 성안에 한 길 정도의 담을 쌓고 큰 구멍을 뚫어 대포를 쏘게 하고 사이에 작은 구멍을 뚫어 소포를 쏘게 하면, 큰 공력을 들이지 않고도 성을 잘 지켜낼 수가 있습니다. 시간과 인력이 있어 치(雉)를 설치할 수 있으면 만전지책이 될 것이옵니다.

유성룡의 이런 방책은 그동안 《기효신서》를 탐독 연구한 결과물이었다.

제 9조 질사(迭射)

질사는 번갈아 쏘는 것이다.

질사는 화살을 연달아 쏘기 위함이었다. 왜군들은 이미 20여 년 전부터 이 방법으로 조총을 연달아 발사하는 방법을 써왔다. 그러나 조선에서는 이런 방법으로 활을 쏠 줄 몰랐다. 10명을 한 조로 해서 활을 쏜다면 그 중 3명이 먼저 쏘고 이어서 그다음 3명이 쏘고 또 이어서 그다음 4명이 쏘는 것이었다. 이렇게 교대로 쏘면 10명이 서너 개의 화살은 그침 없이 연속 쏘게 되는 것이었다. 100명이 쏜다면 30~40개의 화살이 연속으로 날아가게 되는 것이었다.

제 10조 통론형세(統論形勢)

형세를 통합적으로 따져 방법을 강구, 시행한다.

왜적은 우리가 역사상 만났던 어느 적보다도 강한 적이었다. 몽골이 있었지만 무기체계가 다르지 않아 자주성(慈州城) 등에서 정면으로 대적하여 막아낼 수가 있었다. 그러나 왜적은 무기체계가 달랐다. 육전에서 조선군도 명군도 정면승부로 대결해 이길 수가 없었다.

유성룡은 불가낭전(不可浪戰: 함부로 싸워서는 안 됨)을 당부하고 3가지 작전을 택했다.

첫째, 산성을 수축 정비하여 그 안에 식량과 무기를 갖추어 놓고 지구전, 방어전을 펼친다.

둘째, 적이 이용할 수 있는 것을 모두 거두어 버리는 청야지책(淸野
之策)을 쓴다.
셋째, 수군이 바다에서 왜군을 공격하고, 통로를 봉쇄하여 적의 보
급로를 원천적으로 차단한다.

이순신은 일찍부터 유성룡의 군사상 건의와 조언을 탄복하며 수용
했었다.

기무 10조의 시행은 쉽지 않았다. 특히 속오군 조항에 따라 제정된
군제개혁법은 엄청난 저항을 견뎌내야 했다. 양반이 병역을 감당하는
양반종군법(兩班從軍法), 천민이나 종들이 군사가 되고 벼슬을 받을
수 있는 천인종군법(賤人從軍法)이나 면천법(免賤法) 등은 양반 사대
부들의 거센 반발에 부딪쳤다.
전쟁의 한가운데에서 적들과 대치하고 있는데도 나라가 망하든 말
든 백성들이 다 죽든 말든 그들은 그들의 세상만을 생각했다.
유성룡은 굳세게 밀어붙였다. 그러나 반발도 굳세게 이어졌다.
"유사 이래 이런 국법은 없다. 어디 감히 양반을 끌어가겠다고…….
양반은 물론이요 양반의 종도 끌어갈 수 없느니라."
내로라하는 사대부들은 나라의 제도로 이미 훈련받고 있는 종들을
자기 소유의 노복이라 해서 데려가는 일도 비일비재했다. 양반인 자신
도 군대에는 나갈 수 없고, 자기의 종도 군대에는 보낼 수 없다는 것이
당시 대다수 사대부들의 논리였다.

수군(水軍)의 편제도 고쳐야 했다. 전쟁이 일어난 지 벌써 1년이 지났어도 여전히 평시체제였다. 수군 진영은 각 도의 수영으로 분산되어 있고 같은 지위의 수사들이 각각 독립된 지휘권을 행사함으로써 전투력의 집중과 통일이 어려웠다.

이순신은 이를 걱정했다. 환도 이전에 이미 조정에 건의하여 한산도(閑山島) 주둔을 허락받았다. 그리하여 7월에 이억기의 전라우수영 함대, 이순신의 전라좌수영 함대, 원균의 경상우수영 함대가 모두 한산도에 주둔하게 되었다.

한산도가 수군 주둔지로서 매우 유리한 조건을 갖추었다는 것을 이순신은 일찍이 주시했다. 한산도는 일본수군이 남해로 진출할 때에는 반드시 거쳐야 하는 길목이었고, 근처 많은 섬들에는 소나무 숲이 울창하여 함선 건조에 천혜의 조건을 갖추었으며, 한산도를 위시한 근처 섬들에는 적지 않은 평지가 있어 식량조달이 어려운 때에 그 자급을 위한 둔전(屯田)까지도 가능한 곳이었다.

조정에서는 8월에 충청, 전라, 경상 3도의 수군을 일원화하는 조치를 단행했다.

1593년 8월 15일, 이순신을 3도 수군통제사(三道水軍統制使)에 임명하고 전라좌수사를 겸임케 했다. 8월 25일, 이순신은 한산도에서 통제사 교서(敎書)와 비밀병부(秘密兵符)를 받았다.

이순신은 한산도에 통제영(統制營)을 두었다. 뿐만 아니라 그 지역 해안을 수군에 전속시켜 주도록 청해서 백성들도 함께 사는 거대한 진영을 이룩했다.

또 하나 초미의 과제는 식량문제였다.

전쟁 이후 두 해 동안 고을은 부서져 폐허가 되고 사람은 죽어 모자라고 농사를 못 지어 곡식은 종자까지 없어진 판이라, 육지나 바다나 싸울 마련도 싸울 엄두도 낼 수가 없었다.

왜군은 남해안 곳곳에 굳건한 성채를 마련하고 식량과 무기와 심지어 농사지을 종자까지 비축하는 이상, 결전의 싸움은 언제고 다시 닥칠 판이었다.

조정에서나 훈련도감에서나 일선에서나 다 같이 싸울 마련에 재주를 다해 골몰했지만, 엄청난 물자의 결핍으로 허우적거리기 일쑤였다. 가장 치명적인 결핍은 식량이었다. 식량의 결핍은 역병(疫病)에도 크나큰 원인이 되었다.

전쟁 첫해인 임진년에는 왜군과 명군의 참살 만행으로 무리죽음을 당했고, 이듬해인 계사년(癸巳年)에는 기아와 역병으로 무리죽음을 당했다.

"여기에 들어와 군사가 되면 배불리 먹을 수 있다."

명나라에서 보내온 잡곡 약 1천 섬을 놓고 훈련도감에서 전국에 방을 붙여 장병들을 모집했었다. 배고픈 장정들이 앞다투어 모여들었다. 수천 명이었다. 그러나 그들을 다 수용할 수가 없었다. 물론 식량 공급의 부족 때문이었다.

임진년 12월부터 참전한 명군의 식량 일부는 명나라에서 보급하기로 되어 있었다. 그러나 관리들의 농간으로 늘 반 토막이 되어 들어왔다. 그나마도 세월 가며 명목만 들어오는 형편이었다. 실제로 모자란 식량의 부족분은 다 조선이 감당해야 했다. 그나마 그 명목상의 식량마저도 금년 8월부터는 뚝 끊어져 오지 않았다.

　관군도 먹고, 의병도 먹고, 남은 명군도 먹어야 했다. 식량이 바닥 난 조선에서 싸워야 할 병사들이 굶어 말라가는데 백성들이야 말해서 무엇하랴.

　처음에는 산야를 뒤져서 초근목피(草根木皮)로 연명했으나 그것도 찾지 못하게 되자 사람들은 시체에서 살을 도려내 먹기 시작했다.

　날이 갈수록 사정은 더욱 참혹해졌지만 조정의 대책도 신통한 게 있을 리가 없었다.

　임금이 비변사에서 올린 글을 보았다.

　요즘 서울의 구제소에서는 바로 그 자리에서 기아로 쓰러져 죽는 사
　람들이 부지기수입니다. 특히 남부 구제소가 더욱 많아서 날마다 끊
　임없이 시체들을 길가에 끌어다 놓는데 그때마다 백성들이 시체의 살
　을 베어가곤 합니다. 애초에 구제업무에 관한 조치를 엄격히 해서 아
　전들이 중간에서 빼먹을 수 없도록 했었다면 이런 지경에까지는 이르
　지 않았을 텐데 이렇게 되고 보니 매우 애절합니다. 남부 구제소 감
　독관들의 과오를 추궁하고 그 죄과를 엄벌함으로써 다른 사람들을 경
　계해야 합니다.

　임금이 승정원에 지시하여 죽어가는 사람들에게 은혜를 베풀었다.

　요사이 굶주린 백성들이 날마다 죽어가고 있는데 구제할 방도가 없구
　나. 하늘 보기도 민망해 나부터 죽고 싶으나 내 할 일이 많아 죽을 수
　도 없다. 유사(有司: 담당 직무)에서 어반미(御飯米)를 매일 6승(升)

을 바치는데 나는 평시에 하루 세 끼 식사를 하지 않으니 3승의 쌀인들 어찌 다 먹을 수 있겠는가? 이제 그 반을 덜어 3승만 바치고 나머지 3승은 다섯 곳의 구제소에 매일 3승씩 돌려가며 보내어 죽어가는 사람들에게 죽 쒀 먹여 살리도록 하라.

담당 주서(注書)가 임금의 지시를 열심히 기록하고 있었는데 심한 복통이 있는 것 같았다.

"잠시 나갔다 오겠습니다."

주서가 부탁하고 나가자 도승지가 그 자리에 대신 앉았다. 마침 임금도 자리를 비우자 도승지 혼자뿐이었다.

주서가 써놓은 글을 읽어보다가 도승지는 깜짝 놀랐다. 임금의 지시가 아닌 엉뚱한 것도 써놓고 있었다. 주서(사관)는 물론 엉뚱한 내용을 써놓을 수 있는 관원이었다.

정(鄭)나라 재상 자산〔子産: 대부 공손교(大夫 公孫僑)〕이 자기 수레에 사람들을 태워 냇물을 건네주었다. 이에 대하여 맹자(孟子)가 비판했다.

"위정자의 본분은 사소한 은혜에 있지 않고, 정대(正大)한 정치에 있다. 농한기를 이용해 11월에는 도보로 다니는 작은 다리를 놓고, 12월에는 수레도 건너는 큰 다리를 놓는다면, 모든 사람이 발 벗고 냇물 건너는 시린 고통을 다 면할 것이다. 정치하는 사람이 정치를 잘한다면 벽제소리를 내며 사람들을 비켜 세워도, 사람들은 오히려 기뻐할 것이다. 수레를 태워 주는 은혜로 불과 몇 사람의 고통을 면해 줄 수 있겠는가? 그 작은 은혜로 발 벗고 건너는 많은 사람들의 고통을 어찌 면해 줄 수 있겠는가?"

임금을 비판한 글이었다. 도승지는 그 부분을 얼른 찢어내 관복 소매 안에 감췄다.

굶주림의 참상은 점점 더 심해졌다. 사헌부에서도 건의했다.

기근이 극도에 달하여 사람고기를 먹으면서도 괴이한 줄 모르고 그저 태연합니다. 또한 살을 베어 먹는 정도가 어찌나 심한지 길에 널린 시체에 살이 온전히 붙어 있는 것은 하나도 없습니다. 그뿐이 아닙니다. 산 사람조차 죽여서 내장과 뇌수까지 모조리 먹어 버리는 경우까지 있습니다.

옛날에 이른바 '사람끼리 서로 잡아먹었다'고 한 사례에서도 이렇게까지 심하지는 않았습니다. 듣기만 해도 너무나 참혹합니다.

도성 안에 이와 같이 놀라운 변고가 있는데 형조에서는 손을 놓고 있습니다. 당상관 당하관을 막론하고 모두 그 과오를 추궁함과 동시에 포도대장으로 하여금 산 사람을 잡아먹는 사람들을 붙잡아 엄중히 처단하도록 지시하시기 바랍니다.

극심한 기아의 참상은 물론 서울에서만의 일은 아니었다. 적군이 휩쓸고 간 지역은 말할 것도 없고 소출도 많고 적군이 들어오지도 않은 전라, 충청지역도 마찬가지였다. 세미, 군량 등으로 종자 곡물까지 다 긁어가는 바람에 먹을 게 없어 기진해 죽기는 마찬가지였다.

명군 주둔지로 백성들이 모여들기도 했으나 뭘 얻어먹고 살길은 보이지 않았다. 고작해야 기병들의 말구유를 뒤져서 틈새에 낀 말먹이 콩을 빼먹거나, 소, 돼지, 개 등을 잡아먹고 버린 뼈다귀를 주워 와 빨아서 먹을 뿐이었다.

술 취한 명군 병사들이 비틀거리고 지나가면 굶주린 백성들이 그 뒤를 따라갔다. 명군 병사가 어쩌다 먹은 것을 바닥에 토하면 그 토한 것을 바닥에 엎어져 핥아먹기 위함이었다.

유성룡은 백성들을 근본적으로 구제할 길을 찾는 데 늘 골몰했다.

그는 중강무역(中江貿易)이 하나의 길이라는 것을 알아냈다. 요동에 자문을 보내 중강(中江: 압록강 의주의 대안 난자도(蘭子島))에서 조명(朝明) 두 나라가 무역을 하자고 제의했다.

두 나라 조정의 허락하에 중강에서 무역이 이루어졌다. 그 결과 요동의 곡식 수만 석이 꾸준히 조선으로 들어와 서울과 경기지역을 중심으로 많은 백성들을 살려낼 수 있었다.

조선에서 면포(綿布: 무명베) 한 필(疋)의 값은 피곡(皮穀: 겉곡식) 한 말이었지만, 중강에서는 쌀로 20여 말이었다. 실로 엄청난 이득이었다. 은, 구리, 무쇠 같은 광물질의 무역도 조선에서보다 10배 이상의 이득을 보았다.

유성룡은 또한 군자부정(軍資副正) 윤선민(尹先民)의 계책을 받아들여 자염무곡(煮鹽貿穀: 소금을 구워내서 곡식을 사는 것)의 길을 열어 나라(관청)와 백성들의 어려움을 함께 해결했다.

그동안 소금사업은 소수의 궁가(宮家: 왕실)나 권세가들이 독차지하고 있었다. 유성룡은 이런 사적인 독점을 억제하고 나라에서 관장하는 공적인 소금 생산을 확대하는 방향으로 제도를 개선해 나갔다.

소금 굽는 백성들은 다른 부역을 면제시키고 그 일만 하도록 하고, 구워낸 소금의 반은 염관(鹽官: 소금을 관리하는 관청)에 내고 나머지 반은 구워낸 백성이 갖도록 하는 것이었다.

하루 한 가마에서 닷 섬을 구워낼 수 있었고, 한 달에 20일만 일을 해도 100섬의 소금이 생산되었다. 조건이 잘 맞는 황해도 등의 바닷가에서는 달포에 수만 섬의 소금을 생산할 수 있었다. 그 소금은 내륙으로 들어가면 곧바로 곡식을 살 수 있는 돈이 되었다.

백성들을 근본적으로 살리는 길 중에서 가장 큰 길이 군역(軍役) 개혁과 세제(稅制) 개혁이라는 것을 유성룡은 일찍부터 잘 알고 있었다. 임란에 당하여 군역개혁은 그런대로 실시되고 있었다. 유성룡은 세제개혁도 비상시국에 당하여 밀어붙여야 되겠다고 생각했다.

조선의 세금은 크게 두 가지였다. 전세(田稅: 토지에 따라 내는 세금)와 공납(貢納: 나라에 바치는 각 지방의 특산물)이었다. 나라 수입의 4할이 전세였고, 6할이 공납이었는데 바로 6할을 차지하는 이 공납이 문제였다.

납부해야 하는 물품이 수천 가지인데다 자기 지역에서 생산되지 않는 산물이 부과되는 일이 허다했고, 상공(常貢: 정기적으로 또는 상례적으로 내는 공납)과 별공(別貢: 특별한 물품을 내는, 또는 특별한 시기에 내는 공납)이라 하여 시도 때도 없이 부과되기도 했다.

납부대상이 군현 단위였다. 인구가 많고 적음이 고려되지 않았다. 군현에서는 이를 또 가호 단위로 부과했다. 토지를 많이 가진 전주(田主)에게나 제 땅 한 뙈기 없는 소작인에게나 같은 액수로 부과했다. 납부자는 지방의 백성들이었다. 그들의 공납은 각 관아를 거쳐 국고에 들어갈 때까지, 수많은 농간과 세력이 끼어들어, 그 폐단이 이루 말할 수 없었다. 죽어나는 것은 가난하고 세력 없는 백성들이었다.

개혁은 이 공납제도를 고쳐서 공납물품을 쌀 한 가지로만 하고, 공납액수를 가호 단위가 아니라 소유한 토지의 면적 단위로 부과하자는 것이었다. 이를 작미법(作米法) 또는 대동법(大同法)이라 했다.

중종(中宗) 때에 조광조(趙光祖)가 일찍이 이를 주장하다가 양반 사대부들의 저항에 부딪쳐 실패했고, 선조 때에도 율곡 이이(李珥)가 주장하여 실시하려 했으나 양반 전주들의 반대로 실시하지 못했다.

유성룡의 끈질긴 노력으로 선조도 이를 승인했고, 마침내 역사적인 작미법(대동법)의 실시가 이루어졌다. 이로 인해 공납의 각종 폐단이 사라지고 백성들의 부당한 부담이 크게 경감되었다. 그러나 유성룡은 양반 사대부들의 원망과 질시를 그만큼 더 많이 떠안게 되었다.

기근으로 온 나라가 어려워도 이순신이 있는 한산도는 좀 달랐다. 군영(軍營)의 병사들도 전에 없이 곤궁하게 지내기는 했지만 다른 어느 군영이나 고을보다 형편이 나았다.

백성들이 모여들 수밖에 없었다. 이순신은 그들에게 살길을 마련해 주고 휼민(恤民)의 인정을 베풀어 주었다. 백성들이 잘살면 한산도 군영도 더 잘살게 되는 것이었다. 군영 자원의 모든 것, 말하자면 병력, 군량, 무기 등 모든 자원은 백성들로부터 나오는 것이었다.

둔전(屯田)을 실시하여 토질에 따라 심지어 피, 메귀리 같은 작물도 가꾸었고, 고기를 잡고 조개를 캐고 해초를 땄다. 또한 일찍부터 많은 소금을 생산해 곡물과 바꿔 군량 대량 조달의 기틀을 마련했다.

군무에 성실한 이순신은 사실 군무만으로도 바쁜 몸이었다. 그런데 백성들을 목민(牧民)하는 바쁜 몸도 함께 잘 감당했기에 백성들은 한산도로 꾸역꾸역 모여들었다.

땅을 쪼개고, 왕을 바꿔라

철수하던 이여송은 요양에서 송응창과 대좌했다.

"소서비(小西飛)가 사신이라면 항표(降表)든 국서든 뭐가 있어야 할 게 아니오? 어쭙잖은 선물만 잔뜩 가져오면 뭘 합니까? 사용재(謝用梓)도 빈손으로 돌아왔으니 조정에 내밀 게 아무것도 없지 않습니까? 그렇다고 이제 다시 싸우자 할 수도 없고…."

송응창이 난처한 입장을 토로했다.

송응창은 지금 심유경은 요양에, 소서비는 평양에 연금시켜 두고 있었다.

"소서비가 그렇다면 심유경을 행장에게 다시 보내 보는 게 어떻겠습니까?"

평화회담은 둘 다 간절히 바라는 것이었다.

"회담을 그만둘 수는 없지요. 허나 심유경으로는 안 될 것 같소. 쓸만 한 사람 하나 구할 수 있겠소?"

"있습니다."

이여송은 자기 심복인 유격장군 담종인(譚宗仁)의 사람됨을 대강 설명했다.

"바로 부를 수 있겠소?"

이여송은 담종인을 송응창에게 보냈다.

요양에서 송응창으로부터 자세한 지시를 받은 담종인은 송응창과 이여송의 편지를 지니고 곧바로 조선으로 떠났다.

소서행장은 웅천(熊川) 땅에 웅장하고 견고한 왜성을 지어 놓고 거기 주둔하고 있었다. 10월말, 웅천에서 담종인 일행을 맞이한 행장은 기색이 별로 좋지 않았다.

"심 유격은 왜 안 왔소?"

"병이오."

"그렇군요. 하여튼 피차 간단히 얘기합시다. 요컨대 두 분께서는 우리에게 '항표를 바치고 대마도까지 물러가라' 하셨군요. 어떻소? 당신은 어떻게 생각하시오?"

"나는 모르오. 지시대로 하는 것이오."

"그렇다면 조선의 4도를 우리에게 넘기는 일은 어찌되었소?"

"그런 말은 들은 적이 없소."

"그래요? 그러면 4도를 넘기도록 하겠소, 못하겠소?"

"내가 결정할 일이 아니오."

"뭐 하나 되는 일이 없는데 우리가 왜 물러가겠소?"

"약속했으면 물러가야 하오."

"허어, 말이 통하지 않소. 심 유격(遊擊)이 와야 하겠소."

"심 유격은 중병이오. 몇 년이 걸릴지 모르오."

"나을 때까지 기다리는 수밖에 … ."

행장은 혼잣말처럼 중얼거리며 밖으로 나갔다.

행장은 심유경과 다시 상의해 보는 게 낫겠다고 생각했다. 소서행장은 심유경에게 보내는 편지를 써서 담종인 일행에게 주어 보내고, 담종인은 볼모로 잡아두었다.

편지는 송응창이 받아 보았다. 송응창으로서도 회담을 진행시키려면 달리 도리가 없었다. 심유경을 불러 다시 사명을 맡겼다.

"항표를 받아오고 담종인도 데려올 수 있겠나?"

"되도록 해보겠습니다."

그는 심유경에게 100여 기의 수행원을 내주었다. 송응창의 통보로 조선에서는 개성까지 접반사를 내보내 맞이했다.

조선조정에서는 임금에게 건의했다.

"그를 만나 위로해 주는 게 좋습니다."

"싫소. 접반사가 있지 않소?"

임금은 역정을 냈다. 임금은 전부터 화평도 싫어했지만 심유경도 싫어했다.

"화평을 주장하는 것은 명 조정이고 이 사람은 심부름꾼입니다. 다른 사신들과 마찬가지로 대해 주시는 게 좋습니다."

임금은 여전히 내키는 기색이 아니었다.

"영상은 어찌 생각하오?"

그는 유성룡을 쳐다보았다.

"소신은 지금도 왜군과의 화평은 반대이옵니다. 하오나 명 조정의 일이고 보면 우리 고집만 부릴 수는 없사옵니다. 하오니 다른 사신들처럼 위로의 말씀 한마디라도 직접 전해주시는 게 좋습니다. 더구나 심유경은 서울에 들어와 와병중이라 합니다."

"알겠소. 의원도 보내도록 하시오."

심유경은 송응창이 연금시키는 통에 심신이 쇠약해져 있었다. 윤 11월 3일 그는 서울에 들어와 드러눕고 말았다. 임금이 보낸 의원 덕택에 그래도 곧 일어날 수 있었다.

윤 11월 7일. 심유경은 덕수궁으로 임금을 찾아뵙고, 사용재와 함께 올라왔던 통역 법석타(法釋打)를 대동하고 서울을 떠났다.

심유경이 서울을 떠나 소서행장의 웅천 왜성에 도착한 것은 1593년 12월 24일이었다. 무려 47일이나 걸렸다. 열흘이면 도착하고도 남는 거리였다.

심유경이 회담을 위해 다시 떠나자 명 조정 대신들은 또 말이 많았다. 회담이 성사되면 심유경은 은 1만 냥의 상금을 타고 백작의 직위에 오르게 되어 있었다.

"어디서 굴러먹던 놈인지도 모르는 천한 것이 백작이 된다고…."

"그래, 병부상서는 사람이 없어 그런 천한 것을 내세워 나라 망신을 시킨단 말이냐?"

"송응창이 하는 일이 그렇지. 이것도 아니고 저것도 아니고 엉거주춤하고 앉아서 심유경 따위에게 모가지를 걸고 있단 말인가?"

"명나라 천지에 사람이 없어 심유경이냐? 당장 바꿔라."

명 조정의 귀골 세력가들은 자신들만의 철옹성을 지키는데도 열성이었다. 세도와 영화는 자신들만이 누려야 하는 것이었다. 나라와 백성의 일이 결코 제일의 관심거리는 아니었다.

심유경이 요양을 떠난 뒤 송응창이 탄핵을 받아 해임되고 말았다. 계료총독(薊遼總督) 고양겸(顧養謙)이 겸리조선사무(兼理朝鮮事務)라는 직책을 띠고 경략에 임명되었다.

"심유경을 소환하라."

심유경은 남하하다가 다시 북상했다.

"심유경을 그대로 보내라."

명 조정에서 딴 사람을 구했으나 석성이 반대했다.

심유경은 북상하다가 다시 남하했다. 이렇게 반복하기를 몇 차례 하다 보니 서울에서 웅천까지 47일이 걸렸다.

심유경과 소서행장은 통역 법석타 한 사람만 데리고 이야기했다.

"이대로 시일만 끌 수는 없지 않소?"

행장의 말이었다. 풍신수길은 조건 7개 항목을 제시해 놓고 결과를 기다리고 있었다. 지금은 독촉하지 않고 있으나 봄이 되면 호령이 떨어질 판이었다.

수길은 동양 최대라는 대판성(大坂城)을 새로 태어난 아들에게 넘겨주기로 하고, 자신은 경도(京都: 교토) 남쪽 경치 좋은 복견(伏見: 후시미)에 따로 성을 쌓고 거기에서 기거할 작정이었다. 수길은 요즘 그 준비에 바빴다. 봄부터 공사에 들어간다는 소문이었다.

"나 역시 같은 생각이오."

심유경 역시 죽든 살든 빨리 결판이 나기를 바랐다. 폭염과 혹한 속 수천 리를 오가며 심신의 진기가 다 빠지도록 애썼다. 그러나 조선과 명나라에서는 여전히 죽일 놈을 면치 못하고 있었다.

"다 털어놓고 이야기 합시다."

"좋소. 나도 그러고 싶소."

행장은 감춰둔 수길의 7개항 편지를 꺼내서 심유경에게 보여주었다. 심유경이 읽고 나서 도로 건네주었다.

"소문대로군요."

수길은 입이 가벼웠다. 편지를 써주고 나서 신하들에게 자랑삼아 떠벌렸다. 소문은 퍼져나가 심유경도 벌써 들었다.

"실정은 실정대로 알고 이야기하자는 것이오."

편지를 궤에 다시 넣으며 행장이 말했다.

"나도 실정을 좀 얘기하겠소."

심유경은 명 조정 내에 소용돌이치는 여러 주장들을 아는 대로 소개했다.

명 조정에는 주로 3가지 주장이 있었다.

첫째는 강화 반대의 주장이었다. 둘째는 물론 강화의 주장이었다. 셋째는 이상 두 가지와 다른 매우 고약한 주장이었다.

"수길의 죗값은 죽여도 모자란데 봉작(封爵)은 언어도단이오."

학걸(郝杰)이란 사람의 주장이었다.

"이여송은 일본과 중국이 화친하고 혼인하도록 획책하고 싸움이 두려워 피신해 왔습니다. 마땅히 죽여야 합니다."

제용광(諸龍光)이라는 자의 주장이었다.

"일본은 거짓으로 후퇴하여 우리가 철병하도록 해놓고 갑자기 진주를 치고 조선 남해안에 많은 왜성을 쌓았습니다. 그들의 본심이 드러난 이상 화평은 안 됩니다. 마땅히 군을 동원하여 섬멸해야 합니다."

장보지(張輔之)라는 사람의 주장이었다.

급사중(給事中: 6부를 감찰하는 직위) 위학증(魏學曾)이 황제에게 상주한 내용은 참으로 매우 고약한 주장이었다. 그 상주문은 조선조정에도 크나큰 풍파를 일으켰다. 바로 조선에 대한 분할(分割: 조선의 국토를 분할하는 것), 역치(易置: 조선의 임금을 바꾸는 것)의 주장이었다

> 조선이 적을 막지 못해 벌써부터 중국에 근심을 끼치고 있습니다. 그러니 마땅히 조선을 2, 3개 지역으로 분할하고, 왜적을 능히 막아낼 수 있는 사람에게 그 지역을 맡겨야 합니다. 그리고 그들의 조치하에서 조선을 중국의 울타리가 되게 해야 합니다. 그리고 환란의 책임이 조선의 국왕에 있는바 이에 대한 조치도 있어야 합니다.

경략 송응창이 거기 파견된 윤근수에게 위학증의 그 주본(奏本: 상주문)의 사본을 건네주며 한마디 했다.

"이것이 명 조정의 의견이오. 조선에 돌아가 국왕에게 이를 알리고 이에 대비한 좋은 계책을 세우도록 하시오."

윤근수는 달려와 임금께 보고하며 그 주본을 바쳤다. 임금은 깜짝 놀라고 크게 상심했다. 임금은 조용히 유성룡을 불렀다.

"그 사본을 읽어 보시오. 내가 오래전부터 이런 일이 있을 것이라 여기고 있었소. 그래서 임금 자리에서 물러나려고 했는데, 이제 과연 물러나야 할 것 같소."

유성룡은 사본을 읽으며 명 조정의 진의를 깨달을 수 있었다.

212

- 조선은 스스로 왜적을 막을 수 없을 만큼 힘이 약하다.
- 왜적이 중국에 직접적으로 위협이 되고 있는 것을 중국은 몹시 두려워하고 있다.
- 중국이 조선을 직할통치할 수 있는 기회이기도 하다.
- 조선 전체통치보다는 분할통치가 더 쉽고 안전하다. 그것은 조선의 힘이 분산되기 때문이다.
- 조선의 분할통치에는 숨겨진 저의도 있다. 그것은 중국의 힘이 모자라 불가불 대가를 주고 왜적과 화해해야 할 경우, 조선 일부 지역의 할양을 쉽게 할 수 있다는 것이다.

"전하, 이럴 때일수록 어심을 더욱 굳건히 하셔야 하옵니다. 이것은 이치에 전혀 당치 않는 망령된 소리입니다. 명 조정이 어찌 이런 망령된 주장에 흔들리겠습니까? 조금도 의혹을 두지 마시옵소서. 우리는 우리가 당연히 해야 할 일에만 힘쓰면 되옵니다."

유성룡은 분명하고 단호했다.

"알겠소. 괘념치 않겠소."

임금은 마음을 가라앉히고 기운을 차렸다.

그런데 얼마 후 행인(行人: 외교관) 사헌(司憲)이 칙사로 조선에 나와 조선왕을 더욱 압박하는 칙서를 조선에 선포하는 일이 벌어졌다.

1593년 윤 11월 2일 사헌이 임금을 접견하는 날이었다. 사헌은 전통적인 접견방식을 거부하고 자기주장을 고집했다.

"나는 외교관으로 오래 근무했으므로 의전을 잘 안다. 나는 천조(天朝)의 칙사이므로 남면하여 북쪽에 앉고 조선임금은 속국왕이므로 북면하여 남쪽에 앉는 것이 마땅하다. ”

예로부터 중국사신이 오면 사신은 동쪽에 앉고 임금은 서쪽에 앉아 마주 보는 것이 오랜 관례였다. 조선에서는 그 관례를 따르는 것이 마땅하다고 주장했다.

“내가 만일 남면하는 자리에 앉을 수 없다면 나는 조선왕을 만나지 않고 그냥 돌아가겠다. ”

사헌은 억지를 부렸다. 그러나 조선에서는 그 억지를 알면서도 이를 저지할 능력도 방법도 없었다. 하는 수 없이 사헌을 남면하여 북쪽 자리에 앉게 하고, 임금은 사헌의 신하인 양 북면하여 남쪽 자리에 앉아 칙사를 접견했다.

사헌은 그 자리에서 칙서를 선포(전국 방방곡곡에 알리는 의식을 행함)하고 황제가 조선왕을 앉혀 놓고 질책하듯 준엄한 어조로 칙서를 읽어 내렸다.

근자에 왜적이 한 번 들어오니, 이내 왕성을 지키지 못하고, 들판에는 해골이 질펀하고, 종묘와 사직이 빈터가 되었다. 그렇게 패망한 원인을 돌이켜 보면, 그것이 어찌 우연한 운수라 하랴. 임금이 연락(宴樂)을 좋아하고, 소인을 신임하고, 백성을 구휼하지 아니하고, 군비를 소홀히 하여 도적을 불러들인 것이다.

그것이 일조일석이 아니건만 일찍이 조선에는 이를 말하는 신하가 없었다. 뉘우치고 분개하라. 임금은 도대체 어떤 마음가짐, 그 무슨 계책으로 옛 정치를 고치고 새 정치를 펴려 하는가? 짐은 조선이 비록 속국이라 하나 일찍이 속국의 군사 하나, 부역 한 가지도 폐를 끼치지 않았다. 오늘의 일은 망한 나라를 불쌍히 여길 따름이며, 짐은 진실로 임금을 구해줄 책임을 지고 있지 않다.

　너희 나라가 짐을 믿고 스스로 준비하지 않는다면, 설사 어떤 변이 있더라도 짐은 다시 임금을 위하여 계책을 구할 수 없노라. 이제부터 나라의 존망과 치란(治亂)의 기틀이 오직 임금에게 있고 짐에게 있지 않으니, 경계하고 삼갈지어다.

"너 같은 임금은 더 이상 책임질 수 없다. 알아서 임금은 자리를 빨리 내놓으라. 새 임금을 보고 싶다."

칙서의 내용을 요약하면 이런 말이었다.

칙서의 선포가 끝나고 사헌으로부터 칙서를 받아든 임금 선조는 그 밤 또 유성룡을 대궐에 부르고 술상을 차렸다.

"일이 이 지경이 되도록 내가 자리를 물러나지 못한 것이 한스럽소. 내일 사신을 보고 선위의 뜻을 밝히겠소. 경을 대하는 것도 오늘이 마지막이오. 밤이 깊었으나 경을 만나 속이나 털어놓고 싶어 이렇게 불렀소."

임금은 모든 것을 체념한 듯했다.

"자, 한잔 드시오. 내일 나는 곧바로 사신 앞에서 왕위를 내놓겠소. 이제 내가 할 일은 이것밖에 없는 것 같소."

지난번 위학증의 주본에 이어 두 번째 당하는 압박이었다. 그리고 이번에는 지난번과는 비교도 되지 않는 만근 무게의 칙서였다.

사실 선조로서는 이제 선택의 여지가 없었다. 자책이나 의무에서가 아니라 내놓지 않을 수 없는 궁지에 몰려 왕위를 내놓아야 할 형편이었다. 이제 마지막 벼랑에 서서 더 나아갈 길이 없었다. 그래서 선조는 결심했다.

그러나 유성룡은 달랐다. 위학증 때와 마찬가지로 전혀 가당치 않은, 매우 망령된 간섭이라 생각했다. 유성룡은 내면 가득 불길이 활활 타올랐다. 그것은 침해되는 조선의 자주성과, 손상되는 조선의 독립성 때문이었다. 그러나 유성룡은 외유내강(外柔內剛)의 성품대로 차분하고 조용하게 임금을 타일렀다.

"성상께서는 함부로 뜻을 발설하지 마시옵소서. 내일 사신 앞에서 절대로 양위하신다는 말씀을 하셔서는 아니되옵니다. 신이 감히 죽기를 각오하고 간청드리는 바입니다."

황제의 칙서에 대해 속국의 신하가 단 한마디라도 용훼를 한다는 것은 생명을 거는 일이었다. 더구나 거역의 의미가 담겨졌다면 그것은 바로 죽음이었다. 비록 종속관계에 있더라도 속국인 조선과 종주국인 중국 사이에는 유사 이래 불문율로 내려오는 엄연한 원칙과 사실상의 한계가 있었다. 유성룡만은 그것을 잘 알고 있었다.

그것은 바로 속국의 자주성과 독립성이었다.

종주국이라 해도 속국의 강토를 마음대로 분할(分割: 국토를 쪼개는 것) 할 수 없고, 속국의 임금도 임금인 이상 함부로 역치(易置: 임금을 바꾸는 것) 할 수 없는 것이었다.

유성룡은 칙서로 나타낸 중국의 행태나, 무력으로 침략해온 일본의 행태나, 이웃나라에 대해서 예의 없고 망령되기는 또한 마찬가지라 여겼다. 일본이나 중국, 지금 그대로라면 그들은 다 같이 자존망대의 착각에 빠진 오랑캐였다. 유교를 이념으로 공맹(孔孟: 공자와 맹자)의 도를 주장하면서 가장 비공맹적인 행태를 저지르는 중국의 실상을, 유성룡은 전쟁의 일선에서 늘 실감했다.

'중국조정마저 이렇다면 … ?'

참으로 공맹지도(孔孟之道)의 나라는 없는 셈이었다. 믿고 상조할 수 있는 나라는 결국 없는 것이었다. 유성룡은 정신을 바짝 차려야 했다. 조선으로서는 참으로 백척간두(百尺竿頭)의 위태로운 순간을 맞고 있었다.

임금 선조는 또 사람들을 당황스럽게 만들었다. 다음날 칙사 사헌을 만났을 때 임금은 소매 속에 넣었던 서첩을 덜렁 꺼내어 사헌에게 건네주었다. 스스로 쓴 양위서(讓位書)였다.

병이 심하여 도저히 국사를 감당할 수 없으므로, 세자에게 왕위를 전하려고 합니다. 사신께서 이를 주관하여 나의 소원을 이루게 해주시기를 바라오.

사헌은 몹시 유쾌했다. 조선임금을 바꾸는 일이 아주 쉽게 이루어질 것 같아서였다.

"참으로 영명하신 결단이오. 당나라 현종(玄宗), 숙종(肅宗)의 사례도 좋은 참고가 될 것이오〔당 현종이 안록산(安祿山)의 난리 때 아들 숙종에게 양위한 일〕. 마땅히 황제께 상주하여 조치가 내리도록 하겠습니다."

조선에 나와 있는 명군 지휘부도 물론 사헌과 같은 뜻으로 기뻐했다. 당시 송응창, 이여송 등 초기 지휘부는 다 중국으로 돌아가고, 서울에 있는 명군의 대표 겸 지휘부는 유격장군 척금(戚金)이 맡고 있었다.

척금은 중국 남방을 괴롭히는 왜구를 여러 번 격퇴 진압한 명장 척계광(戚繼光)의 조카로서 예지와 수완이 뛰어난 장군이었다. 사헌이 서울에 들어올 때부터 그는 사헌과 함께하여 그를 도왔다. 사헌은 조선에 관한 모든 일을 척금과 상의했다.

임금이 양위서를 건네준 날 밤 유성룡은 척금의 거소를 찾아가 그를 만났다. 두 사람은 휘하는 물론 통역마저 물리치고 탁자에 마주 앉아 필담을 나눴다.

"국왕은 마땅히 그리고 빨리 양위를 해야 하오."

척금이 먼저 붓을 들었다.

유성룡은 정색을 하고 척금을 한 번 그윽이 쳐다본 다음에 붓을 들었다.

"이는 조선의 신하로서는 차마 받아들일 수 없소이다. 대인께서도 만권의 책을 읽었을 터이니 고금의 일을 잘 알 것이오. 지금 이 나라는 외침을 당하여 지극히 위태로운 상태에 놓여 있소. 이런 상태에서 나라를 구한다고 하여 아직 미숙한 세자에게 양위한다면, 그래서 군신간, 부자간 틈이라도 생긴다면, 이야말로 재앙을 더욱 가중시킬 것이오."

유성룡이 붓을 놓자 척금은 유성룡을 한참 동안이나 놀란 눈으로 응시했다. 그러더니 붓을 들어 유성룡이 쓴 글 밑에 썼다.

"옳소. 옳소."

척금은 미소를 짓고 일어나 필담한 종이를 모두 태워 없앴다. 그리고 전혀 군소리가 없었다. 유성룡도 목례를 한 다음 말없이 밖으로 나왔다. 해시(밤 10시)였다.

이 일을 알리려고 대궐로 갔다. 그때 임금은 이미 여러 차례 양위하겠다는 교지를 조정에 내렸고 신하들이 모여 그 불가함을 간곡히 주달(奏達)하고 있었다.

유성룡은 안으로 들어가지 않고 조용히 나와 숙소로 돌아갔다. 그는 밤새 사헌에 대한 대책에 부심했다.

사헌이 문제였다. 사헌이 기어이 임금을 바꿔야겠다고 마음을 먹고 조선을 떠나면 임금은 바뀌는 것이었다. 그렇게 명나라가 그들 구미대로 조선의 임금을 바꾸면 조선에 대한 그들의 간섭은 더욱 커지고 그만큼 조선은 더욱 종속되고 초라해질 것이었다.

조선의 자주성과 독립성도 문제였지만 지금 전쟁의 한복판에 있다는 게 더 큰 문제였다. 그동안 그래도 그럭저럭 국가통치의 경험을 쌓아온 장년(42세)의 임금 선조였다. 그가 물러나고 국가통치의 경험이 없는 미숙한(19세) 세자가 임금이 된다면, 나라는 더 어려워지고 더 큰 재앙이 닥칠 수도 있었다.

사헌은 홍수가 나서 격랑으로 흐르는 강물의 한가운데에서 뱃사공을 바꾸려 했다. 유성룡은 사헌이 떠나기 전에 그의 뜻을 반드시 꺾어 놓을 것을 다짐했다.

'그렇다, 공개적으로 사헌에게 호소하는 것이다.'

다음날 유성룡은 조정의 모든 신하들을 불러 모았다. 그리고 칙사를 뵈었다. 사헌은 은근히 놀랐다. 아무리 칙사라 해도 조신들이 모두 모여 뵌다는 것은 관례상 일찍이 없는 파격적인 예우였다.

조선을 위해 고마운 배려를 해주시는 황제의 은혜에 감사하며, 그에 따라 조선을 위해 수고를 아끼지 않는 칙사의 노고에 감사한다는 인사말을 먼저 한 다음, 유성룡은 호소의 변론을 시작했다.

"지금부터 제가 말씀드리는 것은 조선 모든 신하들의 일치된 의견입니다. 그리 아시고 …."

유성룡은 그간의 조선 사정과 입장을, 도도히 흐르는 강물처럼, 그러나 차분하고 분명하게, 일장의 변론으로 설파했다.

- 왜적이 처음 침략하려는 나라는 조선이 아니라 중국이었다.
- 왜적이 조선에 침입한 이후 조선이 당한 참담한 불행은 중국 침략의 음모를 조선이 따라주지 않기 때문이었다.
- 왜적의 침략으로 조선이 당한 피해는 너무나 컸다.
- 그런 참담한 불행을 겪은 것은 오로지 중국에 대하여 변함없이 지켜온 의리를 지키기 위함이었다.
- 그런 원인으로 조선이 이런 낭패를 당했어도 왜적의 음모에 따르지 않은 것을 결코 후회하지 않는다.
- 특히 조선의 임금은 왕위에 오른 이후 지성으로 중국을 섬겨 언제나 조심하고 성실하게 중국에 정성을 다해왔다.

요지는 이러했다.

사헌은 아무 말 없이 접견을 마치고 처소로 돌아갔다. 척금이 그날 밤 유성룡을 찾아왔다.

"칙사께서 영상의 말씀에 아주 크게 감동을 받았습니다. 그가 뜻을 완전히 바꿨습니다. 이제 국왕은 걱정을 아니하셔도 됩니다."

"참으로 고맙습니다."

유성룡은 등에 흐르는 식은땀을 느끼며 긴 한숨을 토해냈다.

7일 만에 돌아가며 사헌은 임금을 뵈었다.

"유성룡의 군건한 충성과 독실한 인의는 중국의 문무백관과 장수들이 다 기뻐해 칭송하지 않는 이가 없소이다. 국왕은 참으로 훌륭한 재상을 두었습니다."

사헌은 고별 인사차 유성룡을 찾았다. 그는 참으로 난처한 질문도 했다.

"조선사람들이 말하는 것을 들었습니다. 왜적의 폐해는 얼레빗〔梳子(소자)〕 같고, 명군의 폐해는 참빗〔篦子(비자)〕 같다고 한답니다. 그게 사실입니까?"

유성룡은 노자(老子)의 말을 인용하며 완곡하게 대답했다.

"옛말에 군대가 주둔하는 곳에는 가시나무가 자란다 했습니다〔師之所處 荊棘生焉(사지소처 형극생언)〕. 어찌 작은 소란과 침해가 하나도 없을 수가 있겠습니까?"

칙사 사헌 때문에 일어난, 전란 중 가장 위태로웠던 한바탕의 소용돌이가 가라앉으면서, 임금 선조도 마음을 가라앉히면서, 새해가 왔다. 1594년 갑오년(甲午年)이었다.

그러나 조선은 여전히 전란의 한가운데에 있었다.

강화 진행

소서행장과 심유경은 가끔 만나 새해맞이 술을 들었다. 그들은 정작 해야 할 회담은 벌이지 못하고 잡담만 했다. 서로 할 이야기는 있지만 꺼내기가 어려워서였다.

그렇다고 잡담만 하고 보낼 세월도 아니었다. 어느 날 심유경이 먼저 어려운 이야기를 꺼냈다.

"둘 중 하나는 이루어져야 회담이 계속될 수 있지 않겠소?"

둘이란 대마도까지의 철군(撤軍)과 수길의 항표(降表: 항복문서)였다.

"나도 알고는 있지만 둘 다 불가능한 일이 아니겠소?"

"철군은 좀 복잡하겠지만 항표는 아주 간단한 것이오."

"간단하다니, 그게 무슨 뜻이오?"

"종이쪽지 하나다, 이 말이오."

"허어, 그 종이쪽지 하나가 철군보다 더 어려운 게 아니겠소?"

"하기야 그건 그렇겠소만."

"……."

"하지만 말이오, 그 항표라는 것을 꼭 태합이 써야만 하오?"

"아니, 그게 무슨 말이오?"

행장은 토끼눈이 되어 심유경을 쳐다보았다.

"태합이 써준 7개 조항을 깔고 앉아 버린 일을 다시 한 번 생각해 보시오."

"다시 한 번?"

"그렇소. 그 일은 어떤 마음으로 그랬소?"

"그야 죽을 각오로 ….."

"그렇소. 죽을죄를 무릅쓰고 회담을 성사시켜 보려는 충정이 없었다면 감히 그런 일을 할 수 있었겠소?"

"…… !"

행장은 심유경의 말을 알아들었다. 평화를 위해서 불가피하다면 항표를 위조하는 것도 깊은 충정의 발로가 아니겠는가?

"평화를 걷어치우고 다시 싸울 수는 없지 않소?"

"맞는 말이오. 허나 … 그만하고 술이나 듭시다."

그러나 생각해 보니 행장은 도대체 엄두가 나지 않았다. 행장은 며칠 동안 생각해 보았으나 여전히 결단을 내릴 수가 없었다.

골똘히 또 궁리하는데 보급담당 군교가 들어왔다.

"오늘도 보급선이 오지 않았습니다. 어떻게 하지요? 그리고 낮에 나간 병사들은 아직 들어오지 않았다 합니다."

"보급이 올 때까지 그대로 반분(半分) 두 끼로 하고 … 나간 병사들은 들어오는 대로 보고하도록."

본국에서 부산까지 보급이 오면 부산에서 다시 각 지역으로 가야 하는데 보급선이 마음대로 뜰 수가 없었다. 이순신의 수군이 나타나기만 하면 영락없이 수장(水葬)되었다. 때로는 사나운 풍파에 뒤집어져 수장되기도 했다.

설한풍 몰아치는 엄동인데 병사들은 입을 것도 먹을 것도 턱없이 모자랐다. 요사이는 평소 한 끼니 식사량의 반 분량을 하루 두 번으로 제한했는데도 그게 언제 떨어질지 불안했다. 헐벗고 굶주리는 병사들은 시원찮은 병에도 푹푹 쓰러졌다. 약도 없고 의원도 없었다. 맥없이 죽어가는 병사들이 속출했다. 성 밖으로 약탈하러 나가도 들고 올 게 없으니 공연히 사람들만 닥치는 대로 죽이고 들어왔다. 병사들끼리도 걸핏하면 싸웠다. 불평이 늘어나고 도망병도 늘어났다.

한가할수록 행장은 더 괴로웠다. 불면의 시간이 길어지고 회한의 시간이 길어졌다. 아무런 명분도 정의도 없이 조선에 쳐들어와 저지른 만행을 생각하면 기가 막혔다.

'이런 전쟁을 계속해야 한단 말인가?'

행장은 오래전부터 존경하는 스페인 신부 세스페데스(Gregorio de Cespedes, 1551~1611)를 본국 교구에 부탁해서 은밀하게 웅천성으로 모셔왔다. 당시는 수길이 천주교를 금지시키고 있었다. 신부는 밤에만 움직였다. 신부는 왜군부대의 천주교 신자들에게 크나큰 위안이 되었다. 신부들이 대부분 의사이듯 세스페데스 신부도 의사였기에 환자들에게도 크나큰 도움이 되었다.

행장은 회담과 항서에 관한 일을 신부에게 털어놓았다.

"그런 일을 내가 어찌 알겠소?"

"주님의 뜻이 어디 계신지 그것을 알고자 합니다."

"주님의 뜻은 언제 어디서나 항상 평화에 있소."

'그렇다. 주님의 뜻은 언제 어디서나 항상 평화에 있다.'

다음날 행장은 심유경을 만났다. 그리고 그날부터 법석타와 현소 두 스님이 골방에 들어가 항표를 작성하기 시작했다.

1월 20일 심유경 일행은 웅천을 떠나 북행길에 올랐다. 며칠 뒤 심유경 일행은 유정(劉綎)의 명군이 주둔하고 있는 팔거(八莒: 성주)에 들어가 민가에서 쉬고 있었다. 그때 백기를 앞세우고 북행하여 오던 일본군 일행이 심유경을 찾았다.

"너희들은 누구냐?"

심유경이 물었다.

"저희들은 소서 장군의 막하입니다. 장군을 찾아 모시고 평양까지 가서 이것을 소서비 어른께 드리고 돌아오라 했습니다. 이것은 본국에서 보낸 것이라 합니다."

그 중 한 명이 황색 보자기에 얌전히 싼 작은 상자를 심유경 앞에 내놓았다. 심유경은 상자를 열어 보았다. 그것은 수길의 항표였다.

심유경은 떠나기 전 인사차 명군부대로 도독 유정을 찾았다.

"사본을 한 통 만들어 주시면 좋겠소만 … ."

심유경은 한 통 만들어 주고 다시 북행길에 올랐다. 심유경이 떠난 뒤 유정은 항표라는 것을 읽어 보았다.

'서식이 완전히 중국식이다. 일본에서 나온 항표가 아니다. 가짜가 틀림없다.'

수길의 항표가 가짜라면 그것은 보통 엄청난 일이 아니었다. 항표가 진짜인지 가짜인지를 읽어봐서 판별할 수는 없었다. 서식이 중국식이라고 해서 가짜일 수도 없었다. 누가 썼든 수길의 도장이 있는 한 진짜라고 보아야 옳은 일이었다. 너무도 엄청나서 그 사실을 혼자 마음속에 감춰둘 수가 없었음인지 유정은 참모 장수들에게 은밀히 속삭였다.

"항표는 가짜일 것이다."

조선인 통역들에게도 속삭였다. 통역들은 유정의 접반사인 김찬(金瓚)에게 속삭여 주었다. 김찬은 즉시 조선조정에 보고했다.

심유경 일행은 서울을 거쳐 평양에 가 소서비에게 항표를 전달했다. 심유경은 3월 4일 요양에 들어가 송응창의 후임으로 요양에 부임한 고양겸에게 항표가 도착한 사실을 보고했다.

"이제 화평은 성사되는 것이다. 명군도 다 철수하라. 일본군도 다 철수시키겠다."

고양겸은 남원으로 옮겨가 주둔한, 조선에 마지막 남은 유정의 명군 5천 명에게 철수령을 내렸다. 그리고 일본군의 철수를 독촉하기위해 행장에게도 사자를 보냈다.

고양겸의 접반사로 요양에 가 있는 심희수(沈喜壽)가 이런 사실을 즉시 조정에 보고했다.

고양겸은 수길의 항표가 온 것을 공언하고, 명군 철수령을 내리고, 행장에게 사람을 보내고 있습니다.

조선조정에서는 걱정이 태산 같았다.

수길의 요구조건은 따로 있다는데 … 표면으로는 가짜 항표를 핑계

삼고 내면으로는 조선 4도를 떼어주고 … 이렇게 전쟁을 끝내려는 속셈이 아닌가? 보통의 큰일이 아니었다. 조선은 속절없이 동강나고 망하게 되는 판이었다.

"무슨 대책이 없단 말이오?"

임금도 속이 탔다.

"듣자 하니 행장과 청정은 몹시 반목하는 사이라 합니다. 청정에게 가서 사실을 알아보면 항표의 진위도 알 수 있고 또 수길의 요구조건도 알 수 있을 것입니다. 사실을 확인해서 북경에 알려야 행장과 고양겸의 사기행각도 드러날 것입니다."

병조판서 이덕형의 진언이었다.

"좋소. 그렇게 해봅시다."

임금의 허락이 떨어졌다. 조정에서는 상의 끝에 사명대사에게 그 일을 부탁했다.

1594년 4월 중순, 사명은 수행원 20여 명과 함께 청정이 주둔하는 울산 서생포를 찾아갔다. 청정 역시 크고 견고한 왜성을 지어 거기 주둔하고 있었다. 불교 신자를 자처하는 청정은 사명스님을 꽤 공손하게 대했기 때문에 서로 솔직하게 의견을 주고받을 수 있었다. 청정의 진영에서 사흘 밤을 지내고 나올 때, 청정은 사명에게 백지, 부채 등을 선사했고 글씨를 청해서 여러 벌 선사받았다.

사명은 팔공산(八公山)으로 들어가면서 보고서를 작성하여 청정에게서 받은 문서와 함께 서울로 보냈다. 청정이 써준 문서는 두 가지였다. 하나는 일본이 주장하는 것이었다.

1. 명 황실과 일본 황실이 혼인할 것
2. 조선땅을 갈라 4도를 일본에 넘길 것
3. 조선은 전과 같이 일본과 교린(交隣)할 것
4. 조선왕자 1명을 일본에 보내 영주(永住)케 할 것
5. 조선의 대신을 일본에 인질로 보낼 것
6. 명나라는 일본의 조공을 다시 받아들일 것

청정과 왜성에서 회견할 때, 사명은 이상의 주장 가운데 당장 가능한 것은 단 한 가지도 없다고 청정에게 잘라 말했었다.

또 한 가지는 심유경의 답변을 바라는 질문서로 심유경에게 전해 달라는 것이었다.

1. 명국공주는 일본에 출가할 수 없다고 했는데, 일본황제는 문무천황(文武天皇)의 후예로서 무엇이 부족하단 말인가?
2. 조선의 4도를 못 주겠다고 했는데, 8도를 다 장악한들 누가 말릴 것인가?
3. 중단된 조공을 다시 바치겠다는데 무엇이 마땅찮은가?
4. 사로잡은 왕자들을 내가 죽였어도 그만인데, 무엇이 어려워 일본에 보내지 못하는가?
5. 왕자가 일본에 온다면 대신이나 대관이 따라오는 것은 신하의 도리가 아닌가?
6. 심유경이 제기한 의논에 성과가 없으면, 일본은 바다를 건너 명나라로 쳐들어갈 것인데 그래도 괜찮은가?

이 두 문서를 본 조선조정은 크나큰 충격을 받았다. 수길의 항서는

가짜요 심유경과 행장이 추진하는 평화회담은 사기극이라는 사실이 판명된 셈이었다. 북경조정은 이런 사기극을 알고 있을까? 알고서도 황제를 속이고 일을 꾸미는 것일까?

아무튼 내막을 밝혀야 했다. 그러자면 청정의 이 문서를 북경의 조정에 보여야 하는데 북경으로 가는 사신은 요동을 지나갈 수가 없었다. 요양에 앉은 고양겸은 북경으로 가는 조선의 사신들을 잡아 연금하거나 돌려보냈다.

온 나라 사람들이 모두 굶어죽을 판이라 양식을 빌러 북경으로 가는 청량사(請糧使) 허욱(許頊)도, 명군 철수로 무방비상태가 될 조선의 위태로운 상황을 알리러 가는 고급사(告急使) 이정형(李廷馨)도, 요양에서 제지당하고 말았다. 조선사신들은 북경에만 들어가면 화평 반대론자들을 부추겨 다시 전쟁을 일으키려 한다는 것이 이유였다.

조선조정은 바다 쪽으로 보내기로 했다.

1594년 4월 23일 당릉군(唐陵君) 홍순언(洪純彦)이 마포에서 배를 탔다. 서해를 거쳐 산둥반도의 등주(登州)에 상륙했다.

홍순언이 중국에 들어간 사이 고양겸은 전에 조선에 자주 왔던 참장 호택(胡澤)을 보내왔다.

"고양겸 총독의 차부(箚付: 공문)를 가져왔소. 읽어 보고 의논해서 뜻을 결정하시오. 5월초에 국왕을 뵙고 조선조정의 답을 듣겠소."

차부의 내용은 사뭇 훈계였다.

왜적들이 아무 까닭 없이 귀국을 침략하여 파죽지세로 서울, 개성, 평양 등 세 도시를 점령하고, 귀국 토지와 백성 중 십 분의 팔구를 차지하고, 귀국의 왕자와 배신(陪臣: 제후의 신하)들을 사로잡았소.

황상께서 크게 노하시어 군대를 일으키시니 한 번 싸워 평양을 빼앗고 두 번 싸워 개성을 수복하사 왜적은 마침내 서울에서 달아났고, 왕자와 배신을 돌려보냈소.

국토 2천여 리를 수복하느라 소비된 군비가 막대하고 군사와 군마의 희생 또한 적지 않소. 우리 조정에서 속국에 대접한 은의가 이와 같으며, 황상의 망극한 은혜가 또한 이미 과분한 것이오. 이제는 군량도 다시 운반할 수 없으며 군사도 다시 싸울 수 없게 되었는데, 마침 왜적 또한 우리의 위세를 두려워하여 항복하기를 청하고 봉공(封貢: 봉작과 조공)을 원하고 있소. 명 조정에서는 봉공을 허락하여 외신을 두고자 하며, 왜적들을 몰아내어 모두 바다를 건너가게 하고, 다시는 귀국을 침략하지 못하게 하여, 전쟁을 종식시키고자 하고 있소. 이것은 귀국을 위하여 장구한 계획이 될 것이오.

지금 귀국은 양식이 다 떨어져 백성이 서로 잡아먹고 있는데, 다시 무엇을 믿고 구원병을 청하는 것이오? 우리가 귀국에 군량도 줄 수 없는데 왜적에게 봉공도 거절한다면, 왜적은 기어코 귀국에 분노를 터뜨려 다시 쳐들어올 것이니, 조선은 반드시 망하고 말 것이오. 어찌 일찍 계획을 세우지 않는 것이오?

옛날 구천(句踐)이 회계산(會稽山)에서 곤욕을 당할 때, 어찌 부차(夫差)의 살을 씹고 싶지 않았을 것이오? 그러나 잠시 치욕을 참고 견딘 것은 후일에 기대하는 것이 있었기 때문이오. 그래서 그 자신은 부차의 신하가 되고 그의 아내는 부차의 첩이 되었던 것이오.

조선이 왜적을 위해서 왜적이 중국의 신첩이 되도록 주선해 주고, 스스로 여유를 가지고 천천히 앞날을 도모하는 것은, 구천의 군신 계획보다 훨씬 쉬운 일이오.

이런 사정인데도 참지 못한다면 이는 발끈 화를 내는 졸장부의 소견일 따름이며, 원수를 갚고 수치를 씻는 영웅의 일은 아닐 것이오.

귀국이 왜적을 위한 봉공을 요청해서 이것이 실현된다면, 왜적은 반드시 중국의 처사에 더욱 감동할 것이고, 조선에도 고맙게 여겨서 기필코 군사를 거두어 돌아갈 것이오. 왜적이 돌아간 다음 귀국의 군신들이 와신상담하여 구천이 하던 일을 따른다면, 천운이 돌아와서 왜적에게 원수를 갚을 날은 반드시 올 것이오.

왜가 조공을 바칠 때는 영파(寧波)로 오게 할 것이요, 부산을 경유하여 조선에 폐해를 끼치는 일이 없도록 할 것이오.

유정 총독은 속히 철수하도록 할 것이오. 5천 명이 먹는 것을 절약하면 귀국의 백성 2만 명의 목숨을 살릴 수 있을 것이니, 이것도 귀국을 구제하는 결과가 될 것이오. 귀국의 군신은 이 일을 서둘러 도모하기 바라는 바이오.

조정의 공론은 두 갈래로 갈라졌다.

"복수해야 할 일본을 위해서 봉공을 주선한다는 것은 언어도단이다. 비적(匪賊)을 포상하라는 것과 같은 이치다."

임금도 반대 갈래에 속했다.

"전쟁은 명분으로 하는 것이 아니다. 숱한 백성들이 굶어죽어 가는데 무엇으로 싸우고 복수를 한단 말인가? 절박한 것은 평화다. 평화를 위해서 봉공을 주선해 주는 것쯤은 참아야 한다."

참담한 현실을 냉정하게 바라보는 사람들이 많았다.

임금은 병중인 유성룡에게 사람을 보내 의견을 물었다.

왜적을 위해 봉공하기를 요청하는 것은 도리에도 진실로 옳지 못하니, 마땅히 근일의 사정을 상세히 기록하여 중국에 알리고, 그곳의 처분을 기다리도록 하십시오.

5월이 되자 호택은 매일 독촉했다. 그러나 조정은 결론을 내지 못하고 임금은 단을 내리지 못하고 있었다.

한편 등주에서 북경으로 들어간 홍순언은 조용히 석성의 집을 찾았다. 홍순언이 갑자기 찾아와 깜짝 놀란 석성 내외는 참으로 반갑게 맞아들였다.

"어른께서 예고도 없이 웬일이십니까?"

"죄송합니다. 급한 일이 되어서 바로 말씀드려야 되겠습니다."

홍순언은 청정의 문서를 내놓고 경위를 설명했다.

"그랬군요. 항서가 위조다, 아니다, 여기서도 말이 많았는데 이제 밝혀졌습니다."

"그러니 가짜 항서를 받고 화평을 의논할 수 있겠습니까?"

그 말에 석성은 잠시 깊은 생각에 잠기듯 눈을 감았다 떴다.

"그런데 어르신, 항서를 바친 행장이나 터무니없는 조건을 내세운 청정이나, 다 같은 일본사람인 것은 분명하지 않습니까?"

"그렇긴 합니다만 … ."

홍순언은 석성의 말뜻을 바로 짐작할 수가 없었다.

"다 같이 일본사람이라면 우리에게 필요한 상대가 어느 쪽이냐 하는 것이 중요하지 않겠습니까? 우리 명나라는 지금 안타까운 일이지만 더 이상 싸울 형편이 되지 못합니다. 장강에서 장성까지 그 너른 지대가 다 흉년입니다. 금년 들어 굶어죽는 백성들이 부지기수입니다."

" …… ."

홍순언이 등주에서 북경으로 오는 도중 직접 보고 느낀 바로도 흉년임에는 틀림없었다.

"우리가 먼저 화평을 청해야 할 처지인데 행장이 먼저 항표를 바치며 화평하자고 나왔으니, 불감청(不敢請)이나 고소원(固所願)이 아니겠습니까? 우리는 지금 평화를 택할 수밖에 없는 처지이지요."

"항서가 위조인데도 그렇습니까?"

"안타까운 일입니다만 지금은 그 진위를 따질 수도 없고 따질 때도 아닙니다."

"…… ."

"물론 심정이야 편할 리 있겠습니까? 그러나 지금은 우선 명나라나 조선이나 평화로 갈 수밖에 없다 이 말입니다."

"고맙습니다. 잘 알았습니다."

잠시라도 좀더 쉬었다 가라고 석성 내외는 사정했다. 그러나 홍순언은 다음날 일찍 북경을 떠났다.

5월 14일, 홍순언의 귀국 보고를 들은 임금은 결론을 내렸다.

"봉공 요청을 반대하지 않을 것이오."

호택은 만면 미소로 임금을 칭찬했다.

"동방의 현군이십니다."

승문원(承文院)에서는 명나라에 보낼 주문(奏文)을 만들기 시작했다. 그리고 청량사로 가다가 요양에 붙들린 허욱을 진주사로 임명했다. 주문이 다 만들어지면 서장관이 가지고 가 요양에서 허욱과 합류하도록 했다.

7월 3일, 서장관으로 임명된 한회(韓懷)가 호택의 교정으로 완성된 이른바 주문을 가지고 북행길에 올랐다.

> … 맹호가 인가에 뛰어들었는데 고기를 보이고 던져주지 않는다면 어찌되겠습니까? 틀림없이 덤벼들어 사람을 물어뜯을 것입니다. 왜적의 경우가 꼭 이와 같습니다. 봉공이라는 고기를 보여주고 던져주지 않는다면 틀림없이 또다시 덤벼들어 조선을 결딴낼 것입니다. 하오니 조선의 평화를 위해서도 저들의 봉공 요청을 받아주시옵소서.

허욱은 요양에서 머물다 호택의 안내를 받으며 북경에 들어가 예부에 주문을 바치고 기다렸다. 근 한 달을 기다린 9월 12일에야 통보를 받고 입궐했다.

그러나 황제는 보지도 못하고 태감(太監: 환관청의 수장)이 전하는 황제의 성유(聖諭: 황제의 유시)를 무릎 꿇고 앉아 한마디 듣고서 퇴궐했다.

"조선국왕이 올린 글을 보니 조선 사정이 매우 위태롭다. 왜국은 이미 사신을 보내 봉공을 요청했고 조선국왕도 그들에게 봉공을 허락하는 게 좋겠다고 했다. 왜국에 봉공을 허락하고 조선이 방비를 갖추도록 하는 것이 좋겠다."

병부상서 석성은 일본에 봉공을 허락하고 전쟁을 마무리하려고 생각했다. 황제의 성유도 그랬고 그새 요양에 새로 부임한 경략 손광(孫鑛)의 건의도 그랬고 조정의 여론도 그렇게 기울어갔으나, 반대파들이 불거지더니 여론은 매우 각박한 쪽으로 가파르게 기울었다.

"봉(수길을 왕으로 책봉하는 것)은 가하다 하겠으나 공(조공을 받고 무역을 허락하는 것)은 절대 아니 됩니다. 왜인들에게 조공을 허락하면 영파(寧波: 절강성)에 상륙하여 북경까지 가야 하는데 흉측한 것들이 고을마다 거쳐 가면서 무슨 짓을 할지 아무도 알 수 없습니다. 조공은 절대 허락해서는 아니 됩니다."

석성은 난처했다. 심유경을 불러 의견을 물었다.

"공은 빼고 봉만 허락한다면 저들이 듣겠소? 아무런 실속이 없다는 것을 저들도 알 게 아니오?"

"행장은 들을 것입니다. 그리고 어떻게든 수길을 설득할 것입니다."

"철수한단 말이오?"

"그도 달리는 방도가 없을 것입니다."

"틀림없겠소?"

"예, 그렇습니다."

마침내 석성은 결단을 내렸다. 싸우지 않고 조선에서 왜적을 철수시키고 전쟁을 끝마치는 이 방안이 지금으로서는 유일한 방안이요 놓칠 수 없는 방안이라고 석성은 단정했다.

석성은 황제의 허락을 받아 일을 진행시켰다. 손광에게 연락하여 1년 넘게 엉거주춤 기다리는 소서비탄수를 북경으로 불러올리라 했다. 또한 웅천에 머물고 있는 소서행장에게 사람을 보내 지시를 내렸다.

"속히 철군해서 책봉사 맞을 준비를 하라."

1594년 12월 7일 소서비 일행이 북경에 도착했다. 소서비 일행은 항복 사절단이었다. 홍로시(鴻臚寺: 외국인을 접대하는 관서)에서 황제를 배알하는 예법을 교육받은 다음 만조백관이 배석한 가운데 황제 앞에 나아갔다.

마희단(馬戲團: 곡마단)의 원숭이들처럼 시키는 대로 절하고 엎드리고 고개를 들고 숙이고 손을 들고 내리고 어깨를 흔들다 서고 또 절하고 엎드리고 … 그러다 나가라 해서 나왔다.

심문관으로 정해진 대신들이 모인 곳으로 나와서 심문을 받았다. 주로 석성이 묻는 말에 답하는 형식이었다. 그리고 또 소서비는 석성이 부르는 대로 일본이 이행할 약속조항을 받아썼다.

1. 부산 주둔 왜군은 책봉이 허락된 후에는 한 사람도 조선에 남지 않고 또한 대마도에도 남지 않고 본국으로 돌아간다.
2. 책봉 외에 따로 조공을 요구하는 것은 허락하지 않는다.
3. 조선과 사이좋게 지내고 함께 명의 속국이 될 것이며 다시는 함부로 침범하지 않는다.

며칠 뒤 1595년 1월 7일 소서비는 소서행장이 시킨 대로, 책봉과 동시에 행장을 비롯한 일본의 유수한 인사들에게 벼슬을 내려달라는, 청원서를 만들어 제출했다. 벼슬의 예를 들면 행장과 3장관, 우희다수가 등 5명에게는 대도독(大都督), 덕천가강(德川家康), 전전이가(前田利家) 등 10명에게는 아도독(亞都督), 현소에게는 일본선사(日本禪師)… 이런 벼슬이었다.

명 조정은 황제의 허락을 받아 책봉사절을 결성하고 거기 따르는 각종 의전 비품들을 준비했다. 책봉사(정사)로는 이종성(李宗城)이 결정되었다. 그는 개국공신 이문충(李文忠)의 후손이었다. 조상의 후광 덕택으로 잘나가는 귀공자였다. 풍채도 좋고 글도 잘하는 젊은이였다. 서도독첨사(署都督僉事)라는 임시 무관직이 주어졌다.

부사로는 양방형(楊方亨)이 결정되었다. 무과에 급제하여 도독첨사까지 오른 무인으로 체격이 장대한 거인이었다.

참모장에는 심유경이 결정되었다. 유격장군 겸 참찬관(參贊官)이 되었다. 국왕의 금인(金印), 고명(誥命: 사령장), 조칙(詔勅: 황제의 명을 적은 문서), 곤룡포(袞龍袍), 면류관(冕旒冠) 등과 왕비와 세자의 예복 등을 마련했다. 대도독 이하 새로 벼슬을 받는 사람들의 관복과 선사들의 금란가사(金襴袈裟) 등도 마련했다.

1595년 2월초 책봉사 일행이 북경을 떠났다. 천자의 사절답게 수행원, 호위병, 마필 등이 장관을 이루었다. 일본 사절단 소서비 일행도 동행했다. 책봉사절단 일행은 요양에서 두 달 머물렀다. 남해안 일대 왜군들의 철수 여부를 확인하고 조선과 연락하기 위해서였다.

4월이 되었다. 심유경을 먼저 내려보내고, 이종성 일행이 뒤따라 압록강을 건넜다. 이종성은 서울에서 온 접반사 황해감사 이정립(李廷立)의 안내를 받으며 4월 28일 서울에 들어왔다. 소서비 일행은 조선의 반대로 성내에 들어오지 못하고 남대문 밖의 빈집에 거처했다.

심유경의 접반사로는 문학(文學) 황신(黃愼)이 임명되었다.

4월 11일, 심유경과 황신 일행은 미리 마중 나온 행장과 함께 웅천성에 들어갔다. 현소만 동석시키고 심유경과 행장은 은밀하게 의논에 들어갔다.

"태합의 다른 조건은 그만두더라도 조공만은 관철해야 하겠소."

행장의 말이었다. 행장 자신의 욕망도 있었다. 조공무역이 이루어지면 명국으로 무역의 길을 넓히면서 천주교의 길도 넓히고 싶었다.

"그것을 고집했다면 우리가 지금 이렇게 마주 앉지도 못했을 것이오. 그러나 너무 염려할 것 없소. 이 일만 이루어지면, 조정의 분위기도 좋아질 것이고, 또 석 상서는 물론이요 나도 높은 작위를 받아 그만큼 세력도 커질 것이오. 그때에는 조공도 쉽사리 허락받을 수 있을 것이오."

석성은 공작(公爵)이 되고 자기는 백작(伯爵)이 되어 막강한 권세를 잡을 것이라고 심유경은 확신했다.

"무슨 뜻인지 알겠소. 아무튼 다시 싸울 수야 없는 일이오."

"고맙소. 이번에 조공이 허락되지 않아 나도 미안하오."

"군대의 철수는 태합전하의 허락을 받아야 하오. 일단은 내가 들어가서 전하와 의논하고 돌아오겠소. 내가 좀 늦을지도 모르나 가급적 빨리 오겠소."

4월 30일, 행장은 태합이 있는 대판을 향해 웅천을 떠났다. 그의 일행 200여 명 중에는 세스페데스 신부도 있었다.

대마도에서 몰래 신부를 내려드렸다. 그리고 딸에게 맡겨 놓았던 대여섯 살 먹은 조선 아이를 데리고 다시 배에 올랐다.

5월 20일, 소서행장 일행은 사카이(界濱)에 도착했다. 행장의 부인이 마중 나와 있었다. 부인은 대판성 교외 제후들이 사는 지역에서 살고 있었다.

"참 귀엽게 생겼네. 애는 누구예요?"

"조선 아이요. 이름은 줄리아. 신부님께서 지어 주신 영세명이오."

부인은 아이를 안고 말에 올랐다. 행장과 부인은 나란히 말을 몰면서 대판으로 향했다.

줄리아는 진주성 전투 마지막 날 독려차 진주에 간 행장이 살려낸 여자 아이였다. 백성들의 집에 들이닥친 왜병들은 닥치는 대로 남자들을 쳐 죽이고 여자들을 뭉개고 밟아 죽였다. 아이들은 집어서 강물에 던지거나 우물에 빠뜨려 죽였다. 병사 하나가 짚더미 속에 숨겨 놓은 한 아이를 찾아내더니 우물로 가져가 빠뜨리려 했다.

"어이 병사. 그 애를 나한테 팔게."

지나던 행장이 은화 한 닢을 주고 그 아이를 샀다. 그리고 대마도의 딸(종의지의 부인)에게 맡겨 놓았었다.

"가엾어라. 줄리아의 부모는 다 죽었겠지요?"

"그렇소. 부모들뿐 아니라 아이들도 다 죽었소."

"줄리아를 잘 돌보겠어요."

"고맙소."

〔줄리아는 행장이 죽은 뒤 덕천가강의 시녀로 끌려갔다가 태평양의 신진도(神津島: 이즈반도 앞바다에 있는 섬)로 유배되었다. 거기서 살다 숨겨 거기에 묻혔다. 지금은 서울의 절두산(切頭山) 성당 경내에 옮겨져 영면하고 있다.〕

다음날 행장은 우선 석전삼성을 만났다.

"태합의 근황은 어떤가?"

"요새 눈에 띄게 쇠약해지셨네."

"시일을 끌다가 아들 수뢰(秀賴)가 일본국왕으로 책봉받는 일이 생기면 좋겠네만."

"아무튼 시일을 끌어보세."

"태합께서 내거신 조건 7가지에 대해서 물어보시면 무어라 대답하는가?"

"이러쿵저러쿵하다가는 일이 꼬일 수 있네. 아예 다 된다고 하는 게 나을 걸세."

일본으로 가는 것은 책봉사였다. 그러나 수길은 사죄사가 오는 것으로 알고 있었다.

행장은 며칠 후 대판성을 찾았다.

"명나라 사신이 조선까지 왔다면서?"

"예. 상사, 부사는 서울에 있고 심유경이 웅천까지 내려와 만났습니다."

"그래, 내가 제시한 7가지 조건은 어찌한다더냐?"

"저들은 아주 절절매고 있습니다. 다 받아들인다 했답니다."

"허어, 이거 너무 싱겁구나. 아무래도 좀 이상하다."

"이상할 거 하나도 없습니다. 저들은 여석현에서 혼쭐이 나고 진주에서는 아예 넋이 나갔습니다."

"진주에서는 조선과 싸웠지?"

"명군들이 다 보았습니다. 무서운 소문이 순식간에 명나라까지 들어가 조야가 다 벌벌 떨었다 합니다."

"그럴 만했지."

"그런데 명나라에서 한 가지 간청하는 게 있습니다."

"무언데?"

"명군은 다 철수했는데 일본군이 남아 있으면 자기들이 쫓겨서 나간 것 같으니까 체면을 세워 달라는 것입니다."

"명색이 화평인데 체면은 세워 주어야지. 허나 4도는 지키고 있어야지?"

"그거야 한 4천 명이면 충분합니다."

"그럼 한 도에 1천 명인데 괜찮을까?"

"일당백(一當百)이란 말이 있지 않습니까? 일본군 하나가 조선군 100명을 상대하고도 남습니다."

"그래? 그렇다면 4천 명은 남겨야지."

"감사합니다."

"가만 … 다 믿을 수는 없단 말이야. 전에 속은 일이 있지? 평양에서 그랬지?"

"예 … ."

"지금 조선에 남은 병력이 얼마지?"

"4만입니다."

"아무래도 불안해. 반은 남기고 반만 철수시키지. 그리고 철수시키는 것도 저놈들 형세를 보아가면서 천천히 시키라고."

"예 … ."

행장이 조선을 떠나 있던 약 2개월 동안, 남해안 일본군 진영에서는 미리 노획물을 본토로 옮기는 철수작전이 벌어지고 있었다.

장수들이야 아무 때나 가지고 갈 수 있지만, 사병들은 그렇지 못했다. 정식 철수령이 내려 철수할 때는, 병사들로 비좁은 배에 약탈물들을 다 싣고 가는 것은 불가능한 일이었다.

왜적들은 장수이고 병사이고 할 것 없이 조선의 물품들에 혈안이 되어 있었다. 특히 사기그릇에 더욱 그랬다. 시골구석 가난한 부엌의 입사발까지도 남아나지 않았다.

사기그릇 말고도 서로 차지하려고 아우성친 것은 많았다. 명주, 모시, 삼베, 종이, 필묵, 놋그릇, 그리고 비교적 흔한 무명베(광목)도

눈독의 대상이었다.

그리고 사람도 놓칠 수 없는 노획물이었다. 기술자는 물론이요, 건장한 젊은 남녀도 일꾼으로 노예로 돈 가치가 매우 큰 재산이었다.

사병들은 조선과 일본을 오가는 보급선에 부탁하거나, 아니면 배를 훔치거나 사들이거나 또는 배를 건조해서 실어 날랐다. 어느 부대나 장수들은 말리지 않았다. 병사들은 거의 다 자기 영지의 백성들이었다. 행장의 부대 사병들은 더 서둘렀다. 천주교를 신봉하는 행장이 물건들은 막지 않았으나 노예로 잡아가는 포로들은 엄격하게 금지한 때문이었다.

해안의 왜군 진지 창고마다 넘치게 쌓였던 노획물들은 이 두어 달 사이 일본으로 다 실려 나갔다.

6월 26일, 행장이 조선으로 돌아왔다.

"절반만 철수하는 것으로 허락을 받았소."

행장은 그간의 경위를 심유경에게 들려주었다.

"할 수 없지요. 그렇게 밀고 나가는 수밖에 …."

"고맙소."

"차라리 잘된 일인 것도 같소만 …."

"잘된 일이라니요?"

"일본군이 남아 있다고 하면 이종성은 여기 내려오지 않을 것이오. 그는 겁이 많은 사람이오."

"그러면?"

"그러면 다 철수하라 마라 또 철군 문제가 생길 것 아니오? 된다 안 된다 하면서 한없이 세월을 끌다보면, 태합은 쇠진해 쓰러지고 아들이 책봉을 받게 되는 날이 올 게 아니오?"

"천주님의 뜻이 거기 계시다면 … ."

"자왈(子曰: 공자님이 말씀하시기를) 위선자(爲善者: 선을 행하는 자)는 천보지이복(天報之以福: 하늘이 복으로 보답하신다) 하고 … ."

두 사람은 마주보며 빙그레 웃었다.

남해안 각지에 포진했던 왜병들은 반절은 철수하고 반절은 진지를 축소하여 주둔하기로 했다.

소서행장도 일부 병력을 본국으로 철수시키고, 웅천 진영을 정리한 다음 부산으로 와 주둔했다. 심유경과 황신도 행장과 함께 부산으로 옮겼다.

이와 같은 철군 사실을 심유경은 상사 이종성에게 알리고 황신은 조정에 알렸다.

"정말로 떠나기는 떠나는 모양이지?"

"이제 마음 놓고 살길이 열리는 모양입니다."

임금도 조정도 조금은 가슴을 펼 수가 있었다. 다행히 금년(1595년, 을미년)에는 난리 후 처음으로 보리농사 벼농사가 풍년이 들어서 백성들도 한시름 놓게 되었다.

소서비는 이종성에게 남행길을 재촉했다.

"반이 남아 있는데 그것도 철수요?"

"반이 남은 것은 사신어른을 모시기 위함입니다."

그러나 사신들은 떠나지 않았다.

부산에서 소서행장으로부터 연락이 왔다.

평양에서처럼 또 속을까 염려되는 바가 없지 않습니다. 사신들이 우리 군영으로 들어오신다면 마땅히 약속대로 이행하겠습니다.

우선 부사 양방형이 먼저 내려가기로 했다. 이종성은 늘 북경에서 들었던 말을 떠올리며 몸을 사렸다.

"왜놈들은 아주 간사해서 무슨 짓을 할지 모릅니다. 부사가 먼저 내려가면서 형세를 살핀 후 상사가 내려가는 게 좋을 거요."

7월 11일, 양방형은 접반사로 임명된 이조판서 이항복과 함께 서울을 떠났다. 양방형은 내려가면서 일본군의 동태를 살폈다. 부산 외곽에 남아 있는 일본군을 확인하고 행장에게 연락해서 철수시켰다.

양방형은 그렇게 하면서 10월 11일에야 부산에 당도했다.

상사 이종성은 빨리 움직이라는 석성의 지시를 여러 번 받은 후, 9월 4일 서울을 출발했다. 호조판서 김수(金晬)가 접반사로 따랐다. 그는 충청, 전라도 지역으로 돌아서 산천경개를 다 구경하면서, 아주 천천히 이동해서 밀양까지 와서 멈췄다.

"가등청정이 물러가야 부산으로 들어간다."

계속 버텨서 석성에게 연락했다.

상사가 부산으로 들어가면 청정은 물러간다. 황명을 욕되게 하지 말라.

석성의 독촉이었다.

11월 22일, 이종성도 하는 수 없이 부산으로 들어갔다. 2월초 북경을 떠난 책봉사절단은 근 1년 만에 부산에 도착한 셈이었다.

이종성은 부사가 있는 자성대(子城臺)로 가 합류할 수가 없었다. 수행원과 짐이 너무 많아서였다. 그래서 증산성(甑山城)에 따로 좌정했다. 참모만 해도 6명이고, 호위장병과 노복이 800여 명, 일꾼이 500여 명, 도합 1천 3백여 명이었다. 거기다 말이 350여 필, 소가 60여 두, 가마와 수레가 여러 채였다.

상사 이종성은 부산에 들어와서도 큰 소리였다.

"조선에 왜군이 남아 있는 한 나는 일본에 가지 않는다. 가등청정이 아직도 조선에 남아 있다니 말이 되느냐?"

그러나 명국조정은 독촉이 심했다.

"어느새 새해(1596년)가 다가온다. 꾸물대며 세월만 보내려는 작정인가?"

사절단 일행을 독촉하기 위한 황제의 감독관이 내려온다는 소식이 들려왔다.

심유경과 행장은 당황했다. 감독관이 부산에 닿으면 이종성도 일본으로 떠나야 하고, 이종성이 일본에서 수길을 만나면, 책봉 이외에 아무것도 없다는 사실이 폭로되기 십상이었다. 사기극은 수포로 돌아가고 분노한 수길의 폭풍은 또 얼마나 무시무시할지 알 수 없었다.

"일본에 건너가서 사신 맞을 채비를 해놓고 돌아오겠다."

심유경과 행장 두 사람은 일단 부산을 떠나 감독관을 피하기로 했다.

새해(1596)가 되면서 그들 둘은 구주의 나고야 사령부로 갔다. 그리고 은덩이를 요로에 뿌리기 시작했다. 심유경이 석성에게 부탁해서 얻어온 것이었다.

강화 실패

울산에서 버티던 가등청정은 소서행장의 이 사기극(詐欺劇)을 그냥 두고 볼 수는 없었다. 그는 마침내 일을 저지르고야 말았다.

장사 한 사람을 몰래 보내 이종성을 죽지 않을 만큼 패대기쳐 놓았다. 이종성의 숙소를 지키던 왜군들이 이상한 소리에 달려갔으나 장사는 담을 훌쩍 넘어 사라지고 없었다. 종의지가 달려왔다.

"흔적을 찾아보라."

부하들이 사방으로 흩어져 눈을 부릅뜨고 샅샅이 훑었다. 조그만 대통 하나를 찾아냈다. 대통 안에는 음문(陰門)이 그려진 부적(符籍)이 들어 있었다. 그 부적에는 지니고 다니는 사람의 이름이 쓰여 있었다. 당시 전쟁에 나가는 장병들은 적의 총탄과 궁시로부터 몸을 보호해준 다는 호신부(護身符)를 지니고 다녔는데, 조선군들은 옷 속에 꿰매고 다녔고, 왜군들은 끈 달린 작은 죽통에 넣어 걸고 다녔다.

肥後國 三宅角左衛門 (비후국 삼택각좌위문)

비후국은 청정의 영지(領地)였으니 죽통의 주인은 청정의 부하 장수임에 틀림없었다.

종의지는 그 죽통과 사연을 적은 편지를 평조신에게 주어 나고야(명호옥)의 행장에게 보냈다. 행장은 청정의 죄상을 적은 편지와 죽통을 다시 평조신에게 주어 대판의 석전삼성에게 보냈다.

"다 되어가는 화평이 청정 때문에 깨질 것 같다고 전하시오."

삼성이 수길에게 청정을 소환하도록 건의했다.

"그런 놈이 있나? 당장 돌아와 근신하라 일러라. 오늘부터 그놈은 의절이다."

수길은 버럭 화를 내고 청정과 의절까지 선언했다. 근래 수길은 전에 없이 신경이 날카로워져 있었다. 몸이 쇠진해진 탓도 있지만 늦게 태어난 아들의 장래 때문에 신경이 곤두세워졌다.

작년(1595년) 여름, 후계자로 관백에 앉혔던 생질 수차(秀次)를 귀양 보냈다가 자결을 명해 죽여 버렸다. 그뿐이 아니었다.

"남아 있는 핏줄들이 훗날 수뢰에게 복수할 수도 있잖아요?"

소실 정군의 한마디에 수길은 홱 돌아버린 듯 미쳐 날뛰었다.

수차의 처첩과 그들이 낳은 어린것들을 모조리 끌어오라 해서, 구름같이 모인 구경꾼들이 보는 가운데 짐승처럼 모두 참살해 버렸다. 그리고 귀와 코를 베어 버린 다음 커다랗게 파놓은 구덩이에 아무렇게나 쓸어넣고 묻어 버렸다.

수길은 확실히 전날의 수길이 아니었다.

한편 오밤중에 느닷없이 뛰어든 괴한에 의해 패대기쳐져 죽다 살아난 이종성은 다행히 뼈가 부러진 데는 없었다. 여기저기 깨지고 벗겨진 데는 그럭저럭 나아서 몸은 움직일 만했지만, 무서워서 밤이 되어도 잠을 이룰 수가 없었다. 소문은 점점 더 무서웠다.

"일본에 건너가면 사신을 인질로 잡아 가둔다고 하더라."

"일본의 조건은 따로 있다고 하더라."

"회담은 깨지고 다시 싸운다고 하더라."

"사절단을 다 쳐 죽인다고 하더라."

부하들마저도 불안에 떨고 있었다. 이종성은 일본군 호위대장과 수문장을 불러 비단 수십 필을 내렸다.

"부하 몇 사람 성 밖으로 심부름 보낼 일이 있다."

이종성은 핵심참모들 몇 사람과 극비회동을 갖고 밤중에 성을 탈출하기로 계획을 세웠다. 밤이 이슥해지자 가복차림의 참모들이 봇짐을 메고 나섰다. 이종성도 가복의 복장을 하고 금인, 칙서 등이 들어 있는 상자를 들고 따라나섰다.

그들 6명은 두 패로 갈라져 자기 휘하들도 모르게 살짝 빠져나가, 대문과 성문을 무사히 통과해 성 밖으로 나갔다. 두 패가 각기 따로 가기로 했다.

이종성 일행 3명은 양산 쪽으로 가려 했으나, 깜깜한 밤중에 길을 헤매다 기장의 어느 산속으로 들어섰다. 지치고 시장해서 더 걸을 수가 없을 때 무엇을 좀 얻어먹으려고 고을로 내려왔다.

언양(彦陽) 고을의 빈집뿐인 인가를 찾아다니다 조선군 복병에 걸렸다. 복병장과의 필담으로 피차 신분이 밝혀졌다. 복병장은 사람을 딸려 경주에 있는 경상좌병사 고언백(高彦伯)에게 보냈다.

"심유경은 일본에 들어가 감옥에 갇혔다 하오. 간교한 왜놈들에게 속은 것 같소. 나도 겨우 목숨을 부지해 탈출했소. 황제폐하에게 이 위급사실을 고해야 하니 북경에 갈 수 있도록 좀 도와주시오."

고언백은 그들 세 사람을 잘 먹이고 재운 다음 헌 가마 하나를 구해 역졸들에게 내주었다. 이종성은 가마를 타고 두 참모는 도보로 그들은 서둘러 북행길에 올랐다.

종의지는 병사들을 시켜 도망자들을 찾게 했다. 그러나 김해, 양산 지역을 넘지 못하게 했다. 조선군과 마주치면 싸움이 일어날 수도 있기 때문이었다. 왜병들은 이종성과 일행 두 명은 찾을 수 없었지만 나머지 도망자들과 이종성이 산길을 헤매다 넘어져 잃어버린 칙서 등이 들어있는 가죽 상자는 되찾아 왔다.

김수, 이항복, 황신 등은 조정에 보고했다.

헛소문을 듣고 상사 이종성이 갑자기 도망쳤다 합니다. 부사 양방형과 일본측은 아무런 이상이 없습니다.

양방형도 명국조정에 보고했다.

상사 이종성이 느닷없이 도망쳤습니다. 헛소문을 듣고 놀란 것 같습니다만 내심은 알 수 없습니다. 일본측은 아무런 이상이 없습니다. 조속한 사후조치로 3국의 안정을 도모해 주십시오.

1596년 5월 4일, 명국조정에서는 일을 미루다가 이런 일이 생겼다고 결론짓고, 상사에 양방형, 부사에 심유경을 임명하고 앞으로 일을 빨리 추진하라 지시했다. 석성의 편지가 급사(急使)에 의해 부산에 도착했다.

　조정은 양방형을 상사로 심유경을 부사로 임명했소. 칙서와 예복은 곧 새로 만들어 보낼 터이니 화평을 촉진하시오.

석성의 편지를 받은 양방형은 행장에게 그 편지를 보여주며 부탁하였다.
"조속히 일을 마칠 수 있도록 잘 도와주시오."
행장은 이종성 도망소식을 듣고 부산에 와 있었다.
"잘 알겠습니다. 곧 다시 일본에 들어가 심 부사와 의논하겠습니다."
행장은 다시 일본에 와 심유경을 만났다.
"시일을 끌어야 할 텐데 독촉을 받고 있으니 어찌하는 게 좋겠소?"
행장은 사실 난감했다.
"오히려 잘되었소. 골치 아픈 이종성이 피해 주었소. 양방형은 대범한 사람이라 일을 나한테 맡길 것이오. 그러면 이제 내가 태합을 상대하면 되는 것이오. 아무래도 하늘의 뜻인 것 같소. 가등청정이 태합을 뵐 수 없게 되었고, 이종성이 일을 탄로 낼 염려가 없게 되었고, 내가 실질적인 책봉사가 되었으니 말이오. 이제는 시일을 끌 필요가 없소. 속히 추진해서 마무리 지어 버립시다."
심유경의 설명을 들으며 행장은 가슴속이 시원해졌다.

행장은 부산의 종의지에게 편지를 보냈다. 양방형을 설득해서 빨리 데리고 일본으로 오라 했다. 행장과 심유경은 다음날 심유경이 중국에서 가져온 많은 선물을 여러 척의 배에 실었다.

수길은 새로 지은 그의 거처인 경도 남방 복견성(伏見城)에 머물렀다. 일행은 복견성으로 향했다. 배에는 일본에서는 좀체 볼 수 없는 말, 키가 크고 잘생긴 호마(胡馬)가 270여 필이나 실려 있었다. 수길이 특히 말을 좋아해서였다.

6월 25일, 심유경은 수길을 만났다. 인사가 끝나고 수길에게 중국에서 가져온 선물들을 전달했다. 심유경이 선물 단자를 읽으면 수행원들이 선물을 하나하나 들고 오고 수길의 수하들이 받아서 수길 앞으로 내놓았다.

곤룡포, 익선관, 벽옥(碧玉), 지도, 무경칠서(武經七書) 등의 책, 비단, 털옷, 광목, 가죽신, 벼루, 붓, 종이 등이었다. 참으로 많은 여러 가지 물건들이 일본에서는 아주 귀한 것들이었다. 말은 마당에 정렬시켜 놓았다.

"명국은 역시 대국이오."

수길은 흡족한 미소를 지었다.

"땅은 넓고 물자는 많습니다."

"이거 미안합니다. 내가 미처 준비한 게 없어서 …. 이것이라도 정표로 받아 주시오."

수길은 칼 한 자루를 내주었다. 300여 년 전 가마쿠라(鎌倉) 시대 일본 최고의 도장(刀匠) 오카자키 마사무네(岡崎正宗)가 만든 보검이었다.

수길이 베푼 간단한 환영연을 마치고 물러나온 행장과 심유경은 심유경의 숙소로 갔다.

"내가 태합의 관상을 유심히 보았소."

"⋯⋯?"

"명재순삼(命在順三)이오."

"명재순삼? 그게 무슨 말이오?"

"순은 이순(耳順)을 뜻하고 이순은 60을 나타내지 않소? 순삼은 60과 셋이니 명줄이 63살까지란 말이오. 금년에 61살이니 내후년 63살이면 끝이란 말이오. 앞으로 2년 잘 다스리면 만사는 대성이오."

"허어, 싫지 않은 얘기요. 다 좋은데 당장 한 가지 문제는 조선사신이오. 왕자를 보내라 했지만 그건 어림없는 일이고 대신이라도 한 사람 오기만 하면 되는데 그게 걱정이오."

"내가 사람을 보내 독촉해 보겠소."

다음날 심유경은 편지를 써 조선조정에 사람을 보냈다. 통신사를 보내 달라는 내용이었다.

기다려도 조선 통신사는 소식이 없었다. 행장이 종의지에게 연락하고 종의지가 황신에게 말해 황신이 또 조정에 연락했다.

6월 25일, 조선조정에서는 사신을 보내기로 결정하고 정사에 황신, 부사에는 대구부사 박홍장(朴弘長)을 임명했다.

수행원과 선물 등 준비를 마치면 떠날 판이었다. 그런데 충청도 홍산현(鴻山縣: 부여군 외산면)에서 이몽학(李夢鶴)의 난이 일어났다. 2년 전 송유진(宋儒眞)이 난을 일으켰다 사전에 발각돼 진압된 지역에서 또 난이 일어났다.

왜란이 진행되면서 어느 곳이나 백성들의 참담한 삶은 도를 더해가고 있었다. 아울러 임금(조정)과 지배계층 사대부들의 무능과 비겁은 더욱 극명하게 드러났다. 조선왕조나 일본군이나 별로 다를 게 없다고 여기는 백성들도 많아졌다.

그러는 판에 충청병사 원균(元均)의 지나친 탐학(貪虐)과 가렴주구(苛斂誅求)는 왕조와 지배계층에 대한 반감을 행동으로 옮기는 촉진제가 되었다. 그의 비행이 위험수위에 이르자 사헌부에서 거듭 탄핵하고 임금에게 처벌을 건의했다. 그러나 임금은 처벌은커녕 오히려 토색거리가 더 많은 전라병사로 전임시켰다. 원균은 임금의 배려로 반란지역을 살포시 비켜간 셈이었다.

왕실의 서얼로 떠돌던 이몽학은 의병을 모집한다 하고 이반된 인심을 이용해 무리를 모으고, 겸사복(兼司僕)의 한현(韓絢)과 모의하여 반란을 일으켰다.

7월 6일, 행동을 개시한 이몽학은 홍산(鴻山), 임천(林川), 정산(定山), 청양(靑陽), 대흥(大興)을 점령하고 9일에는 홍주(洪州)에 이르러 성을 포위했다.

홍주목사 홍가신(洪可臣)은 시간을 끌기 위해서 거짓으로 항복하는 기지를 발휘하며 사방으로 사람을 보내 외원을 요청했다. 그사이 무략이 뛰어난 휘하장수 박명현(朴明賢)이 장수 임득의(林得義)와 함께 성을 단단히 잘 지켜냈다.

이윽고 충청병사 이시언(李時言), 충청수사 최호(崔湖) 등 여러 곳의 관군이 외곽에서 이몽학 군을 조여왔다. 또한 도원수 권율, 전라감사 박홍로(朴弘老), 호익장군 김덕령 등의 많은 군사가 다가오고 있었다.

이몽학은 서울로 쳐 올라간다고 큰소리쳤으나 하는 수 없이 덕산(德山) 쪽으로 후퇴할 수밖에 없었다. 전주판관의 아병(牙兵) 윤계(尹誡) 등이 반란군 진중에 들어가 설득했다.

"장군들의 수만 군사가 이미 도착했다. 너희들은 내일이면 모조리 죽게 될 것이다. 너희들은 협박이나 감언이설로 반란에 가담했을 것이다. 이몽학 괴수의 목을 베어 오면 화를 면할 수 있다."

이시언도 반군 가담자들을 끈기 있게 타이르고 설득했다.

"이몽학은 춘부(春婦)의 자식이고 협잡꾼이다. 지금 그만두고 고향으로 돌아가는 자는 모두 용서한다."

가담자들은 대개가 순진무구한 농부들이었다.

"우리가 이몽학한테 속은 것이여."

"지금 달아나야 살어유."

하룻밤 사이에 이몽학 군 5천여 명이 거의 다 달아나 버렸다.

이몽학의 휘하 김경창(金慶昌), 임억명(林億命), 태근(太斤) 등이 그의 목을 베어 관군에 바치면서 난리는 끝났다.

'충장공'의 칭호를 받은 광주의 의병장 김덕령(金德齡)은 권율의 지시에 따라 경상도 진주에서 운봉까지 왔을 때 이몽학 군이 이미 진압되었다는 소식을 듣고 돌아갔다.

이몽학의 난리는 평정되었으나 이에 연루되어 죽임을 당한 자가 의외로 많았다. 펄펄 끓는 선조의 노기(怒氣) 때문이었다. 서울에 끌려와 죽임을 당한 자가 김덕령 등 33명, 지방에서 당한 자가 100여 명이나 되었다.

이몽학과 애초에 함께 반란을 모의했던 한현(韓絢)이, 반란군 문서에 쓰여 있는 김, 최, 홍이 바로 김덕령(金德齡), 최담령(崔聃齡), 홍계남(洪季男)이라고 둘러댔다. 그는 곽재우(郭再祐), 고언백(高彦伯), 이덕형(李德馨)까지도 가담자라고 거명했다.

　　임금은 백성들의 신망이 높은 김덕령에게 관심을 보였다.

　　"그놈은 용력이 비범하니 따로 엄히 가두고 병조로 하여금 실한 군사들을 더 배치하여 지키도록 해야 할 것이오."

　　선조는 김덕령을 지목하여 심한 악형을 가하게 했다. 백성들에게 존경의 대상인 자는 선조에게는 제거의 대상이었다.

　　유성룡이 임금의 의중을 간파했다.

　　"김덕령은 역적들의 공초에 나왔으니 의심할 것이 없겠습니다만 여러 역적들이 다 도착한 다음에 논의해서 처리해야 할 것입니다."

　　여러 사람 관련자들을 조사하면 김덕령이 무고 당했다는 사실이 드러날 것이었다.

　　"옛적부터 역적을 다스리는 일은 반드시 문서를 기다려 본 다음에야 다스린 것은 아니오. 여러 역적들의 공초에 나왔는데 어찌 의심할 것이 있겠소?"

　　임금이 관심을 갖는 것은 김덕령의 유·무죄가 아니었다. 백성들이 존경하는 전쟁영웅이 덫에 걸렸으니 이 기회를 놓쳐서는 안 된다는 것이었다.

　　이기(李墍)와 유영경(柳永慶)이 가슴을 조였다.

　　"이는 성상께서 재량하사 처리하시기에 달렸습니다. 하오나 옥사의 사체로 보건대 자세히 판단하려면 우선 후일을 기다렸다 하는 것이 무방합니다."

임금은 딴전을 피우고 억지를 부렸다.

"최담령을 신속히 잡아 와야 하니 즉각 선전관을 파견하시오. 김덕령은 사람을 죽인 것이 많은데 그 죄로도 죽어야 마땅하오."

김덕령은 아까운 부하들이라도 살리고 싶었다.

"신이 모집한 별장 최담령 등은 죄가 없사오니 죽이지 말고 부디 쓰시도록 하소서."

애원은 그러나 임금의 화만 돋운 셈이 되었다. 최담령 역시 고문받다 죽었다.

　　춘산에 불이 나니 미처 못 핀 꽃들 다 타는구나.
　　저 산의 저 불은 부어 끌 물이나 있으련만,
　　이 한 몸 태우는 불이야 끌 물 없어 하노라.

무려 여섯 차례에 걸친, 필설로는 표현할 수 없는 참혹한 고문에 뼈와 살이 으깨지고 힘줄이 토막 난 채, 가쁜 숨을 몰아쉬며 떠듬떠듬 가까스로 시조 한 수 읊고, 영웅으로 칭송받던 김덕령은 세상을 떠났다. 1596년 8월 23일, 불과 30의 나이였다.

황신 일행 309명의 조선사절단이 평조신의 안내로 부산을 떠나 사카이 항에 도착한 것은 윤 8월 18일이었다.

양방형, 심유경, 소서행장 등 많은 사람들이 부두에 마중을 나왔다. 조선사신 일행은 상락사(常樂寺)라는 절을 숙소로 안내받아 들어갔다.

윤 8월 28일, 수길이 대판에 내려와 곧 사신들을 접견할 것이라는 소식이 들렸다. 29일 저녁 때, 평조신이 상락사로 찾아왔다. 통사 박대근(朴大根)이 맞았다.

"소서행장께서 전하라 하시어 왔소. 내용은 관백의 말씀이니 정사 어른께 그대로 전해 주시오."

"알겠소."

"관백의 말씀이니 명심해서 들으시오."

박대근은 받아 적었다.

1. 처음에 내가 명과 소통하려 했는데 조선이 중간에서 막고 방해하였다.
2. 후에 심유경이 화평하려고 노력했는데 조선은 북경에 글을 보내 적극 반대했다.
3. 조선사람들은 상사 이종성을 협박해서 도망치도록 만들었다.
4. 조선은 왕자를 보내 감사의 뜻을 표시해야 하거늘 그렇지 않았다.
5. 명나라 책봉사가 바다를 건널 때까지 조선은 사신을 보내지 않다가 이제야 보냈다.
6. 우선 명나라 사신을 만나볼 것이며, 조선사신은 북경 병부에 연락하여 늦어진 이유를 알아본 다음에 만나볼 것이다.

"박 통사, 정사께서 심유경 어른을 한번 만나 상의하는 게 좋겠소. 태합께서 조선사신을 만나 주도록 그 어른이 잘 주선할 것이오."

평조신이 돌아간 후 박대근은 정사(正使)인 황신을 찾아가 내용을 전했다.

"사신이란 사람이 나서서 남에게 아쉽게 부탁할 일이 아닌 것 같소. 모른 체할 수도 없고 … 이유(李愉: 중국어 통사) 통사가 일단 심유경을 한번 만나나 보시오."

1596년 9월 2일, 마침내 대판성에서 수길의 일본국왕 책봉식이 거행되었다.

넓은 다다미 대청, 중앙 바닥에 책봉사 양방형과 심유경이 수행 관원들을 거느려 좌정하고, 그 양편으로 일본의 영주들과 관원들이 서차에 따라 줄지어 좌정했다. 잠시 후 정면의 황금색 장막이 열리면서 수길이 칼을 받쳐 든 청의동자(靑衣童子)를 대동하고 걸어 나와 높직하게 꾸며진 좌석에 앉았다.

사회를 맡은 행장의 구령소리가 들리자 대기하고 있던 영주, 관원들이 일제히 머리를 바닥에 대고 부복하였다. 사신들도 고개를 숙이고 엎드렸다.

수길은 장내를 한 번 둘러보고 일장 연설을 시작했다.

"수천 리 먼 길에 여기까지 오시느라 고생이 많았소."

수길의 말은 빠르게 그리고 평소와 다르게 장황하게 이어졌다. 통역도 하지 않았고 할 사이도 없었다. 입가에 거품이 일기도 하고 침이 튀기도 했다. 손을 들어 휘저으며 무슨 말을 강조하기도 했다. 목소리가 높아져 쇳소리로 갈라지기도 했다. 분명히 홍분한 것 같은데 화가 치밀어 성깔 부리는 소리 같기도 했다.

'무엇이 탄로가 났단 말인가?'

'사신의 목을 무자비하게 잘라 버린 족속이 아니던가?'

명 사신들은 가슴을 조이며 지루한 시간을 견디고 있었다.

258

참으로 지루한 사설이 끝나고 사회자 행장이 그 긴 사설을 한마디로 요약하자, 그때서야 사신들은 안도의 한숨을 토해냈다.

"여러분들이 다 같이 수고해주신 덕택으로 평화가 오게 되었다고 전하께서 찬사를 아끼지 않으셨습니다."

"감개무량합니다."

양방형이 고개를 숙여 감사를 표시했다.

"이제 사신들이 예를 올릴 차례입니다."

심유경이 앞으로 나와 관원들이 가지고 나온 물건들을 하나하나 받아서 수길에게 공손하게 전달했다. 수길은 미소를 머금고 정중하게 받았다. 고명(誥命), 칙유(勅諭), 금인(金印), 면복(冕服) 등이었다.

수길에게 전달하는 일이 끝나자 심유경은 행장의 안내를 받으며 좌우에 도열한 장관, 영주, 승려들에게 직접 일일이 직첩을 전달했다. 그러는 사이 수길은 안으로 들어가 면류관(冕旒冠)을 쓰고 곤룡포(袞龍袍)를 입고 나왔다.

"대명 황제폐하를 위하여 만세삼창을 부릅시다. 황제폐하 만세! 만세! 만만세!"

수길의 선창으로 만세삼창을 부르고 의식은 끝났다.

다음날은 대연회가 베풀어졌다. 일본사람들도 수길 이하 모두 어제 받은 중국복장으로 연회에 나왔다. 사람마다 술에 취하고 흥에 겨워서 밤늦도록 흥청거렸다.

다음날 늦게 중국사신들은 사카이 항으로 돌아왔다.

명 황제에게 감사의 편지를 쓰는데 결례가 없도록 명국사신들과 상의하는 게 좋다며, 수길은 승려장관인 전전현이(前田玄以) 등을 사카이로 보냈다. 행장이 그들을 인도하여 사신들과 만나도록 했다.

수길은 이번 일에 대만족이었다. 수길이 만족하면 이제 평화는 다가오고 처참한 전쟁은 물러가는 것이었다. 수길은 기분이 너무 좋아서 사카이로 향하는 전전현이에게 사신들의 소원을 들어오라 했다.

"무슨 소원이든 다 들어주신다 하셨습니다. 사신들께서는 말씀만 하십시오."

그러나 하늘의 뜻은 아직 평화에 있지 않은 것 같았다.

수길이 새로 지은 복견성에 기거하던 지난 8월 13일, 대판, 경도, 사카이를 아우르는 지역에 대지진이 일어났다. 많은 건물이 무너지고 수만의 사상자가 발생했다. 복견성도 무너지고 많은 궁녀들이 깔려 죽었다. 수길과 정실부인 네네(寧寧)도 자다가 엉겁결에 뛰어나와 마당 가운데 쪼그리고 앉아 떨고 있었다.

그때 제일 먼저 달려온 것이 가등청정이었다. 자기 집도 부서졌지만 아랑곳하지 않고 장정 200여 명을 데리고 수길을 먼저 구하러 온 것이었다. 이후 수길은 청정과의 의절을 철회하고 다시 그를 신임하게 되었다. 책봉식과 잔치가 성대히 끝나고 행장이 승려장관을 안내하여 사카이로 떠난 9월 5일 저녁 청정은 수길을 찾아보았다.

"전하의 7개 조목은 한 가지도 이루어진 게 없을 것입니다. 처음부터 전하를 속이고 양쪽에서 알맹이 없는 일을 꾸민 것입니다."

수길은 믿으려 하지 않았다.

"고명이라고 하던가, 그 짧은 문서는 나를 국왕으로 책봉하는 것이고, 칙유라고 하던가, 그 긴 문서는 내 조건들을 수락하고 약속하는 것이라고 하던데, 그게 다 가짜란 말이냐?"

"아마 그럴 것입니다. 전하께서 직접 확인해 보시면 알 수 있을 것입니다."

"그래? 음, 알았다. 물러가 있어라."

수길은 이미 짐작하고 있었다. 자기 요구조건이 다 이루어지리라고는 애초부터 기대하지 않았다. 요행히 조선 4도를 얻으면, 그것 하나면 대만족이었고…. 하지만 그것도 다 기대하지는 않았다. 기대한 것이 어느 정도 이루어지면 그만큼에서 종결방법을 찾으려 했다. 만일 그렇지 않을 경우에도 대비는 하고 있었다.

그래서 진행되는 연극을 알게 모르게 그냥 두고 보고 있었다. 상대를 방심하게 하면서 병력을 양성 보완하고, 군선과 무기를 정비 보강할 기회도 동시에 확보한 때문이었다.

수길은 다음날인 9월 6일 덕천가강 등 중신 7명을 불러들였다. 그리고 심복 측근과 중 승태(承兌)를 불러들였다.

"다 들리도록 크게 읽으시오."

모두 모아 놓고 승태에게 그 문서들을 큰 소리로 읽어보라고 했다. 원래는 수길이 글 내용을 물어오면 승태는 수길의 요구를 수락한 내용이라고 적당히 꾸며 대답하기로 행장, 삼성 등과 약조가 되어 있었다.

그러나 수길이 이렇게 공개적으로 나오는데야 거짓말을 할 수는 없는 노릇이었다. 승태는 적힌 대로 크게 천천히 읽어갔다. 먼저 고명부터 읽었다.

풍신수길은 섬나라에서 낳고 일어났으나 중국의 위대함을 알고 숭모하여 받들고 공순히 복종하고자 하니, 이에 특히 그대를 봉하여 일본의 국왕으로 정하고 고명을 주노라.

수길은 그런대로 들을 만했는지 머리를 끄덕이다 다음을 읽으라 했다. 승태는 그다음으로 칙유를 읽어 내려갔다.

책봉을 받은 연후에는 따로 조공을 요구하지 말며, 다시는 조선을 침범하지 말라. 이후로는 세 가지 사항을 지킬 것이니, 앞으로 영구히 마음을 다해 중국에 충성할 것이며, 신의로써 여러 나라와 화목하게 지낼 것이며, 부근 오랑캐를 엄히 단속하여 연해에서 분란이 일어나지 않도록 할지니라.

수길은 고개를 모로 꼬고 물었다.
"다 읽은 것이오?"
"예, 다 읽었습니다."
"조선의 4도 이야기는 아예 없는 거요?"
"예, 없습니다."
"뭐라고? 없어? 수만의 인명과 물자를 동원하여, 응, 여태껏 싸워온 결과가, 응, 그래 겨우 왕으로 불러준다는 것, 그것뿐이냐? 그래놓고 그래, 깡그리 맨손으로 물러나란 말이냐?"
수길은 소리를 꽥꽥 지르며 큰 소리로 외쳤다. 안광이 퍼렇게 빛나고 안색이 검붉게 변했다.
좌중은 무언가 터질 듯 긴장된 불안으로 굳어졌다.
"으응 ….."

앓는 소리가 터지며 수길의 얼굴은 사방으로 일그러졌다.

그때 마침 사카이에 갔던 소서행장, 전전현이 등이 돌아왔다는 시자의 전갈이 있었다.

"그래? 잘됐다. 행장만 들라 해라."

수길의 목에서 쇳소리가 났다.

행장이 들어와 문간에 엎드렸다.

수길은 벌떡 일어나 칼걸이에서 칼을 빼어 들었다.

"이놈, 가까이 오너라. 오늘은 내 손수 너를 참하리라."

수길이 손수 사람을 벤 일은 없었다. 좌중이 깜짝 놀라 말렸다. 옆에 있던 원로 전전이가(前田利家)가 얼른 다가가 수길의 손에서 칼을 빼앗았다. 그러면서 눈짓으로 행장을 밖으로 내보냈다.

"진정하시고 일단 안으로 드십시오."

전전이가 등이 수길을 부축하여 끌며 시종들에게 일렀다.

"어서 안으로 모셔라. 좀 쉬셔야 되겠다."

수길은 고래고래 소리를 지르며 끌려 들어갔다.

"그래? 나를 우습게보았다? 사신이고 뭐고 다 쫓아내라. 좋다. 이번에는 내가 친히 조선으로 건너갈 것이다. 우선 조선부터 먹어놓고 따지겠다."

전전이가는 돌아서다 삼성과 마주치자 한마디 일렀다.

"봉행(奉行)들도 잠시 피하시오"

삼성 등 봉행들도 밖으로 나왔다. 밖으로 나온 삼성 등은 우선 행장을 염려하여 그를 데리고 사카이로 달렸다.

그 밤 조선사신들이 머무는 상락사로 평조신이 찾아왔다. 그는 대판성에서 일어난 일을 황신에게 대강 설명해 주었다.

"태합께서 직접 조선으로 건너가신다 했답니다."

"그럼 다시 전쟁이 일어난단 말이오?"

황신은 또다시 전쟁이라고 생각하니 억장이 무너지고 눈앞이 캄캄했다.

"행장 어른 한 사람만이 아니고 우리 대마도 사람들도 이제 다 죽게 된 것 같소."

억장이 무너지기는 평조신도 마찬가지였다.

그날 이후, 명나라 사신들도 조선 사신들도, 떠나라는 말도 머물라는 말도 없어 불안한 채 사카이에 갇혀 지냈다.

맹랑한 소문만 들렸다.

"다 잡아 가둔다더라."

"다 잡아 죽인다더라."

9월 10일이 되자 뱃길 안내를 맡을 일본사공 10여 명이 오고 떠나도 좋다는 전갈이 왔다. 양방형, 심유경, 황신 등 일행은 7척의 배에 나누어 타고 배웅하는 이 아무도 없이 쫓겨나듯 쓸쓸하게 사카이 항을 떠났다.

사절단이 명호옥에 들어와 대기하고 있던 10월 10일, 수길에게 잡혀 죽은 줄로만 알았던 소서행장이 나타났다. 전전이가 등이 수길을 설득해서 행장도 살아난 것이었다.

"행장 하나 죽여 전하의 요구조건이 관철되거나 전하의 체면이 되살아날 수 있다면 죽여도 좋습니다. 하오나 이번 일은 여러 가지가 얽혀 있어 행장 하나 죽인다고 해결될 일이 아닙니다."

공연한 희생일 뿐이니 행장을 죽일 필요가 없다고 설득했다.

"좋소. 다 용서하겠소."

수길은 이미 준비하고 있던 조선 재침(再侵)을 선언했다.

"그러나 똑똑히 들으시오. 이번에는 반드시 조선부터 먹어놓고 따지겠소."

재침의 서막, 차도살인 (借刀殺人)

풍신수길이 다 살려준다고 공언한 뒤 9월말, 소서행장은 밤중에 수길에게 불려갔다.

"이번에는 반드시 조선을 먹어야겠다."

수길은 행장에게 조선 재침을 확인시켰다.

"예 … ."

"우리가 평양까지 갔다가 왜 후퇴했는지 아느냐?"

"보급이 어려워서가 아닙니까?"

"그렇다. 그러니 이번의 성공여부도 거기 달려 있다."

"예 … ."

"가까이 오너라."

수길은 행장이 다가오자 낮은 소리로 가만가만 무언가 꽤 오래 속삭였다.

"이제 알았느냐?"

"명심하겠습니다."

"네 목숨은 그때까지 보류다. 그놈이 죽으면 너는 살고 그놈이 살면 너는 죽는다."

수길은 역시 지략의 패자(覇者)요 일세의 간웅(奸雄)이었다.

"맹세코 성사시키겠습니다."

"그래, 가 보아라."

그날 이후 행장의 가슴속에는 수길이 내린 극비의 지령이 숨겨져 있었다. 다시 전쟁이 벌어지는 것은 가슴 아픈 일이었다. 그러나 싸우게 되는 한 자기가 살기 위해서는 관철시키지 않을 수 없는 지령이었다.

소서행장은 조선에서 온 사신 황신에게도 술과 안주 등 위로의 선물을 보냈다. 행장의 통역 요시라(要時羅)가 저녁에 찾아왔다. 그는 조선말을 조선사람보다도 더 잘했다.

"관백은 아랫사람들의 고통에 전혀 관심이 없는 사람입니다. 관백이 쓰러져 뻗어야 전쟁이 끝날 것입니다. 빠르면 3년, 길어야 5년이면 죽어 자빠진다고들 합디다만 그동안이 고생이지요."

요시라는 서슴없었다.

"일본군도 지쳐 있는 걸로 아는데 그래도 또 전쟁을 일으킨다 이 말이오?"

황신은 확실히 알고 싶었다.

"분명히 또 조선에 쳐들어갈 것이오. 이번에는 전라도를 노릴 것이오. 그리고 남해바다에 많은 신경을 쓸 것이오. 만약 곡창지대 전라도를 점령하고 남해를 장악해서 서해 바닷길만 확보하면, 조선은 망하지 않을 도리가 없을 것이오."

황신은 순간 아찔했다.

'이거 빨리 조정에 연락해야겠다.'

일행들 모두 대마도까지는 왔는데 부산으로는 배를 띄울 수가 없었다. 서북풍이 매일 심하게 불어오기 때문이었다.

11월 23일, 바람이 약간 누그러지고 바다가 좀 잔잔해졌다. 중국사신들과 일본사람들이 말리는 것을 뿌리치고, 황신은 먼저 2척의 배를 몰고 부산으로 향했다. 부사 박홍장을 남겨두었다. 돛을 쓸 수 없어 격군들이 노를 저어 갔다.

황신이 불안한 날씨인데도 굳이 떠난 것은, 일본에 갔다 오는 항해 동안 일본배들보다 훨씬 성능이 좋고 안전함이 증명된, 조선배 판옥선에 대한 믿음 때문이었다.

조선사절단이 탄 배는 이순신의 한산도 수군영에서 차출되어 온 판옥선 3척이었다. 1척은 부사가 타고 올 예정이었다.

황신 일행은 그날 늦게 무사히 부산에 닿았다. 황신은 곧바로 서울로 떠나려 했으나 다음날 소서행장의 급사(急使)가 바다를 건너왔다. 자신과 중국사신들이 건너올 때까지 기다려 달라는 것이었다.

12월 7일 행장이 부산으로 건너왔다. 이번에도 중국사신들은 급할 것이 없는 모양이었다. 대마도를 좀더 구경하며 술을 마시는 모양이었다. 행장은 황신과 마주 앉고 통역 요시라와 박대근이 동석했다.

"일이 이렇게 되어 참으로 뵐 면목이 없소."

행장이 먼저 입을 열었다.

"어쩔 수 없는 일이지요."

"아무래도 전쟁은 피할 수 없는 것 같소. 이 무식하고 포악한 청정 놈

때문에 일이 이 지경이 되었는데, 이놈이 또 앞장서 건너올 것 같소. "

"언제가 될 것 같소?"

"준비하고 나면 3월쯤이면 건너올 것 같소. "

" ...."

"나는 또다시 시작되려는 이 전쟁을 막아 보려는 것이오. "

"그럴 방법이 있소?"

"이 전쟁은 풍신수길 혼자 일으킨 전쟁이오. 앞으로의 전쟁도 그에게 달려 있소. 그래서 그의 마음을 달래 볼 생각을 한 것이오. "

" ...... ?"

"전에 가등청정에게 잡혀 있었던 왕자 두 분이 계시지요? 그 중 한 분이 태합에게 와서 감사하다고 인사한다면, 태합의 체면이 살아나고 그가 마음을 돌릴 수도 있을 것이오. 그러면 전쟁도 없을 것이오. "

"그런 일을 내가 감히 임금에게 고할 수도 없고, 비록 고한다 하더라도 왕자가 건너가는 일은 없을 것이오. "

"태합은 자기가 명령해서 왕자들을 놓아 보냈는데 감사하다는 인사 한마디는 당연한 도리가 아니냐고 생각하고 있고, 지금 업신여김을 당한다고 여기고 있소. 그의 체면을 살려 주어서 전쟁이 없다면 한번 해볼 일이 아니겠소?"

"조선 입장에서 보면 왕자를 잡아 가둔 것부터가 큰 죄를 저지른 것이니, 일본 쪽에서 오히려 찾아와 사과해야 마땅하지 않소?"

"당연히 그래야 하지요. 그러나 지금은 경위를 따질 수가 없고 우선 전쟁을 막아 보자는 게 아니겠소?"

" ...."

"왕자가 일본에 오시면 혹시 볼모로 잡힐까 걱정하겠지만 그런 점은 내가 태합의 서약서를 받아 오겠소."

"왕자가 아니고 딴 사람이 간다면?"

"백관이 다 와도 안 될 것이오."

"어려운 일이오."

"고하기 어렵다는 것을 나도 잘 알고 있소만 백성들을 구해 주신다는 의미에서도 꼭 말씀드려 주십시오. 그리고 가부간 소식을 꼭 전해 주시기 바랍니다."

"……."

"내가 한두 달은 동병(動兵)을 미루도록 노력해 볼 것이오. 그전에 회답을 보내주십시오. 대군이 건너오면 그때는 이미 늦습니다."

행장이 술수로 말하는 것 같지는 않았다.

황신이 부산을 떠나 서울에 도착한 것은 1596년 12월 21일이었다. 그는 도중에서 조정에 장계를 올려 일본이 다시 쳐들어오는 게 틀림없다고 알렸다.

조정은 발칵 뒤집혔지만 임진년과는 달리 대책부터 세워나갔다. 조정은 방위태세를 갖추는 동시에 주문사로 동부승지 정기원(鄭期遠)을, 서장관으로 장령 유사원(柳思瑗)을 명 조정에 급파하여 구원병을 요청했다.

황신은 서울에 도착하자 승정원에 귀국 장계를 올렸다. 수일 후 임금이 불렀다.

"원로에 수고가 많았소. 기어이 왕자만 오라는 것은 무슨 까닭이오?"

"왕자들을 놓아주었으니 감사의 인사라도 할 줄 알았는데 잠자코 있으니 다시 오게 하려는 것입니다. 불측한 일을 꾸며 보려는 수작일 것입니다."

"알겠소. 왕자를 보내는 일은 없을 것이오."

해가 바뀌어 1597년 정유년이 되었다. 신년 벽두부터 누구도 예상치 못한 커다란 흉조의 사건이 시작되었다. 그것은 조선을 망국의 길로 이끌어 갈 장계 2통이었다.

하나는 한산도에 있는 3도 수군통제사 이순신의 장계요, 하나는 의령에 있는 경상우도 병마절도사 김응서(金應瑞)의 장계였다.

이순신의 장계는 부산 왜군의 본진에 불을 질러 큰 전과를 올린 사건에 관한 것이었다.

거제 현령 안위(安衛)와 군관 김난서(金蘭瑞), 군관 신명학(辛鳴鶴) 등이 여러 번 비밀리에 의논했습니다. 이달 12일에 약속한 대로 밤중에 시각을 기다리고 있었는데, 마침 서북풍이 크게 불어서 바람결 따라 부산 왜영(倭營)에 불을 질렀습니다. 불길이 치솟아 오르면서 적들의 집 1천여 채와 화약을 저장한 2개의 창고, 무기 등 다량의 군수물자, 군량미 2만 6천여 섬이 일시에 소실되었습니다. 또한 왜선 20여 척이 불타 부서지고 왜인 34명이 불타 죽었습니다. 대단한 전과이온데 실로 하늘이 도운 것입니다.

김난서는 통신사의 군관으로 일본에 갔다 왔는데 생사를 무릅쓰고 이 일을 해냈습니다. 안위는 일상적으로 왜적 원수에 대한 이야기가 나오기만 하면 의분이 복받치곤 했는데, 목숨을 돌보지 않고 김난서와 신명학 등을 거느리고 들어가 적들의 소굴을 일시에 불살라 버렸

습니다. 일본에 갔다 온 경상도 수영의 도훈도(都訓導) 김득(金得)
이 부산에 머물러 있으면서 그날 밤 불타는 모습을 목격했는데 12일
밤 해시(亥時: 오후 10시) 라 했습니다.

　안위, 김난서, 신명학 등을 특별히 표창하여 그들을 격려하는 것
이 좋겠습니다.

그날 일본에 갔던 부사 박홍장이 대마도에서 부산으로 들어왔다. 안
위는 차출되었던 배를 인수하러 부산에 갔었고, 그날 밤 김난서 등을
잠입시켜 불을 지르게 했다. 김난서 등은 통신사의 일로 부산에 자주
가 있어 왜군들이 의심하지 않았다.

　김응서의 장계는 비밀장계였다.

　소서행장이 통역 요시라를 소신에게 보내왔습니다. 근일 가등청정이
바다를 건너 조선으로 올 것인데, 그 시기를 미리 내통해 준다 하였
습니다. 조선은 수군을 출동시켜 대기하다가, 이를 바다에서 맞아
공격하면 가히 격살할 수 있을 것입니다.

임금은 즉시 승지를 불러 대신들을 소집해 이를 논의하라 지시했다.
"행장에게 속을 염려가 있소."
"행장과 청정은 원래 원수지간이오. 그럴 만하오."
"행장은 믿을 만한 사람입니다. 좋은 기회를 놓쳐서는 안 됩니다."
　대신들 회의에서 결론을 내지 못하자 임금은 비변사에 의견을 물었
다. 비변사에서 건의했다.

신들도 행장에게 기만을 당할까 의심하였는데, 황신이, 실정은 사실일 수도 있다 했습니다. 평소 청정과 행장이 불화했고, 이번 화의가 깨진 것도 청정 때문이라고, 행장은 그를 원수처럼 알고 있다 했습니다. 그 말이 한편으로는 믿을 만도 하므로, 기회를 잃어서는 안 된다고 여기게 되었습니다.

그러나 수군도 살피고 또 살피어 뜻밖의 변에 대비해야 한다는 뜻도 일러주시기 바랍니다. 전하의 지시를 김응서에게도 내려 형세를 보아가며 처리하도록 하는 것이 무방하겠습니다.

결국 조정은 경상도제영 위무사(慶尙道諸營慰撫使)라는 직함을 주어 황신을 부산의 행장에게 보내기로 했다. 비변사는 그러나 요시라의 말을 곧이곧대로 믿지 말고 형세를 먼저 살피라 황신에게 일렀다.

조선군에서는 부산 방면을 감시 방어하기 위하여 4도 도체찰사인 우의정 이원익과 경상좌병사 권응수(權應銖)가 경주에 주둔하고 있었고, 도원수 권율과 경상우병사 김응서가 의령에 주둔하고 있었다. 그러므로 자연히 김응서는 무슨 일이든 권율에게 보고하고 상의했다. 김응서는 이번 행장의 의도 또한 권율에게도 보고했다.

황신은 먼저 도체찰사 이원익에게 가서 사실을 알리고 다음 도원수 권율에게 갈 판이었다. 그즈음인 1월 11일, 요시라가 또 김응서를 찾아와 행장의 뜻을 전했다.

"지난 4일 청정이 군사 7천 명을 이끌고 대마도에 도착했습니다. 바람만 좋으면 곧 바다를 건너올 것입니다. 일전에 약속한 일은 준비가 되었는지요? 요즘 바람이 좋아서 바다를 건너기가 쉬울 것입니다. 빨리 조선수군을 출동시켜 거제도에서 대기토록 하면 청정이 건널 때 만날 수 있습니다. 동풍이 높이 불면 거제도로 향할 수밖에 없으니 격살하기가 아주 쉬울 것입니다."

요시라가 간 다음날 김응서는 권율을 찾아갔다. 그러나 권율은 이미 한산도로 떠나고 없었다. 요시라가 김응서를 찾아온 날 도원수에게는 조정으로부터 급사가 달려왔다. 임금의 뜻이었다.

애초 김응서의 비밀장계가 올라왔을 때부터, 임금은 청정을 때려잡을 수 있는 절호의 기회가 왔다는 것과 이순신이 나가면 반드시 이길 수 있다는 확신에 들떠 몹시 흥분하고 있었다.

"시기를 놓쳐선 안 된다. 도원수는 한산도에 가서 수군을 독촉하라."

권율은 직접 말을 달려 한산도에 가서 이순신을 만났다.

권율도 김응서 못지않게 행장을 신뢰했다. 권율은 김응서에게 시켜 행장에게 두루미 한 마리와 매 한 마리를 보내라 해서, 김응서의 병사 송충인(宋忠仁)이 지난 1월 6일 이를 가지고 행장의 군영에 들어갔는데, 아직 돌아오지 않았다.

1월 12일 밤, 권율과 이순신은 단둘이 대좌했다. 권율은 요시라가 김응서에게 전한 행장의 의도를 설명해 주었다.

"곧 청정이 바다를 건너올 것이오. 그러니 수군이 출동을 해야 잡을 수 있지 않겠소?"

"……."

이순신은 가슴속에서 불길이 솟아오름을 느끼며 스스로 억제하노라 말을 참았다. 딴 사람 같으면 모르겠거니와 권율 정도 되는 인물이 적장의 제보에 따라 움직인다는 생각에 이순신은 실망감과 함께 울화가 치밀었다.

"이것은 내 자의로 하는 말이 아니라 조정의 뜻이오."

이순신은 권율이 각성할 수 있도록 날카로운 한마디쯤 해주고 싶었지만 참았다. 그것은 재작년 어느 날 이후 그가 존경할 만한 인품과 자질을 갖춘 인물이 아니라고 판단했기 때문이었다.

> 아침에 권율 도원수의 계본(啓本: 임금에게 상주하는 글)과 기(奇) 씨, 이(李) 씨 등 두 사람의 공초(供招: 범죄사실의 진술) 초안을 보니 도원수가 근거 없이 망령되게 고한 일들이 매우 많았다. 실수에 대한 문책이 반드시 있을 것이다. 이와 같은데도 도원수의 지위에 그냥 둘 수 있는 것인지 참으로 괴이하다.

이순신은 그해 4월 30일 《난중일기》에 이렇게 기록했었다. 이후 권율은 매우 신중하게 상대해야 할 사람이라고 이순신은 여기고 있었다.

이순신은 조심스럽게 천천히 그러나 분명하게 대답했다.

"이 일은 해서는 안 됩니다."

권율은 놀랐다. 조정의 뜻이요 직속상관인 자기의 지시인데 한마디로 거절하다니 이럴 수도 있는가?

권율의 표정이 굳어졌다.

"어째서 그렇소?"

"적장의 지시대로 군대를 출동시킨다는 것은, 고금의 병법에는 없는 일입니다."

권율은 다시 행장의 인간성을 설명하고 김응서가 행장을 신뢰하는 내력도 설명해 주었다.

1594년 11월 김응서는 행장의 간청으로 함안(咸安)의 곡현(谷峴)이란 곳에서 행장을 만난 적이 있었다. 서로 이야기를 주고받는 동안 행장의 화평 노력이 속임수가 아니고 진정이라는 것을 알게 되었다. 행장 또한 김응서의 태도와 인품에 깊은 감명을 받았다.

행장은 그때 임란 초 동래에서 전사한 부사 송상현의 거룩한 최후의 모습을 들려주었고, 그를 동래에 가매장한 사실과 대마도로 끌려간 부인 이 씨와 어린 아들이 거기 살아 있다는 사실도 전해 주었다.

김응서는 송 부사의 시신과 처자의 송환을 부탁했고, 그 뒤 행장의 노력으로 시신은 고향 청주로 돌아갔고, 처자도 조선으로 돌아올 수 있었다.

"아무리 그래도 적장의 제의에 따라 행동한다는 것은 있을 수 없는 일입니다."

이순신은 요지부동이었다.

권율은 하는 수 없었다. 이야기를 돌렸다.

"청정의 일은 그만두더라도 부산은 그대로 둘 수가 없지 않겠소? 그대로 두고서는 왜적 대군의 상륙을 막을 길이 없소."

"병법으로 말하면 지금의 부산은 사지(死地)입니다."

이순신의 논리는 명쾌했다. 이순신은 부산이 왜 사지인지 설명했다.

이순신은 부산의 중요성을 누구보다도 잘 알았다. 왜군이 조선에 상륙하기 이전이었다면 그리고 임란 바로 직전이었다 해도 부산은 충분히 지킬 수 있는 곳이었고 왜군은 상륙하기 어려운 곳이었다. 그러나 지금은 가덕도, 절영도를 위시해서 낙동강 인근이 전부 왜군 점령하에 있었다. 조선수군이 일단 그 안에 들어가면 9할은 자멸할 수밖에 없는 것으로 보아야 했다.

임진년 9월 이순신은 부산을 공격했었다. 거제도에서 부산에 이르는 바다 연안은 모두 적의 점령지였기에, 폭풍을 만나고도, 격군이 지쳐 쓰러져가도, 어느 한 곳 배를 댈 곳이 없었다. 바다에 정박해 쉴 수도 없었다. 그런 곳이기에 불가피한 희생을 치르면서라도 빠져나온 것이 천행이었다.

이순신은 웅천에 중간기지라도 건설하고 싶었다. 그래서 웅천을 쳤다. 다음 해 2월 10일부터 약 한 달 동안 무려 다섯 차례나 웅천을 쳤지만 성공하지 못했다. 육상의 적이 웅천 깊숙이 들어가 숨고서 나오지 않는 데야 해볼 도리가 없었다.

"여기 한산도에 진을 치고 있으면 적의 목을 9할은 조이고 있는 것이고, 이것이 지금 조선수군이 할 수 있는 최선의 방책입니다."

"가정해서 말입니다. 조선수군을 총동원해서 부산을 치면 어찌되겠소?"

"조선수군이 온전히 전멸하는 계기가 될 것입니다. 왜(倭) 수군은 나올 것도 없습니다. 해안가에서 그리고 물목 좁은 곳을 지키는 언덕에서 왜 육군이 배를 대지 못하게, 또 배가 지나가지 못하게만 하면, 조선수군은 내버려 두어도 바다 가운데를 떠돌다 모조리 죽고 말 테니까요."

"그래도 조정에서 기어이 나가 부산을 치라 하면 어찌할 것이오?"

"그야 당연히 나가야지요. 그러나 다 죽으러 가는 것이지요. 그런 일이 있어서야 되겠습니까? 전장의 일은 그래서 그곳 장수의 판단에 맡겨야 함을 도원수께서도 잘 알지 않습니까?"

"그렇긴 하오만 지금 당장 나가라 하면 어찌할 것이오?"

"잘 아시다시피 10월초부터 1월말까지는, 보강하고 대비하는 기간입니다. 격군들 대부분이 집에 돌아가 가사를 돌보고 있지요. 아무리 급해도 격군들이 돌아와야 움직일 수 있으니까, 그들이 올 때까지 적어도 7, 8일은 기다렸다 나갈 수밖에 없지요."

이순신의 너무나 정연하고 당연한 논리에 권율은 더는 뭐라 대꾸하지 못했다.

권율은 다음날 1월 13일 의령으로 돌아왔다. 김응서와 황신이 기다리고 있었다. 김응서와 황신은 자신들이 온 사유를 설명했다.

권율은 김응서에게 일렀다.

"수군은 출동할 수가 없겠소. 격군이 없다고 하오. 행장에게 그렇게 전하시오."

그리고 황신에게 일렀다.

"위무사도 부산까지 가지 않아도 되겠소만 … 알아서 하시오."

김응서가 표정이 굳어지며 화난 목소리로 말했다.

"대감, 한 사람 때문에 나랏일을 망칠 수는 없습니다. 지금 당장이라도 이순신에게 영을 내리셔야 합니다. 격군이 없으면 돛을 달고 나오면 되지 않겠습니까?"

수군에 대해서 무식하기는, 조정에 앉아 있는 임금이나 대신들이나 일선에 나와 있는 병마절도사 김응서나 매 한 가지였다.

"허어, 싸우러 나가는 수군이 격군 없이 돛만 달고 나가 싸울 수가 있겠소?"

그 정도라도 짐작하는 권율이 김응서보다는 좀 나은 편인지는 두고 볼 일이었다.

김응서가 이순신은 돛을 달고서라도 나와야 하지 않겠느냐고 핏대를 올리던 그날 1월 13일, 청정은 이미 바다를 건너 조선땅에 당도하고 있었다. 행장도 이미 알고 있었다.

이것은 이순신을 잡기 위한 그들의 사전 포석이었다. 임금이나 조정이 매우 침착하고 현명하게 판단치 못한다면, 이순신은 반드시 항명(抗命)이라는 무서운 올가미에 걸리기 때문이었다.

"바다로 나가서 청정을 잡아라."

조정에서 도원수를 통해서 명령을 내렸는데, "나갈 수 없소"라고 이순신이 거절했고, 이러는 사이에 청정은 보란 듯이 바다를 건너 상륙했으니, 임금과 조정은 물론이고 또한 뭣도 모르고 나서기 좋아하는 사람들은 화가 치밀 일이었다.

이순신이 명령을 받고 즉시 바다로 출동하든 않든, 청정으로 하여금 바다에서 결코 이순신과 부딪치지 않고 상륙할 수 있도록 시기를 조절하는 것, 그것도 바로 적들의 사전 포석이었다.

그러나 적들의 이런 비책(秘策)을 모르는 사람들은 핏대를 세우며 아우성치기 시작했다.

"이순신을 죽여야 합니다!"

꼭두각시놀음

권율이 이순신에게 거절당하고 떠난 뒤 조정에는 연달아 장계가 올라왔다. 이원익의 장계가 올라왔다.

기장 현감 이정견(李廷堅)의 급보에 청정은 이달 13일 다대포에 도착한바 선발대의 배만도 200여 척이라 합니다.

전라병사 원균의 장계도 올라왔다.

임란 초에 육상의 적은 짧은 기간에 평양까지 쳐들어갔습니다. 그러나 바다의 적은 해를 넘겨도 패전만 거듭하다 남해에도 들어오지 못했습니다. 조선군의 위력은 오로지 수군에 있습니다. 신의 어리석은 생각을 말씀드리겠습니다. 수백 척의 함대로 영등포 앞바다를 지나 가덕도 후방에 은밀히 포진하는 것입니다. 그리고서는 가벼운 배들을 내보내 삼삼오오로 절영도 밖에서 시위하고, 100여 척 혹은 200

여 척의 배로 큰 바다에서 위엄을 보이면 청정은 원래 조선수군을 겁
내는 터이니 반드시 군을 거두어 돌아갈 것입니다.

엎드려 바라옵건대 조정에서는 수군으로 바다에서 맞아 싸워 적으
로 하여금 육지에 오르지 못하게 하시면 걱정이 없을 것입니다. 이것
은 신이 쉽게 말씀드리는 것이 아닙니다. 신이 전에 바다를 지킨 경
험이 있어 이 일을 익히 알고 있습니다. 감히 침묵을 지키고 있을 수
만은 없어 우러러 조정에 알리는 바입니다.

수군과 바다를 아는 사람에게 이것은 공연히 헛고생만 하다가 자멸
해 망하는 졸렬하기 짝이 없는 계책이었다. 원균은 조선수군으로서 수
군답게 싸워본 적이 단 한 번도 없는 사이비 장군이었다.

그러나 수군과 바다에 대해 무지한 조정 지도부는 이것을 매우 좋은
계책이라고 여겼다. 특히 임금은 원균의 계책을 왜군 상륙을 막는 최
선책이라고 여겨 마음이 흐뭇했다.

원균 자신은 어떤 확신이 있어서 이렇게 주장한 것이 아니었다. 이
것은 오로지 자신 개인의 앞날을 위한 사전 포석이었다.

황신의 장계가 곧이어 올라왔다.

이달 12일 청정 관할의 일본배 150여 척이 일시에 바다를 건너 서생
포에 도착 정박했습니다. 13일에는 청정 직할 배 130여 척이 우천을
무릅쓰고 바다를 건너왔는데 바람이 불순하여 가덕도에 닿았고, 14
일에 다대포로 옮겼는데 곧 서생포로 간다 합니다.

청정은 이순신이 없는 바다를 건너야 좋기 때문에 악천후를 무릅쓰
고 건너온 것일 수도 있었다.

다음에는 김응서의 장계가 올라왔다.

　권율 도원수가 행장에게 두루미 한 마리와 매 한 마리를 보내라 해서
이달 6일 신의 전사 송충인이 이를 가지고 갔다가 17일 돌아와 다음
과 같이 고했습니다.
　이달 12일 바람이 아주 좋아 청정 관할의 배 150여 척이 바다를 건
너 서생포로 들어왔습니다. 청정 자신은 13일 130여 척을 거느리고
건너오다 동북풍이 불어 배들을 걷잡을 수 없게 되자 거제도 방향으
로 오다가 가덕도에 멈췄습니다. 14일에 다대포로 향하여 진영을 차
릴 기지를 살폈다고 합니다. 우리나라 수군은 미처 정비를 하지 못하
여 이 적을 맞아 싸우지 못했습니다. 바람이 고르지 못했던 것은 진
실로 하늘이 도운 것인데 사람이 할 일을 다하지 않고 가만히 앉아서
기회를 놓쳤으니 분하기 이를 데 없습니다.
　행장이 또한 깊이 통탄하여 말했습니다. '너희 나라가 하는 일은
늘 이 모양이다. 이제 후회한들 무슨 소용이 있겠느냐? 청정이 이미
바다를 건너왔으니 내가 앞서 한 말이 새어나가 그의 귀에 들어갈까
무섭다.'
　행장은 또 송충인에게 차후에도 일이 있으면 네가 오는 게 좋겠다
고 말했다 합니다. 그러므로 곧 다시 보내 그들의 정보를 알아 가지고
조정에 아뢸까 합니다. 대개 우리나라 일은 이처럼 더디고 느리니 일
이 될 리가 만무합니다. 오직 스스로 걱정되고 울적할 뿐입니다.

　행장이 송충인을 늦게 보낸 것은, 청정이 언제 어떻게 상륙했는지,
그것을 확인시키고 보내기 위함이었다. 이순신이 움직이지 않아 청정
이 무사히 바다를 건너왔다는 것을, 조선이 알 수 있도록 조치한 것이
었다.

이어서 권율의 장계가 오고 이원익의 장계가 또 왔다. 비슷한 내용이었다. 연일 장계가 올라오자 모두가 이순신 때문이라고 조정도 술렁거리고 덩달아 장안도 술렁거렸다. 전에 현감을 지낸 박성(朴惺) 같은 사람은 피가 거꾸로 솟는 모양이었다. 극언의 상소를 올렸다.

여러 말 필요 없습니다. 이순신 같은 자는 죽이지 않을 수 없습니다.

이런 판국에 이순신에 관한 또 하나 묘한 장계가 올라와 이순신의 앞길에 함정을 팠다.

부산에서 달아난 명 사신 이종성의 접반사로 경주에 와 있던 김수의 종사관 이조좌랑(吏曹佐郞) 김신국(金藎國)의 장계였다

얼마 전 부산에 있는 적의 소굴을 불사른 경위에 대하여 통제사 이순신이 이미 장계를 올렸다고 합니다.

그런데 도체찰사 이원익이 데리고 있는 군관 정희현(鄭希玄)은 전에 조방장으로 밀양 등지에 있었는데 적들 속을 드나드는 사람들은 대개 정희현의 심복들이었습니다. 적의 병영에 몰래 불을 놓은 것은 전적으로 이원익이 정희현을 시켜서 한 일입니다. 정희현의 심복인 부산 수군 허수석(許守石)은 적들 속으로 허물없이 드나들었는데, 허수석의 아우가 당시 부산 군영의 성 밑에 살고 있어서 일이 잘될 수 있었습니다. 정희현이 밀양에 가서 허수석과 몰래 의논하고 기일을 약속하여 부산으로 보냈습니다. 정희현이 돌아와 이원익에게 보고하고 손꼽아 기다렸는데 허수석이 부산 군영으로부터 급히 돌아와 불사른 경위를 보고하였습니다. 그리하여 이원익도 허수석이 한 일이라는 것을 명백히 알게 되었습니다.

저 이순신의 군관은 부사(박홍장)의 짐을 운반하는 일로 부산에 갔다가 마침 불이 일어난 날을 맞게 되니, 돌아가 이순신에게 자기 공로라고 보고했습니다. 이순신은 그간의 사정을 모르고 장계를 올린 것입니다. 허수석은 벼슬로 표창해 주기를 바랐지만, 이원익은 또 허수석에 의지하여 다시 도모할 일이 있었으므로 벼슬로 표창하면 일이 누설될 염려가 있어서, 이런 뜻으로 타이르고 은을 후하게 주어 보냈습니다.

그런데 조정에서 내막을 모르고 이순신이 보고한 사람들을 벼슬로 표창한다면, 허수석이 틀림없이 질투심을 가질 것입니다. 또한 적들에게 알려져 적들의 방비가 더욱 엄하게 되면, 기도하던 일을 할 수 없게 되는지도 모른다고, 이원익이 염려하며 신에게 부탁하여 신이 보고하는 것입니다.

이순신이 부산의 적 군영을 불 지른 일에 대하여 올린 장계는 다른 장계와는 달리 사건 발생 후 이례적으로 늦게 올린 장계였다.

그것은 말만 듣고 올린 장계내용이 사실과 달라 후에 난처하게 된 일이 있었기 때문에, 이번에는 신중하게 사실을 확인하느라 늦게 올린 장계였다. 이번에는 이순신이 사실여부를 확실히 확인한 후에 장계를 올렸다. 그러므로 이순신의 장계는 의심의 여지가 없는 것이었다.

김신국은 부산 왜영(倭營)의 방화사건 당시에는 부산이나 경주에는 없었다. 후에 정희현으로부터 그런 이야기를 듣고 자기도 공로를 세우기 위해서 자기가 이원익으로부터 듣기도 하고 이원익이 시키기도 해서 올린 것처럼 장계 내용을 꾸며서 쓴 것이었다.

정희현이 허수석을 시켜 부산 왜영에 불을 지른 것은 사실이었다.

허수석이 부산 왜영에 불을 지르려고 다가갔을 때는 벌써 누군가 불을 붙였는지 아니면 사고로 불이 났는지 왜영은 이미 불이 붙어 서북쪽에서부터 맹렬하게 타오르고 있었다. 허수석도 어느 한 곳에 불을 질러 방화를 돕고 나왔다. 그리고 보고할 때는 '자기가 갔을 때는 이미 불이 붙어 타고 있었다'는 사실은 빼고 보고한 것이었다.

이원익 또한 사전에 들은 일이 있었으므로 보고를 받고 의심하지도 않았다.

이원익이나 이순신이나 남의 공로를 가로채려고 거짓을 행할 그런 위인은 아니었다. 이순신도 이원익의 인품을 흠모했고, 이원익 또한 누구보다도 이순신의 인품을 잘 알고 존경했다.

비록 사사로운 저의가 포함된 김신국의 장계였지만, 장계 내용 자체로 본다면 전후 사정이 분명하고 누구도 탓할 수가 없는 것이었다.

그러나 이순신이 '죽일 놈'이 되자, 머리가 잘 돌아가는 조정신료들은 이순신의 이 장계를 그냥 놓아두지 않았다.

이순신은 조정을 속이고 남의 공로를 가로채 자기 것으로 만드는 아주 사악한 인간입니다.

간신들로서는 임금의 환심을 사는 일은 언제고 결코 기회를 잃어서는 안되는 일이었다.

오래전부터 이순신을 시기하던 임금은 이순신이 말썽의 도마 위에 오른 새해부터는 원기가 고조되어 어전회의를 자주 소집했다. 1월 27일 또다시 어전회의를 소집했다.

윤두수(尹斗壽: 판중추부사) "지난번 비변사에서 이순신의 죄상을 이미 논의하여 올렸으므로 전하께서도 이미 통촉하고 계시며 이번 일 (청정을 잡기 위해 행장이 꾸민 일을 이순신이 반대하여 성공하지 못한 사안)에 대해서는 온 나라의 인심이 모두 분노하고 있습니다. 우리는 소서행장(적군의 대장)이 가르쳐 준 계책도 해내지 못했습니다. 일이 있을 때마다 장수를 바꾸면 곤란하지만 이순신은 교체해야 합니다."

정락(鄭琢: 지중추부사) "참으로 죄는 있습니다만 전쟁이 다시 시작되려는 위급한 이때에 장수를 바꿔서는 안 됩니다."

임금 "이순신의 사람됨을 나는 잘 모르오. 약간 재간은 있는 듯한데, 임진년 이후로는 싸우지 않았소. 이번 일도 하늘이 준 기회를 잃고 말았소. 상부의 명을 어긴 자(항명한 자)를 어찌 매번 용서할 수 있겠소? 이번에 원균으로 바꾸는 것이 좋겠소. 중국장수들이 이 제독(이여송) 이하 모두 조정을 기만하지 않는 자가 없더니, 우리나라 사람들도 그걸 본받는 자가 많소. 부산의 왜영을 불태운 일도 김난서와 안위가 짜고 한 일이라 하여 마치 자기가 계책을 세워 시행한 것처럼 말했으니, 매우 마땅찮소. 이런 사람은 가등청정의 머리를 들고 온다 해도(임금과 조정을 기만한 자이므로) 용서할 수 없소."

유성룡(柳成龍: 영의정) "신의 집이 이순신과 같은 동네에 있었기 때문에 그의 사람됨을 어릴 때부터 잘 알고 있습니다."

임금 "서울사람이오?"

유성룡 "성종대왕 때 벼슬한 이거(李琚)의 자손입니다. 애초에 순신이 직무를 감당할 만하다고 여겨서 신이 그를 천거했습니다."

286

임금 "글은 잘하오?"(선조는 일찍이 이순신의 장계에 감탄했다. 선조는 그런 사실을 잊을 만큼 그렇게 기억력이 흐리지도 않았다)

유성룡 "글도 잘하는 편입니다. 굽히기를 좋아하지 않는 성품이기에 모처 수령으로 있을 때 신이 수사(水使)로 천거했습니다. 임진년 신이 차령(車嶺) 여행중에 이순신이 정헌대부(正憲大夫: 정 2품)가 되고 원균이 가선대부(嘉善大夫: 종 2품)가 되었다는 말을 듣고, 작위와 포상이 지나치다고 여겼습니다. 무장이 쉬이 뜻을 이루면 교만해져서 못쓰게 되지 않을까 걱정했습니다."(유성룡은 순신을 미워하는 임금의 반감을 누그러뜨리기 위하여 임금의 의중을 살펴가며 조심스럽게 순신을 헐뜯었다)

선조 "그때 원균도 그의 아우 원전(元埏)을 보내 승전 보고를 올렸기에 그런 상이 있었을 것이오."

유성룡 "거제에 들어가 지켰다면 김해와 영등포의 적들이 두려워했을 것인데, 오랫동안 한산도에 머물면서 하는 일이 없었고, 이번에 또 바다에 나가 청정을 요격하지 않았으니 어찌 죄가 없겠습니까? 다만 교체하는 사이에 형세가 어려워질까 염려해서 전일 그렇게 아뢴 것입니다. 비변사가 어찌 이순신 하나를 비호하겠습니까?"

선조 "이순신은 조금도 용서할 수 없소. 무신이 조정을 가볍게 여기는 습성은 다스려야 하오."

이정형(李廷馨: 이조참판) "이순신이 '거제도에 들어가 지키면 좋은 줄은 알고 있다. 그러나 한산도는 선박을 감출 수 있고 적들이 물길의 천심(淺深)을 알 수 없는 반면, 거제도는 비록 넓기는 하나 배를 감출 곳이 없고 건너편 안골포의 적과 서로 대치하게 되기 때문에 들어가 지키는 것은 어렵다'고 하였는데 그 말이 합당한 듯합니다."

선조 "경의 생각은 어떻소?"

이정형 "신도 자세히는 알 수 없습니다. 그 사람의 말이 그렇다는 뜻입니다. 원균은 사변이 일어난 처음부터 강개하여 공은 세웠는데 사졸을 돌보지 않아 민심을 잃었습니다."

선조 "성질이 그처럼 포악하오?"

이정형 "경상도가 다 결딴난 것은 원균 탓입니다."

김수(金睟: 호조판서) "원균은 늘 이순신이 자기 공을 빼앗았다고 신에게 말했습니다."

이덕열(李德悅: 좌승지) "이순신이 원균의 공을 빼앗아 권준의 공으로 삼으면서 원균과 의논도 하지 않고 먼저 장계를 올렸습니다. 그때 왜선 안에 있던 어떤 여인으로부터 정보를 알아내고 급히 장계를 올렸다고 합니다."

김수 "부산의 적진을 태운 일은 이순신이 안위와 은밀히 약속한 것인데 다른 사람이 먼저 해버렸습니다. 순신은 이것을 자기의 공으로 삼은 것입니다."

이정형 "변방의 일은 멀리서 헤아릴 수 없으니 서서히 처리해야 합니다."

김수 "이것이 사실이라면 용서할 수 없습니다."

유성룡 "그 사람의 죄가 그렇기는 하나 지금부터 잘하도록 독려해야 합니다."

윤두수 "이순신과 원균 모두 통제사로 삼아 서로 협조토록 해야 합니다."(원균의 부인이 윤두수의 친족이었다)

선조 "두 사람을 다 같이 통제사로 삼는다면 이걸 조정하는 책임자가 있어야 할 것이오. 원균이 앞장서 싸우러 나갔는데 이순신이 물러나 돕지 않는다면 일이 어렵게 될 것이오."

김응남(金應南: 좌의정) "그렇게 한다면 이순신을 중죄에 처해야 합니다."

선조 "이순신은 통제사로서 함대를 언제나 정비해 놓고 있는 줄 알았는데, 정비가 되지 않아 청정을 잡으러 나가지 못했다는 것은 무슨 말이오?"

유성룡 "겨울에는 격군을 집에 돌려보낸다 합니다."

김수 "10월이 되면 격군을 돌려보내는 것은 이미 정해진 규정입니다."

선조 "수군을 갈라 원균이 통솔하도록 하는 것을 병조판서는 어떻게 생각하오?"

이덕형(李德馨: 병조판서) "그 사람도 하고자 하는 의욕이 있으니 가한 듯합니다."

이날 회의를 거치면서 선조는 원균을 수군으로 돌려보낼 결심을 굳혔다.

다음날 1월 28일, 선조는 승지 유영순(柳永詢)을 시켜 새 직책에 임명한다는 유서(諭書)를 원균에게 은밀히 전달하게 했다.

> 우리가 믿고 의지하는 것은 오직 수군뿐인데 통제사 이순신은 나라의 중대한 임무를 맡고 있으면서도 속임수만 쓰고 또 적을 내버려 두어 가등청정으로 하여금 안심하고 바다를 건너오게 하였다. 후에 마땅히 잡아다 국문하고 결코 용서치 않겠지만 당장은 적과 대치하고 있기 때문에 그에게도 우선 공로를 세우도록 하였다.
>
> 나는 본래 경의 충성과 용기를 알고 있기에 이제 경을 경상우도 수군절도사 겸 경상도 통제사로 임명하는 것이니 경은 나라를 위해 한층 더 분발하여 힘쓰고 우선은 이순신과 합심하여 지난날의 감정을 모두 풀도록 하라. 그리고 왜적을 모조리 무찌르고 나라를 구함으로써 이름을 청사(靑史)에 남기고 공훈을 종묘 제기에 기록하여 영구 보존케 하라. 경은 삼가 받들도록 하라.

이 인사발령은 시행되지 않았다. 그러나 이순신을 잡아오고 원균을 통제사로 삼겠다는 임금의 마음은 드러난 셈이었다.

선조의 속내를 간파한 유성룡은 속이 타들어 갔다. 그러나 뾰족한 수가 없었다. 우선 임금에게 간절히 아뢰었다.

지금의 사태는 사실 긴박합니다. 통제사 이순신이 아니고서는 아무도 할 수 없습니다. 이런 때 이순신을 바꾸면 한산도를 지켜내지 못합니다. 한산도를 지켜내지 못하면 호남을 보전할 수가 없습니다. 호남이 보전되지 않으면 서울이 다시 위험해집니다.

그러나 선조는 일고(一考)의 기미도 보이지 않았다. 선조는 유성룡에게 경기도를 순찰하고 오라 명령했다. 유성룡을 내보내고 이순신을 잡아들일 작정이었다.

임금의 결심이 이렇게 돌아가는 한 역사상 전례로 보아 망하지 않는 신하가 없었다. 출세의 지름길인 임금의 환심, 그것을 살 절호의 기회를 결코 놓칠 수 없는 영리한 사헌부 관원들이 다음날 임금에게 주청했다.

통제사 이순신은 나라의 막대한 은혜를 입어 서차를 뛰어넘어 한껏 높은 자리에 올랐음에도 불구하고, 힘을 다하여 은혜에 보답할 생각은 하지 않고 있습니다. 바다 가운데서 군사를 끼고 앉아 이미 다섯 해나 지내고 보니, 군사들은 늙어 약해지고 일은 망쳐지고 있습니다. 방비할 여러 가지 일에 대하여는 전혀 손 한 번 대지 않고, 그저 남의 공로나 가로채려고 기만하는 장계를 올렸습니다. 그리하여 결국 적의 배들이 바다를 덮으면서 밀려오는데도 길목을 지켰다가 적의 선봉을 막아냈다는 말은 들어보지 못했습니다. 뒤에 떠난 적선들도 곧바로 나와서 제멋대로 돌아다니도록 내버려둔 채, 아무런 손도 쓰지 않았습니다.

적들을 내버려 둔 채 치지 않아, 나라의 은혜를 저버린 죄가 큽니다. 붙잡아다 신문하고 법대로 죄주기를 바랍니다.

바다와 수군에 대해 뭘 알지도 못하는 관원들이 이순신을 죽일 놈으로 만들기 위해서 전혀 당치 않은 일을 적당히 얽고 꾸며서 탄핵한 것이었다.

임금은 이를 비변사에 넘겼다.

"의논해 보라."

비변사 관원들도 임금의 환심을 사는 데에는 뒤질 수가 없었다. 유성룡도 없었다.

"마땅히 붙잡아 와야 합니다."

이제 임금은 더 망설일 이유가 없었다. 임금은 마침내 우부승지 김홍미(金弘微)에게 명령을 내렸다.

"선전관에게 표신(標信)과 밀부(密符 : 병부)를 내주고, 즉시 이순신을 잡아오도록 하라. 원균을 3도 수군통제사로 삼으니 먼저 그와 교대한 뒤 잡아오도록 하라. 이순신이 만약 적과 대치하여 싸우는 중이라면 잡아오기 불편할 터이니, 싸움을 끝내고 쉬는 틈에 잡아 오도록 일러 보내라."

2월 7일, 금부도사 이결(李潔)이 선전관과 함께 남으로 달렸다.

이순신은 권율이 돌아간 뒤 조정에서 생각하는 것과는 정반대로 적들을 그냥 놓아둘 수는 없다고 판단했다. 대군이 건너오기 전 가능한 한 빨리 부산 앞바다를 한바탕 휘젓고 돌아올 준비를 하고 있었다.

이번의 부산 출동은 가능하면 청정을 끌어내 격살하는 것이고, 아니면 그 휘하 병사들이 연안 지역에서 여전히 저지르는 살인, 겁탈, 강도, 방화 같은 악행을 징벌하고, 조선수군의 위력을 과시하는 것이었다. 이는 물론 조정의 뜻을 따르는 조처도 되었다.

그는 1월이 가면서 격군의 조속 복귀를 독려하고 전 함대에 출동 대기를 명령했다.

2월 2일, 한산도를 출발한 함대는 천천히 이동했다. 겨울 동안 하지 못했던 기동훈련을 하는 한편 적정을 파악하면서 천천히 나아가 7일 장문포(長門浦: 거제시 장목면)에 이르렀다.

좋은 날씨를 기다려 2월 10일 장문포를 떠났다. 63척의 이번 함대에는 경상우병사 김응서가 합류하고 있었다.

미시(오후 2시)경 부산 앞바다에 도착해 정박하고 위력을 과시했다. 왜적들은 분주히 서둘더니 해안에 300여 명의 병사를 배치해 방어태세를 갖추었다. 해질 무렵이 되어 함대가 이동해 절영도에 정박하자 왜군들도 진중으로 들어갔다.

밤중에 요시라가 배를 타고 찾아와 김응서에게 행장의 말을 전했다.

"함대가 4, 5일 더 머물면서 서생포 앞바다에 나와 기다리면, 우리가 일을 꾸며 청정이 바다로 나가도록 할 테니, 그때 그를 치도록 하시오."

이순신은 김응서에게 날씨와 서생포 바다의 사나운 물결과 함대의 형편 등을 설명해 주었다. 4, 5일 더 머물다가는 오히려 적에게 잡혀 죽을 수도 있다는 사실을 일깨워주었다. 하루를 더 머문 다음 12일 가덕도의 동쪽으로 이동해 머물렀다.

섬에서 몰래 함대를 지켜보던 왜병들이 나무하러 섬에 오른 조선 소년 병사 1명을 죽이고 격군 5명을 사로잡아 사라졌다. 이순신은 즉시 가덕도의 왜성에 함대의 대포로 맹공을 퍼부었고, 김응서도 부하들을 상륙시켜 또한 맹공을 가하게 했다.

적들은 수십 명이 순식간에 즉사했고 숲속으로 숨기 바빴다. 적들은 다음날 요시라를 보내서 애걸했다.

"잡아간 격군 5명을 돌려줄 테니 제발 포격을 그쳐 주시오."

이순신은 격군 5명을 돌려받고 출발해 2월 15일 한산도로 돌아왔다.

한편 이결과 선전관 일행은 죽령을 넘어 경주로 달렸다.

"원균을 새 통제사로 삼고 이순신을 잡으러 가는 중이오."

이결의 말에 도체찰사 이원익은 깜짝 놀랐다.

"허어, 큰일이 났군. 잠시만 기다리시오."

이원익은 이결 일행을 거기 머물게 하고 서울로 사람을 급파해 임금께 글을 올렸다.

간곡히 아룁니다. 왜적이 두려워하는 것은 오로지 이순신입니다. 하오니 이순신을 잡으셔도 아니 되고, 원균을 보내셔도 아니 됩니다.

그러나 임금은 냉담했다.

조정에서 하는 일이니 도체찰사는 나서지 마시오.

하는 수 없었다.

이결 일행은 의령에서 도원수 권율에게 사실을 전하고 전라병사 원균이 있는 장흥(長興)으로 달렸다.

"바로 부임하여 교대하라 하셨습니다. 저희들과 함께 떠나셔야 합니다."

원균은 귀밑까지 찢어진 입을 다물 수가 없었다.

‘허어, 내가 올린 장계의 효험이 이렇게도 빨리 나타나다니 ….’

원균은 한산도로 떠나기 전에 동암처사(東嚴處士)로 명망이 높은 동암공(東嚴公) 안중홍(安重洪)을 찾아 인사를 드렸다. 동암공의 부인이 원균의 친족이었다.

“통제사가 되었다니 가문의 영광이오. 부임을 축하하오.”

“내가 이 직함을 영화롭게 여기는 것이 아니라, 오직 이순신에 대한 치욕을 씻게 된 것이 통쾌할 따름입니다.”

원균의 대답은 너무나 뜻밖이었다.

“영감이 능히 성심을 다해 적을 무찔러서 그 공로가 이순신보다 뛰어나야만 치욕을 씻을 수 있는 것이 아니겠소? 그저 이순신의 직함을 대신 하는 것만으로 통쾌하게 여긴다고 해서야 어찌 부끄러움을 씻었다고 할 수 있겠소?”

“내가 적과 만나 싸울 때에는 멀면 편전(片箭)을 쓸 것이고 가까우면 장전(長箭)을 쓸 것이고, 맞닥뜨릴 때에는 칼과 곤봉을 쓸 것인데 이기지 못할 것이 없소.”

“허어, 대장이 되어서 칼과 곤봉을 쓰게까지 되어서야 어디 말이 되겠소?”

동암공은 실소를 금할 길이 없었다. 원균이 떠난 뒤 동암공은 또한 깊이 탄식해 마지않았다.

“그 사람됨을 보니 큰일 하기는 글렀다. 조괄(趙括)과 기겁(騎劫)도 필시 이와 같지는 않았을 것이다. 수군의 일이 걱정되는구나.”

〔조괄은 중국 전국시대 조(趙)나라의 장군으로 명장 조사(趙奢)의 아들

이다. 책으로 익힌 병법만 믿고 만용을 부리다 장평전투(長平之戰)에서 진(秦)의 백기(白起)에게 패해 전사했다. 기겁은 악의(岳毅)를 몰아내고 대장이 된 중국 연(燕)나라의 장수. 제(濟)나라의 전단(田單)에 의해 참패를 당하고 숨졌다.〕

1597년 2월 26일, 아침나절 원균과 이결 일행이 함께 한산도에 도착했다.

"손님들이 오셨습니다. 서울에서도 오셨습니다."

이순신은 전부터 여러 소식통에 의해 조정의 소식을 듣고 있었다. 울적한 심사에 오랜만에 바다에 나가 홀로 낚시를 드리웠다. 바다에 나간 지 얼마 되지 않아 조카 이분(李芬)이 쪽배를 저어왔다.

"그래, 알겠다. 가 보자."

본영에 도착하니 병사들과 사람들이 운집해 웅성거리고 있었다. 그들을 헤치고 운주당으로 갔다.

운주당에는 금부도사와 선전관 일행, 원균 일행, 3도의 수사들이 모여 있었고 이미 인수인계 절차가 진행되는 중이었다. 이순신의 종사관 황정철(黃廷喆)과 원균의 휘하들이 장부를 대조하며 본영의 창고들을 점검하고 있었다.

이순신은 손님들과 인사하고 잠시 기다렸다.

점검이 다 끝났다는 기별이 오자 선전관이 앞으로 나섰다.

"윤음(綸音 : 어명)을 받자옵시오."

이순신은 조용히 꿇어앉았다.

"이순신은 조정을 속이고 임금을 업신여겼으니 무군지죄(無君之罪)

를 범했고, 멋대로 노는 적을 치지 않아 나라를 배반했으니 부국지죄(負國之罪)를 졌으며, 남의 공을 가로채고 남을 죄에 빠뜨리는 등 방자하기 짝이 없는 짓을 했으니 무기탄지죄(無忌憚之罪)를 저질렀도다. 이와 같이 많은 죄를 범했으니 마땅히 법에 따라 사형에 처할 것이며 용서가 없을 지니라."

금부도사 이결이 포승줄을 들고 다가섰다. 이순신에게 오라를 지울 작정이었다. 옆에 서 있던 전라우수사 이억기가 눈물을 흘리며 이결에게 손을 저었다.

그때 "이보시오!" 하고 63세의 늙은 장수 충청수사 최호(崔湖)가 소리를 버럭 질렀다. 그의 눈에서는 불똥이 튀고 있었다.

이결은 오라를 포기했다.

회자수(劊子手)들 춤추다

　　이순신은 스스로 앞장섰다. 천천히 선창으로 발길을 옮겼다. 금부도사, 선전관 일행이 뒤따라 걸었다. 그리고 본영의 장수들, 병사들, 백성들이 뒤따랐다. 아무도 말이 없는 가운데 여기저기서 끅끅거리는 흐느낌 소리가 들렸다.

　　이순신과 금부도사 일행이 승선하자 배는 곧 선창을 떠났다. 배가 멀어지면서 선창에 모인 사람들 사이에서는 통곡소리가 나오기 시작했다. 배가 점점 더 멀어짐에 따라 통곡소리는 점점 더 높아졌다.

　　이순신은 한산도를 뒤돌아보았다.

　　한산도에 들어온 지 3년 7개월, 오로지 구국의 일념으로 노심초사하며 불철주야 혼신을 다해왔다. 이제 한산도 본영은 병력도 장비도 군량도 조선 최고의 수준으로, 임란 이래 가장 강력한 전투력을 보유한 해군기지가 되어 있었다.

　　이순신은 한산도에서 군사들에게뿐만 아니라 백성들에게도 신(神)

이요 어버이였다. 이순신은 장병들로 하여금 운주당을 수시로 드나들게 했다. 운주당(運籌堂)은 당호가 시사하는 바와 같이 '좋은 방책을 강구하는 곳'이었다.

군영의 간부들이 모여 군의 경영과 작전을 논의하는 회의장이었다. 그러나 이순신은 말단 병사에게도 운주당을 개방하고 여러 가지 건의를 받아들였다. 그리고 아무리 사소한 건의라 할지라도 직접 보고받고 본영의 운영방침에 반영했으며 특히 장병들이 제대로 먹고 입을 수 있도록 세심히 살폈다.

시간이 나면 한산도와 인근 섬들에 사는 백성들을 돌아보고 그들을 격려하고 어린아이들의 머리를 쓰다듬어 주었다.

"장군께서 기운을 내셔야 우리가 살아갈 수 있습니다."

백성들이 나무껍질같이 거친 손으로 바치는 생선이라든지 해초라든지 달걀 같은 것을 받지 않을 수가 없었다. 그것들을 모아서 장병들의 반찬을 만들었지만 백성들은 장군이 그것을 먹고 저토록 건강하시다고 좋아했다.

이순신이 훈련이나 전투를 위해서 함대를 출동시킬 때면 백성들은 기운이 솟아 펄펄 뛰며 만세를 불렀고, 자신들을 보호해 주는 은혜로운 존재의 실재를 확인하면서 기쁨의 눈물과 함께 터져 나오는 통곡을 억제치 못했다.

"장군님예, 난리통에 아이 둘을 죽였십니더. 이눔아는 커가 장군님의 병사가 돼야 하지 않겠십니꺼? 장군님은 그때까지 오래오래 사시이소."

달걀 반 꾸러미를 내밀면서 등에 업은 어린것을 가리키던 아낙네의,

눈물이 그렁그렁하던 모습이 떠올랐다.

"그러지요. 오래오래 살겠소."

그러나 그 약속을 지키기가 어렵게 됐다. 임금을 업신여긴 죄 하나만으로도 사형이었다. 이제 다시 한산도에는 돌아올 날이 없겠구나 생각하니 처연함에 울컥해져 목이 메었다.

'원균만은 안 된다.'

> 조정에서 보낸 편지와 원흉(元兇)이 보낸 답장을 받았다. 원흉의 답장이 지극히 흉악하고 거짓되어 입으로는 말할 수 없었다. 기만하는 말들이 무엇으로도 형상하기 어려우니 하늘과 땅 사이에 이 원균처럼 흉패하고 망령된 사람은 없을 것이다.

1595년 11월 1일의 《난중일기》에서 이순신은 원균을 원흉이라 기록했다.

원균의 인간성을 잘 아는 이순신의 견지에서는, 원균은 한산도와 조선수군과 나라를 온전히 망치기 위해서 여기 오는 것이었다. 이억기, 이빈, 아니면 최호, 아니면 84세의 노장 정걸이라도 통제사로 와야 했다.

'아니면 어느 누구라도 원균보다는 나을 것이다.'

이순신은 죽어가는 자기 목숨보다 짓밟혀 폐허가 될 한산도의 운명과 왜적에게 다시 짓밟힐 나라의 앞날이 더욱 서러웠다.

이순신이 떠난 뒤 원균은 부하들이 가져온 문서를 보았다. 가슴이 뻐근해지며 눈이 휘둥그레졌다.

전함(판옥선) 200척, 군량미 9,914섬, 화약 4천 근, 예비총통 300문
(전함에 장착한 것 이외 무기고에 있는 총통)…

원균은 놀랐다. 나라가 온통 거덜 난 현실에서 어떻게 이렇게 비축할 수 있었을까? 지금의 비축분이 문제가 아니었다. 시기마다 항상 좋은 수확을 보장해 주는 둔전과 염전의 수확량을 기재한 문서까지 보고는 더욱 놀랐다.

그는 찢어지려는 입을 손으로 눌러 다물고 수염을 쓰다듬었다. 그리고 음흉한 미소를 지으며 운주당을 나왔다.

'오, 나의 보람이여.'

모두가 자신의 상납(上納)과 토색(討索)과 열락(悅樂)을 넉넉히 받쳐줄 보배와 같은 자산이었다.

7일 후 3월 4일.

이결 일행은 서울에 당도하고 동시에 이순신은 의금부 옥사에 갇히게 되었다. 조정에서는 이순신의 죄상의 진위를 좀더 확실히 알기 위하여 성균관 사성(司成) 남이신(南以信)을 한산도로 내려보내 이순신에 대한 실상을 탐지해 오도록 했다.

남이신이 내려가 한산도 인근에 이르자 수많은 군사와 백성들이 길을 가로막고 호소했다.

"장군이야말로 충신이요 명장입니다."

"장군이야말로 무고합니다."

"장군은 억울합니다."

"장군은 그런 죄를 짓지도 않았고 그런 죄를 지을 사람도 아닙니다."

그의 잘못을 말하는 사람은 단 한 사람도 없었다. 그러나 남이신은 편당(偏黨)의 사주를 받은 대로 돌아와 실상은 다 감추고 엉뚱한 거짓 보고를 했다.

"청정이 7일 동안이나 섬에 머물러 있었으니 만약 우리 수군이 가기만 하면 잡을 수 있었는데 이순신이 머뭇거려서 그만 기회를 놓치고 말았습니다."

이순신에 대한 심문이 시작되었다. 위관(심문관)은 원균의 비호세력인 윤근수(尹根壽)였다.

심문은 연일 계속되었다. 3가지 죄를 저질렀다 하나 이순신으로서는 대답할 말이 전혀 없었다. 실제로는 그런 죄를 저지른 일도, 저지르려는 마음도 없었으니 할 말이 있을 수가 없었다. 할 말이 없으면 심문은 더 까다로워지고 더 가혹해졌다.

윤근수는 말도 안 되는 갖가지 죄상을 들이대며 어서 자백하라고 악을 썼다. 윤근수는 임란 초부터 원균이 최대의 공을 세웠는데 이순신이 그 공을 가로채고 모함하는 거짓 장계를 늘 올려서 원균보다 높은 지위에 올랐다고 굳게 믿었다. 그런 사람은 많았다. 조정 요로에 대한 뇌물 상납, 선전 공세, 거짓 장계 등 3가지에 대한 원균의 끈질긴 노력의 결과였다.

3월 12일.

드디어 모진 고문이 행해졌다.

매질과 주리는 사정이 없었다. 그의 몸은 으깨지고 으스러지고 피를 쏟았다. 그는 사경을 헤맸다. 53세, 초로의 나이였다.

임금이 죽이기로 작정하였음을 안 이상 윤근수로서는 사정을 둘 필요가 없었다. 심문 도중에 죽어도 그만이었다. 고문은 심해질 수밖에 없었다. 한두 번 이런 고문이 더 행해지면 죽지 않고 살아날 재간이 없었다.

그런데 원균은 또 장계를 통해 이순신은 물론이요 그 휘하장수들까지 모함하는 터무니없는 거짓보고를 올렸다. 이순신을 어서 죽여 달라는 호소인 셈이었다.

부산포 앞바다에서 진퇴하며 군사의 위세를 과시하고, 가덕도 등에서 적과 맞붙어 싸운 전말은 전 통제사 이순신이 이미 보고했습니다. 그때의 일을 자세히 탐문했더니 본영 도훈도(都訓導: 군영의 하급무관) 김안세(金安世)의 공초(죄상을 진술한 내용)에 이런 말이 있었습니다.

'전 통제사가 부산포 앞바다로 가서 진퇴하며 군사의 위세를 과시할 때 통제사가 탄 배가 적진 가까이 갔는데 조수가 빠져나가 물이 얕아지면서 배 밑창이 땅에 닿아 적에게 배를 빼앗길 위기에 놓였었다. 그때 그 배에 탔던 군사들이 큰 소리로 구원을 요청했다. 안골포 만호 우수(禹壽)가 노를 빨리 저어 가서 이순신을 등에 업어 어렵게 우수의 배로 옮겼고 이순신이 탔던 배는 우수의 배 뒤에 연결하여 간신히 안골포로 끌어 왔다'

대개 이번 부산의 거사에서 우리나라 군졸들이 바다 가득히 죽어 왜적의 웃음을 샀을 뿐 이익이 없었으니 매우 통분한 일입니다.

나주 판관 어운급(魚雲級)은 적과 대치한 날에 불조심을 하지 않아 기계와 군량을 일시에 다 불타게 하여 적진의 코앞에서 참담한 화를 자초하여 적이 밤새도록 구경하고 깔깔대며 웃게 하였으니 더욱 통분한 일입니다. 어운급의 죄상을 조정에서 조치하기 바랍니다.

원균의 보고를 믿는 자들은 이순신의 보고를 또한 허위보고로 볼 수밖에 없었다.

원균의 승전을 알리는 보고도 올라왔다. 원균의 파당들이 기뻐했다. 특히 임금의 기쁨은 더 컸다. 당시는 명나라로부터 싸워도 좋다는 지시가 아직 없었기 때문에 어정쩡한 화평이 지속되는 시기였다. 조선군도 일본군도 사실상 전투는 자제하고 있는 상태였다. 그런데 원균이 통제사가 되자마자 승전했다는 소식이 올라왔던 것이다.

도원수 권율의 장계였다.

전라우수사 이억기의 급보는 이러합니다.

'3월 8일 왜적의 배 대, 중, 소 3척이 거제도의 기문포(器問浦)에 와서 정박했습니다. 그들이 뭍에 올라간 후 통제사(원균)와 함께 배를 몰고 밤을 새워 9일 아침 기문포에 도착했습니다. 왜선은 바닷가에 매여 있고 왜적들은 모두 뭍에 올라갔습니다. 숲에서는 밥 짓는 연기가 언뜻 보였습니다. 우리가 당도하자 왜인 서너 명이 칼을 들고 나섰습니다. 통제사가 투항한 왜인 남여문(南汝文) 등을 보내어 투항하면 살려서 보내준다고 타이르도록 했습니다. 숨어 있던 왜적 20여 명이 나왔습니다. 그 중 대장에게 다시 타일렀더니 숨은 왜적들이 모두 나왔는데 80여 명 되었습니다.

그들은 우리 수군의 위용에 눌려 겁을 먹고 안골포 만호 우수와 고성현령 조응도(趙凝道) 거제현령 안위(安衛)의 배에 앞을 다투어 올라와 투항했고 우두머리와 군졸 7명은 통제사의 배에 올라와서 투항했습니다. 통제사는 그들에게 술을 내어 먹이고 돌아가도 좋다고 말했습니다. 그들은 감격하여 죽 벌여 서서 절을 하고 머리를 조아리며 사례하여 마지않았습니다. 그리고 그들은 모두 자신들의 배로 돌아가 배 2척에 나누어 타고 돛을 올렸습니다.

　바로 그때였습니다. 통제사가 지자총통을 발사하고는 깃발로 지휘하고 나팔을 불자 여러 배들이 앞다투어 공격하기 시작했습니다. 조응도의 배가 앞서 가 적의 배와 맞붙었는데 왜적 20여 명이 조응도의 배로 올라와 칼을 휘둘렀습니다. 조응도와 사부와 격군 여럿이 적의 칼에 맞고 더러는 물에 뛰어들고 더러는 다른 배로 기어올랐는데 살아난 사람의 수도 많았습니다(실제로는 그 배에 탔던 조선수군은 조응도 이하 140명 전원이 몰사했다). 조응도는 칼을 맞고 물에 뛰어든 것을 우수의 배에서 건져 올렸으나 얼마 후 죽었습니다.

　적들이 그대로 조응도의 배를 타고 노를 저어 북쪽으로 달아날 때 우리 배 여럿이 지자총통과 현자총통을 연달아 쏘았습니다(그러나 단 한 발도 맞지 않았다).

　임치(臨淄) 첨사 홍견(洪堅)과 흥덕(興德) 현감 이용제(李容濟)가 불화살과 소나무 횃불을 이용하여 왜적의 배를 불살랐습니다. 배에서 뛰어내려 육지로 헤엄치는 적을 다 쏘아 죽였으며 건져서 목 벤 것이 모두 18급입니다. 확인하여 통제사에게 보냈는바 통제사가 올려 보낼 것입니다.'

통제사는 항복해온 적군에게 술까지 먹여 돌려보내고 뒤에서 쏘아 죽였다는 내용이었다. 김응서가 도원수 권율과 조정에 보낸 여러 보고에 의해 밝혀진 바에 의하면 그들은 나무하러 온 병사들이었다.

　원균은 그 후에도 나무하러 온 왜병들을 쏘아 죽였다. 나무하러 가거나 물을 길러 가는 경우에는 서로 해치지 않기로 조선군과 왜군 사이에 양해가 되어 있던 시기였다.

　권율의 장계가 올라온 후 얼마 안 되어 원균이 왜적의 머리 47급을 조정에 올려 보냈다. 임금은 우승지 정광적(鄭光績)에게 비망기로 지시했다.

통제사 원균은 임명받자마자 곧바로 용맹을 떨쳐 적의 배 3척을 붙잡고 적의 머리 47개를 베어 바쳤으니 대단히 기특한 일이다. 원균과 공로를 세운 자들을 곧 표창하는 동시에 관리를 보내어 군사들에게 한턱 잘 베풀어서 장수와 군사들을 격려하는 문제를 의논하여 건의하도록 하라. 적의 머리와 보고서를 가지고 온 사람도 함께 참작하여 표창하도록 비변사에 이르도록 하라.

비변사에서 의논하여 건의했다.

원균이 바친 적의 머리가 만일 나무하러 다니는 왜인들의 것이라면 침입한 왜인을 죽인 것과는 차이가 있습니다. 힘껏 싸워 적을 벤 공로는 표창해야 하겠지만 은전을 베푸는 일은 중대한 사안인 만큼 군사상 공로를 평가한 장계가 올라온 뒤에 표창하고 군사들을 잘 먹이는 일은 따로 사람을 보낼 것 없이 부체찰사(副體察使) 한효순(韓孝純)에게 시키는 것도 무방합니다. 보고서를 가지고 온 임시 판관 이익경(李益慶)은 승급시켜 주고 수군 김영추(金永秋)에게는 신역을 면제시켜 주는 것이 어떻겠습니까?

임금이 대답했다.

나무하러 다니는 왜인들이 없지 않을 것이나 그래도 역시 적은 적이다. 표창하는 문제와 군사를 먹이는 문제는 건의한 대로 하라. 원균에게 품계를 올려주거나 은을 주는 것이 마땅할 것 같다. 단 노획한 무기를 바칠 때까지 기다렸다가 시행하는 것이 좋겠다. 승급시키고 신역을 면제시키는 것은 건의한 대로 하라.

전란 후 이순신의 뒤를 따라다니며 목 베기에 전념하고, 때로는 몰래 조선백성들의 목을 베어서, 목 챙기기에 정성을 쏟은 결과로 원균은 조정의 신임을 얻었고 벼슬길이 탄탄했으며 통제사에까지 올랐다. 원균에게 공식적으로 가장 중요한 일은 그러므로 여전히 목 베기가 아닐 수 없었다.

'이순신이 아니라도 보아란 듯이 공을 세우는 장수가 있지 않느냐.' 그런 심정으로 원균을 두둔하고 표창은 하라 하면서도 임금은 마음속이 개운치가 않았다.

임금은 연달아 올라오는 장계를 보면서 원균의 공로라는 것이 참으로는 치졸하다는 느낌을 지울 수가 없었다. 임금은 원균의 공로를 억지를 섞어서 합리화시키면서 자랑스럽게 칭찬하는 자신이 아무래도 떳떳하지 못하다는 생각도 들기 시작했다. 임금은 남몰래 속을 끓였다. 때로는 화가 치밀어 부글부글 끓기도 했다. 그러나 내색할 수는 없었다.

'내가 뭔가 잘못 보는 것은 아닌가?'

그 후 임금의 그런 생각과 의심은 남모르게 조금씩 변화로 나타나고 있었다.

이순신이 붙잡혀 와 심문을 받으면서부터 사람들은 이순신이 죽으러 왔다고 했다. 그렇게 믿을 수밖에 없었다. 죄명으로 보면 살아날 길이 없었다. 그리고 임금의 마음이 이미 토라져 있지 않은가?

이순신을 죽이려 애쓴 계략가들은 내심 기뻐했다. 물론 원균이 가장 흐뭇해했다. 원균의 비호세력인 윤두수, 윤근수 형제도 그랬다.

그러나 사실 원균보다도 더 기쁜 사람은 임금이었다. 온 나라가 임금보다도 더 떠받드는 이순신을 죽이지 않는다면 어찌 낯을 들고 임금 노릇을 할 수 있으랴? 김덕령 때와 마찬가지로 백성들에게 존경의 대상인 자는 임금에게는 제거의 대상이었다.

그런데 조선임금보다도 더 기쁜 사람이 있다는 사실을 조선에서는 아무도 몰랐다. 일본의 내륙 깊숙이 들어앉아서 남의 손을 빌려 적을 잡는 비책을 써 성공을 거둔 그 작자야말로 진정으로 기쁜 사람이었다.

조선임금, 조정의 실세, 기백 있는 장수 등이 모두 그의 비책에 걸려들어 그에 맞춰 춤을 추고 돌아갔다. 그들은 이제 한 무리 회자수(劊子手: 망나니)가 되어 입에 물을 머금고 참형도(斬刑刀) 넓적 칼에 뿜어대며 목을 치려는 춤을 추고 있었다. 아무것도 모르고 다들 춤을 추고 날뛰며 기세를 올리고 있었다.

오로지 이순신만이 그 비책을 알고 있을 뿐이었다. 이 사실로 본다면 임진왜란 전후를 지낸 문무관으로서 참다운 장수는 오로지 이순신 한 사람이 있을 뿐이었다.

기뻐하는 사람들과는 반대로 이순신을 잘 아는 측근들, 뜻이 있는 사람들, 진정으로 나라를 염려하는 사람들은 걱정이 태산 같았다. 어떻게 해야 이순신을 살려낼 수 있을 것인가?

이순신의 군관 송희립(宋希立) 등 수십 명, 이순신과 함께 싸운 의병장 황대중(黃大中) 등 수십 명이 서울로 올라와 대궐 밖에 거적을 깔고 앉아 목이 터지도록 임금에게 호소했다.

"우리 장군은 죄를 저지르지 않았나이다. 우리 장군을 살려 주시옵소서."

구명을 호소하는 소리가 높을수록 임금의 이순신에 대한 살인(殺人) 의지는 그만큼 더 강해졌다.

함경감사를 지내고 선산부사로 있다 잠시 쉬는 사이 이순신의 요청으로 그의 종사관이 되어 비상한 행정수완을 발휘했던 정경달(丁景達)이 올라와 임금께 직언을 서슴지 않는 탄원서를 올렸다.

이순신이 나라를 사랑하는 마음과 적을 방어하는 재주는 일찍이 그 예를 찾을 수가 없습니다. 장수가 전쟁에서 이기려 기회를 엿보고 정세를 살피는 것을 싸움을 주저한다고 몰아서 죄를 묻는 것은 언어도단입니다. 전하께서 통제사 이순신을 죽이시면 틀림없이 사직(社稷)을 잃게 되옵니다.

'건방진 놈. 뭐, 이순신을 죽이면 사직을 잃는 다고…? 제까짓 놈이 감히 사직을 말해?'

임금은 정경달도 잡아들이고 싶었다. 임금은 분기가 솟구쳐 승지를 불렀다. 그러나, '아니지. 좀 두고 볼 일이다', 아직은 뚜렷한 구실이 없었다.

정경달은 도체찰사 이원익을 찾아가 호소했다.

"왜적이 겁내는 것은 오로지 이순신 한 사람이오. 그런데 일이 이 지경에 이르렀으니 이제 이 나라도 어찌할 수 없게 되었지 않소이까?"

이원익 역시 같은 생각이었다. 즉시 그 또한 장계를 올려 호소했으나 임금은 듣지 않았다.

정경달은 이번엔 유성룡을 찾아갔다. 유성룡이 말했다.

"내가 이순신을 천거했으니 나도 함께 벌을 받아야 하오. 사직상소를 올리고 대기하고 있소. 나는 이순신을 변명할 수가 없소. 내가 이순신을 살려달라고 계속 호소하면 그의 죽음을 재촉하는 결과밖에 되지 않소. 그래서 나는 이순신과 함께 나도 죽여 달라고 청원했소."

정경달은 또 이항복을 찾아갔다. 이항복이 물었다.

"공께서 남쪽에 있었으니 진실을 잘 알 것이오. 원균과 이순신의 옳고 그름을 말해 줄 수 있겠소?"

"누가 옳고 누가 그른가를 말로써 설명할 필요가 없습니다. 이순신이 붙잡혀 가자 모든 군사들과 모든 백성들이 지금도 통곡하지 않는 이가 없습니다. '장군이 죽을죄를 지었다 하는데 장군이 죽으면 이제 우리는 어떻게 살아야 한단 말이오?' 이렇게 탄식하는 것을 보면 그 시비를 알 수 있지 않습니까?"

이순신의 아들과 조카가 이순신이 기록한 그 무렵 4개월 치의 《난중일기》(亂中日記)와 전부터 기록했던 장계 초안 모음인 《임진장초》(壬辰狀草)를 유성룡에게 갖다 드렸다.

유성룡은 그것을 자신이 들고 나서면 선조의 노여움을 사서 오히려 역효과가 날 수도 있다 여겨 나서지 않았다. 유성룡은 그것을 생각이 깊은 우의정 정탁(鄭琢)에게 은밀하게 넘겨주었다. 정탁은 유성룡이 이순신을 천거할 때 도움을 주었고 또한 의병장 김덕령이 잡혀와 고문

받을 때 그의 무죄석방을 호소하는 신구차(伸救箚: 목숨 구해 줄 것을 탄원하는 상소문)를 올린 사람이었다.

정탁은 밤을 새워가며 이순신의 기록을 읽었다. 읽고 또 읽었다. 그는 이순신이란 인간을 비로소 제대로 알게 되었고 그의 무죄를 확신하게 되었으며 그의 애국, 애족하는 충의지심에 깊은 감동을 받았다. 감동은 가히 충격적이었다. 왜냐하면 그전에는 이순신이 훌륭한 원균을 부정한 방법으로 누르고 상관이 된 사람이라고, 조정의 여러 사람들처럼 자신도 믿고 있었기 때문이었다.

그는 다시 밤을 새워 이순신의 구명을 위한 신구차를 써나갔다. 1,298자(字)에 이르는 길고도 절절한 명문의 상소였다.

엎드려 아뢰나이다.

이모(李某)는 그 몸이 큰 죄를 지어 죄명조차 엄중하건만, 성상께서는 즉각 극형에 처하지 않으시고 너그러이 문초하시다가 후에야 엄격히 추궁하도록 허락하시니, 이는 다만 옥사를 다스리는 체모와 순서만으로 그러시는 게 아니라 실은 성상께서 인(仁)을 행하시려는 일념으로, 기어이 그 진상을 밝혀냄으로써 살릴 수 있는 길을 찾아보시려고 그렇게 하신 줄 아옵니다. 살리시길 좋아하시는 성상의 큰 덕이 죄를 범하여 죽을 자리에 놓여 있는 자에게까지 미치고 있사오니, 이에 신은 감격함을 이길 길이 없사옵니다.

신이 일찍 심문관에 임명되어 죄수를 문초해 본 적이 한두 번이 아닌데, 대개 보면 죄인들이 한 번 심문을 거치고는 그대로 상하여 쓰러지고 마는 자가 많아서, 설령 거기서 조금 더 밝혀내야 할 만한 사정이 있더라도 이미 목숨이 끊어진 뒤여서 어찌할 길이 없었으므로, 신은 일찍이 이를 안타깝게 생각해왔습니다. 이제 이모가 이미 한차례 형벌을 겪었는데, 만일 또다시 형벌을 가한다면 무서운 문초로 인하여 목숨을 보전하지 못하여, 혹시 전하의 살리기 좋아하시는 본의를 상하게 하지나 않을까 걱정하는 바이옵니다.

… 요즘 왜적들이 또다시 쳐들어왔는데, 이모가 미처 손을 쓰지 못한 것도 거기에는 필시 그럴 만한 사정이 있을 것입니다. 대개 변방의 장수들이 한 번 움직이려고 하면 반드시 조정의 명령을 기다려야 하고, 장군 스스로는 제 마음대로 못하는데, 왜적이 바다를 건너오기 전에 조정에서 비밀히 내린 분부가 그때 곧바로 전해졌는지도 모를 일이며, 또 바다의 바람 사정이 좋았는지 어떠했는지, 그리고 뱃길이 편했는지 어떠했는지 또한 알 수 없는 일이옵니다. 그리고 수군 각자 담당에 어쩔 수 없는 사정이 있다는 것은 이미 도체찰사(이원익)의 장계에서 밝혀진 바이거니와, 군사들이 힘을 쓰지 못했던 것도 사정이 또한 그러했던 것인 만큼, 모든 책임을 다만 이모에게만 돌릴 수는 없는 일이옵니다.

… 만약 난리가 일어나던 첫 무렵의 공로를 적어 올린 장계가 낱낱이 사실대로 쓴 것이 아니고, 남의 공로를 탐내어 자기 공로로 만들어 속인 것이어서 그 이유로 죄를 다스린다면, 이모인들 또한 무슨 변명할 말이 있겠습니까?

… 무릇 인재란 나라의 보배이므로 비록 저 통역관이나 주판질을 하는 사람에 이르기까지 재주와 기술만 있으면 모두 마땅히 사랑하고 아껴야 하거늘, 하물며 장수의 재질을 가진 자로서 적을 막아내는 데 가장 관계가 깊은 사람을 오직 법에만 맡기고 조금도 용서함이 없을 수 있겠습니까? 이모는 참으로 장수의 재질이 있사옵고, 바다싸움과 육지싸움에 못하는 일이 없사온데, 이러한 인물은 과연 쉽게 얻지 못할 뿐만 아니라, 변방 백성들의 촉망을 받고 있고 또한 적들이 무서워하고 있는 자이온데, 그럼에도 불구하고 만일 죄명이 엄중하여 조

금도 도리가 없다고 하고, 공로와 죄를 비교하지도 않고, 또 능력이 있고 없고도 생각지 않고, 그 위에 사리를 살펴보지도 않고, 큰 벌을 내린다면, 공이 있는 자도 스스로 더 내켜서 하지 않을 것이고, 능력 있는 자도 스스로 더 애쓰려 하지 않을 것입니다. 그러므로 비록 저 감정을 품은 원균 같은 사람까지도 편안할 수 없을 것이며, 안팎 인심이 이 때문에 해이해질 것인바, 그것이 실로 걱정스럽고 위태한 일이며, 공연히 적들을 이롭게 해주어 기쁘게 만드는 일만 될 것이옵니다.

일개 이모의 죽음이야 정말로 아깝지 않으나, 국가에 대해서는 관계됨이 가볍지 않은 만큼, 어찌 걱정할 만한 중대한 일이 아니겠나이까? 그러므로 옛날에도 장수는 갈지 아니하고 마침내 큰 공을 거두게 하였던 것인바, 진(秦) 나라 목공(穆公)이 맹명(孟明)에게 한 일과 같은 것이 한둘이 아니거니와 가까이는 바로 성상께서 하신 사실로써도 말씀드릴 수 있사옵니다. 박명현(朴明賢: 충청도 홍주까지 쳐들어온 이몽학의 반란군을 끝까지 방어하여 섬멸시켰음) 또한 한때의 명장이었으나 일찍 국법에 저촉되었습니다. 조정에서 특별히 그 죄를 용서해 주었더니, 얼마 안 되어 충청도에 사변이 생겨 기축년(1589년 정여립 사건) 때보다 더한 바 있었을 때, 명현이 나서서 곧바로 평정시켜 나라에 큰 공을 세웠습니다. 이것이야말로 허물을 용서하고 일할 수 있게 한 보람이 나타난 게 아니겠습니까?

… 비옵건대 은혜로운 명령을 내리셔서 문초를 덜어주시고 그로 하여금 공로를 세워 스스로 보람 있게 하신다면, 성상의 은혜를 천지 부모와 같이 받들어 목숨을 걸고 갚으려는 마음이 반드시 저 명현만 못하지 않을 것이오니, 성상 앞에서 나라를 다시 일으켜 공신각에 초상이 걸릴 만한 일을 하는 신하들이, 어찌 오늘의 죄수 가운데 일어나지 않을 것이라 하오리까? 그러하오니 성상께서 장수를 거느리고

인재를 쓰는 길과, 공로와 재능을 헤아려 보는 법제와, 허물을 고쳐 스스로 새로워지는 길을 열어 주심이 일거에 이루어진다면, 성상의 난리 평정하는 정치에 어찌 도움이 적다고 하오리까?

임금이 원균으로 인해 심중 동요를 겪고 있을 때 정탁의 신구차가 올라왔다. 이순신에 대한 반감으로 추켜세웠던 원균, 원균에 대한 열기가 식으면서 이순신에 대한 반감도 식어갔다.

임금은 김덕령의 신구차를 읽을 때와는 달랐다. 김덕령은 결국 살아남지 못했었다.

'그래, 좀 두고 볼 일이다.'

3월 30일, 의금부의 심문 종결이 상주되었다.

이순신을 참형에 처하소서.

임금은 고개를 저었다.

'그래? 좀 두고 볼 일이다.'

백의종군(白衣從軍)

이순신은 백의종군(白衣從軍) 하라.

임금의 처분이 내려졌다. 여전히 죄인 신분이었지만 이순신은 살아났다. 이순신이 다시 살아남으로 해서 크게 실망한 사람들이 많았다. 물론 가장 실망한 사람은 역시 일본 내륙 깊숙이 앉아 있는 그 사람이었다.

'엥? 이 핫바지가 어쩌다 칼날을 피했단 말이냐? 그래도 아직 희망은 있다. 원균이 통제사인 한 희망은 여전하다.'

그는 지그시 눈을 감았다.

이순신은 이제 관작을 박탈당하고 도원수 권율의 막하에서 일개 병졸로 근무해야만 했다. 금부도사의 감시를 받으며 도원수가 있는 초계까지 부지런히 가야만 했다.

4월 1일, 조카 봉(菶)과 분(芬), 아들 울(蔚)의 마중을 받으며 옥문을 나선 이순신은 남대문 밖 윤간(尹侃)의 초라한 노복 집에서 몸을 추스르고자 이틀간 쉬었다.

지사(知事) 윤자신(尹自新)과 그의 아들 기헌(耆獻), 비변랑(備邊郞) 이순지(李純智), 휘하장수 이순신(李純信) 영공(令公) 등이 찾아와 위로해 주었다. 그들이 술도 가져와 함께 취했다.

영의정 유성룡, 좌의정 김명원, 판중추부사 정탁, 판서 심희수, 참판 이정형, 대사헌 노직(盧稷), 동지중추부사 최원(崔遠), 동지중추부사 곽영(郭嶸) 등 많은 고관들이 사람을 보내 문안해 주었다. 그러나 원균의 비호세력들은 문안해 준 사람이 없었다.

4월 3일, 남행길에 올랐다. 의금부 도사 일행이 따랐지만 이순신은 말을 타고 가는 것이 허락되고, 행보가 자유로웠다. 수원에 들자 부사 유영건(柳永健)이 찾아주었다.

4월 4일, 수원 독성(禿城) 아래 이르러 판관 조발(趙撥)의 술대접을 받고, 오산(烏山)의 황천상(黃天祥) 집에서 점심을 먹었다. 황천상이 말을 내주어 짐을 먼저 실어 보냈다. 평택(平澤) 이내은(李內隱)의 손자 집에서 융숭한 대접을 받았다.

4월 5일, 오랜만에 아산 고향집에 들렀다. 선산과 사당에 절하고 친척들을 만나 회포를 풀었다. 고향사람들이 밀려들었다. 술, 닭, 마른 생선, 계란 등 깜냥대로 대접하고 싶어 뭘 들고 쫓아왔다.

"아이고, 다리를 쩔뚝거리는디 … 월매나 고생을 혔시유?"

이순신은 고문의 후유증으로 한쪽 다리를 절름거렸다. 초췌한 모습을 보며 눈물을 글썽거리는 사람들이 많았다.

이순신은 따라주는 대로 술잔을 받아 마셨다. 쑤시고 뻐근한 다리의 통증이 어렴풋이 사라지면서 가슴속까지 안온해졌다.

걸리는 것은 한 가지였다. 여든이 넘은 노모의 안부였다. 좌수영 가까운 여수고을에 모시고 있었으나 자주 문안도 드리지 못하다가 잡혀갔다는 소식만 남겨 드렸었다.

노모는 그 소식을 듣고 배로 여수를 떠났다고 했다. 바람은 어떤지, 풍랑은 어떤지, 요동치는 배에 매인 수척한 노구를 떠올리며 이순신은 아슬아슬한 느낌을 떨칠 수가 없었다.

4월 13일, 그런데 가장 마음 조이던 소식이 전해졌다.

바다로 오는 동안 풍랑이 심했고 멀미의 고통을 이기지 못한 노모는 지난 11일 배 안에서 그만 운명하고 말았다. 배는 고향 뱀밭마을(白岩里)에서 40여 리 서쪽 해암(蟹岩: 게바위)가에 멈춰 있었다.

이순신은 바로 말을 타고 달렸다.

배에 올라 어머니의 시신을 부둥키고 한없이 울었다.

아들은 늙은 노모를 자주 찾아뵙지도 못하며 나라 때문에 헌신, 분투했건만, 그 나라는 아들을 죄인으로 만들어 잡아다 가두고, 고문하고, 끌고 다니고 …. 늙은 노모는 행여 아들이 잘못되어 죽지나 않을까 애간장을 졸이며 풍랑을 무릅쓰고 올라오다 배 안에서 숨을 거두고 …. 하나밖에 없는 아들은 장례마저 모시지 못하고 죄인의 길을 다시 떠나야 하고 …. 오래전 형 둘이 죽었는데 하나밖에 없던 아우마저 작년에 죽었다.

"이제 가야 합니다. 어명이오."

이순신은 어머니의 장례를 친척들과 동네 사람들에게 맡기고 다시

길을 떠났다.

이순신은 충청도를 지나 전라도 순천, 구례를 거쳐 경상도에 이르렀다. 하동, 삼가를 지나 원수부가 있는 초계에 도착한 것이 6월 5일이었다.

도원수는 아직 돌아오지 않고 있었다. 의금부 도사 일행은 순천에서 순시중인 도원수 권율을 만나 그에게 관문(關文: 공문서)을 바치고 이순신을 인계하고 서울로 돌아갔다. 이순신은 권율의 지시에 따라 먼저 초계로 왔다.

이순신이 초계에 도착하는 데는 두 달이나 걸렸다. 그의 행보가 그렇게 느렸던 것은 말은 탔으나 고문의 후유증으로 몸이 아팠기 때문에 말을 빨리 몰 수가 없었다. 또한 지나는 곳마다 숱한 사람들이 나와 문상해 주고 대접해 주었기 때문에 지체될 수밖에 없었고, 도원수 권율의 배려로 군관들과 시중드는 수행원이 크게 늘어나 이동 인원이 증가된 이유도 있었다.

지진으로 무너졌던 교토의 복견성(伏見城)을 재건하고 들어와 있던 풍신수길은 조선 재침을 위한 부대를 이미 편성해 놓고 있었다.

풍신수길은 정유년 2월 22일 이를 발표하고 조선으로 건너갈 준비를 서두르라 독촉했다. 1군에서 8군까지의 공격 전투부대와 부산을 중심으로 양편 해안에 군영을 둔 후방 기지 수비부대 병력을 합쳐 총 14만 2천여 명이었다. 이들을 이끌 지휘관은 대개가 조선에 나와 싸운 경험이 있는 장수들이었다.

수길은 한편으로는 재침할 전쟁준비를 서두르면서 또 한편으로는 조선의 왕자를 보내라고 윽박질렀다. 화평회담이 깨지고 일본에 갔던 사신들이 돌아오면서 수길의 이런 뜻은 조선과 명나라에 전달됐다. 그런데 수길은 전쟁준비를 완성해가면서 다시 한 번 그런 뜻을 전해왔다.

행장은 김응서를 통해서, 청정은 사명대사를 통해서 수길의 뜻을 조선조정에 전했다.

"조선에서 왕자를 한 사람 일본에 보내 내게 사례를 하라. 그러면 내 체면은 선다. 체면만 서면 전쟁은 그만두겠다."

이것이 풍신수길의 요구였다.

"풍신수길은 무고한 조선을 처참하게 짓밟은 원수다. 원수에게 왕자를 보내 사례함은 있을 수 없는 일이다. 말도 안 되고 체면도 안 선다."

이것이 조선의 대답이었다.

수길은 화가 치밀었다.

조선이 고집을 부리고 버티는 것은 전라도와 충청도가 아직 온전하기 때문이다. 대거 출동해서 여기를 쓸어버리겠다. 위로 올라가며 쓸고 내려오며 또 쓸겠다. 1년에 한 번씩만 이렇게 쓸고 오르내리면 내 앞에 와 엎드리지 않을 수 없지. 그리고 이번에는 적의 머리를 벨 필요가 없다. 남녀노소 눈에 띄기만 하면 모조리 잡아 죽이고 코를 베라. 통에다 넣고 소금에 절여라. 그 통들을 경도로 가져오라. 코가 많을수록 상이 후할 것이요 코가 적을수록 벌이 중할 것이다. 또한 사람만 죽일 것이 아니다. 소, 말, 돼지 할 것 없이 살아 있는 것은 다 죽여라. 또 있다. 관가고 민가고 숲이고 밭이고 태울 수 있는 것은 다 태워라.

명령은 측근 장관들을 통해 일본과 조선의 전 부대에 전달되었다.

조선은 일본의 동정을 명나라에 바로바로 알렸다. 요양의 경략 손광(孫鑛)에게 알리면 그는 북경에 알렸다. 또한 북경으로 사신을 보내서도 알리고 구원병도 요청했다. 사신으로 정기원(鄭期遠)과 권협(權悏)이 들어갔다.

명의 병부상서 석성은 해임되고 심유경에게는 체포령이 내려졌다.

명 조정에서는 병부상서 겸 경략에 형개(邢玠: 싱쩌에)를 임명하고 양호(楊鎬)를 경리에 임명하여 제독 마귀(麻貴) 이하 조선 출정군을 총지휘하도록 했다. 명군은 5월부터 조선에 들어와 부총병 양원(楊元)이 3천 기병으로 남원으로 내려가고, 부총병 오유충(吳惟忠)이 보병 4천을 이끌고 충주로 내려가고, 제독 마귀가 보기(步騎) 7천을 데리고 서울에 들어왔다.

조선군도 왜군의 재침에 대비해 전시체제를 갖추어 나갔다. 도체찰사 이원익의 총지휘하에 방어태세를 다시 정비하고 조정의 청야지계(淸野之計)에 따라 요지의 산성들을 수축했다.

고을의 관원들은 백성들을 배정된 산성으로 데리고 들어가는 훈련을 실시했다. 산성으로 들어갈 때는 식량은 물론 의복, 살림도구, 가축 등 적에게 소용되는 물건은 아무것도 남기지 말아야 했다.

도체찰사 이원익은 경주에, 도원수 권율은 초계에 본영을 두고 총지휘를 했으며, 경상좌병사 성윤문(成允文)과 방어사 권응수(權應銖)는 경주에, 경상우병사 김응서(金應瑞)는 의령에 본영을 두고 병사들을 더 모집하고 단련시키고 식량과 무기를 저축하며 전쟁에 대비했다.

가장 큰 문제는 병력의 부족이었다. 명나라도 병력이 모자라 일선에 나온 마귀가 조정에 보충을 요청했다.

"왜군은 최하 15만을 넘는다니 우리는 최하 20만은 있어야 합니다."

명 조정은 보내준다고 했으나 다소의 병력도 언제 올지 알 수가 없었다.

조선의 병력 부족도 심각했다. 제 1선인 경상도의 병력이 겨우 1만이었다. 경주 본영에 2천 명, 의령 본영에 2천 명, 그리고 충청 이북에서 경상도로 이동하여 요지에 배치된 병력이 도합 6천 명 정도였다.

전라도와 충청도가 그래도 사람이 좀 있었으나 전란 동안 각지로 차출되고 사라지고 해서, 지금은 전라도나 충청도나 각기 병력 1만 명을 채우기가 어려웠다. 다른 도는 더 말할 나위가 없었다.

명나라의 구원병조차 빈약하다 보니 조선조정은 불안함을 떨칠 수가 없었다. 그래도 믿는 데가 한 군데 있어 이런 판국에도 임진년 전쟁 초기처럼 그렇게 불안하지는 않았다. 조정이 그리고 조선 전체가 믿는 것은 바로 조선의 막강한 수군(水軍)이었다.

특히 한산도의 단련된 수군병력 1만여 명과 무기와 장비가 잘 갖춰진 수백 척의 전함들이었다. 전쟁이 소강상태인 동안 각기 소속 수영에 가 있던 대부분의 함정들도 5월초 권율의 명령에 따라 모두 한산도에 집결했다. 주력 전함인 판옥선만 해도 200여 척이요, 협선과 포작선이 400여 척이니 도합 근 600척의 대 함대였다.

그래서 권율은 조정에 수군의 방어계획을 보고했다.

한산도 수군을 3분하여 교대로 부산 쪽으로 나가 출몰하도록 할 것입니다. 절영도 앞바다까지 그침 없이 연속하여 내왕하면 부산 서생포 등지의 왜적들이 양식보급에 차질을 받을 것이며, 뒤이어 오는 왜선들은 조선수군이 두려워 건너오지 못할 것이니, 적의 형세는 머리와 꼬리가 잘린 꼴이 될 것입니다.

전에 원균이 주장하던 계책 그대로인 셈이었다.

"과연 그렇다. 좋은 방책이다."

조정은 믿었고 안도할 수 있었다. 조정과 온 나라가 믿고 기대는 것이 조선수군이라면 한산도의 조선수군 총사령관인 원균은 조선조정과 온 백성이 믿고 의지하는 가장 중요한 인물이었다. 당연히 그는 조선의 운명을 한 손에 거머쥔 막중한 책임자요 절대자였다.

마침내 이순신을 내쫓고 3도 수군통제사가 된 원균은 그 막중한 책임을 수행하려 한산도와 수군을 완전히 개조하기 시작했다.

그는 우선 운주당을 개조하고 이중의 울타리를 둘러쳤다. 그리고 첩을 데려다 살림을 시켰다. 가끔 기생들을 불러놓고 연회를 베풀며 질펀하게 풍악을 울렸다. 병사들도 마음대로 드나들던 곳이 장수들도 함부로 들어갈 수 없게 되었다.

본영의 제도를 다 바꾸고 이순신이 아끼던 장수들 특히 전라좌수영의 장수들과 자신의 비리를 가장 잘 알고 이순신을 더 따랐던 이영남 등을 강등시키거나 보직을 바꾸었다. 그들을 힘들게 하거나 난처하게 만들고 아예 쫓아내 버리기도 했다. 자신에게 맹종하는 자들만 주요 보직에 발탁했다.

깨어 있는 때보다 취해 있는 때가 더 많았고, 형벌이 빈번하고 혹독하고 자의적이었다. 장수들은 불신하고 혐오했으며 병사들과 격군들은 틈만 나면 도망가 숨어 버렸다. 군영과 백성들에게서 수탈한 것을 몰래 우마차에 실어 서울로 수시로 올려 보냈다. 뇌물을 받고 병사와 격군을 소집에서 빼주었고, 전함과 병선을 사용(私用)으로 빌려주었다. 휘하 관원을 멀리 파송하고 그 부인을 유혹했고, 기생들을 전함에 싣고 다니며 음탕한 연회를 즐겼다.

속이 뒤틀린 장병들은 콧방귀를 뀌며 소곤거렸다.

"내버려 두랑께. 여차하면 튀는 거여."

"전쟁이 터진다꼬? 무신 수로 이기겠나? 다 도망가는 기라."

권율의 부산 출동작전에 대하여 원균은 자신의 뜻을 직접 조정에 보고했다.

안골포와 가덕도의 적은 고립되어 있습니다. 육군이 이를 쫓아내야 수군이 쉽게 섬멸할 수 있습니다.

안골포와 가덕도는 전략적 요충지였다. 적들은 이곳을 육군과 수군이 함께 이용했다. 원균의 장계에는 조선의 실정에 장님인 면이 드러나 있었다.

우리는 30만의 정병을 동원해야 합니다. 적이 다 건너오기 전에 즉 4, 5월이 가기 전에 수륙으로 겨뤄 승부를 내야 합니다.

부산으로 출동하라는 조정의 명령이 도체찰사를 통해서 도원수에게 계속 전달되었다. 원균은 권율로부터 계속 독촉받고 있었다.

원균은 6월초 다시 조정에 장계를 올렸다.

신이 적을 수륙으로 공격할 계책을 아뢰고 분부를 기다리는 사이 시일이 흘러가버렸습니다. 앉아서 기회를 잃게 되니 걱정이 큽니다.

이제 거제도의 적은 안골포(진해)로 들어가고 김해의 적은 죽도(竹島: 김해)로 들어가 요지를 차지했습니다. 그들이 서로 호응하여 우리의 뱃길을 차단하니 부산으로 나가 적을 치려해도 나갈 도리가 없습니다. 비록 부산으로 나간다 할지라도 물러나 배를 댈 곳이 없습니다. 항상 뒤를 염려해야 하니 부산으로 나가는 것은 진실로 이길 수 있는 계책이 아닙니다.

신의 망령된 계책을 말씀드리면 반드시 수륙으로 진격하여 안골포의 적을 친 후라야 적이 양분될 것이고 그래야 우리에게 유리하게 됩니다. 조정에서도 계책을 강구하시겠지만 신이 변방에서 적을 관측한 바로는 오늘날 이보다 나은 계책은 없을 것입니다.

비변사에서 임금에게 건의했다.

대신이 체찰사이고 도원수가 주장인데 통수권한이 수군장수 원균에게 시행되지 않는다는 것은 매우 놀랄 일입니다. 명령 불복종에는 응당 적용하는 법이 있는데도 이러니 남쪽 지방의 일이 극히 우려됩니다. 요즘(6월 중하순) 들어 남풍이 계속 불면서 적선들이 연달아 들어온다고 합니다. 소식통에 의하면 대마도에 도착한 왜선들이 수를 헤아릴 수 없을 만큼 많다 하는데 우리나라의 전함이 많이 나와서 지킬 것이라 염려하여 함부로 건너오지 못한다고 합니다.

　비록 우리 배들이 오래 바다 위에 떠 있으면서 일일이 다 차단하고 칠 수는 없다 해도, 우리 배들을 몇 개의 선단으로 나누어 한산도를 굳게 지키는 동시에, 번갈아 나가서 적들이 바라보이는 곳에서 징과 북을 치고 깃발을 들어 연락하고, 옥포와 조라포(助羅浦: 거제) 쪽에 가짜 군사를 배치하여 보이게 한다면, 적들은 매우 의심할 것입니다. 이렇게 하면 앞으로 싸움에 있어서 크게 이로울 것입니다. 만일 적들이 승세를 타고 거제도에 대대적으로 달려들어 그곳을 소굴로 만든다면, 명나라 군대가 뒤이어 아무리 많이 온다 해도 어찌할 수가 없을 것입니다.

　이러한 내용으로 다시 지시를 내리시고 군법을 거듭 강조하여 안일을 도모하지 못하게 하심이 어떻겠습니까?

　원균이 계통을 우습게 여기는 데는 선조의 비호를 믿는 심사가 크게 작용했다.

　이순신이 통제사로 있을 때는 임금이 어떤 군수물자도 보내준 적이 없었다. 그러나 원균이 통제사로 부임하자 화약, 갑옷, 베, 술, 종이 등을 청구하지 않았는데도 다량 지원해 주었다. 그러나 그런 지원품은 헛되게 쓰였고 원균의 자만심만 북돋워 주었다.

조선 수군 전멸되다

조정은 원균에게는 아무런 경고도 하지 않고, 이원익과 권율에게만 직접 사람을 내려 보내, 기강을 바로잡고 계통을 지키도록 경고했다. 권율은 화가 치밀었다. 원균에게 사람을 보내 출동을 명령하고 이원익에게도 사람을 보내 어찌 처분할 것인지 물었다.

이원익은 종사관 남이공(南以恭)을 불렀다.

"바로 한산도에 가서 원균을 배에 태우시오. 끌고 부산까지 갔다 오시오."

남이공은 한산도로 달렸다. 가서 이원익의 명령서를 전했다.

"내가 알아서 할 테니 자네는 돌아가게."

원균은 퉁명스럽게 말하며 명령서를 접었다.

"함께 부산까지 출격하라 했습니다."

"뭐라고? 늙은 통제사를 못 믿어 새파란 종사관을 감시자로 보냈단 말이냐? 까짓 거 가보자구. 자네는 배에 올라 갤갤 게우지나 말게."

1597년 6월 18일.

마침내 원균은 거북선 4척을 포함한 200여 척의 함대를 거느리고 한산도를 떠났다. 그날 장문포에서 밤을 보냈다.

다음날 일찍 출발하여 안골포를 공격했다. 왜군들은 조선군으로부터 노획한 대포들을 해안가에 설치해 놓고 조총과 함께 쏘아대며 저항했다. 그러나 워낙 강한 조선함대의 포격을 견디지 못하고 언덕 너머로 죄다 달아났다. 해안가에 있던 빈 왜선 2척을 불살랐다.

안골포를 떠나 가덕도로 갔다. 가덕도 왜군들은 안골포를 지원하러 갔다가 돌아오고 있었다. 조선함대는 그들을 공격했다. 그들도 응사하며 덤볐으나 견디지 못하고 작은 섬으로 올라 달아났다. 조선함대는 섬에 공격을 퍼붓고 나서 병사들을 상륙시켜 뒤졌으나 왜적들은 찾아내지 못했다. 날이 저물어 빈 배를 불태우고 장문포로 돌아와 밤을 보냈다.

이 싸움에서 적의 배 몇 척을 불사르고 적잖은 적들을 사살했으나 우리는 장수 두 사람을 잃었다. 평산만호 김축(金軸)과 보성군수 안홍국(安弘國)이 조총에 맞아 전사했다.

함대는 다음날 부산으로 가지 않고 한산도로 돌아왔다.

권율은 원균의 함대가 떠나자 사천으로 와서 하회를 기다렸다. 그런데 부산으로 가지 않고 그냥 한산도로 돌아왔다는 보고가 있자 원균을 불렀다. 사천 객관의 대청에 앉은 권율은 마당에 들어선 원균에게 물었다.

"내가 부산 출격을 명령한 것이 지난 5월초였소. 벌써 한 달 반이 지났소. 아직도 나가지 않는 까닭이 뭐요?"

"안골포와 가덕도부터 쳐야 하는데 수군만으로는 어렵습니다. 그래서 육군과의 합동작전을 주장한 것입니다. 거기를 치지 않고 그냥 부산으로 들어가면 사방으로 적에게 포위되어 전멸을 면치 못할 것입니다."

"부산에 가면 전멸을 면치 못한다? 전에 이순신도 그렇게 주장했소. 그것과 무슨 차이가 있소?"

"……."

원균이 대답을 못하고 멍하게 서 있자 권율은 종사관에게 일렀다.

"그 문서를 가져오시오."

문서를 가져오자 권율은 일렀다.

"다들 들을 수 있도록 큰 소리로 읽으시오."

그것은 전에 원균이 올린 장계의 사본이었다.

… 수백 척의 함대로 영등포 앞바다를 지나 가덕도 후방에 은밀히 포진하는 것입니다. 그리고서는 가벼운 배들을 내보내 삼삼오오 절영도 밖에서 시위하고 100여 척 혹은 200여 척으로 큰 바다에 위엄을 보이면 청정은 원래 조선수군을 겁내는 터이니 반드시 군을 거두어 돌아갈 것입니다. 이것은 신이 쉽게 말씀드리는 것이 아닙니다. 신이 전에 바다를 지킨 경험이 있어 이 일을 익히 알고 있습니다. …

"이것은 영감이 조정에 올린 장계가 맞지요?"

"예, 맞습니다."

"그때 이순신은 못 나간다고 했소. 그런 때에 영감은 무슨 이유로 이렇게 나가야 한다고 조정에 글을 올렸소?"

"……."

"영감이 나가야 한다고 주장했기에 이순신을 잡아 가두고 영감을 그 자리에 앉혔소. 그래서 지금 영감이 부산으로 나아가서 일본에서 건너오는 왜선들을 모조리 쳐부숴 수장시키기를 바라고 있소. 학수고대하고 있단 말이오. 누군 줄 아시오? 우선 전하께서 학수고대하시오. 그런데 이제 와서 못 나간다니 말이 되는 소리요? 항명이 무슨 뜻인지도 모르시오?"

"……."

"까닭이 있을 것 아니오? 설명해 보시오."

"때가 다릅니다."

"어떻게요?"

"그때는 화평을 말하는 중이어서 왜군은 소수 병력만 남기고 다 돌아간 때입니다."

"그래 지금은 왜군이 모두 돌아와 있단 말이오?"

"다 돌아오지는 않았지만 지금 안골포와 가덕도에는 전력이 보강되어 대단합니다. 안골포에 도진의홍의 1만 명이 있고, 가덕도에도 왜군 5천이 있습니다."

"적이 있는 것은 그때나 지금이나 마찬가지요. 그건 까닭이 될 수가 없소."

"……."

"전하께서 뿐만 아니라 온 나라가 지금 수군에 기대고 있소. 계속 한산도에만 죽치고 있을 거요, 아니면 부산으로 나갈 거요?"

"부산에 가면 망합니다. 한산도에서 막는 것이 지금으로서는 최선입니다."

"왜 일구이언(一口二言)을 하는 거요?"

"때가 다르다 하지 않았습니까?"

"듣기 싫소. 온 나라가 기대하고 있는 부산 출격은 영감이 자초한 것이오."

"불리함을 뻔히 알면서 어떻게 나갑니까? 수많은 부하들과 함선들이 딸려 있습니다. 수군의 일이니 수군이 알아서 하겠습니다."

"뭐라고? 그럼 나는 상관 말라, 이거요?"

"허 참⋯."

원균은 땡볕 아래 계속 서 있어서 더위에 지친 듯했다. 조금 걸어가 그늘의 섬돌 위에 앉았다. 그리고 손부채질을 했다. 이것이 권율에게 매우 불손하고 거만하게 보였다. 권율이 일어서며 소리를 질렀다.

"저놈을 형틀에 묶고 매우 쳐라."

관원들은 놀라서 머뭇거렸다.

"묶고 치라는데 뭘 하느냐?"

원균은 형틀에 묶이고 군졸들은 곤장을 쳤다. 그러나 권율을 힐끗거리며 치는 시늉만으로 살살 때렸다.

58세의 현직 통제사 원균이 곤장을 맞았다. 이것은 선례가 없는 일이었다. 곤장의 고통은 전혀 문제가 되지 않았다. 엎어져 맞았다는 사실 자체가 선례가 없는 치욕이었다.

"대감, 이런 법은 없습니다."

밖에서 소식을 듣고 달려온 남이공이 말렸다.

"본영에는 군관도 많고 아전도 많습니다. 이러시면 아니 되옵니다."

지체 높은 사람이 잘못을 저질렀을 때는 그 아랫사람을 데려다 볼기를 치는 것이 관례였다.　우수사 이억기가 잘못을 저질렀을 때 이순신은 이억기의 군관을 데려다 볼기를 쳤었다.

　매질은 더 할 수 없었다.

　"풀어 줘라."

　한마디 하고 권율은 말에 올라 초계로 돌아갔다.　땀에 젖은 흰 구레나룻이 바람에 휘날렸다.　61세의 무더운 여름이었다.

　분을 참지 못해 연방 씩씩거리며 원균도 남이공과 함께 선창으로 나갔다.

　한편 일본 깊숙이 들어앉아 잠시 한가를 즐기고 있는 풍신수길은 조선의 이런 사정을 속속들이 전해 듣고 있었다.

　"통제사 원균은 부산 출격을 극도로 꺼리고 있다 합니다.　그런데 조선임금과 조정은 부산 출격을 독촉하고 있다 합니다."

　"그럼 원균은 부산 출격을 결국 해야 할 게 아닌가?"

　"임금의 명령을 거부할 수는 없지요.　원균은 결국 부산으로 나올 것입니다."

　"드디어 조선수군을 다 때려잡을 기회가 왔군.　수군이 전멸되고서야 이순신이 다시 나온들 맨몸으로 헤엄치며 싸울 수가 있겠는가?"

　수길은 대망의 미소를 지으며 즉시 사람을 명호옥으로 보냈다.　일본 최고의 전략가요 군사인 흑전여수가 재침군의 조선 이동을 돌보고 있었다.

　"즉시 조선으로 떠나라는 태합전하의 전갈이오."

　흑전여수는 즉시 움직였다.　경상도 남해안에 있는 왜군장수들에게 모종의 작전지시를 전달한 뒤 대마도로 건너왔다.

"나머지 대군도 조선수군이 나오기 전에 건너가 기다려야 하겠소."

흑전여수는 '이일대로'(以逸待勞)의 전법을 구상했다.

'녹초가 될 때까지 끌고 다니다 때려잡는 거다.'

일본의 재침군은 이미 절반 이상이 조선으로 건너와 있었다. 당연히 조선의 불안은 가중되고 있었다. 명군이 다시 조선에 나왔다 하나 그 병력은 우선 숫자상으로도 도저히 왜적에 댈 것이 못 되었다.

임금은 그래서 또다시 도망가고 싶어 은밀히 먼저 서둘기 시작했다. 이를 알고 승정원에서 건의서를 올렸다.

민간에서 떠도는 말을 들으니 여러 궁방(宮房)에서 떠날 차비를 하고 있으며, 심지어 전하께서 '대간들이 지금 고집을 부리더라도 너희들은 빨리 피란을 가야 한다'고 지시했다는 말까지 있습니다.

길에 사복시(司僕寺)의 말들이 꼬리를 물고 있고, 전하의 친인척들이 모두 새 수레와 안장을 갖춘 말들을 끌고 다니며 '강화만이 살 곳이니 먼저 나가야 하겠다'고 하면서 마을로 다니며 자랑하고 서로 이끌고 있다 합니다. 그래서 어리석은 백성들이 또한 본받으려 한다 합니다.

전하께서 삼사의 논의를 완강히 거절하시면서, 옹주 등이 내일 가기로 했다는 것을 신등이 또한 알게 되었습니다. 사태가 급박하게 되었으니 신등은 무슨 말로 전하께 말씀을 드려야 할지 모르겠습니다.

신등은 생각하기를, 궁가 가족들을 피란시키는 일을 중지하지 않는다면, 온 나라의 모든 조치들이 다 허사로 돌아가리라고 봅니다. 소문이 이미 도성 부근에 퍼진 결과, 그 소문이 진짜인지 가짜인지 알아보러 오는 사람들도 있습니다. 신등은 이 말이 호서지방과 호남지방까지 미쳐서, 군사들의 마음이 해이해지지 않을까 걱정했습니다. 더구나 명나라 장수들이 들으면 어떻게 생각하겠으며, 또한 명 조정에서 알면 얼마나 책망하겠습니까?

이때에 신등이 극력 간하여 전하로 하여금 깨닫도록 하지 못한다면, 뒷날 아무리 목숨을 바쳐 섬긴다 해도, 충성스럽지 못한 신하들이 될 수밖에 없습니다. 신등은 전하와 가장 가까이 있는 사람들로서, 듣고 본 것을 모두 말씀드리지 않는다면 그 죄는 크고도 무거울 것이기에, 죽음을 무릅쓰고 건의드리는 바입니다.

그러나 임금은 지시했다.

건의한 뜻은 알겠다. 그러나 이미 결정한 일이니 이제 와서 고치기는 어렵다.

왜적들이 또 서울까지 쳐들어올지 모른다 하여 서울은 온통 야단이었다. 그렇게 되면서 원균에 대한 기대는 더욱 커졌다. 기대가 클수록 원망도 그만큼 커졌다.

"왜적들이 바다를 뒤덮고 새까맣게 건너오고 있는데, 백전백승의 수군을 250리나 떨어진 한산도 구석에 가둬 놓고, 도대체 낮잠을 잔단 말이냐?"

"게으른 장수 한 사람 때문에 나라가 망해야 한단 말이냐?"

원균은 온 나라를 들썩이게 만드는 화제의 인물이 되었다. 원균을 철석같이 믿었던 임금도 답답해서 안달이 났다.

"한산도로 내려가서 대장선에 함께 타고 부산으로 나가거라. 적을 치는 모습을 네 눈으로 직접 보고 오너라."

선전관 김식(金軾)이 한산도로 달렸다.

"어명이오. 부산으로 출정하라 하십니다."

원균도 더는 버틸 수가 없었다. 원균의 기함에 김식이 승선했다. 남이공은 하선하여 돌아갔다.

7월 5일.

가랑비가 내리고 바람이 제법 부는 날이었다. 출항을 미루자는 장수들도 있었으나 선전관의 재촉에 원균은 출항을 선언했다.

4척의 거북선과 판옥선 180여 척, 협선 200여 척, 근 400여 척의 대함대가 한산도의 두을포(豆乙浦)를 떠났다. 미시(오후 2시)에 견내량을 통과하여 술시 초(오후 7시)에 칠천도(七川島)의 외즐포에 도착하여 밤을 보냈다.

이순신이 은밀하게 항해한 것과는 달리 원균은 대낮에 보아란듯이 함대를 이동시켰다. 왜적은 육지의 감시 초소와 척후선들을 통해서 조선함대의 이동을 환하게 들여다보고 있었다.

7월 6일, 함대는 정오에 출발해서 옥포로 항진했다. 안골포 남단 육망산에 왜군 초소가 있었다. 왜군은 거기서 조선함대의 이동을 면밀히 감시하고 있었다. 조선함대의 이동을 확인한 왜군은 웅포, 안골포, 가덕도, 김해, 죽도 등지 병력을 부산으로 집결시켰다.

7월 7일, 함대는 인시(오전 4시)에 옥포를 떠나 진시(오전 8시)에 가덕도 남방을 통과했다. 왜군들은 절영도 후면에 함대를 대기시켜 놓고 있었다.

정오 무렵 함대가 다대포에 이르자 포구 안에 왜선들이 정박해 있는 광경이 보였다. 다대포는 포구까지 들어가는 수로가 좁았다. 조선함대는 일단 바깥 바다에 멈추고 한 척씩 교대로 포구 안에 들어가 대포 공격을 퍼부었다. 왜군들은 조총으로 반격했으나 견디지 못하고 모두 배에서 내려 육지로 달아났다. 빈 배 8척을 모두 태워 버렸다. 미시(오후 2시)가 되었다.

전라우수사 이억기가 대장선으로 건너왔다.

"해가 기울었습니다. 이대로 부산까지 가 전투를 하게 되면 혹 어려운 일이 생길까 걱정이 됩니다."

배를 돌려 옥포로 돌아가자는 뜻이었다.

"어려운 일이란 무엇이오?"

원균은 감각이 없는 사람처럼 물었다.

"일단 싸움이 벌어지면 중도에 마음대로 그만둘 수는 없습니다. 한바탕 싸우다 보면 해는 질 것이고 그러면 적들은 육지로 오르면 되지만 우리는 배를 댈 곳이 없습니다. 지쳐서 표류하다 보면 적의 희생물이 되기 쉽습니다."

원균은 대답은 하지 않고 초점 잃은 눈으로 어딘가 먼 곳을 바라보았다. 부산 출격은 어차피 그의 뜻은 아니었다. 권율, 이원익, 임금, 이들의 강요에 의해서 나온 것이었다. 그러면서 수군 총사령관이란 자가 형틀에 묶여 곤장까지 맞았다.

"여기까지 와서 그냥 돌아갈 수 있겠소? 하여튼 가 봅시다."

하여튼 가 보자는 대답은 어찌되든 나는 모르겠다는 뜻이었다. 이억기는 어이가 없었지만 돌아서 쪽배로 내려섰다.

함대는 부산으로 향해 출발했다.

함대가 절영도 남단에 들어서면서 보니 대마도에서 오는 왜선 1천여

척이 이미 가까이 다가와 있었다. 함선의 크기도 함대의 규모도 임진
년의 그것과는 달랐다.

그동안 수길은 조선의 판옥선에 필적할 수 있는 전함을 대량으로 만
들어 정유년 재침을 준비했었다. 그 전함의 이름도 물론 안택선(아다케
부네)이었으나 전투용으로 만든 개량형 안택선이었다. 이를 대흑환(大
黑丸, 오오구로마루: 두 개의 검은색 돛을 달았다)이라고도 불렀다.

이날 대마도에서 건너오던 왜선단의 병력은 수길이 편성한 재침군
의 마지막 병력이었다.

수길은 재침군 전병력을 좌군(左軍), 우군(右軍), 수군(水軍)으로
3분해서 편성했다.

좌군은 소서행장, 도진의홍, 삼길성(森吉成) 등이 통솔하는 4만 9
천여 명이었고 좌군총사령관은 우희다수가(宇喜多秀家)였다. 우군은
가등청정, 흑전장정, 과도직무 등이 통솔하는 6만 4천여 명이었고 우
군총사령관은 모리수원(毛利秀元)이었다. 수군은 등당고호, 협판안
치, 가등가명 등이 통솔하는 7천 2백여 명이었고 수군총사령관은 등당
고호였다.

그리고 이 3군을 지휘하는 총대장은 21세의 소조천수추(小早川秀
秋)였고, 그를 보좌하여 3군의 작전을 사실상 지휘하는 것은 군사 흑
전여수였다. 총대장 소조천수추는 금산에서 고경명과 싸우고 나서 머
리를 절레절레 흔들었던 소조천융경(小早川隆景)의 양자였다.

이날 대마도를 떠나 절영도 가까이 와서 조선함대를 만난 1천여 척의
왜 수군 선단에는 총대장 소조천수추와 군사 흑전여수가 타고 있었다.

조선수군을 만나자 21세의 총대장이 수적 우세를 믿고 공격을 명령하고자 했다.

"조선놈들 당장 바다에 처넣는 게 어떻겠소?"

군사에게 의견을 물었다.

"전쟁에서 제일로 치는 것이 무엇이겠습니까?"

흑전여수가 물었다.

"그거야 싸워서 이기는 것이 아니겠소?"

"아닙니다."

"그러면?"

"싸우지 않고 이기는 것입니다."

"아, 알겠소. 싸우지 말고 피하라 그 말씀이군요."

군사가 고개를 끄덕였다.

"전 함대, 후퇴하라!"

왜선들은 뱃머리를 돌려 달아나기 시작했다.

"전 함대, 공격하라!"

원균이 호기롭게 소리쳤다.

원균은 일본함대가 조선함대를 두려워해서 달아나는 줄 알았다.

명령일하, 조선함대는 전 속력으로 왜선을 추격하며 대포를 마구 쏘아댔다. 천지가 뒤집히는 듯 우레 같은 소리를 내며 수백 문의 대포들이 불을 뿜었지만 왜선에는 하나도 맞지 않았다. 왜선들은 재빠르고 날렵하게 잘도 달아나고 있었다. 왜선들과의 거리는 점점 멀어지고 파도는 점점 높아지는데 어느새 대마도가 눈에 들어왔다.

'아차, 너무 왔구나.'

"후퇴하라!"

이미 어둠이 내리기 시작했다. 조선함대는 모두 돌아섰다. 파도는 더 높아지고 바람마저 마주 불기 시작했다. 격군들은 모르는 새 피가 밴 손에 힘을 뻗쳐 기를 쓰고 배를 저었지만 속도는 느리고 방향은 엉뚱했다.

그러는 통에 경상우수영 전함 5척은 기장의 두모포(豆毛浦) 쪽으로 떠내려갔고, 전라좌수영 전함 7척은 울산 서생포 앞바다까지 밀려갔다. 두모포 쪽의 5척은 겨우 되돌아왔으나, 서생포 쪽 7척은 그쪽에 주둔하고 있는 청정의 왜병들에게 7척의 전함과 장병, 격군 1천여 명이 다 죽거나 잡혀가고, 뭍에 오른 사람 중 격군 세남(世男)이 홀로 겨우 살아 돌아왔다.

이순신이 통제사였을 때는 판옥선의 승선 인원의 기준이 병사는 척당 190명이었고, 격군은 척당 127명이었다. 그런데 원균이 온 뒤에는 기준이 척당 병사 수는 94명이고. 전함 기동력의 원천인 격군은 63명이었다. 병사나 격군이나 반수 이하로까지 줄어 버렸으니 그의 망국적 작태는 이렇게 전투력의 피폐로도 이어졌다.

원균이 온 이후 병사나 격군이나 탈영자 수가 많기도 했지만 원균이 뇌물을 받아먹고 방면한 자들이 더 많았던 것이 그토록 줄게 된 주원인이었다.

후퇴하는 조선함대가 이 모양으로 항진마저 제대로 못하는 것을 알면서도 왜군함선들은 공격하지 않고 조용히 물러갔다. 물론 작전이었다.

되돌아온 조선함대가 가덕도 남쪽 해상에 이르자 대기중인 왜선 500여 척이 공격해왔다. 조선함대는 죽을힘을 다하여 줄행랑쳤다.

겨우 옥포로 쫓겨 온 조선함대는 기진맥진해 이틀을 늘어져 있었다.

7월 9일, 원균은 함대를 이끌고 다시 부산을 향해 출발했다. 가덕도를 막 지나면서 도진의홍(島津義弘)의 육군이 승선한 왜 선단 1천여 척과 마주쳤다.

"후퇴하라!"

틀림없이 중과부적이라고 생각한 원균은 기가 죽었다.

조선함대는 방향을 돌려 달아났다. 속도가 느린 조선함선을 재빠르게 쫓아온 적함의 공격으로 판옥선이 무려 20여 척이나 격파되고 소진되어 수장되고 말았다. 아군의 희생도 3천여 명이었다. 참으로 어이없는 패배였다.

다시 옥포로 쫓겨 온 원균은 밤낮을 술만 퍼마셨다.

싸워 보지도 못하고 판옥선 20척과 수군 3천여 명을 잃었다는 보고가 조정에 닿자 원균의 후원자인 임금도 화가 치밀었다.

"전일과 같이 다시 후퇴하여 적을 놓아준다면 국법으로 처리될 것이며 나 또한 사사로이 용서치 않을 것이다."

곤양에 와 있던 권율은 기가 막혔다. 도망만 다니다 판옥선 20여 척에 수군 3천 명을 잃었다는 보고에 접하자 피가 거꾸로 솟았다.

7월 11일, 권율은 원균을 곤양으로 호출했다.

"어디서고 싸움 한 번 제대로 못하고 수군을 장사지내러 다니는 것이 통제사가 하는 일이오?"

사실상 3천여 명을 수장시킨 원균으로서는 할 말이 없었다.

"……."

"이순신이 어디 한 번이나 그랬는지, 같이 싸우러 다녔으니 말해 보시오. 나도 알 만큼은 다 알고 있소."

원균은 사죄하고 용서를 빌려던 참이었다. 그런데 권율이 이순신을 들먹이자 원균도 속이 뒤틀리고 말았다.

"대감이 수군 일을 그렇게 잘 아시면 배를 한번 타고 나가 보시지요."

알 만한 사람은 다 알고 있는, 자신의 비열한 지난날을 원균이 조금이라도 반성했다면, 제정신으로는 할 수 없는 말이었다. 권율은 머리털이 곤두서고 말았다.

"당장 저놈을 엎어 놓고 매우 쳐라."

또다시 원균은 형틀에 묶이고 서리들은 곤장을 쳤다. 그러나 역시 흉내만 냈다.

"가야 된다고 큰소리친 부산은 안 가고 … 꾸물거리다 군사들만 다 죽이고 … 에이, 꼴도 보기 싫다."

권율이 뒤뜰로 사라지자 서리들이 얼른 형틀을 풀었다.

옥포로 돌아온 원균이 하는 일은 주야로 술을 퍼마시는 일이었다.

"부산 출격은 어명이오. 자꾸 지체하지 마시오."

선전관 김식이 원균을 재촉했다.

7월 14일, 원균은 다시 부산포로 출동했다. 이미 조선수군의 동태를 샅샅이 파악한 흑전여수는 부산포의 왜군함선들을 분산 배치시켰다. 조선함대가 나타나면 포위하고 싸울 듯하면서도 싸우지 않는 교란작전을 펴도록 지시해 놓았다.

그날은 풍랑도 거세었다. 힘들여 부산포 앞까지 항진한 원균 함대는 왜군들의 교란작전에 말려 어느 쪽을 공격해야 할지 몰라 사방을 오가며 헤매다 지쳐 버렸다.

원균은 하는 수 없이 후퇴하여 쉬었다. 가덕도에 이르자 하루쯤 쉴 작정으로 함대를 정박시키고 병사들을 상륙시켰다.

400여 명의 병사들이 섬에 올라 물을 긷고 땔나무를 찍었다. 그러나 왜군들은 이미 가덕도에 병력을 더 보강하고 기습을 노리고 있었다. 원균은 척후나 정찰병도 쓰지 않았다. 왜병들의 갑작스런 기습으로 작업에 열중하던 400여 명은 비명을 지르며 피를 토하며 죽어갔다.

갑작스런 비명소리에 돌아보니 어디서 쏟아져 나왔는지 왜군들이 새까맣게 달려들었다. 왜군들은 조총을 쏘며 정박해 있는 함대 쪽으로 달려왔다. 원균은 급했다. 왜병들이 배에 오르면 큰일이었다.

"전 함대 닻을 올리고 빨리 후퇴하라."

전 함대에 후퇴를 명하고 급히 닻을 올리고 앞장서 달아났다.

떠나가는 배를 향해 손을 허우적거리며 해안가로 쫓겨 오는 조선병사들의 외침이 구슬프게 잦아들었다.

"떠나지 마시오! 살려주시오!"

뭍에 오른 병사들은 몇 명 포로가 되었을 뿐 다 참살되고 말았다.

"나무를 하고 물을 긷고자 상륙하는데 정찰병도 올려 보내지 않는 장수가 조선의 수군대장이란 말이냐? 하하하…."

멀어져 가는 함대를 바라보며 왜장 등당고호(藤堂高虎)가 뱃살을 잡고 웃었다.

가덕도에서 놀란 원균은 칠천량까지 후퇴하여 포구로 들어갔다. 이런 후퇴 소식은 고성에 와 있던 권율에게 즉시 보고되었다.

"아니 그래, 아군 병사들을 남겨놓은 채 그냥 달아났단 말이냐? 통제사를 당장 붙잡아 오라."

권율은 이번에는 형틀을 차려 놓고 기다리고 있었다.

원균이 들어서자마자 권율은 소리쳤다.

"저놈을 묶고 쳐라. 사정을 두지 마라."

사령들이 달려들어 묶고 곤장을 쳤다. 역시 치는 시늉만 했다. 이번에는 권율이 씩씩거렸다.

"사정을 두지 말고 쳐라. 허어, 세상에 적지에서 척후병도 없이 상륙시켰다는 게 말이 되는가? 적의 공격을 받는 아군을 외면하고 달아났다니 그게 장수란 말인가? 장수는 고사하고 그게 사람이란 말인가? 고얀 것 같으니라고."

권율은 혼잣말로 화를 풀었다. 원균이 너무 사람 같잖아서 아예 한마디 묻지도 않았다.

"허어 고얀지고 …."

권율은 그냥 안으로 들어가 버렸다. 사령들이 원균을 풀어 주었다.

곤장은 치는 시늉만 했을 뿐이니 그냥 형틀에 잠깐 엎어져 있다 일어난 셈이었다. 그러나 원균은 일찍이 유례가 없는 치욕을 또 당했다.

이것은 3도 수군의 총사령관이 한 달 사이에 3번씩이나 볼기를 드러내놓고 곤장을 맞은 역사적 사건이었다.

칠천도 포구로 돌아온 원균은 술을 통째로 들이마셨다. 전쟁중의 사령관이 고주망태가 되었다. 그래도 그에게 할 말은 해야 했고, 그는 그 말을 들어야 했다.

"여기 칠천량은 수심이 얕고 물목이 좁아서 전함을 마음대로 움직일 수가 없습니다. 빨리 다른 곳으로 이동해야 합니다."

경상우수사 배설의 건의였다.

"이대로 물러날 수는 없소."

이치에 닿지 않는 고집은 망하는 길이었다.

다음날 7월 15일, 배설은 다시 원균을 찾았다.

"한산도로 돌아갔다가 다시 나오는 게 좋겠습니다."

"이대로 돌아갈 수는 없소."

원균은 여전히 술에 취해 있었다.

배설이 자신의 함대로 돌아가면서 알아보니 원균은 척후함정들을 내보내지도 않았고 조선함대 주위에 경계함정도 배치하지 않았다. 배설은 불길한 예감을 떨칠 수 없었다. 배설은 휘하 장수들을 불러들였다.

"자정(밤 12시)이 되면 조용히 빠져서 한산도로 갈 것이오. 오늘이 보름인지라 날은 흐리지만 물길은 보이고 바다는 조용하오. 준비하시오."

그 밤 배설은 경상우수영 전함 12척을 이끌고 조용히 칠천량을 빠져나갔다.

다음날 7월 16일. 이른 새벽 갑자기 대여섯 척의 왜선이 기습공격을 가해왔다. 잠들어 있던 조선수군들은 예기치 못한 공격으로 혼란에 빠져 우왕좌왕했다. 그러는 사이 이미 포위를 마치고 기다리던 1천여 척의 왜 함선들이 일제히 공격해 쳐들어왔다.

이순신의 조선수군에게 처참한 패배를 당해 죽다 살아난 협판안치 등 수군장수들이 흑전여수의 작전계획에 따라 신중에 신중을 거듭하여 이 아침에 총공격을 감행했던 것이다.

조선수군 장수들은 당황스런 가운데서도 후퇴하지 않고 응전태세를 갖추어갔다. 이때 적침 보고를 받고 벌떡 일어난 원균이 명령을 하달했다.

"각 함대는 사령선 주위로 집결하라!"

각 수영 함대들이 사령선 주위로 모이기 위해 움직이자 원균의 사령선도 움직였다. 그런데 사령선은 어이없게도 견내량 쪽을 향해 달아나는 게 아닌가. 원균의 전라좌수영 함대가 뒤따라 달렸다. 나머지 조선수군 또한 갈피를 잡지 못하고 뒤따랐다.

견내량으로 들어가려던 원균은 이미 전열을 가다듬고 기다리는 왜군함선들을 보자 물러서지 않을 수 없었다. 원균은 돌아서 북상했다. 견내량 앞의 왜 수군도 북상했다. 그러나 북상 행렬은 고성의 춘원포(春元浦: 통영시 광도면 황리) 앞에서 멈춰야 했다. 왜 수군선단이 가로막고 기다리고 있었다.

조선수군을 에워싼 왜 수군들은 그들의 장기인 등선접전(登船接戰)을 위한 돌격을 감행하며 조선 3도 수군을 춘원포 안으로 밀어 넣었다. 좁은 포구 안으로 밀려든 조선 함정들은 운신할 틈조차 거의 없었다. 거북선들, 판옥선들이 서로 부딪쳐 깨지고 있었다.

"모두 후퇴하여 육지로 도피하라!"

원균이 먼저 육지에 올라 몸을 피했다. 조선수군들은 함정을 버리고 육지로 뛰어올라 마구 달렸다.

그러나 언덕 위에도 이미 포진해 기다리는 왜군들이 있었다. 안골포에서 이동해 공격준비를 완료한 삼길성(森吉成)의 부대였다. 뭣 모르고 달려 오르던 조선수군들은 그들의 총칼 아래 처참하게 쓰러지는 수밖에 없었다.

쫓기는 조선함대를 밀어 넣고 몇 배 많은 수로 총격과 화공을 퍼부으며 맹렬하게 짓쳐드는 왜군들을 물리치는 것은, 쫓기는 조선함대로서는 거의 불가능했다.

그러나 이억기와 최호는 후퇴하여 뭍으로 오르지 않았다.

"장군, 다들 후퇴하고 있습니다. 빨리 피하십시오."

그러나 그들은 들은 척도 하지 않고 분전했다. 함께 분전하는 휘하 장병들을 지휘하며 용력을 다해 싸웠으나 끝내는 그들도 왜적의 총칼 아래 그리고 불타는 갑판 아래 다 쓰러지고 말았다.

너무나 참담하고 허무한 패전이었다. 재기불능의 처절한 패전이었다. 거북선 4척을 포함한 함정 160여 척이 수장되거나 소실되었고 40여 척이 적의 수중으로 돌아갔다. 단 한 척 살아난 배가 없었다.

조선수군 1만여 명이 전사한 좁은 포구는 선혈이 낭자하게 일렁이는 거대한 도살의 포구로 변해 있었다. 1597년 7월 16일이었다.

세계 최강의 조선수군이 완벽하게 궤멸당하던 날 하늘은 애처로운 조선수군의 최후를 굵은 빗방울을 쏟으며 통곡해 주었다.

조방장 김완(金浣) 등 일부가 포로로 잡혀가기도 했으나, 전라우수사 이억기, 충청수사 최호, 조방장 배흥립(裵興立), 조방장 안세희(安世熙), 그리고 많은 지역기지 장수들이 거의 다 여기서 전사했다.

육지에 올라 사방으로 흩어져 달아나던 사람들 중에는 왜적의 공격을 피해 용케 살아서 도망간 사람들도 꽤 있었지만 그들은 출전 수군의 극소수에 불과했다.

원균과 아들 원사웅(元士雄)은 가장 먼저 달아나서 재빨리 숲속으로 숨어들어가 용케 살아났다. 사령선에 탔던 선전관 김식도 일찍 달아날 수 있어 목숨을 부지했다.

다시 통제사(統制使)에

초계 원수부에 조선수군 전멸의 소식이 전해진 것은 7월 18일 새벽
이었다. 찢히고 찢어진 옷에 손발이 터져 피가 흐르는 패잔병들이 들
이닥친 것이었다.

"우리 수군이예 ⋯ ."

군관은 말을 하다 말고 기절했다.

"수군이 어쨌단 말이냐?"

권율은 벌떡 일어서며 다그쳤다.

"전멸했습니더."

다른 패잔병이 말을 이었다.

"뭘 잘못 들은 게 아니냐?"

권율은 믿을 수가 없었다.

"제 눈으로 똑똑히 봤습니더. 틀림없이 전멸이라예. 살아난 배가 한
척도 없다 아입니꺼."

"뭐라고? 살아난 배가 한 척도 없다고? 아니, 이런 일도 있단 말이냐? 이거 큰일이 났구나."

권율은 털썩 주저앉았다.

'허어, 이제 정말로 나라가 망하는 게 아닌가? 이 못난 것을 내가 너무 몰아붙인 것이 아닌가?'

'그 막강한 조선수군이 뭐, 살아난 배가 한 척도 없다고 … .'

권율은 참모들을 소집했다. 의견을 물어보았다. 누구도 의견이 없었다. 누구도 믿을 수가 없었다. 아무리 생각해도 오로지 막막할 뿐이었다.

이순신의 거처로 발길을 옮겼다.

이순신은 초계에 온 이후 피란 나가 사람이 살지 않는 작은 초가에서 혼자 기거하고 있었다. 가끔 권율의 자문에 응해 주는 외에 직무상(백의종군으로) 할 일은 없었다. 주로 텃밭에 들어가 채소를 가꾸는 일로 소일했으며, 가끔은 삿자리를 엮기도 하며 무료를 달랬다. 그래도 끊임없이 사람들이 찾아와 고적하지는 않았다.

그날 아침 이순신에게도 패전의 소식이 자세히 전해졌다.

전에 한산도에서 그를 보좌하던 부하들 이덕필(李德弼)과 변홍달(卞弘達)이 찾아왔다.

"수군이 대패했습니다. 수사들도 모두 전사했습니다."

"놈들이 한산도로 몰려갔다 합니다."

한산도는 맨 처음 7월 15일 밤에 미리 탈출해 내려온 배설이 먼저 들렀다. 그는 우선 무기와 양곡을 태웠다. 그리고 섬 안의 백성들에게 섬을 피해 빨리 떠나도록 이른 다음 일부 백성들을 태우고 창선도 쪽으로 달아났다.

7월 16일 춘원포에서 달아난 원균이 도망가는 길에 한산도에 들렀는지는 알 수 없으나, 그가 진주로 가는 길에서 만난 권율의 군관 최영길(崔永吉)에게는 자신이 한산도에 들러 뒷수습을 한 것처럼 이야기해 주었다.

비록 원균이 한산도에 들렀다 해도 전후 상황으로 보아 그의 말은 온전한 거짓말이요 그다운 거짓말일 수밖에 없었다.

7월 21일 권율은 최영길의 이야기를 듣고 그대로 써서 조정에 올려보냈다.

신의 군관인 최영길이 이제야 비로소 한산도에서 돌아왔는데 그가 말했습니다.

"원균이 사지를 벗어나 진주로 향하면서 소관에게 말했습니다. '사량(蛇梁)에 도착한 대선(大船) 18척과 전라선(全羅船) 20척은 본도에 남아 있고, 한산도에 있던 군민(軍民), 군기(軍器), 그리고 여러 곳에서 모여든 잡선(雜船) 등은 모두 창선도(昌善島)에 집합시켜 놓았으며, 군량 1만 석은 일시에 운반하지 못하여 일부 덜어내고 불태워 버렸다. 도망가던 배들은 격군(格軍)들이 모두 육지 가까이에 정박시켰으므로 아군의 사망자는 그리 많지 않았다'고 했습니다."

최영길을 곧이어 올려 보내겠습니다. 자세히 심문하시기 바랍니다. 그리고 흩어져 도망친 배들을 수습할 수 있도록 이순신(李舜臣)을 사량(蛇梁)으로 보내주시기 바랍니다.

조선함대를 완전히 무찌른 왜 수군들은 한산도로 물밀듯이 밀려들었다. 그들은 미처 피하지 못한 사람들, 남녀노소를 불문하고 모조리

348

잡아 죽였다. 부녀자들은 겁간을 피해 바다로 뛰어들었다. 세워져 있는 건물들은 모조리 불 질러 태우고, 타지 않는 구조물들은 모조리 부수고 깨뜨려 버렸다. 숲과 밭에도 불을 붙여 태울 수 있는 것은 무엇이나 다 태워 버렸다.

수군 대장들은 폐허로 변한 한산도에서 발을 굴러 뛰며, 미친 듯이 소리쳐 웃었다.

"이제 이순신을 완전히 깔아 눕혔다. 이순신은 없는 것이다."

그들은 그동안 자신들의 심신을 떨게 했던 이순신의 공포에서 완전히 해방된 셈이었다. 그 밤에 그들은 장병 할 것 없이 실컷 먹고 마시고 목청껏 노래를 부르며 춤을 추었다.

"한산도는 틀림없이 결딴났을 것입니다."

이순신은 가슴을 찌르는 격통을 달래고자 허리를 굽혔다.

그때 권율이 찾아왔다.

"이 일을 어찌해야 옳단 말이오?"

권율은 거의 목이 멘 하소연이었다.

"…… ."

이순신도 당장 무슨 할 말이 없었다.

한참을 마주 앉아 있었으나 할 말이 없어 답답할 뿐이었다.

"우선 제가 한번 나가 보겠습니다. 형편도 살피고 사실도 확인해 본 다음에 나름대로 생각되는 바를 말씀드리겠습니다."

권율은 두 손으로 이순신의 손을 덥석 잡았다. 권율의 황겁(惶怯) 한 마음이 손으로 전달되었다.

"참으로 고맙소이다. 그렇게 해주신다면 얼마나 좋겠소?"

이순신은 일어섰다. 권율에게 작별을 고하고 말에 올랐다. 원수부를 떠나 서남쪽으로 달렸다. 군관 송대립(宋大立) 이하 9명의 옛 부하들이 함께 달렸다.

원균의 패전소식이 서울에 당도한 것은 7월 22일이었다. 구사일생으로 살아난 선전관 김식이 밤낮을 달려 조정에 보고서를 올렸다.

조정은 물론 온 서울이 대주(大主)가 초상(初喪) 난 집이듯 절망과 불안의 침통으로 거칠게 추적거렸다.

이 소식은 거의 같은 시각에 일본의 내륙에도 전달되었다. 일본은 조야가 다 축제의 감동으로 들썩거렸다.

"드디어 조선을 삼키게 되었구나. 전라도, 충청도를 단숨에 쓸어버리고 도성으로 진격하라."

수길이 귓가로 찢어진 입을 다물지 못하고 소리쳤다.

"아직 이순신이 죽지 않았습니다."

장관들의 말이었다. 이순신은 일본 권부에서도 공포의 대상이었다.

"빈 초가집에서 다다미를 짜고 있다면서?"

"다다미가 아니라 돗자리를 짠다고 합니다."

"아니오. 돗자리도 못 짜고 마당에나 까는 삿자리를 짠다고 합니다."

"그래? 앞으로도 계속 삿자리나 짜는 게 나을 게야. 이제 발톱, 이빨 다 빠진 호랑이가 아닌가? 그런 이순신은 백 명이 있어도 소용없고 백 년을 살아도 소용없지."

"과연 전하의 작전은 신묘합니다."

"그렇긴 해도 옆에서 적극적으로 도와준 사람들이 있었으니 망정이지 …. 내 크게 보상이라도 해야겠소."

"저희는 비록 옆에 있었다 하나 적극적으로 도와드리지 못했습니다. 처음에는 그 작전을 짐작도 못했으니까요."

"하아, 그대들이 아니라, 조선의 왕과 도원수 권율, 수군대장 원균, 바로 그 사람들이 나를 도와주었단 말이오."

"아니, 조선왕과 도원수, 수군대장입니까?"

"그렇지 않소? 그 무시무시한 이순신은 잡아 가두고, 뇌물 긁어다 바치는 것밖에 모르는 가카시(허수아비) 대장 원균에게 수군을 맡기고, 부산으로 내몰아서, 조선수군 전체를 우리에게 선물로 바치게 했으니, 그런 고마운 일이 어디 있겠소?"

"합. 과연 전하의 작전은 신묘합니다."

"험, 그게 바로 병법에서 말하는 '남의 손을 빌려 적을 잡아 죽이는 계책〔차도살인지계(借刀殺人之計) : 중국 전래 병법 36계 중 제 3계〕이라는 거 아니겠소?"

"합, 과연 전하께서는 천하의 영웅이십니다."

김식의 보고서를 접한 선조는 즉시 중신들을 소집해서 그 보고서를 보게 했다. 선조가 먼저 입을 열었다.

"수군 전부가 침몰된 상황에서 당장 어찌할 수는 없으나 그렇다고 가만히 있을 수는 없소. 전라도와 충청도에 배가 남아 있는지는 모르겠소. 남아 있는 배들을 수습하여 방어대책을 세우는 길밖에 없소."

신하들은 모두 입을 꾹 다물고 한마디 말도 없었다. 선조가 언성을 높였다.

"대신들은 왜 대답이 없소? 대답을 안 하고 있으면 왜적들이 스스로 물러가기라도 한단 말이오?"

영의정 유성룡이 입을 열었다.

"대답을 안 하려는 것이 아니라, 너무나 기가 막히고 절박해서 무슨 대책이 떠오르지 않아 미처 말씀드리지 못하고 있을 따름이옵니다."

"전군이 패전한 것은 하늘이 뜻인데 어찌하겠소? 원균은 죽었다 하더라도 어찌 다른 사람이 없겠소? 각 도의 배들을 빨리 수습해야 할 것이오. 원균은 왜 한산도로 물러나지 않았단 말이오?"

아무도 대답하는 사람이 없었다.

"한산도에 거의 다 가서 칠천도에서 묵었습니다. 한밤중에 적들이 불시에 닥쳐 대포를 쏘는 바람에 우리 전선 몇 척이 불에 탔습니다. 적을 추격하려 했으나 당황한 가운데 놓쳐 버렸습니다. 다음날 밝아서 보니 우리 군사들이 이미 사방으로 포위되어 있어서 고성으로 가다가 육지에 올랐습니다. 그러나 적들이 이미 진을 치고 있었기 때문에 우리 군사는 손도 써 보지 못하고 모조리 잡혀 죽었다고 합니다."

김식의 보고서를 읽고 난 유성룡이 대강 설명했다. 부질없는 설명을 해야 하는 유성룡은 자신이 한심스러웠다. 그저 전멸했다는 사실을 다시 한 번 일깨워 준 설명일 뿐이었다.

"한산도를 고수하여 호랑이가 버티듯 형세를 취했어야 했는데, 반드시 출병하라 독촉해서 이 같은 패배를 초래했소. 이는 사람이 한 일이 아니고 실로 하늘이 한 일이오."

352

"……."

신하들은 벙어리가 된 듯했다.

"그렇다고 이대로 아무런 대책도 세우지 않을 수 있겠소? 남은 배들을 수습하여 전라도와 충청도를 지켜야 할 게 아니오?"

임금 혼자 떠들었다.

원균의 패전이야말로 하늘이 한 일이 아니고 사람이 한 일이었다. 선조와 원균 옹호자들이 저지른 이미 예견된 패전이었다.

원균이 한산도를 맡은 이후 아슬아슬한 불안감으로 자다가도 깜짝깜짝 놀라 벌떡 일어나 눈을 뜬 사람들이 있었다.

이순신이 그랬고 유성룡이 그랬다. 원균이 어떤 인간인가를 잘 아는 뜻있는 사람들이 그랬다.

싸움의 승패가 장수에게 달려 있기 때문이었다. 천변만화(千變萬化)의 전략과 전술이 장수의 머리에서 나오기 때문이었다.

원균은 어느 고장 어느 직책에서도 지탄과 원성으로 더 이름난 장수였다.

"이대로 가만있을 것이오? 대책들을 말해 보시오."

"전하, 우선 급한 것은 통제사와 수사들을 빨리 임명해 보내서 방어 대책을 세우게 하는 것이옵니다."

병조판서 이항복이 건의했다.

"원균이 일찍이 절영도 앞바다에는 나가기 어렵다 하더니 과연 이 지경이 되었소. 내가 전에도 말했지만 저 왜적들이 6년간이나 버틴 것이 어찌 책봉(冊封)의 문서 한 장 받고자 함이었겠소? 그동안 적들은 준비를 잘해서 배들도 전에 비해 훨씬 커졌다 하는데 사실이오?"

"그렇다 하옵니다."

우의정 김응남(金應南)이었다.

"평수길(풍신수길)이 항상 말하기를 '먼저 수군을 격파한 다음에야 육군을 노획할 수 있다' 하였다는데 이제 과연 그렇게 되었소. 우선 도독부(都督府)에 알리고 중국조정에도 보고해야 할 것이오."

"옳은 말씀입니다."

"한산도는 어떻소?"

"한산은 남해의 요충인데 저들이 가만둘 리가 없을 것입니다. 지금 이곳도 틀림없이 적의 점령지가 되었을 것입니다."

유성룡의 말이었다.

"영상도 남해를 걱정하오?"

답답해 죽을 것 같은 임금의 소견머리가 항상 재난의 불씨였다.

"어찌 남해만 걱정되겠습니까?"

"원균은 처음부터 가지 않으려 했다 하오. 남이공(南以恭)의 이야기를 들으면, 배설도 '비록 군법에 의해 나 홀로 죽음을 당할지언정 군졸들을 어떻게 사지에 들여보내겠는가?' 라고 했다 하오. 이번 일은 도원수가 원균을 몰아붙였기 때문에 생긴 패배요."

임금의 멀쩡한 책임전가였다.

"……."

"만약 왜적이 또 움직인다면 병력이 적은 중국군이 방어할 수 있겠소? 마(麻)도독의 군사는 1만 명도 못 되고, 양원(楊元)의 군사는 3천 명 정도니 어떻게 남원을 지키겠소? 중국 장수들은 늘 우리 수군을 믿는다 했는데, 지금 이 같은 패보를 들으면 혹 물러갈지도 모르는데 그

354

렇다면 어찌해야 되겠소?"

"경솔하게 물러가지는 않을 것입니다."

"수군을 수습하여 전라우도를 지키게 하면 어떻겠소?"

"그러면 남해를 빼앗기게 됩니다."

"남쪽 지방의 인심은 지금 모두 놀라서 소란스러울 것이오. 어떻게든 인심을 수습하고 적들을 막아낼 방도를 세워야 할 텐데 어찌하는 게 좋겠소?"

"당장 통제사를 다시 임명해 보내서 그가 대책을 세우도록 해야 합니다."

형조판서 김명원의 말이었다.

"그렇다면 통제사는 누가 좋겠소?"

"지금으로서는 남해와 수군의 일을 소상히 아는 사람은 이순신뿐인가 합니다. 우선 그를 임명해 보내는 것이 좋을 듯합니다."

병조판서 이항복의 의견이었다.

"경림군의 의향은 어떻소?"

형조판서 김명원에게 물었다.

"이번 패전은 원균의 죄입니다. 하오니 이순신을 다시 일으켜 통제사로 삼는 것이 마땅하옵니다."

이순신을 몰아내고 원균을 통제사로 밀어 올리려 큰소리쳤던 사람들은 단 한 사람도 입을 열 수 없었다. 선조로서도 달리 방도가 없었다.

그날 바로 이순신을 전라좌도 수군절도사 겸 경상, 전라, 충청 3도 수군통제사로 삼는다는 교서(敎書: 임금의 명령서)가 작성되었다.

다음날 7월 23일, 선전관 양호(梁護)가 그 교서를 받들고 이순신이 머무는 초계의 원수부로 박차를 가하며 달렸다. 초계에 도착한 그는 다시 이순신의 뒤를 쫓아서 서남쪽으로 달렸다.

왜군들은 이제 거리낄 것이 없었다.

8월이 눈앞이었다. 8월이면 들에는 오곡이 익고 두메에는 과일이 익는 시기였다. 먹을 것 걱정이 없어졌다. 전라도와 충청도를 쓸어버릴 때가 드디어 온 것이었다.

좌군 사령관 우희다수가는 수백 척의 함선에 1만 7천여 병력을 싣고 7월 28일 부산을 출발했다. 안골포에서 일박, 장문포에서 일박하고 다음날 한산도를 지났다.

왜군들도 감회가 없을 수 없었다.

"바로 그 이순신의 본거지가 아니오? 참으로 황량하기 그지없소. 어쩌다 저 지경이 되었소?"

우희다수가가 행장에게 물었다.

"사공이 많아서 배가 산으로 올라간 셈이지요. 수군을 전혀 모르는 상전들이 수군대장을 종 다루듯 했으니 별수 있었겠소이까?"

"알 만하오만⋯."

"똑똑하고 일 잘하는 종은 내쫓고 거짓으로 요령만 잘 피우는 종에게 일을 맡긴 것이 큰 패인이었다오."

"현명한 종, 이순신을 내쫓고⋯. 그래서 우리가 바다로 갈 수 있으니 이렇게 편하고⋯."

"⋯⋯."

행장은 빙긋 미소만 지었다.

8월 4일, 일본수군들은 사천(泗川)에 닿았다. 가덕도, 거제도, 안골포 등지에 있던 부대들도 뱃길을 통해서 이미 와 있었다.

좌군은 사천에 모여 곤양(昆陽), 하동, 구례를 거쳐 남원을 치고 전주로 들어갈 예정이었다.

우군은 웅천(熊川)의 기지를 출발하여 좌군의 해상 이동을 돕고 함께 육지에 올라 남원 공격을 지원할 작정이었다. 우군 사령관 모리수원은 휘하 전 병력을 양산(梁山)에 집결시켰다. 밀양, 합천, 거창을 지나 전주에서 좌군과 합류할 예정이었다.

경주에 있던 도체찰사 이원익은 적의 이동을 파악하자 관하에 청야령(淸野令)을 내렸다. 전라도, 충청도, 경상도, 강원도 백성들은 적들이 가까이 오면 이용할 만한 물품들을 가지고 지정된 산성으로 들어가야 했다. 군대는 가급적 정면대결을 피하고 유격전을 벌이면서 적의 보급을 끊는 데 주력하기로 했다.

임진년에 적들은 보급을 차단당해 서울에서 부산까지 후퇴하고 말았다. 조선쪽은 방어할 병력이 모자란 것이 가장 큰 불안요소였다. 청야지책(淸野之策)이라는 참으로 고달픈 대책도 사실은 싸울 병력의 부족 때문에 채택한 궁여지책이었다.

달려드는 왜군은 12만여 명인데, 지금의 조선군은 경상도에 1만여 명, 전라도에 1천 5백여 명뿐이었다.

명군은 남원에 양원(楊元) 휘하 3천, 전주에 진우충(陳愚衷) 휘하 2천, 충주에 오유충(吳惟忠) 휘하 4천, 서울에 마귀 휘하 7천, 도합 1만 6천이었다.

조선군과 명군을 다 합해도 3만 명도 되지 않았다. 게다가 그동안 조선이나 명나라가 크게 믿고 의지했던 조선수군이 아예 사라져 전세는 그야말로 불안하기가 누란지세(累卵之勢)였다.

서울에서 달려온 선전관 양호가 이순신을 만난 것은, 이순신이 초라한 행색으로 서쪽으로 가다가 곤양고을의 벽촌 어느 민가에서 잠시 쉬고 있을 때였다.

우희다수가의 좌군이 바로 지적인 사천에 상륙하기 바로 전날인 8월 3일이었다.

"어명이오."

이순신은 꿇어앉아 절한 다음 교서와 유서(諭書: 관찰사, 절도사 등이 부임할 때 임금이 내리는 지시문)를 받았다. 그리고 서장(書狀)을 받았다는 회답 장계를 써서 선전관에게 전해 임금께 올렸다.

이순신은 교서를 읽었다.

왕은 이에 이르노라.

아! 나라가 의지하여 보장으로 여기는 것은 오직 수군뿐이었는데, 하늘이 화를 내리고는 또다시 흉한 칼날을 번득이게 해서 마침내 우리 대군이 한 번의 싸움에 모두 사라졌도다. 이제 바닷가 고을들을 그 누가 있어 지키겠는가? 이미 한산을 잃었으니 적들이 무엇을 꺼리겠는가? 초미의 위급함이 조석으로 닥쳐온 이때, 지금 당장 세워야 할 방책은, 흩어진 군사들을 모으고 배들을 모아서, 급히 요해처에 튼튼한 진영을 세우는 길뿐이다. 그렇게 함으로써 군사들도 돌아갈 곳을 알게 되고 또한 바야흐로 덤벼드는 적들도 막아낼 수 있으리라.

위엄, 자애, 지혜, 능력을 갖추어 평소 안팎으로 존경을 받는 인재가 아니고서는 어찌 능히 이 임무를 감당할 수 있으랴.

생각건대 그대의 명성은 일찍이 품계를 뛰어넘어 수사로 임명되던 그날부터 이미 드러났고, 그대의 공로와 업적은 임진년의 큰 승첩으로 다시 떨쳤도다. 그리하여 변방의 군사들이 그대를 만리장성처럼 든든하게 믿어왔건만, 지난번 그대의 직책을 교체시키고 죄를 주어 백의종군토록 하였으니, 이는 나의 모책(謀策)이 잘못된 탓이니라. 그로 인해 오늘날 이 패전의 치욕을 초래했으니, 더 이상 무슨 할 말이 있으랴.

이제 복상중인 경을 기복출사(起復出仕: 부모의 상중에 벼슬에 나아감)케 하고 백의(白衣: 평민) 중에 발탁하여 다시 옛날같이 전라좌수사 겸 충청, 전라, 경상 3도 수군통제사로 임명하는 바이니, 부임하는 날 우선 장병들을 불러 위무하고, 흩어져 달아난 군사들을 찾아 모으고, 수군의 진영을 차리고, 요지를 장악하여 군대의 위풍을 다시 떨친다면, 흩어진 민심도 도로 안정시킬 수 있으리라.

적 또한 우리에게 방비 있음을 알고 감히 방자하게 날뛰지 못할 것이니, 경은 힘쓸지어다. 수사 이하 모두를 지휘 통제하되 규율을 어기는 자는 한결같이 군율로 다스리라.

경이 나라를 위하여 한 몸을 잊고 애쓰며 기회를 보아 진퇴하는 능력은 이미 시험을 한 바라, 내 굳이 많은 말이 필요 없도다. 아! 옛날 오나라의 명장 육항(陸亢)이 두 번째로 국경의 강을 담당하여 그 소임을 다했고, 명나라의 왕손(王遜)은 죄수의 신분으로서도 능히 적을 소탕하는 공로를 세웠느니라. 경은 특히 충의지심을 굳건히 하여 나라를 구제하기 바라는 나의 소망을 이루어주기를 바라며, 이에 교서를 내리는 것이니 생각하여 잘 알지어다.

- 만력(萬曆: 명 신종 치세의 연호) 25년 7월 23일

이순신은 하늘을 쳐다보았다. 형언할 수 없이 맑고 드높은 푸른 하늘이었다.

'진리는 단순한 것이다. 그저 저렇게 맑고 깨끗하면 되는 것이다. 그러면 또한 아름다운 것이다.'

이순신은 이 땅의 깊고 푸르른, 그리고 깨끗하고 아름다운 가을 하늘을 새삼스럽게 느끼고 있었다.

비록 너무 늦었다 해도, 비록 너무 뻔뻔하다 해도, 비록 너무 얌심스럽다 해도, 내 나라의 하늘이요 어버이인 임금의 이 다급한 하소가 가련해서 이순신은 가슴이 아팠다.

잡혀가 혹독한 국문을 받을 때보다도 더 고통스럽고 서러워서 눈물이 났다. 그러나 약소한 나라와 불쌍한 백성을 위하여 자신의 존재가 어느 때보다도 더 소중함을 절감했기에, 이순신은 비창한 심사를 털고 즉시 일어섰다.

그날로 쌍계동(雙溪洞)에서 섬진강을 건넜고 구례(求禮)에 와서 잤다.

직산대첩 (稷山大捷)

칠천량 패전 후 조선함대의 주장이었던 원균에 대한 논의는 많았지만 그의 행방은 묘연했다. 도체찰사 이원익이 장계로 보고했다.

사실을 더 조사하도록 권율에게 지시했으니 조사해오는 대로 다시 보고하겠습니다. 이번에 수군들의 패전은 적과 맞붙어 처음부터 힘껏 싸우다가 패한 것이 아닙니다. 싸움에서 죽은 사람이건 산 사람이건 모두 도망자들입니다. 그 많은 사람들에게 다 군법을 시행할 수는 없지만 주장인 원균에게만은 패전으로 많은 군사를 잃은 죄를 물어 법에 따라 처단해야 할 것입니다.

그리고 배설(裵楔)은 지금 전함을 거느리고 바다에 나가 있습니다. 이 사람을 제거하면 바닷길이 완전히 텅 비게 되므로 당분간은 기다렸다가 뒷날에 가서 처리해야 할 것입니다.

8월 5일, 도체찰사의 장계를 보고 비변사에서 건의했다.

패전한 수군 장수들에게는 그에 해당하는 법조문이 있는 만큼 장계대로 집행해야 할 것입니다. 그리고 먼저 퇴각을 주장하고 서로 구원하지 않은 자에 대해서는 자세히 조사해서 모두 군법에 넘겨야 할 것입니다. 배설에 대해서는 지금 수군을 거느리고 바다에 나가 있으므로 후에 처리해도 무방할 것입니다.

선조가 원균을 보호하고 나섰다.

"원균을 죽이려고 하면 원균이 속으로 복종하지 않을 것 같으니 참작해서 처리해야 할 것이오."

"원균이 군사를 잃은 죄로 말할 것 같으면 원래 용서하기 어렵습니다. 그러나 그동안 잘못한 죄를 전적으로 원균에게만 덮어씌우기는 곤란합니다. 원균이 나타날 때까지 기다렸다가 다시 의논하여 처리하는 것이 어떻겠습니까?"

선조의 뜻을 헤아린 신하들의 의견이었다.

7월 16일, 칠천량의 싸움이 끝난 후 일본군은 조선수군의 총대장인 원균의 시체를 찾으려고 많은 노력을 기울였다.

엄청난 전공과 은상이 수반되는 그의 머리는 반드시 잘라 수길에게 갖다 바쳐야만 했다. 그러나 아무리 찾아도 보이지 않았다. 더러 풍문은 있었으나 조선에서도 그의 생사는 도대체 확인되지 않았다.

원균은 오래 나타나지 않고 생사도 오리무중(五里霧中)이었지만 그의 무능과 비행의 족적은 여러 사실들의 확인으로 드러나고 있었다. 그러나 선조는 그 때마다 그를 옹호하고 나섰다.

"원균이 전쟁에서 패한 후로 사람들이 그를 헐뜯고 있으나, 나는 원균이 용감하고 슬기로운 사람이라고 생각한다. 우리나라는 누가 한 가지 일을 잘하면 모두 칭찬하고, 누가 한 가지 일을 실패하면 모두 비난한다. 원래 영웅은 성패를 가지고 논할 수는 없다.

당초 임진년에 이순신과 마음을 함께하여 적을 칠 때, 싸움이 벌어지면 반드시 앞장을 섰으니 그가 용감히 싸웠음을 알 수 있다. 한산의 싸움(칠천도 싸움)에서 패전한 것을 두고 다투어 그에게 허물을 돌리지만, 그것은 그의 잘못이 아니다. 조정에서 그를 빨리 들어가도록 재촉한 것이 바로 잘못이다.

그의 보고서에 보면 안골포가 그 앞에 있어 금방 들어갈 형세가 못 되니 육군으로 하여금 먼저 적을 몰아내게 한 다음 들어가야 한다고 주장했다. 그런데 도원수가 잡아들여 곤장을 치자, 그는 패할 것을 알면서도 들어가지 않을 수 없었다.

그게 과연 스스로 패한 것인가? 병서에 이르기를 '대장이 죽으면 차장을 참수한다'고 하였는데, 원균이 이미 싸움에 패하여 죽었으니 그 휘하를 비록 다 죽이지는 못하더라도 사실을 밝혀 군율에 의거 처단해야 옳다. 지금 원균의 후인으로서 고관에 오른 자가 많은데, 그 싸움에서 패한 죄를 유독 원균에게만 돌린다면, 원균의 본심이 후세에도 밝혀지지 않을 것이다. 구천에 있는 그의 넋도 어찌 자기 죄를 승복할 것이며 어찌 억울하지 않겠는가?"

임금은 입을 열어서 무슨 말이든지 하기만 하면 그것이 말인 줄 아는 것 같았다. 그러나 사관(史官)은 사실의 기록에서 패전의 책임에 대한 칼날 같은 선고를 명기해 놓았다.

사관은 논한다. 한산의 패배에 대하여 원균은 책형(磔刑 : 기둥에 죄수를 결박하여 세우고 양쪽에서 창으로 찔러 죽이는 형벌)을 받아야 한다. 다른 장졸들은 모두 죄가 없다. 원균이란 사람은 원래 조잡스럽고 모진 성정의 무지한 위인으로서 이순신을 백방으로 모함하여 몰아내고 자신이 그의 자리를 차지했다. 겉으로는 일격에 적을 섬멸할 듯 장담했으나 지혜가 고갈되어 군사가 패하자 먼저 도망가서 사졸들이 모두 어육이 되게 만들었다. 그 죄를 누가 책임져야 할 것인가? 한산에서 한 번 패하자 호남이 함몰되었고 호남이 무너지자 나랏일이 다시 어찌할 수 없게 되었다. (군왕을 잘못 만난) 오늘날의 세상사를 보노라니 가슴이 찢어지고 뼈가 녹는다.

남원 공격을 위하여 진군하는 우희다수가의 좌군을 도우려 왜 수군은 섬진강 하구 두치진(豆恥津)에 와 닿았다. 큰 배들은 거기 정박하고 작은 배들은 군량을 싣고 곡성까지 더 올라갔다. 곡성에서 남원은 바로 지척이었다.

8월 10일, 좌군 선발대는 이미 곡성에 이르고 있었다. 이제 하루 이틀이면 적 좌군 4만 9천여 명과 적 수군 7천여 명이 남원성에 닥칠 것이었다.

전라병사 이복남(李福男)이 순천에서 급거 북상하여 남원에 들어온 것은 8월 11일이었다. 전라병사는 장흥(長興)에 본영을 두고 있었으나, 원균이 패전한 뒤 왜적이 전라도를 치기 위하여 순천으로 올라올 것 같다는 권율의 통보를 받고 순천으로 옮겨 지키고 있었다.

그러나 적은 순천으로 오지 않고 사천으로 상륙하여 남원으로 왔다. 이복남은 만일에 대비하여 휘하병력 1천 5백을 나누어 반은 순천에 남기고 반이 되는 700명을 이끌고 남원으로 왔던 것이다.

남원의 조선군은 이복남의 병력 이외에 남원부사 임현(任鉉), 구례현감 이원춘(李元春), 진안현감 마응방(馬應房), 조방장 김경로(金敬老), 산성별장(山城別將) 신호(申浩: 전에 낙안군수로 이순신 휘하에서 싸웠다)가 각각 거느리는 수십 명씩의 병력이 있었다.

남원에는 지난여름부터 명나라 장수 부총병 양원(楊元)이 거느리는 3천여 기병이 주둔하고 있었다.

도합 4천여 명, 그것이 5만 6천여 왜적의 공격으로부터 남원을 지켜내야 할 총 병력이었다. 조선군은 북문을 지키고 명군은 나머지 동, 서, 남문을 지키기로 합의를 보았다.

8월 13일, 적은 반분하여 일부는 남원성을 에워싸고 종일토록 조총을 쏘아댔고 나머지는 성 밖 100여 리까지 흩어져 닥치는 대로 사람을 잡아 죽이고 집을 부수고 불을 질렀다.

8월 14일, 적은 5만 6천여 전 병력을 동원하여 성을 포위하고 공격에 전력을 다했다. 적들은 성 밖에 높은 사다리를 수 없이 세워놓고 그 위에 올라가 성안을 내려다보면서 사격을 가해왔다.

조선군은 대포와 진천뢰를 쏘며 대항했다. 총포소리가 천지를 뒤흔들고 숱한 사상자가 연달아 피를 뿌렸다.

명군이 지키는 동문과 남문 쪽에서 희생자가 특히 많았다. 양원은 적의 공격 이전부터 전주로 원군을 청했었다. 공격이 개시된 뒤에도 밤이면 연달아 전주로 전령을 보냈다. 전주에 있는 진우충은 대답은 잘했으나 상부에 보고도 하지 않고 스스로 움직이지도 않았다.

"알았으니 기다려라."

왜적이 몰려온다는 소식에 다 달아나 버려 전주에는 조선군 책임자도 없었다. 남원성은 폭풍이 몰아치는 바다 가운데 떠 있는 일엽편주 같은 형세였다.

명군이 지키는 동, 서, 남문 쪽은 매일매일 아슬아슬했다. 전라병사 이복남과 방어사 오응정(吳應鼎)이 지키는 북문은 왜군 중에서도 강력한 도진의홍의 휘하 1만여 명과 가등가명의 휘하 수군 3천여 명의 공격에도 끄떡없이 잘 지켜내고 있었다.

8월 15일, 이날은 비가 억수같이 쏟아졌다. 낮에 멈칫거리던 공격이 밤에 기습으로 닥쳤으나 잘 막아냈다.

8월 16일, 맑게 갠 날이었다. 적들은 공격을 남문에 집중했다. 종일 잘 지켜내던 명군 천총(千摠) 장표(蔣表)가 전사하자 사기 떨어진 병사들이 흩어지고 말았다. 적은 문을 부수고 밀물처럼 쏟아져 성내로 들어왔다.

이미 밤은 깊었지만 성내는 아수라장이 되어가고 있었다. 그새 양원과 총병 중군 이신방(李新芳)이 지키던 동문도 뚫리고 말았다. 이신방이 전사하면서 병사들이 무너진 탓이었다. 적들은 동문으로도 쏟아져 들었다.

이복남은 성문을 조방장 김경로에게 맡기고 방어사 오응정과 함께 성내로 돌아서서 접전을 대비한 진지를 구축했다. 그때 양원이 휘하 수십 기를 이끌고 달려왔다.

"중과부적일 때는 피하는 게 상책이오. 싸울 만큼 싸웠으니 죄 될 것도 없소."

"적으로 둘러싸였는데 피할 데가 어디 있소?"

"소서행장에게 부탁해 놓았소. 서문으로 갑시다."

서문도 천총 모승선(毛承先)이 전사하면서 밀리고 있었다.

양원이 이 판국에 살길을 뚫어 놓은 것 같기도 했으나 적의 속임수에 빠질지도 모르는 일이었다.

"고맙소. 어서 먼저 나가시지요."

양원이 달아난다고 탓할 수도 없었기에 좋은 말로 떠나보냈다. 그리고 이복남은 칼을 빼들고 고삐를 움켜잡았다.

남국의 그윽한 밤하늘에 가을달이 높았다. 어느새 북문도 뚫려 적은 앞뒤로 다가오고 있었다. 몇 번을 앞뒤로 돌아 달리며 칼을 휘둘렀는지 알 수가 없었다. 가슴을 가르는 총탄의 전율과 함께 몸이 뒤로 허물어졌다. 흐려지는 시야에 가을달이 가득히 비쳐왔다.

'달이 저렇게 찬연했던가.'

달빛이 잠시 무지개로 일렁거리다 사라지면서 이복남은 말에서 떨어졌다. 난자질 당한 몸에서는 핏물이 배어났고 스스로 감은 눈에서는 눈물이 배어났다.

조선군은 전 장병이 모두 전사했다. 이복남, 오응정, 김경로, 임현, 이원춘, 마응방, 신호, 판관(判官) 이덕회(李德恢), 접반사 정기원(鄭期遠) 등이 모조리 숨을 거두었다.

명군도 거의 다 불귀(不歸)의 객이 되었다. 총병력 3천여 명 중 양원과 함께 살아서 달아난 사람은 겨우 기십 명이었다.

양원은 달아나다 창에 찔려 큰 부상을 입었으나 다행히 낙마하지 않고 탈출에는 성공했다. 군기시(軍器寺)에서 양원의 부대에 파견했던 장인(匠人) 12명 중 한 사람인 김효의(金孝義)가 간신히 살아 돌아왔다. 그래서 유성룡 등이 남원성 함락의 전말을 자세히 들을 수 있었다.

남원성에 있던 백성 7천여 명도 포로로 끌려간 젊은 남녀 수백 명 이외에는 모두가 참살되었다.

적들은 사람을 죽이고 나서는 임진년에 없던 해괴한 짓을 저질렀다. 죽은 자의 코를 도려내는 것이었다. 도려내서는 각자 옆에 찬 주머니에 알뜰하게 집어넣었다. 민관군(民官軍), 남녀노소 가리지 않고 코를 도려냈다. 1천 개가 모이면 상자 하나에 담고 소금에 절였다. 상자는 모이는 대로 부산으로 이송되었고, 더 많이 모이면 일본으로 이송되었다.

이송된 상자들은 태합의 관리들이 검수하고 영수증을 써 주었다. 영수증을 써준 코상자는 경도(교토)로 보내졌다. 경도에 보내진 코상자는 백성들이 보는 가운데 경도를 한 바퀴 돌면서 왜군의 무공을 한껏 드높인 다음 무덤이 될 구덩이 곳간에 모여졌다.

구덩이 곳간에 코 상자가 모여질 때마다 스님들이 모여 정성스레 재(齋: 명복을 비는 불공)를 올렸다.

〔이렇게 모인 코 상자의 곳간은 후에 커다란 코무덤으로 조성되었고, 무덤의 봉분은 거대한 추모의 석비를 그 위에 올려 (봉분이) 영원히 짓눌려 깔려 있도록 조성되었다. 봉분을 껴안은 인접구역은 풍신수길의 사당으로 조성되었으며, 세계적으로도 그 유례가 없는 이 코무덤은 이를 찾는 사람들에게는 귀무덤(耳塚: 미미즈카)이라 불렸다.〕

남원의 승리에 고취된 일본군은 여세를 몰아 전주도 단숨에 무너뜨릴 심산이었다. 전주가 떨어지면 일본수군은 바다로 다시 돌아가, 군

368

량을 싣고 서해를 타고 서울까지 올라갈 작정이었다. 그렇게 되면 이제 보급이 없어 비참하게 퇴각해야 했던 쓰라림은 다시 겪지 않아도 될 것이었다.

그런데 이맛살이 찌푸려지는 소식이 들어왔다. 죄인이 되어 삿자리를 짜던 이순신이 다시 통제사가 되어 바다에 떴다는 소식이었다. 남원에 와 있던 수군장수들, 등당고호, 가등가명, 협판안치, 내도통총(來島通總), 관달장(菅達長) 등은 부하들을 데리고 그들의 함정이 있는 두치진으로 급히 내려왔다.

양산을 떠난 적 우군 6만 4천여 명이 창녕(昌寧), 초계, 합천을 거쳐 안음(安陰)의 황석산성(黃石山城) 앞에 이른 것이 8월 15일이었다.

그들은 창녕의 화왕산성(火旺山城)을 그냥 지나쳐 왔다. 좌군과 합류하기로 한 전주로 곧장 가기 위해서였다. 그런데 문제가 생겼다. 화왕산성을 지키던 경상도 방어사 곽재우(郭再祐)가 성을 나와 기습작전을 펴서 후미부대를 습격하고 낙오병들을 죽이고 보급과 연락을 끊어 놓았다.

황석산성도 그냥 지나치면 같은 피해를 당할 염려가 있었다. 산성에는 안음, 거창, 함양 등의 백성들 수천 명이 들어와 있었다. 안음현감 곽준(郭䞭)이 400여 명, 전 김해부사 백사림(白士霖)이 수십 명, 전 함양군수 조종도(趙宗道)가 수십 명의 병력을 거느리고 성을 지키고 있었다.

적은 15일 안음에서 묵고 다음날 일찍 산성으로 출발했다. 당장 그날 무찔러 버릴 작정이었다. 산성에서 바라보니 적들은 주위의 온 산을 덮고 온 골짜기를 다 메우며 다가오고 있었다. 산성의 백성들과 병사들은 기가 질렸다.

"겁먹지 마라. 십만 대군이 와도 이 산성은 기어오를 수가 없다."

곽준은 병사들을 안심시켰다. 산성은 참으로 험준하고 까마득해서 만만치가 않았다. 용감하기로 이름난 가등청정, 과도직무의 부대였지만 높은 곳에서 날아오는 숱한 화살과 바위 덩어리를 당해낼 재간이 없었다.

8월 16일, 17일, 산성을 기어오르다 적들은 1천여 명이 희생되었다. 17일 밤, 달이 밝았다. 적들의 거대한 바다 위에 외롭게 뜬 작은 성은 달빛 아래 더없이 을씨년스럽고 처량하게 보였다.

왜군은 이 정경을 이용해서 심리작전으로 나왔다. 조선어 통사들을 시켜 외치게 했다.

"안심하고 나오라. 나오는 자는 살려 준다. 절대로 잡지 않고 총도 쏘지 않는다. 나와서 어디든 마음대로 가라."

"나오는 자는 살고 지키는 자는 죽는다."

백사림이 흔들렸다. 사람을 시켜 곽준을 설득했다.

"이 많은 적을 무슨 수로 막는단 말이오. 지금 성을 나갑시다."

곽준은 입을 굳게 다물고 고개를 저었다.

백사림은 밧줄을 타고 성벽을 내려갔다. 그의 휘하들도 뒤따라 내려갔다.

"영감께서도 나가시지요. 도리가 없습니다."

곽준의 군관이었다.

"내려간다고 사는 것이 아니네. 이건 반드시 속임수야."

아들이 오고 사위가 왔다.

"이대로는 무리죽음입니다."

"여기서 죽을 수밖에 없다면 떳떳이 죽어야 한다."

곽준은 전쟁이 일어나자 의병장 김면(金沔)의 참모로 활동하며 많은 공을 세웠다. 그런 공이 인정되어 자여찰방(自如察訪)에 임명되고, 임무에서 수완이 인정되어 안음현감으로 승진했다. 현감 3년에 역시 능력을 인정받고 인심을 얻었다. 도체찰사 이원익이 그를 인정하여 특히 이 산성을 맡겼었다.

밝은 달빛은 성을 내려와 흩어지는 조선사람들의 모습을 환히 비쳐 주었다. 왜군들은 숲속 그늘에 숨어 있다가 흩어지는 조선사람들에게 소리 없이 다가와 하나도 남김없이 찔러 죽였다.

적들은 새벽에 총공격으로 나왔다. 곽준, 조종도는 휘하들을 독려하며 줄기차게 싸웠다. 그러나 실로 중과부적이었다.

18일 아침, 성은 마침내 뚫리고 적들은 사방으로 쏟아져 들어왔다.

성내의 조선사람들은 끝까지 싸우다 죽었다. 곽준 47세, 그의 아들들, 며느리들, 딸들, 사위들도 여기서 죽었다.

조종도 61세, 그의 가솔들도 여기서 죽었다.

남원이 함락되었다는 소식을 듣고 전주의 진우충은 휘하 2천 기를 이끌고 공주로 달아났다. 관원들도 백성들도 피하지 않을 수 없었다.

적의 좌군은 8월 20일 텅 빈 전주성에 입성했다. 황석산성을 짓밟은 적 우군도 진안, 웅치를 거쳐 8월 21일 전주에 들어왔다.

대군은 여기서 4~5일간 휴식을 취했다. 그리고 25일 적들은 대군이 총동원되어 전주성을 깡그리 파괴했다. 태우고 뜯어내고 부수고 흩뿌리고 메워 버렸다.

조선왕조 조종의 고향이기에 부(府)가 설치되고 부윤(府尹)은 대개 감사가 겸임했다. 견고한 석축의 성은 둘레 5,356척, 높이 8척의 대성으로 우물만도 223개였다. 그 전주성이 하루 사이에 흔적도 없이 사라져 폐허가 되었다.

일본군은 여기서 회의를 열고 수길의 지시를 다시 한 번 확인했다.

• 좌군은 전라도와 충청도 서반부를 휩쓸 것.
• 우군은 충청도 동반부를 거쳐 경기도를 친 다음 서울로 들어갈 것.
• 우군의 일부는 별동대로서 따로 이동하여 한강으로 들어갈 것.
• 별동대는 우군의 과도직무와 장종아부원친(長宗我部元親) 등이 이끄는 2만 5천 병력으로 하고, 우선은 좌군과 행동을 같이하다가, 일본수군이 다시 나타난 이순신마저 완전히 섬멸하고 나면, 수군 함정을 타고 서해를 북상하여 한강으로 들어갈 것.

8월말, 전주를 떠난 좌군은 충청도 서반부를 휩쓸고 남으로 내려가면서 전라도 전역을 휩쓸고 순천에 머물렀다. 이르는 곳마다 불을 지르고 부수고 죽이고 코를 도려냈다. 별동대는 해안가 쪽으로 휩쓸고 내려가 해남에 머물렀다. 역시 가는 곳마다 태우고 헐고 죽이고 코를 벴다.

우군은 전주를 떠나 공주로 향했다. 도중 금강 북쪽에는 전주에서 달아난 진우충의 기병들과 서울에서 내려온 명군 기병들이 4천여 명 포진해 있었고, 조선군으로는 충청감사 정윤우(丁允祐), 충청병사 이시언(李時言), 방어사 박명현(朴名賢), 체찰부사 한효순(韓孝純) 등이 각각 거느린 수십 명씩의 병사들이 포진하고 있었다.

그러나 왜군이 전주를 떠나서 북상한다는 소리를 듣자 진우충이 아무런 말도 없이 밤중에 달아나 버렸다. 서울에서 내려온 명군도 덩달아 북상하자 조선군도 하는 수 없이 유격전을 생각하며 다 흩어져 버렸다. 우군은 편안히 공주에 들어와 쉬었다. 우군사령관 모리수원은 여기서 길을 나누어 올라가 과천에서 합류하기로 했다.

가등청정은 1만 병력을 휘몰고 연기(燕岐) 청주 쪽으로, 흑전장정은 5천 병력을 휘몰아 천안, 수원 쪽으로 길을 잡고, 모리수원은 나머지 2만 4천가량의 병력을 이끌고 흑전을 후원하며 함께 가기로 했다.

9월 4일, 청정은 청주에 입성하고, 모리수원은 천안에 입성했다. 금강에서 달아나 천안에 와 있던 진우충은 또 서울로 내빼버렸다.

남원을 함몰시킨 적이 이미 경기 지역에 들어왔다는 소식이 전해지자, 도성은 다시 공포의 도가니가 되어 갔다. 의지할 곳 없는 백성들은 또다시 뿔뿔이 흩어지고 대소 관원들도 눈치껏 재주껏 가솔들을 은밀히 피란시켰다.

왕실도 동요되기는 마찬가지였지만 그것을 더욱 부채질한 것은 선조였다. 한동안 잠잠하던 선조의 도망병(病)이 도졌다. 우선 왕비 박씨를 해주로 피란시켰다. 선조 스스로도 또다시 서울을 버리고 달아날 궁리를 했다. 그러나 뜻있는 중신들의 반대로 할 수 없이 엉거주춤하게나마 앉아 있는 셈이었다.

유성룡이 면대하여 강력하게 반대의 뜻을 진언했다.

"지금 급박한 환란이 없는데 먼저 스스로 동요하면 난처합니다. 오늘날 계책으로는 밖으로 적을 막아내는 일만 중요한 것이 아니라, 안으로 중국인들에게 트집을 잡히지 않는 일 또한 중요합니다. 중국 장수들이 새로이 나오는 때를 당하여 행동거지를 신중히 하지 않다가, 저들이 만일 중국 장병들은 전장에 두고 자신들만 화를 피하고자 계책을 세운다고 힐책하면 어떻게 되겠습니까? 모든 일을 모름지기 신중하게 처리해야 할 것입니다."

일본의 정유년 재침으로 조선이 다시 명나라에 원병을 청한 이후, 중국의 선조임금에 대한 멸시와 혐오는 가히 질책 수준이었다.

왜적 방어의 총책임자인 병부상서 겸 경략 형개(邢玠)가 공문을 보내왔다.

병부상서 형(邢)은 긴급히 왜란에 관한 일로 알립니다. 우급사중(右給事中)이 이 사항에 관한 제목으로 글을 올렸습니다.

'조선의 임금은 견고한 뜻이 없고, 신하는 도피하려는 마음만 품고 있으며, 백성들은 또 부상당한 새가 빈 총소리에 놀라 떨어지는 것과 같으니, 우리가 누구와 함께 원수를 무찌르겠습니까?'

그리하여 이에 대한 성지를 받드니,

'자문(咨文: 공문)을 갖추어 보내게 하라. 조선이 과연 수치를 씻을 뜻이 있고 나라를 보존할 마음이 있다면, 먼저 분발하고 통렬하게 반성한 뒤에, 상하가 서로 일깨워 죽음을 각오하고 지키기를 도모해야 할 것이다. 그러면 중국이 즉시 병사와 군량을 보내 왜적을 토벌하겠지만, 만약 스스로 나라를 사랑하지 않고 숨으려만 한다면, 우리 또한 즉시 군사를 철수하여 우리 강토를 지킬 것이다. 조선은 스스로 귀착할 곳을 정하되 충심을 토로하고 실제대로 대답할 것이요, 딴 마음을 가져 우리 군사의 일을 그르치지 않도록 하라'고 하였습니다.

이는 진실로 선조에 대한 극단적인 질책이었다. 이런 질책은 효시적(梟示的: 목을 베어 매달아 놓고 보여주는) 경고로도 전해졌다. 그것은 남원에서 달아난 장수 부총병 양원을 잡아다 참수하고 조선에 보내 조리돌린 것이었다.

왜적들이 북상한다는 다급한 소식이 전해지자 평양에 와 있던 경리(經理) 양호(楊鎬)가 서울에 들어와 작전을 지휘했다.

조선군은 이미 유성룡의 지시에 따라 경기우방어사 유염(柳濂)이 양성(楊城)의 무한산성(無限山城)에 주둔하여 안성 등 6개 고을의 군사를 통솔하고, 좌방어사 변응성(邊應星)이 파사성(婆娑城)에 주둔하면서 여주 등 3개 고을의 군사를 통솔하고, 별장 조발(趙撥)이 독성(禿城)에 주둔하여 수원 등 6개 고을의 군사를 통솔하며 지키고 있었다.

양호의 독촉을 받은 마귀는, 휘하 8천 8백 기의 병력으로 적을 기다리지 않고 맞아 싸우기로 했다. 먼저 선봉을 내려보내고 자신은 후속 부대를 거느려 내려갔다.

명군 선봉 부총병 해생(蟹生), 참장 양등산(楊登山), 유격장군 우백영(牛伯英), 파귀(頗貴) 등이 4천여 기를 몰아 수원 쪽으로 내려갔다. 동시에 도체찰사 이원익은 청주의 가등청정과 맞서려 한강을 지키던 조선군 8천 병력을 이끌고 죽산(竹山)으로 내려갔다.

9월 7일, 해 뜰 무렵 수원 남쪽 100리 지점 직산(稷山: 충남 천안시 직산읍)에서 북상하던 왜군과 남하하던 명군의 선봉이 마주쳤다.

추수가 끝난 드넓은 직산벌이 싸움터가 되었다. 보병인 왜군은 총과 칼로 덤볐고 기병인 명군은 말을 몰아 창으로 대적했다. 처음에는 왜군이 밀렸다. 그러나 왜군의 후속부대가 나타나자 명군이 밀렸다.

총소리, 말발굽 소리, 고함소리는 온 벌판이 떠나갈 듯 요란했지만 교대로 밀고 밀리기를 몇 차례 했을 뿐 사실상 접전은 없었다. 정오쯤 왜군의 우군사령관 모리수원의 후원부대 대병력이 다가오자 명군은 수원으로 후퇴했다.

왜군은 후퇴하는 명군을 바라만 볼 뿐 추격하지 않았다.

명군이 떠나자 왜군도 떠나 천안으로 되돌아갔다. 왜군들은 이제 더 이상 진군도 전투도 제대로 할 수가 없었다. 그것은 또다시 보급이 다 떨어져가기 때문이었다. 어느새 9월이었다. 먹는 것도 걱정이지만 조석으로 쌀쌀해지는 날씨에 입을 것도 걱정이었다.

4년 전 보급이 되지 않아 기한(飢寒)에 떨며 서울에서 부산까지 일사천리로 후퇴했던 지난날이 상기되었다. 그때도 수군이 문제였다. 수군이 이순신에게 맥을 못 추는 바람에 일본군 전체가 밀렸다. 이번에는 어떨까? 이순신이 희미해졌으니 혹 서해를 거쳐서 한강으로 보급이 올라오지 않을까? 그러나 확실히 알 수는 없었다.

모리수원은 남쪽에 있는 총대장 소조천수추에게 연락해보기로 했다. 소조천수추는 군사 흑전여수와 함께 직할 8천 병력으로 밀양에 포진하고 곽재우, 김응서 군에 대비하고 있었다. 모리수원의 급사(急使)가 주야 쉬지 않고 말을 달려 밀양에 갔다가 9월 14일 돌아왔다.

이순신의 동태가 심상치 않소. 일단 남으로 후퇴해서 상황을 지켜보는 것이 좋겠소.

흑전여수의 편지였다.

"음, 또다시 이순신이란 말인가?"

천안과 청주의 일본군은 남으로 철수하기 시작했다. 올라오던 적이 물러가자 서울의 불안도 가시게 되었다. 이원익도 무사히 돌아오고 마귀는 개선장군이 되어 돌아왔다.

직산에서의 대승리, 오로지 '이순신의 재등장'이라는 소문 한 가닥에 공짜로 얻은, 이른바 직산대첩(稷山大捷)을 이룩하고 돌아온 개선장군이었다.

입신 (入神) 의 예술, 명량대첩 (鳴梁大捷)

곤양의 초가에서 임금의 교서를 받고 다시 3도 수군통제사가 된 이순신은 왜군보다 한발 먼저 전라도에 들어섰다.

조선수군이 패전했고 그래서 왜군이 전라도에 들어온다는 소문에 백성들은 혼비백산하여 피란길에 오르고 있었다. 올망졸망한 어린것들을 앞세우고 노부모들을 부여잡고 어디론지 가고 있었다.

"어디로 가야 쓰것서라우?"

"피란은 가야 허는디 … ."

누군들 어디로 가야 할 것이라고 일러줄 수가 있단 말인가?

갈 데가 있어 나선 길이 아니었다. 집을 떠나지 않을 수 없어 정처 없이 나선 길이었다. 전란이 터지자 전라도 해안 지역 백성들은 남편과 자식들을 거의 다 수군으로 보냈다. 그리고 자신들은 굶으면서도 군량미는 아끼지 않고 보냈다. 그러나 남편과 자식들은 수군의 칠천량 패전으로 다 죽고 이제 그 가족들은 '코 베는 군대'의 살육 공포에 쫓기

378

며 떠도는 신세가 되었다.

"이자 장군님이 오셨으니 우리가 따라가도 되겠지라우?"

"······."

무슨 말 한마디인들 해줄 수가 있으랴.

그들을 멀뚱하게 쳐다보면서 이순신은 가슴이 찢어지는 듯했지만 어떻게든 도와줄 도리가 없었다.

2, 3일 간격으로 왜군들이 따라오고 있었다. 이순신은 쫓기면서 갔다. 백성들을 모른 체하고 서둘러 말을 달렸다. 군사를 모집하고 무기를 모으고 배를 구하는 일이 시급했다.

왜군들이 섬진강을 따라 구례, 남원으로 향할 무렵 이순신은 보성(寶城) 고을에 들어섰다. 그새 따르는 군사가 200여 명으로 불었다. 보성의 병기들을 점검한 후 말 몇 마리에 나눠 싣게 했다.

8월 15일, 한가위 날이었다. 몸이 피곤해 술을 많이 먹었는데 잠은 오히려 더 멀어졌다.

보성 관아의 누각 열선루(列仙樓)에 올랐다. 10만이 넘는 대군은 시시각각 닥쳐드는데 이제 겨우 군사 2백에 말 몇 필의 무기밖에 못 구했으니 …. 참으로 한심하고 처연한 감회를 떨칠 수가 없었다.

이순신은 붓을 들었다. 마음속으로 한 수의 시조를 읊어가며 이를 붓으로 써 내려갔다.

한산도가(閑山島歌)

寒山島月明夜上戍樓 撫大刀深愁時何處
(한 산 도 월 명 야 상 수 루 무 대 도 심 수 시 하 처)

一聲羌笛更添愁 丁酉仲秋李舜臣吟
(일 성 강 적 갱 첨 수 정 유 중 추 이 순 신 음)

한산섬 달 밝은 밤에 수루에 올라앉아

큰 칼 옆에 차고 깊은 시름 하는 차에

어디서 일성 강적이 이내 시름 더하네

8월 18일, 이순신이 장흥(長興) 회령포(會寧浦: 장흥군 회진면 회진리)에 이르니 전선 10여 척이 있었다. 배설이 끌고 온 배였다. 배설은 수질(水疾)이 있다 하여 그날 오후 늦게 나와 이순신을 만났다.

배를 모두 모아 보니 12척이었다. 배에 장착했던 화약무기(총통 등)도 대부분이 남아 있었다. 초라한 수량이지만 이제 전함이 생겨서 참으로 다행이었다. 이순신은 아직 적이 들어오지 않은 전라좌우수영 관할의 관포들에 사람을 보내 남은 무기들을 찾아 옮겨 오도록 했다.

그리고 여러 장수들에게 명하여 모든 배의 벽을 높여 판자를 덧대고 그 중 몇 척은 지붕을 얹어 개조형 거북선으로 다시 꾸미도록 지시했다. 판옥선의 옆 판자벽을 현재의 높이만큼 더 높이는 것, 지붕을 얹어 복개형(覆蓋型) 판옥선으로 만드는 것 등은, 왜군의 총탄이 배 안으로 들어오지 못하게 철저히 막는 것이고, 왜군들의 장기인 등선접전이 불가능하도록 완전히 차단하는 대책이었다.

8월 19일, 선전관이 임금의 교서를 가지고 내려왔다. 교서에 정중히 절하고 교서를 받았다. 교서 내용은 수군을 파하고 육군으로 올라와 힘쓰라는 것이었다. 이순신은 회답 장계를 써서 선전관 편에 올렸다.

저 임진년으로부터 5~6년 동안 적이 감히 충청, 전라도를 바로 찌르지 못한 것은 우리 수군이 그 길목을 누르고 있었기 때문입니다.

지금 신에게는 전선이 아직도 12척이 있습니다. 죽을힘을 다해 싸운다면 오히려 해볼 만합니다.

이제 만일 수군을 전폐한다면 적이 만 번 다행으로 여길 것이며, 그들은 서해와 충청도를 거쳐서 한강까지 갈 것입니다. 신은 그것을 걱정하는 것입니다. 비록 전선의 수는 적지만 신이 죽지 않고 살아 있는 한 적은 감히 우리를 업신여기지 못할 것입니다.

다음날 20일, 이순신은 진을 이진(梨津: 해남)으로 옮겼다. 밤부터 토사곽란으로 앓기 시작했다. 며칠 병이 위중해서 계속 염려스러웠는데 다행히 나아서 24일에는 밥을 조금 먹을 수 있었다. 정오에 진을 어란포(於蘭浦: 해남)로 옮겼다.

다음날 왜적이 쳐들어왔다고 백성들과 군사들이 놀라 당황했다. 정탐들에게서는 적침의 보고가 없었다. 알아보았더니 심보 나쁜 보자기들이 피란민의 소 두 마리를 훔쳐 달아나면서 퍼뜨린 헛소문이었다. 보자기 두 사람을 잡아다 목을 베어 효시했더니 모두 안정되었다.

다음날 전사한 전라우수사 이억기의 후임으로 김억추(金億秋)가 부임해 왔다. 김억추는 임진년 적의 평양 침공 전에 평안도 방어사로 강동탄(江東灘)을 지키다가 적이 온다는 소문만 듣고 도망친 겁쟁이었다. 그 후 안주목사(安州牧使) 등을 거쳐 고령첨사(高嶺僉使)로 있었으나 물욕이 지나쳐 늘 말썽을 일으켰다. 좌의정 김응남(金應南)의 비호를 받아왔는데 이번에도 그의 천거로 우수사가 되어 온 것 같았다.

8월 28일 묘시(아침 6시)에 적선 8척이 갑자기 포구에 나타났다. 이는 이순신 함대의 행방과 허실을 확인하기 위한 침공이었다.

경상우수사 배설은 피하려고만 했으나 이순신의 지시대로 이순신의 깃발을 휘날리며 쫓아갔더니 적선들은 다 달아나버렸다. 이 적선들은 그길로 돌아가 이순신 함대의 위치와 규모 등을 보고했다. 이 소식은 남해안 일대의 일본 기동 함대와 육지에 있는 육군에게도 즉시 통보되었다.

그러나 그들은 크게 놀라지는 않았다. 서해 진출을 위해 대규모 선단을 이끌던 협판안치는 오히려 미소를 지었다. 그에게 이제 이순신은 이빨도 발톱도 다 빠진 병든 호랑이에 불과했다. 이제야말로 이순신을 잡을 때가 왔다며 전의를 불태웠다.

이순신은 저녁에 진을 장도(獐島: 노루섬)로 옮겼다가 다음날 8월 29일 벽파진(碧波津: 진도)으로 옮겼다.

이제 병사들도 2천 명으로 늘었다. 그러나 바다싸움에 노련했던 옛 병사들은 거의 사라지고 대부분이 미숙한 신병들이었다. 이순신은 그들을 전선 12척에 태우고 바다로 나갔다. 나가서 훈련을 시작했다.

이순신을 따라오는 적들은 신예 수군으로 보강된 막강한 전력을 갖춘, 1천 척도 넘는 대규모 함대였다. 결판을 낼 각오로 결전을 준비하고 있었다.

그런데 겨우 12척에 미숙한 병사들을 싣고 그들과 싸우겠다고 훈련을 한다니, 적이나 아군이나 백성이나 조정이나 안쓰러운 한숨을 내쉬었다. 이순신 자신도 한숨이 절로 나왔다. 기강도 말이 아니고 밤이면 가끔 도망병도 생겼다. 장수들도 별로 다를 바가 없었다. 어찌할까 걱정하는데 큰 사고가 났다.

"배 수사(裵 水使)가 없어졌습니다."

새벽에 종사관 황정철(黃廷喆)이 달려왔다.

"없어졌다고?"

"예, 심복들과 함께 사라졌습니다."

수군절도사가 도망쳤다는 것은 보통 큰일이 아니었다. 가뜩이나 엉망인 기강을 깔아뭉개는 꼴이었다.

"잡아오도록 해야지요? 김 수사를 보내시지요."

김억추로는 안되고 이순신 자신이 쫓아가야 하는데 그렇게 되면 웃음거리만 될 뿐이었다.

"수사는 달아나고 통제사는 잡으러 가고 … 집안 구석 잘 돌아간다."

조정에서도 한구석에서는 콧방귀를 뀔 것이었다.

"그만둡시다."

이순신은 어금니를 물고 바다로 나갔다.

'그래도 왜적은 반드시 물리쳐야 한다.'

이순신은 병사들과 함께 흐르는 땀을 바닷바람에 씻었다.

9월 7일, 이미 어란포까지 다가와 있던 적들이 신시(오후 4시)에 30척의 배를 몰고 곧장 쳐들어왔다. 10척 규모의 초라한 함대로 어찌 나오는지 시험해 보는 공격일 수도 있었다.

이순신은 곧장 전 함선의 닻을 올리고 마주 나갔다. 개조형 거북선을 앞세우고 나가 요란하게 대포를 쏘아대자 적들은 그냥 돌아서 달아났다. 이순신도 함대를 이끌고 벽파진으로 돌아왔다.

"오늘밤 적들의 야습이 있을 것이다."

그 밤은 특별 경계령을 내렸다. 초라한 함대는 육지에 내리지 않고 즉시 출동태세로 물 위에서 밤을 새우고 있었다.

과연 해시(밤10시)가 되자 적들이 기습을 노리고 다가오며 총을 쏘았다. 기다리고 있던 개조형 거북선이 맨 앞에서 갑자기 천지를 진동시키는 대포를 쏘아가며 반격하자 왜군들이 오히려 놀라서 달아나기 바빴다.

이날 낮과 밤의 전투상황을 왜군들은 곧장 후방의 수군 수뇌부에 전달했다.

"으음, 비록 초라하나 역시 이순신은 원균과는 다르구나."

나중에 남해에 들어와 있던 전 일본수군 총사령관 구귀가륭은 고개를 저으며 이를 앙다물었다. 그는 풍신수길의 이순신 섬멸 특명을 받고 들어와 이순신의 뒤를 쫓고 있었다.

9월 9일은 중양절(重陽節)이었다. 국화전(菊花煎)과 국화주(菊花酒)를 즐기며 한가로이 노는 날이었다.

이순신은 오늘을 위해서 제주도에서 소 5마리를 실어오라 했었다. 실어온 소들을 녹도만호 송여종과 안골포 만호 우수(禹壽)에게 내주어 장병들을 먹이라 했다. 소를 싣고 온 배를 보니 판옥선이었다. 다른 배를 내주고 그 판옥선을 받아 전선으로 개조했다. 함대에 합류시키니 전함은 이제 13척이 되었다.

곧 닥칠 전투에서 힘을 내 싸워야 할 병사들, 격군들, 관원들 3천여 명 모두에게 고깃국을 먹일 수 있어 이순신은 마음이 흐뭇했다. 그러나 정작 자신은 입에 대지도 않았다. 그는 상제(喪制)의 몸이었다.

다음날, 이순신은 참모들을 데리고 해남과 진도에 오래 살았던 노인 어부 몇 사람과 울돌목으로 나가 해류와 지형에 대한 이야기를 나눴다.

마음속으로 일단은 9월 15일을 결전의 날로 보고 그날 울돌목의 시간대별 바닷물의 유속과 방향 등을 다시 한 번 점검하고 확인했다.

"종사관은 도표로 한 번 그려 보시오."

이순신은 자신이 머릿속에 그려 놓은 울돌목 해류의 도표를 좀더 확실하게 기억하려고 종사관의 협조를 구했다. 황정철은 매우 자세한 그러면서도 아주 보기 쉬운 도표를 그려서 이순신에게 건네주었다.

"허, 솜씨가 대단하오. 어린애도 아주 쉬이 기억하겠소."

이순신도 대단한 솜씨였지만 황정철의 도표 솜씨가 더 훌륭한 것 같았다. 그날 이후 이순신은 밤에 그 도표를 꺼내 보며 완벽하게 암기를 마쳤고 도표를 보며 작전을 구상하곤 했다.

9월 14일, 어란포에 적들의 대규모 선단이 들어오고 있다는 보고가 들어왔다. 이순신은 결전이 임박했음을 직감하고 전령선을 우수영으로 띄웠다.

피란민들을 육지로 올려 보내고 이미 연락받은 배들은 전선(戰船)으로 위장을 마치고 대기하라 했다. 우수영에는 이순신을 따라 피란 나온 배들이 많이 모여 있었다.

다음날 9월 15일, 아침 일찍 완전무장을 갖춘 13척의 전함을 이순신이 일일이 점검했다. 특히 대포(지자총통, 현자총통)와 투척용 포탄(발화탄, 질려탄, 비격진천뢰)과 속사용 쇠뇌와 다발용(多發用) 총통(편전, 장전, 피령전 등의 발사용) 등의 충분한 비치 여부를 확인했다.

전함의 수는 비록 적었으나 함선은 매우 견고했고, 준비한 무기들은 충분했다. 물을 적셔 사용하는 화재 진압용 가마니가 좀 모자란 것 같아 더 싣도록 했다.

명량해류도 鳴梁海流圖

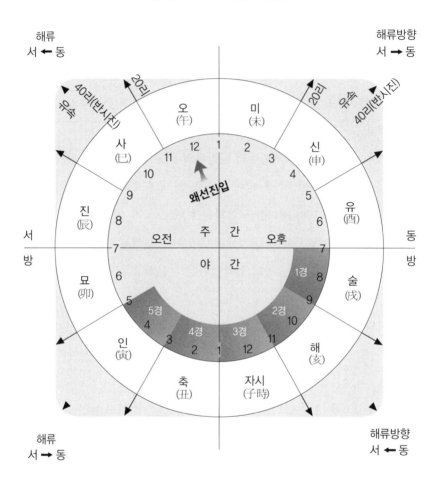

장병들이 겁먹어 기죽는 일만 없다면 승리할 수 있다는 확신을 마침내 가졌다. 문제는 오로지 장병들의 사기였다.

울돌목의 물살이 조용한 정오쯤에 함대를 우수영으로 이동시켰다. 우수영은 이억기의 전사 이후 수영의 관원들이 다 없어져 폐허처럼 변해 있었다. 서둘러 정리하고 함선을 정박시켰다.

저녁 식사를 마친 후 이순신은 우수영 동헌(東軒)에 홀로 앉아 눈을 감았다.

'다가오는 이 한 번의 싸움에 나라의 존망이 달려 있구나. 이 명량이 뚫리면 서해는 왜적의 차지가 되고 나라는 망하고 만다. 반드시 막아내야 한다. 조선의 재생을 위해 반드시 이겨야 한다.'

이순신은 눈을 뜨고 붓을 들었다. 그리고 병법상의 경구(警句) 두 줄, 열여섯 자를 써서 벽에 붙여 놓았다.

必死則生 必生則死
(필사 즉 생 필생 즉 사)

一夫當逕 足懼千夫
(일 부 당 경 족 구 천 부)

반드시 죽으려 하면 살고, 반드시 살려 하면 죽는다.
한 사람이 길목을 지키면, 천 사람도 두려워한다.

그리고 장수들을 불렀다.

"자, 여기를 보시오. 내가 말하지 않아도 여러분이 다 알 것이오. 이는 모두 오늘의 우리를 두고 한 말이오. 우리가 여기서 밀리면 서해가 왜적들의 차지가 되고 따라서 나라도 망하오. 오늘날 나라의 존망과 백성의 안위가 바로 우리 한 사람 한 사람에게 달려 있소. 우리는 반드시 이겨야 하오. 여러 말 하지 않겠소. 여러 장수들은 결코 살 생각을 마시오. 죽을 각오로 싸워야만 이길 수 있소. 조금이라도 명령을 어기면 가차 없이 군법으로 다스릴 것이오."

이순신의 목소리는 비장했으나 위엄과 자신에 차 있었다.

왜군들은 이날 총사령관 구귀가륭의 지시에 따라 협판안치, 가등가명, 등당고호, 내도통총(來島通總), 모리고정(毛利高政) 등이 이끄는 연합함대 330여 척이 어란포에 집결했다.

육군도 모였다. 이순신을 격파하면 곧바로 서해로 북상하여 한강으로 들어가 도성을 들이치기 위해서였다. 과도직무, 장종아부원친(長宗我部元親), 중천수성(中川秀成), 봉수가가정(蜂須嘉家政), 복원직고(福原直高) 등 쟁쟁한 장수들이 이끄는 별동대 2만 5천 명이었다. 왜군들은 수군이나 육군이나 이번만은 반드시 이길 것으로 믿었다. 모두들 그렇게 대비하고 있었다.

왜군들도 울돌목의 해류가 복잡하고 험난하다는 것을 잘 알았다. 옛날부터 상선들이 중국으로 오가는 해상 교통로로 이곳의 물길을 이용했기에 이곳은 일본사람들에게도 잘 알려진 곳이었다. 이순신이 이 길목을 차단하고 여기서 결전하리라는 것도 이미 다 짐작했다.

이번 연합함대의 최선봉은 일본에서 돌격전의 달인으로 이름난 수군장수 내도통총(來島通總, 구루시마 미치후사)이었다. 내도통총의 수군 진영은 일본의 울돌목이라고 불리는 시코쿠(四國)의 미야쿠보(宮窪: 궁와) 해협에 있었기 때문에 울돌목 공격에서는 내도통총은 최적의 장수였다.

그는 특별히 수길의 부름을 받아 그의 특명을 받았다.

"함대의 선봉을 맡아서 이순신의 수급을 베어 바치라. 최고의 공로가 될 것이다."

"합! 이번에 반드시 이순신의 목을 베어 전하의 뜻을 받들고, 형의 원수를 갚겠습니다."

그의 형 내도통지(來島通之, 구루시마 미치유키)는 임진년 당항포 해전 때 일본수군의 검은색 함대의 사령관이었다. 그는 그 해전에서 이순신 함대에 대패하여 전사했다.

"겨우 10여 척의 가련한 함대. 발톱, 이빨 다 빠진 병든 호랑이 이순신. 제아무리 신출귀몰하는 이순신일지라도 이제 무슨 힘을 쓰겠느냐?"

일본은, 수길로부터 해군장수들은 물론이요 육군장수들에 이르기까지, 이번에야말로 이순신을 기어이 때려잡고야 말겠다는 각오로 나왔다. 이순신과의 이번 대전이야말로 조선을 점령 지배하느냐 마느냐 하는 최대의 관건이었기에, 일본 전체가 온 힘을 기울이는 전투이기도 했다.

그리고 이번에야말로 일본에선, 수길로부터 모든 수군장수는 물론 육군장수에 이르기까지 그 누구도, 승리를 자신하지 않는 자는 없었다. 어란포의 육군장수들은 수군장수들을 부러워하기까지 했다.

"이런 때 수군으로 나오지 못한 게 참으로 유감이오."

"그건 또 무슨 말이오?"

"이순신의 목을 벨 절호의 기회가 왔지 않소?"

"과연 … ."

"이순신의 목을 베는 자는 일본 제일의 장수가 될 것이며, 일본 제일의 공로자가 될 게 아니오?"

"과연 … ."

"역사에 길이 남을 위인이 될 것이오."

"과연 … . 수군장수들이 부럽소."

육군의 부러움에 더욱 가슴이 부풀어 수군은 출동을 서둘렀다.

9월 16일, 이른 아침에 별망군(別望軍: 별도로 편성된 탐망군)이 와서 이순신에게 보고했다.

"셀 수 없이 많은 적선들이 명량(울돌목) 쪽으로 다가오고 있습니다."

어란포에 집결해 있던 왜군선단 333척 중에서 선봉 133척이 새벽 인시(오전 4시)에 어란포를 출발했다. 재침을 위해 대량으로 건조한 개량 전함 안택선이 대부분인 선단이었다.

신시 말(오전 9시)쯤 선단은 녹도(鹿島) 앞 해협 어귀에 나타났다. 그러나 그들은 해협으로 곧장 들어가지 않고 멈춰 대기하고 있었다.

그때부터 사시 말(오전 11시)까지는 바닷물의 유속이 가장 빠른 시간대여서 이를 알고 있는 왜군들은 유속이 느려지는 때를 기다렸다. 이순신은 눈으로 보지 않고도 왜군선단의 이런 동태를 환히 알았다.

정오(낮 12시)가 되자 역시 그들은 해협으로 들어섰다. 바로 명량(울돌목) 해협이었다. 해협의 서쪽 끝 가장 좁은 물목, 바다가 울부짖고 날뛰는 그 물목을 향해 항진했다.

수천 년 이어서 여전히 바다의 끝이 만나 서로의 성깔을 다해 밀고 당기는 물목, 그 위에 올라탄 탈것들도 좌우간 성깔을 다해 결판을 내야 하는 물목. 그 물목인 울돌목이 탈것(함선)들을 허용하는 한도는 바다 위로 보이는 한도의 절반도 안 되는(폭 120m, 깊이 1.9m), 그야말로 목구멍이었다.

13척의 초라한 이순신 함대는 바로 그 물목을 지키며 조용히 떠 있었다. 왜군 선단의 맨 앞에는 선봉 함대를 지휘하고 있는 내도통총의 기함이 좌우에 호위함들을 거느리고 항진 속도를 조절하며 전진하고 있었다.

울돌목에 가까워지자 내도통총의 시야에 이순신의 함대가 들어왔다. 듣던 대로 10여 척에 불과한 것 같았다.

이때 이순신은 전후방의 상황을 살펴가며 이미 결전의 장소로 들어와 있었다. 물살이 동쪽에서 서쪽으로 빨리 흐르고 있었으므로 배의 닻을 내리고 기다리고 있었다.

"공격 대형으로!"

왜군 선봉 사령관 내도통총의 명령이 떨어지자 돌격대를 실은 돌격 선단이 기함의 앞으로 신속하게 나오고, 뒤따르던 선단들도 이미 전투 대형으로 항진하던 자세를 바로잡았다.

울돌목 가까이 이르자 멀지 않은 눈앞에 이순신의 함대가 어른거렸다. 겨우 13척으로 모여, 그것도 함대라고 나름의 진용을 갖추고 기다리고 있었다.

맨 앞 선봉에 전함 4척(복개형 선단, 선봉 선단), 그 뒤에 이순신의 기함과 양쪽에 호위선 1척씩 그렇게 3척(기함 선단), 그리고 그 뒤에 3척(김응함의 중군 선단), 그리고 그 뒤에 또 3척(김억추의 후군 선단), 그렇게 모두 13척이 제법 진용을 갖추고 을씨년스럽게 떠 있었다.

적선 함대는 이순신이 예상했던 대로 그 시각에 맞춰 다가왔다. 이순신 함대는 닻을 걷어올리고 기다렸다.

자신의 함대와 맞설 조선의 함대가 겨우 13척이라는, 초라하고 가엾기 짝이 없을 만큼 무모한, 함대임을 확인한 내도통총은 뻗치는 자신감에 실소를 금할 수가 없었다.

'불쌍한 것들 … .'

유속이 함선의 자유로운 기동에 영향을 주지 않는 시간대는 오시(午時: 낮 12시)에서 미시(오후 2시) 사이의 한 시진(時辰: 두 시간)이었다.

그 한 시진 사이에 이순신 함대를 완전히 격파하고 전 함대가 서해로 진출하면 되는 것이었다.

그러나 현장에 와서 보니 한 시진까지 걸릴 것도 없었다. 일, 이각(1, 2刻: 15분 내지 30분)이면 될 것 같았고 길어야 반 시진(한 시간)이면 넉넉할 것 같았다. 그저 한 번의 돌격이면 끝날 일이었다.

함교에 앉아 상황을 가늠하던 내도통총은 일어나 지휘봉을 높이 쳐들었다.

"전속 돌격(全速 突擊)!"

적선을 포위하고 다가가 등선접전(백병전)하라는 명령이었다.

수십 척이 속도를 내 벌떼처럼 달려들어 조선함대를 에워싸고 조총으로 집중사격을 가하면 끝날 일이었다. 그러나 벌떼처럼 달려들 수가 없었다. 목구멍 같은 물목 때문에 몇 줄로 줄지어 기다리며 천천히 달려들 수밖에 없었다.

적선들은 물목을 비집고 나와 조선함대 맨 앞의 일곱 척을 겹겹이

에워싸기 시작했다. 그러나 마음대로 다가갈 수가 없었다. 조선함선들의 포화를 맞아가며 천천히 에워쌀 수밖에 없었다.

그래도 적선의 수는 어느새 엄청난 수로 불어나 사격을 가해왔다. 조선함대의 사격에 깨지고 불타면서도 아랑곳하지 않고 무섭게 돌진하는 적함들을 바라보며 조선 장병들은 겁을 먹어 사색이 되었다.

이순신의 기함이 전면으로 나섰다.

"놀랄 것 하나도 없다. 부지런히 쏘아라."

이순신 자신도 총통을 붙잡고 열심히 쏘았다. 이순신은 대포사격의 명수였다. 한산도 시절에 쌓은 솜씨가 살아났다. 쏘는 족족 적선은 명중되어 부서지고 불탔다. 이제 장병들도 용기를 얻어 각종 총탄과 각종 화살을 우박처럼 빗발처럼 쏘아댔다.

그런 가운데 복개형 판옥선 4척도 적함들에 엄청난 화력으로 대포를 쏘아대자 돌격선들은 이것부터 처치하려고 판옥선 쪽으로 맹렬하게 돌진했다.

그러나 가까이 간 돌격선들은 병사들이 깡그리 죽거나, 배가 폭파되거나, 불붙어 타야만 했다.

적함이 바싹 다가오면 복개형 판옥선의 조선수군들이 높은 창문을 열고 발화탄, 질려탄, 비격진천뢰 등을 돌격선 위로 내던지기 때문이었다.

돌격선들은 단 한 척의 조선배에도 접근할 수가 없었다. 어쩌다 접근해도 배의 높이가 워낙 차이가 나서 순식간에 뛰어오를 수도 기어오를 수도 없었다. 등선접전은 아무래도 가당치 않았다.

겹겹이 에워쌌던 적선들은 부서지고 불타고 가라앉았다. 적선들은 대혼란을 겪자 조선배에서 물러나기 시작했다.

이순신은 머리를 돌릴 여유가 생기자 조선함대 전체를 살펴보았다.

우수사 김억추는 아득히 먼 뒤쪽, 양도(洋島)와 진도(珍島) 사이에 전선으로 위장해 벌려 세운 포작선의 선단 근처까지 물러가 있었다.

중군장 김응함도 멀리 피해 있었다.

이순신은 중군령하기(中軍令下旗)를 세우라 하여 중군장을 부르고, 이어 초요기(招搖旗)를 세우라 하여 장수들을 불렀다.

거제현령 안위의 배가 먼저 다가왔다.

"안위는 군법에 죽고 싶은가? 달아난다고 어디 가서 살 것인가?"

뒤따라 미조항첨사 김응함이 다가왔다.

"중군장이 멀리 피하기만 하고 대장을 구원하지 않았으니 그 죄를 어찌 면할 것인고? 당장 처형할 것이나 우선 분투해서 공을 세우라."

한편 휘하들이 물러나는 것을 보고 다급해진 내도통총은 직접 호위선단과 함께 선두로 나서며 소리소리 질렀다.

"다시 돌격하라! 물러서지 말라! 모두 돌격해 적선에 오르라!"

적선들은 다시 새까맣게 몰려와 조선함선들을 겹겹이 둘러쌌다.

울돌목의 양쪽 언덕에는 이순신을 찾아 이 고장으로 온 많은 피란민들이 몰려나와 있었다.

해협을 메운 뿌연 포연 속에서 벌떼같이 모여든 적선들이 조선함선들을 겹겹이 에워싸고 있었다.

"아이고, 이자 큰일 났어, 큰일 났당께."

적선들에 파묻혀 그리고 포연에 파묻혀 어느 사이 조선함선들은 아예 눈에 띄지도 않았다.

피란민들은 발을 동동 굴렀다.

"아이고, 이 일을 어쩐당가? 우리 장군님 불쌍혀서 어쩐당가?"

눈물을 흘리며 호곡했다.

이순신으로부터 호통을 들은 안위와 김응함은 당초의 작전대로 마침 가까이 쫓아온 내도통총의 기함을 향해 돌진했다. 적들은 안위의 배에 한꺼번에 몰리며 갈고리를 던져 배를 끌어 당겼다. 그리고 배에 기어오르려고 개미떼처럼 달라붙었다.

배의 옆 벽이 너무 높자 양 끝에 갈고리를 맨 줄사다리를 던져 걸치고 기어올랐다. 창, 칼, 도끼, 몽둥이, 돌멩이, 닥치는 대로 휘두르며 안위와 병사들이 결사적으로 막아냈다.

이 광경을 보고 이순신의 기함이 다가왔다. 안위의 배에 오르려는 주위의 적선을 향해 대포를 연거푸 쏘았다. 역시 이순신은 대포의 명수였다. 주위의 적선 3척이 모두 명중되어 3척의 배 안은 아수라장이 되었다.

녹도 만호 송여종(宋汝悰)과 평산포 대장 정응두(丁應斗)의 배가 다가와 아수라장이 된 배 안에 쇠뇌의 소낙비를 퍼부었다. 움직이는 적은 순식간에 고슴도치가 되었다. 잠깐 사이 적선에서는 몸을 움직이는 적은 하나도 보이지 않았다.

내도통총의 기함과 그 호위선들은 조선의 개조형 거북선과 몇 척의 판옥선에 오히려 포위되어서 무시무시한 화력의 집중타를 받고 있었다. 치열한 집중타 속에서 마침내 내도통총 기함의 함교가 박살이 났다. 동시에 선봉장 내도통총이 바다로 굴러떨어졌다.

이순신 기함에서 이 광경을 지켜보던 항왜(降倭: 항복해온 왜병) 준사(俊沙: 안골포의 적진에서 항복해왔음)가 손으로 가리키며 소리쳤다.

"저기 붉은 비단옷 입은 놈이 안골포의 대장 마다시(馬多時)입니다."

마다시는 선봉장 내도통총을 말하는 것이었다.

이순신이 물 긷는 군사 김돌손(金乭孫)에게 지시했다.

"끌어올려라."

마다시를 긴 갈고리로 찍어 뱃머리에 끌어올렸다.

"맞아요. 마다시가 맞아요."

준사가 펄쩍펄쩍 뛰면서 기뻐했다.

"옷 입은 채 토막 내서 장대에 매달아라."

이순신의 지시에 따라 내도통총은 토막 내지고, 장대에 매어져 이순신 기함의 꼭대기에 내걸렸다.

이순신의 목을 베겠다던 내도통총이 거꾸로 이순신에게 베이는 신세가 되었다.

뒤따라 다가오던 협판안치 등 일본의 수군대장들은 이 꼴을 보자 기겁을 했다. 사지가 떨리고 눈앞이 캄캄해졌다.

"어, 후퇴하라. 빨리 후퇴하라."

망설이다가는 자신들도 저 꼴이 되기 십상이었다.

해전은 그만 결판이 난 셈이었다. 사령관의 토막 나 매달린 시체를 본 순간부터 살아남은 왜군들은 배를 돌려 달아나기에 바빴다. 태반이 불이 붙은 채 달아났다. 떼지어 도주하는 적선들을 향하여 조선함선들은 대포를 쏘고 화살을 날렸다.

신시 초(오후 3시)가 되었다. 서쪽에서 동쪽으로 방향이 바뀐 해협의 물결은 성깔을 부리며 거칠고 가파르게 내달았다.

불붙은 배, 부서진 배, 멀쩡한 배, 빽빽이 들어차 함께 도망가면서 떠내려가면서 울돌목 목구멍에 걸려 왜선들은 패주 난리의 절정을 이루었다.

저희들끼리 불붙여 불타고 부서뜨려 부서지고 충돌하여 전복되면서 왜선들은 해협의 동쪽으로, 대피항에 모였던 어선들이 해일에 밀려 떠내려가듯, 서로 뒤엉킨 채 세차게 흘러갔다.

전투에서 격파, 소실되어 온전히 사라진 30여 척 이외의 나머지 100여 척도 거의 만신창이가 되어 떠내려갔다. 해협은 격파되거나 불타는 배에서 떨어져 죽은 왜군들의 시체와 부서진 함체의 조각들로 너덜거렸다.

안쪽 깊숙이 들어와 싸우던 왜선들은 후퇴한다는 것이 정신이 없어 양도 앞 조선의 위장 포작선 쪽으로 달아났다. 포작선도 무기들을 가지고 있었다. 모두 다 잡아 죽이고 불태워 없앴다.

해협에 자욱했던 포연이 사라지면서 해협의 모습이 제대로 드러나기 시작했다.

해협 양쪽 언덕에서 갑자기 함성이 터지고 북소리가 울렸다.

"오매, 어쩧게 된 일이당가? 우리 편은 멀쩡허당께. 저 봐, 왜놈들 배들만 불타서 떠내려 간당께."

호곡하며 애통해 하던 백성들이 징치고 북치며 노래를 부르고 춤을 추었다.

"인자 이겼지라잉. 아이고, 인자 다 살아났땅께."

"참말로, 구신이란 말이여. 우리 장군님은 참말로 구신이여잉."

눈물을 흘리며 펄쩍펄쩍 뛰며 환호했다.

그날 전투에서 조선함대의 배들은 단 한 척의 파손도 없이 거짓말같이 모두 멀쩡했다. 인명피해는 전사 2명, 부상 3명.

기함에 탔던 순천 감목관 김탁(金卓)과 본영 군노 계생(戒生) 두 사람이 총탄에 전사하고, 다른 세 사람은 총탄에 맞았으나 경상이었다.

왜군은 완전 파손 소실된 함선만 31척이요, 인명피해는 전사만 최소 3천여 명이었다.

전함 13척 대 133척의 대결에서 13척의 완벽한 승리요 환상적인 승전이었다.

왜군으로서는 낯을 들고 입을 열어 무어라 말을 할 수 없는, 그리고 역사에 길이길이 남을 참혹한 패전이었다.

"돌아가자."

이순신은 함대를 이끌고 당사도(唐笥島 : 전남 신안군 암태면)로 후퇴하여 그 밤을 보냈다.

이순신은 적의 추격에 대비하며 또한 양식과 무기를 보충하며 서해를 북상하여 고군산군도까지 올라가 정세를 관망했다.

왜선들은 따라오지 않았다. 왜선들은 동쪽으로 물러간 게 분명했다.

그사이 명량의 승첩 장계를 천천히 찬찬히 써서 조정에 올려 보냈다. 조심스럽게 쓰느라 딴 때보다 늦게 올려 보냈다.

엄청난 대첩의 실상을 거의 다 감추기 위한 궁리로 천천히 쓴 보고서였다.

임금의 놀람과 당황, 무안과 울화를 자극하지 않기 위한 배려였다. 아직도 원균을 옹호하고 애석해하는 임금의 가슴에 더 큰 상처를 내고 싶지 않으려는 숙려였다.

이 엄청난 대승을, 스러져가는 사직을 온전하게 소생시킨 부활의 대첩을 임금은 결코 기뻐하지만은 않으리란 것을 이순신을 잘 알았다.

이순신에게 대첩의 실상이나 명성은 중요치 않았다. 왜군을 확실히 물리쳤으면 그것으로 그만이었다.

명량 전투의 승첩이 전해지자 조야는 모두 몹시 놀랐다. 그리고 반신반의했다.

"정말로 이겼단 말이오?"

믿어지지가 않았다. 그러나 아무리 보아도 이순신의 장계는 확실히 승첩장계였다. 고하 신료들은 차츰 실감을 되살리면서 기뻐서 어쩔 줄을 몰랐다.

"대견합니다. 조선수군이 살아났사옵니다."

"수군과 함께 조선이 살아났사옵니다."

"전하의 홍복이옵니다."

조정 신료들이 감격해 마지않았다.

"참으로 조선수군이 되살아났구료."

선조도 기뻐하지 않을 수가 없었다.

"그러하옵니다. 이순신을 크게 포상해야 하옵니다."

승리의 실상이 전해지면서 싸움이 어떤 것인지 아는 장수들은, 특히 명나라 장수들은 눈이 휘둥그레지며 입을 다물지 못한 채 놀람과 기쁨으로 또한 어찌할 줄을 몰랐다.

천시와 지리가 아무리 좋았다 하더라도 13척과 133척의 싸움에서,

그것도 133척은 최선의 장비와 최강의 병력과 최상의 전의로 덤볐는데, 13척은 패전의 뒤끝으로 계속 쫓기면서 장비도 병력도 되는 대로 긁어모은 형편에 전의마저 겨우겨우 불러일으키며 대항한 싸움에서, 133척을 재기불능으로 철저하게 파멸시키고 13척이 완벽하게 승리했다는 것은, 보통의 군사작전으로는 상상도 할 수 없는 기적이요, 신장(神將)의 예술 같은 승리라 아니 할 수 없었다.

> 공의 기함에 붉은 비단을 걸어 승첩 치하의 예식을 올리고 싶소만 길이 멀어 가지 못하고 그 뜻만 전합니다.

조선 상하를 우습게 여기며 거들먹거리던 경리 양호가 이런 편지와 함께 붉은 비단 한 필과 은 20냥을 번방(藩邦)의 변두리 장수 이순신에게 보내왔다.

그뿐이 아니었다. 명의 다른 많은 장수들이 자발적으로 자신들의 형편대로 금대(金帶), 금배(金杯), 금선(金扇), 향합(香盒), 차호(茶壺), 운이(雲履), 화세(花帨: 허리에 차는 꽃수건) 등 존경과 흠모의 선물들을 보내왔다(당시에 받은 선물이 지금도 현충사에 70여 점 보관되어 있다).

조정에서는 명량에서 싸운 장수들의 관작을 올려 포상했다.

그러나 이순신에 대해서는 숭정대부(崇政大夫: 종 1품)(잡혀가기 전 관작이 정 2품 정헌대부였다)로 올려야 한다는 논의와 건의가 있었으나 선조는 허락하지 않았다.

결국 이순신에게는 아무런 포상도 없었다.

조명 연합군 전체를 관장하면서 조선과 조선군에 대해서는 단 한마디의 찬사도 하지 않았던 경리 양호가 선조를 만난 자리에서 이순신의 포상을 특별히 건의했다.

"이순신과 같이 뛰어난 인물은 드뭅니다. 이번 대첩은 여느 승첩과는 다릅니다. 수군의 참패로 흩어진 전선과 병사들을 수습해서 기적을 이루었으니 참으로 가상합니다. 크게 포상하심이 마땅합니다. 소인도 약간의 은과 비단을 보내서 기쁜 마음을 표시했습니다."

양호는 자못 상기되어 있었다.

선조는 그러나 침착했다. 으레 그렇듯 과녁을 모르고 엉뚱하게 쏜 화살이기는 했지만 … .

"통제사 이순신이 사소한 왜적들을 격멸시킨 것은 마땅히 해야 할 직분을 수행했을 뿐입니다. 더구나 이번에 크게 공을 세운 것도 아닙니다. 대인께서 비단과 은을 내려주시어 표창을 해주시니 과인은 미안할 따름입니다."

이순신은 선조의 처사에 마음을 쓰지 않았다. 부하들의 표창이 이루어졌으니 그것이면 그만이었다.

이순신은 고군산도에서 열흘이나 머물렀다. 몸살이 너무 심해 몸을 움직일 수가 없어서였다. 명량해전을 치르기 위해 일찍부터 너무나 노심초사한 탓이었다.

육지의 적들이 분탕질을 하면서 남하한다는 소식이 들어왔다. 이순신은 몸살에서 일어나자마자 다시 남하하여 10월 9일 우수영으로 돌아왔다.

또다시 이순신에게 걸려들어, 특명으로 뽑아 보냈던 장수조차 적함에 효수되는 치욕을 겪으며 대패했다는 보고를 받은 수길은, 너무나 큰 낙담의 충격으로 그만 드러눕고 말았다.

이를 갈며 다시 일어나 만회의 방책을 강구하지만 이때부터 수길의 건강에는 분명히 이상이 나타나기 시작했다.

서해의 바닷길을 열어 다시 조선을 확실하게 장악하려던 풍신수길의 계획은 또다시 그 핫바지라 깔보던 이순신 때문에 수포로 돌아가고 말았다.

육로로 북상하는 길은 조선의 청야지계(淸野之計)와 유격전으로 거의 죽음의 길이었다.

왜군들은 바다에 접한 남해안 일대로 내려와 기존의 왜성들을 정리, 수축, 신축하여 견고한 성을 쌓고 다시 북상할 기회를 살피며 지구전을 펴기로 했다.

부산을 비롯한 가덕도, 서생포, 죽도(竹島) 등에 있는 기존의 왜성들은 수축하고, 울산의 도산(島山), 양산, 창원, 고성, 견내량, 사천, 남해, 순천 등지에는 새로운 왜성들을 쌓아 올렸다.

명나라의 공포

조선수군이 칠천량에서 대패했다는 소식을 들었을 때 명 조정은 깜짝 놀랐다.

왜구에 시달리면서 골치를 꽤나 썩였던 명 조정은 왜구들과는 비교도 되지 않는 엄청난 수의 왜군들이 바다로 쳐들어와 천진(天津), 북경을 짓밟을 수도 있다고 생각하자 정신이 아찔했다.

명 조정은 새로이 수군을 보내기로 했다. 육군도 보강해 보내기로 했다.

"금년 내에 왜군을 조선에서 몰아내라."

황제가 놀라서 조정에 엄명을 내렸다. 그리고 총독 형개를 북경으로 불러들였다.

"경리 양호 이하 명을 어기는 자는 처단하라."

황제는 그에게 상방검(尙方劍)을 내리고 비용은 걱정 말고 하루빨리 군사를 더 모집해 조선으로 건너가라고 했다.

10월말까지 요양에 모인 군사가 3만여 명 되었다. 턱없이 모자란 숫자였지만 더 기다릴 시간이 없었다. 연말까지는 두 달이 남았을 뿐이었다.

11월이면 요동은 무시무시한 추위가 닥치는 엄동설한이었다. 섣불리 밖으로 돌아다니다가는 눈보라 속에서 얼어 죽기 십상이었다.

그러나 황제의 명은 지엄하였다. 3만여 명을 인솔하고 형개는 출발했다.

"조금만 참자. 조선은 따뜻한 나라다."

병사들을 달래며 눈보라를 비키며 행군하여 11월 3일 압록강을 건넜다. 그러나 요동을 지나며 많은 병사들이 동상에 걸렸다. 조선에 들어와 눈보라를 피하며 동상을 치료하며 행군하다 보니 11월 27일에야 서울에 들어왔다.

남별궁에 든 형개는 장수들을 불러 의논했다. 경리 양호의 주장에 따라 울산의 도산에 새로 성을 쌓고 있는 가등청정부터 치기로 했다. 명군은 3군으로 편성했다.

좌군, 부총병 이여매(李如梅), 휘하 보기(步騎) 1만 2천여 명.

중군, 부총병 고책(高策), 휘하 보기 1만 1천 6백여 명.

우군, 부총병 해생(蟹生), 이방춘(李芳春), 휘하 보기 1만 1천 6백여 명.

여기에 양호의 직속 부대 9천여 명을 합하면 명군 병력은 4만 4천 2백여 명이 되었다.

조선군도 가세했다.

좌군 협력, 충청병사 이시언, 휘하 2천 명과 한강을 지키던 평안도 군사 중 2천 명, 도합 4천 명.

중군 협력, 경상좌병사 성윤문(成允文), 방어사 권응수(權應銖), 경주부윤 박의장(朴毅長), 휘하 3천 2백 명과 함경, 강원 군사 2천 명, 도합 5천 2백 명.

우군 협력, 경상우병사 정기룡(鄭起龍), 방어사 고언백(高彦伯), 휘하 1천 3백 명과 황해도 병사 2천 명, 도합 3천 3백 명.

조선군 병력은 1만 2천 5백 명이었고, 조명 총 병력은 5만 6천 7백 여 명이었다.

12월 4일, 임금 이하 조정의 신하들, 조선과 명국의 장병들이 모인 가운데 형개는 하늘에 제사를 지내고 출정식을 가졌다. 수백 문의 대포를 발사하여 위세를 보이자 천지가 진동하고 포연이 자욱했다.

양호와 마귀가 이들 병력을 이끌고 울산을 향해 남하했다. 일부 병력을 순천과 의령으로 보내 그쪽 왜군들을 견제토록 하고, 주력은 경주로 내려갔다.

영의정 유성룡과 도원수 권율이 미리 내려가 대군의 편의를 돌봤다. 경주에서 일부 병력을 양산과 기장에 나눠 보내 그쪽의 왜병들을 견제토록 하고 나머지 4만여 명이 울산의 도산(島山)으로 향했다.

도산의 왜성은 아직 완성되지 않은 채였지만 한쪽은 태화강으로 해서 바다에 연결되어 있고 깎아지른 듯 성벽은 험준했다. 성벽 위에는 사면으로 장랑(長廊: 연결된 복도)이 이어져 있어 아무래도 난공불락이었다. 그러나 성 주위에는 아직 참호도 파지 않았고 성내에는 우물도 부족했으며 식량도 제대로 비축되지 않았다고 했다.

가등청정은 서생포에 가 있고 도산은 천야행장(淺野幸長)이라는 젊은 장수가 2천여 병력으로 지키고 있었다.

하늘에 제사를 드린 효험이 있는 것 같았다. 성내에는 물도 식량도 모자라고 미숙한 대장에 소수의 병력이 성을 지켰다. 양호는 성이 곧 함락될 것이라 확신했다.

12월 23일 조명 연합군은 울산성 밖 60리에 다가와 진을 쳤다. 왜군들은 다음날 공격이 있으리라 짐작하며 성 외곽에서 지켰다.

그러나 그 밤 제독 마귀의 작전에 따라 유격 파새(擺賽), 파귀(頗貴), 참장 양등산(楊登山) 등이 기습공격을 가했다. 왜병들은 크게 무너져 많은 시체를 남기고 모두 성안으로 쫓겨 들어갔다. 마귀는 사나흘 몰아붙이면 성은 곧 함락될 것이라 여겼다.

명군은 다음날 무서운 화력을 퍼부으며 총공격을 개시했다. 대장군포(大將軍砲)가 무려 1천 2백 44문, 그 밖에 삼안총(三眼銃: 동시에 3발을 장전하여 연속 발사하는 총). 불랑기포(佛郎機砲: 서구식 박격포), 화통(火筒: 대형 화포) 등 대단한 무기들이 총동원되었다.

다음날 서생포의 가등청정이 일부 병력을 배에 싣고 급히 쫓아와 저항했다. 그러나 명군의 날랜 기병대에 반 이상이나 쓰러지고 나머지는 청정과 함께 모두 성안으로 쫓겨 들어갔다.

연합군은 매일 총력을 기울여 공격했다. 그러나 집중포격에도 성은 역시 난공불락이었다. 성벽에 다가가기만 하면 장랑에서 총탄이 빗발치며 쏟아져 매일 이쪽의 사상자만 엄청나게 늘어갔다. 양호와 마귀는 이러지도 저러지도 못하고 성을 둘러싸고 시일만 끌고 있었다. 성을 고사 시키는 지구전을 택한 셈이었다.

연합군의 포위가 10여 일이 지나자 성내에서는 물과 식량이 떨어져 말을 잡아먹는 지경에까지 이르렀다. 적들은 물을 긷기 위하여 밤이면 몰래 태화강 쪽으로 나왔다.

요시라에게 속아 넘어간 죄로 백의종군하고 있던 김응서(金應瑞)가 항왜군(降倭軍: 항복해온 왜군) 부대를 거느리고 참전하고 있었다. 김응서는 태화강 길목에 잠복하고 있다가 밤마다 100여 명씩 왜군들을 사로잡았다. 그들은 굶주림에 쇠잔하여 겨우 목숨만 부지하는 형편이었다. 얼마 못가 성은 함락될 수밖에 없었다.

그런데 그때 청정의 휘하 1만여 명이 바다로 올라와 상륙했다.

내가 경주에서 울산으로 가 경리 양호와 제독 마귀를 만났다. 적군의 진루(陣壘)를 바라보니 사람의 소리는 전혀 들리지 않아 몹시 고요했다. 성 위에는 여장(女墻: 낮은 담)을 쌓지 않고 대신 장랑(長廊)을 사면으로 빙 둘러 만들어 놓았다.

양군의 교전을 지켜보았다. 성안의 왜군은 모두 장랑 안에 있다가 포위한 군사들이 성 밑에 이르면 총탄을 빗발처럼 마구 쏘아댔다. 매일의 교전에서 명군과 조선군의 시체가 성 밑에 쌓이고 쌓였다.

그때 왜군의 구원병이 서생포로부터 왔는데 마치 물오리나 기러기 떼처럼 해안 가득히 정박했다.

《징비록》에 쓴 유성룡의 기록이었다.

성내는 거의 죽어가고 있었는데 그런 판국에 바다로 지원군이 올라왔던 것이다.

엄동설한에 산과 들에서 노숙하는 것이 큰 문제였다. 그렇게 노숙하며 싸워온 명군은 날이 갈수록 추위와의 싸움에 지쳐갔다. 이제 앞과

뒤, 양편의 왜적과는 싸울 기력도 기백도 없었다. 설상가상으로 한겨울에 비까지 내려서 군사들은 손발이 얼어 터졌다.

이순신의 수군이 그리웠다. 바닷길을 막기만 했다면 수일 내로 성은 함락되는 판이었다.

그러나 이순신은 멀리 전라도 보화도(寶花島)에 있었고, 경상좌수사 이운룡(李雲龍)은 영일만(迎日灣)의 칠포(漆浦)에 전함 서너 척의 함대를 거느리고 숨어 있을 뿐이니 나설 형편이 못되었다.

왜군의 병력은 도합 약 1만 정도였으니 조명 연합군의 4분의 1 수준이었다.

그러나 양호는 겁이 덜컥 났다. 앞뒤(안팎)의 왜군이 공격해오면 전멸을 면치 못할 것 같았다. 명의 기마병은 왜병의 조총 앞에 맥을 못추고, 명의 보병은 왜병과의 칼싸움에서 왜병의 기다란 칼에 맥을 못춘다는 사실을 양호는 잘 알고 있었다.

양호는 몰래 마귀를 불렀다.

"이런 형편에는 전멸을 면치 못할 것이오. 아무래도 물러가야 할 것 같소."

"물러가는 줄 알면 왜군은 더욱 기승을 부릴 텐데요."

"어찌하면 좋겠소?"

"어쩔 수 없습니다. 몰래 빠져나가는 수밖에 없습니다."

그래서 양호와 마귀는 소리 없이 빠져나가기로 했다.

1월 14일 명군들은 조선군에게는 아무런 연락도 없이 스스로 무너져 야반도주하고 말았다. 그러나 왜군들이 이를 알고 추격해왔다. 명군들은 후퇴하면서 엄청난 사상자를 냈다. 왜군들의 추격은 권율의 복병 작전에 타격을 받고서야 겨우 멈췄다.

오후부터 적을 포위했던 기병들이 포위를 풀기 시작했습니다.

적선들이 바닷가에 늘어섰고 배에서 내려 뭍으로 오르는 적병들이 있었으나 공격하지 않았습니다.

명군장수들이 있는 곳에서는 처처에 불이 일어났습니다. 알고 보니 독약을 태우는 불이었습니다. 그 독기로 낙오될 부상자들과 병자들의 숨을 끊고 있었는데 죽어가며 울부짖는 소리가 참으로 비창(悲愴)했습니다.

장수들은 먼저 보병을 내보내고 기병들로 뒤를 엄호하면서 후퇴했습니다.

장수가 이미 후퇴한 줄도 모르고 전탄(箭灘: 울주군 온산읍 덕신리 앞 하천)을 지키던 절강(浙江)의 보병과 기병들은 뒤늦게야 자빠지고 엎어지며 달아났습니다.

적들이 쫓아와 물고기를 찍어 꿰듯 찔러 죽였습니다. 보병은 살아서 돌아간 자가 거의 없고 기병들도 부지기수로 죽었습니다.

조선군 또한 사상자가 적지 않았습니다. 당당하던 군세가 순식간에 무너지고 다 죽어가던 적이 되살아나 기고만장하니 원통하기 그지없습니다.

충청병사 이시언과 경상좌병사 성윤문이 올린 장계였다.

이번에야말로 왜놈들을 결딴낼 것이라고 굳게 믿고 뼈가 으스러지도록 명군의 시중을 들던 조선의 관원들과 백성들은, 분노가 이글거려 명군이라면 아예 이를 갈고 저주하기에 이르렀다. 전투에는 물러 터진 것들이 행패에는 구지레하게 억셌기 때문이었다.

중국 병사들이 내려온 이후 그들이 연도에서 사람을 잡아가고, 관리를 구타하고, 백성을 결박하고, 주식(酒食)을 요구하는 일이 날로 자심해지고 있습니다.

수령들은 감당키 어려워 멀리 산속으로 피하고 아랫사람들로 하여금 일을 보게 하니 저들은 멋대로 놀고 천방지축으로 못하는 짓이 없습니다.

심지어 역참마다 자기들의 말은 소제하라 시키고 동네의 말과 소를 끌어와 타고 가기도 하고 끌고 가기도 합니다. 가고나면 백분의 일도 돌아오지 않습니다.

밤이고 낮이고 이런 일이 계속되니 민간에는 우마가 하나도 없습니다. 그런데도 저들은 더 내놓으라 행패를 부리니 백성들의 고통은 이루 말할 수가 없습니다.

그렇다고 달리 방책은 없고 그저 적당히 대접하라 할 뿐입니다.

제독에게 말하여 휘하의 장수들에게 영을 내리도록 부탁은 했습니다만 어떻게 될지는 알 수 없습니다. 그저 민망하고 한탄스러울 뿐입니다.

영의정 유성룡이 임금께 올린 보고서였다.

울산에서 경주를 거쳐 후퇴하면서 안동에 일부 병력을 남기고 2월 16일 서울까지 철수해 버린 경리 양호는 북경에 승전 보고서를 올렸다.

적진을 제압하여 많은 적을 쳐 죽이고 굳은 성과 커다란 방책도 여러 군데 쳐부쉈습니다. 사로잡거나 참살한 장교만도 1천 3백여 명에 이릅니다. 저들이 여러 해에 걸쳐 이룩했던 것들이 일조에 모조리 무너져 버렸습니다.

그리하여 가등청정은 겨우 몸만 빠져서 도산의 소굴로 쫓겨 들어
갔습니다.
　　엄동에 너무 오래 계속하면 병사들과 말들이 지쳐 불리할 수도 있
으므로 포위를 풀고 잠시 철병하여 부대를 정비하고 있습니다.

총독(경략) 형개도 승전 보고서를 올렸다.

　　크게 이기고 적괴를 잡을 뻔했는데 갑자기 외지에서 대군이 몰려와
뜻을 이루지 못했습니다. 군사들은 돌아와 잠시 휴식을 취하며 다시
나아가 완전 평정할 것을 도모하고 있습니다.

황제는 기뻐하며 칙어(勅語)와 함께 푸짐한 상을 내렸다.

　　직산과 울산, 두 번에 걸쳐 많은 적병을 무찌르고 강고한 성벽을 무
너뜨렸으니 나라의 위세를 크게 떨쳤도다. 병마를 쉬게 하여 기운을
북돋우어 다시 큰일을 도모함은 실로 만전지책이니라.
　　형개는 휘하의 통솔에 충실했고, 양호는 친히 임전하여 시석(矢
石)을 피하지 않았으며, 마귀는 몸소 솔선하여 분전했으니 다 같이
나의 신임에 어긋남이 없도다.

장수들에게는 백금을 흡족히 내리고, 병사들에게는 은 10만 냥을
내렸다.

서해를 북상했던 이순신이 우수영으로 내려오자 해남에 틀어 앉으
려던 적들이 이순신을 피해서 동쪽으로 달아났다. 거의 폐허가 되었던

우수영은 이순신이 들어오면서 다시 많은 피란민들도 찾아와 활기를 되찾기 시작했다.

그런데 내려와 며칠 안 되는 10월 14일, 이순신은 뜻밖에도 막내아들 면(葂)이 죽었다는 통보를 받았다.

면(葂)은 9월 초 그의 어머니와 함께 아산(牙山) 본가에 가 있었다. 왜군들이 아산 고을에 들어와 분탕질을 치고 있을 때 달려 나가 싸우다 변을 당했다. 금년 겨우 21세의 면은 지혜와 용기가 남달랐고 특히 말타기, 활쏘기가 특출해서 이순신을 많이 닮았다고 했다.

내가 지은 죄로 그 화가 네 몸에 미쳤단 말이냐? 네가 죽고 내가 살아 있으니 세상에 어찌 이런 괴상한 이치가 있단 말이냐? 이제 속은 죽고 껍데기만 살아 있게 되었구나. 하룻밤 지내는 게 1년 같구나.

일기를 적는 종이가 눈물로 젖었다.

전쟁 6년 동안 이순신은 몸이 눈에 띄게 쇠약해지고 머리가 하얗게 변했다. 그런데 면의 죽음이 이순신의 이런 상태를 더욱 재촉했다. 이순신은 아들의 상복도 입고 그의 영혼을 위로했다.

10월 29일, 이순신은 목포의 서남쪽 보화도(寶花島)로 진영을 옮겼다. 많은 백성들도 보화도를 비롯한 근처 섬들로 옮겨왔다.

백성들이 많이 따를수록 그들의 지원도 많아졌다. 병력이 늘어났고 군수품 조달도 쉬워졌다. 왕래하는 수많은 배들을 보호해 주며 통행첩을 발행해 주고 배의 크기에 따라 알맞게 통행세를 받았다. 통행세는 양곡이었다. 늘어나는 병사들의 군량이 충당되었다.

이순신이 명량에서 크게 이긴 후 이러쿵저러쿵 말이 많던 조정신료들도 조용해졌고, 백성들은 그를 더욱 하늘같이 떠받들었다.

제아무리 흉악한 적일지라도 이순신을 이길 자는 세상에 없다고 철석같이 믿게 되자, 갈 곳 몰라 헤매던 백성들은 이순신의 그늘로 꾸역꾸역 모여들었다.

그들은 근처의 섬에 올라 집을 짓고 황무지를 개간하며 삶의 터전을 마련했다. 덕택에 이순신은 병력도, 식량도, 무기도 점점 더 순조롭게 해결되었다.

11월 17일, 경리 양호의 차관(差官: 중요한 임무를 위해 파견되는 관원)이 초유문(招諭文: 적 또는 적에 가담한 자들을 너그럽게 용서한다는 포고문)과 다량의 면사첩(免死帖: 죽음에 처하지 않도록 하는 증명서)을 가지고 왔다. 면사첩은 명 황제가 내린 것이었다.

면사첩은 주로 적에 가담했던 자들이 자칫 잘못 처형될 위험에 당했을 때 그들을 살려내는 증명서로 쓰였는데, 그것은 어떤 경우에도 죽음을 면하는 보증서였다. 그것은 그렇게 이순신에게도 보증서였다.

명나라는 수군의 중요성을 잘 알았다. 그러면서도 그동안 수군을 보내지 않은 것은 오로지 이순신이 거느린 조선수군을 믿고 의지했기 때문이었다. 명나라는 이순신이 한산대첩으로, 명량대첩으로 명나라까지 지켜낸 공로 또한 잘 알고 있었다.

명나라는 이순신 같은 명장이 또다시 모함을 받아 잡혀가거나 목숨을 잃을 것을 염려하기도 했다. 그래서 면사첩은 한편으로는 이순신을 해치려는 조선의 왕이나 조정의 파당들에 대한 경고도 되었다.

그동안 적의 동태를 살피던 이순신은 새해(1598년) 들어 본영을 옮기기로 작정했다. 적들이 포진한 전선이 울산에서 순천까지로 거의 확정되자, 이순신은 조정의 허락을 받아 2월 17일 본영을 고금도(古今島: 완도군 고금면) 동부해안으로 옮겼다. 역시 백성들이 따라왔다.

고금도는 강진에서 남으로 30여 리에 있는 섬으로 한산도와 형세가 비슷하면서도 넓이가 훨씬 크고 농토도 많아 백성들이 살기도 좋았다. 또한 옆에 완도(莞島), 신지도(薪智島), 조약도(助藥島) 등 큰 섬들이 있어 계속 모여드는 백성들을 넉넉히 수용할 수 있어 더욱 좋았다.

고금도에 들어온 지 불과 수개월에 백성들의 집이 3만여 호로 불어났다. 그 덕택에 이순신의 함대는 격군을 뺀 병사들만도 7천여 명이 되었고 전선도 100여 척에 이르는 대 함대로 성장했다.

그사이 수군의 편성과 지휘 체계도 이순신의 체제로 완전히 정비되었다.

경상우수사로는 이순신의 천거에 의해 이순신(李純信: 전라병사로 있었다) 이 임명되었다. 임진년에 방답첨사(防踏僉使) 로 이순신과 함께 왜적을 물리쳤던 장수였다. 벽파진에서 도망가 고향 성주에 숨어 있던 전임 수사 배설(裵楔) 은 체포되어 참형을 받았다.

전라우수사는 김억추가 해임되고 명량 전투에서 용감히 싸운 거제현령 안위(安衛) 가 임명되었고, 충청수사로는 북병사를 지낸 오응태(吳應台) 가 임명되어 왔으며, 그 이하 간부들과 군관들도 모두 충원됐다.

6월 들어 명나라 수군 도독 진린(陳璘: 천린) 의 함대가 서해를 건너 충청도 당진(唐津) 에 도착하였다. 5천 병력에 전함 100여 척의 함대

414

였다.

진린은 광동(廣東) 출신의 40대 장수로 거꾸로 치솟은 팔(八) 자 수염을 기르고 있었다. 서울로 올라와서 양호 등 장수들을 만나보고 임금을 뵌 후 이순신이 있는 남해안으로 출발했다.

6월 26일, 선조는 동작강(銅雀江) 가에 나와 그를 전송하는 잔치를 베풀었다. 그가 임금에게 꽤나 오만하게 잘난 체를 했다.

"명 조정에서 수군을 통수하라는 지시를 받았소이다. 변경의 수군 장수들도 응당 내가 통제할 것이오. 작은 나라의 신하들이 혹시 명령을 어기는 자가 있으면 절대로 용서치 않고 일체 군법에 따라 처리할 것이오."

그는 말을 마치고 임금을 위아래로 한 번 훑어보았다. 그는 말도 오만했지만 사람을 쳐다보는 눈꼴도 오만했다.

그의 부하들도 마찬가지였다. 걸핏하면 조선사람들을 발로 걸어차고 몽둥이로 두들겨 팼다.

이날도 임금이 있는 자리에서 찰방(察訪) 이상규(李尙規)의 목을 새끼줄로 묶어 끌고 다녔다. 눈꼴사납게 쳐다보았다는 게 이유였다. 목과 얼굴에 피가 낭자했다.

영의정 유성룡이 통역을 시켜 풀어주도록 설득하라 했다.

"영의정의 부탁이오."

"영의정? 대명 천자의 군대를 몰라보나? 어디다 대고⋯?"

통사까지 두들겨 팼다.

떠나가는 그들을 배웅하며 중신들은 걱정이 컸다.

"저런 것들을 상종해야 할 터이니 이순신이 골치를 앓게 되었소."

임금의 석고대죄 (席藁待罪)

이때 명나라는 수군뿐 아니라, 육군도 더 보강해 보냈다. 그래서 6월에는 제독 유정 (劉綎) 이, 8월에는 제독 동일원 (董一元) 이 보충병력을 이끌고 서울에 들어왔다.

그러나 경리 양호는 과도관주사 (科道官主事) 정응태 (丁應泰) 의 탄핵을 받아 거취가 불명해졌다.

명 조정도 신료간 적대나 알력이 으레 있을 터였다. 그러나 경리 양호의 울산 패전은 숨기기에는 너무나 심각했다.

공식적으로 보고된 바로는 전사자가 1천여 명으로 되어 있었지만 실제로는 1만여 명임이 밝혀졌다. 양호의 지리멸렬한 작전 지휘 탓에 최일선에서 용감히 싸운 조선군의 피해 또한 너무나 컸음도 드러났다.

양호가 참전 명군 중 절강성, 강소성을 중심으로 한 남쪽 군사들에 대하여 전공 (戰功) 과 시상 (施賞) 에 있어서 심하게 차별을 둔 사실도 밝혀졌다.

울산 전투에서 앞장서 싸우다 총탄을 맞고 심한 부상을 입어 서울로 이송된 유격장군 진인(陳寅)이 울산 전투의 실상과 양호의 인품을 형개 군문의 참모진에게 소상히 밝혔다.

사실 양호는 조선을 번방(藩邦: 제후의 나라, 속국)으로도 여기지 않은 사람이었다. 그는 직할통치 지역을 다스리는 통치자 행세를 하며 막강한 권력을 휘둘렀다.

조선의 임금 이하 대신들, 장수들에 대해서도 그런 통치자의 군림하는 자세로 일관했다. 유성룡 이하 그를 직접 상대해 본 조선사람들에게 그는 실로 경원의 대상이었다.

그는 명군 지휘관으로서도 두드러지게 독선적이고 차별적이어서 많은 부하들의 불만의 대상이었다.

그런 불만 사항들을 후퇴하여 서울에 들어온 파새(擺賽) 등 남방 출신의 장수들이 또한 양호의 울산 패전 양상과 함께 군문의 참모진에게 소상히 전했다.

이런 사실들은 모두 과도관이요 병부상서 형개의 군사 참모로 서울에 와 있던 정응태에게 낱낱이 수집되었다.

과도관은 바로 감찰어사(監察御使)였다. 지위는 낮았지만 비위를 저지르는 자 누구든 지위 고하를 막론하고 탄핵하여 황제에게 보고할 수 있었다.

경리 양호는 울산 전투에서 크게 패전한 것을 사실대로 보고하지 않았습니다. 이 허위보고 외에도 황제를 속이고 일을 그르친 죄가 20여 가지가 됩니다.

명 조정은 실상을 파악한 뒤 7월 마침내 양호를 파면했다.

양호는 탄핵을 당하자 탄핵 내용 몇 가지는, 평양 패전 때의 조승훈(祖承訓)처럼, 조선과 조선군에게 뒤집어씌웠다. 그리고 조선이 나서서 변호해 줄 것을 접반사 이덕형에게 종용했다.

조선으로서는 명 조정이 알아서 할 일이었기에 나서지 말고 가만히 있어야 마땅했다.

그런데 조선은 임금의 주장으로 도승지 최천건(崔天健)을 진주사로 명 조정에 파견했다.

울산전투는 경리 양호의 보고와 같습니다. 경리 양호는 무고하오니 그가 그대로 조선에 머물도록 조처해 주시기 바랍니다.

그러나 진주사의 파견이 오히려 그의 파면을 더욱 굳힌 셈이 되었다. 8월에 양호는 소환되어 조선을 아주 떠났다.

그리고 후임에는 천진순무(天津巡撫) 만세덕(萬世德)이 임명됐다

"조선이 다시 살 수 있게 된 것은 오로지 대인의 은혜로소이다. 이 은혜를 어찌 다 갚으오리까? 그런데 이렇게 가시다니요."

양호가 떠날 때 조선 임금은 눈물을 흘리며 몹시 애통해했다.

명 조정이 양호를 소환하여 데려갔으면 그것으로 그만이었다. 그런데 임금 선조가 또 한 번 참으로 엉뚱한 사단을 불러일으키고야 말았다.

"경리 양호는 정응태에 의해서 모함을 당한 것이나 마찬가지요. 우리가 그의 은덕에 보답하는 길은 당장 그를 변호해서 구출하는 것이

오. 명나라에 다시 진주사를 보내야 할 것이오. "

  양호가 조선에 나와 조선에 베푼 은덕은 조선에 원군으로 들어왔다는 명목상의 의미 이외에는 아무것도 없었다. 따지고 보면 그는 수많은 목숨을 참살시켜 아군의 상황을 망치는 악덕을 베풀고 떠난 자였다.

  지금은 남쪽 전장의 일에 전념해야 할 때입니다. 양호 변호를 위한 주청사의 일은 자칫 완육작창(剜肉作瘡: 긁어서 부스럼을 만든다) 의 일이 될 수도 있으니 좀더 신중하게 논의해 보는 것이 어떻겠습니까?

비변사에서 조심스럽게 건의했다.
그러나 임금은 정의(情義) 가 깊었다.

  필부(匹夫)도 정의를 저버릴 수 없을진대 하물며 나라의 은인임에랴. 이번에야말로 글과 말이 뛰어나고 일처리가 훌륭한 재상을 보내야 할 것이다. 속히 결정 처리토록 하라.

  임금이 비망기를 내렸다. 임금의 깊은 마음을 읽은 사헌부가 앞장섰다.

  시임대신 중에 적임자가 있사오니 마땅히 그를 보내야합니다.

  임금도 조정도 적임자는 바로 영의정 유성룡이라고 판단했다. 유성룡 또한 이런 사실을 잘 알았다. 임금의 뜻이 그러하다면 아무리 어려운 일이라 해도 자청해서라도 진주사로 가는 것이 신하의 도리라고 유성룡은 믿었다. 그러나 이번엔 그렇지 않았다.

　　소신에게 팔순 노모가 있어 부득이 자청할 수 없나이다.

'양호에 대한 변호는 조선에 해독이 될 뿐인 것을….'
　유성룡은 딱 거절하고 나왔다. 팔순 노모는 명목상 이유였지만 이렇게 나오자 임금도 사헌부도 더는 강요할 수가 없었다.
　충과 효가 같은 무게로 근간을 이루던 사회였다. 충과 효를 병행키어려울 때는 효가 우선이었다. 효의 수행은 딴 사람으로 대체할 수 없기 때문이었다.
　양호에 대한 변호가 나라에 도움이 된다면 비록 팔순 노모의 건강이불안했다 해도, 자신의 몸이 불편했다 해도, 만사를 제쳐놓고 진주사로 갔을 유성룡이었다. 지금까지 그는 그렇게 살아온 사람이었다.
　임금의 뜻에 따라 이원익은 좌의정 자리를 이덕형에게 넘기고 진주사로 떠났다.
　정응태에게 무고당한 양호를 적극 변호하여 양호를 다시 조선에 나오도록 해주기를, 명 황제와 명 조정에 부탁하러 간 진주사였다.
　이원익은 이정구(李廷龜)의 명문장으로 된 주청문(奏請文)을 병부(兵部), 과도관(科道官), 도어사(徒御使), 통정사(通政司) 등 여러 곳에 냈지만 철저히 무시되었을 뿐만 아니라 오히려 반감과 노여움만 더사게 되었다.
　"고얀지고. 대국의 처사에 어디 감히 소방(小邦)이 참견하는고?"
　정응태가 이번에는 조선을 정말로 무고하기에 이르렀다.

9월 2일 정응태는 조선을 무고해서 탄핵하는 상주문을 명 황제에게 올렸다.

> 조선은 양호와 한통속이 되어 숱한 죄를 숨기고 황제를 기만하고 있습니다.
>
> 조선은 왜적을 끌어들여 요동을 침공 점령해 조선의 옛 땅을 되찾고자 하는 의도를 감추며 황제를 멸시하고 있습니다.
>
> 조선의 임금들은 황제만이 쓸 수 있는 조(祖)나 종(宗)의 칭호를 감히 사용하여 황제를 모독하고 있습니다.

내용은 세 가지였지만 상주문의 서술은 혹독하고 무자비했다.

조선이 왜적을 끌어들였다는 두 번째 내용은 정응태의 무고라는 것을 명 조정이 다 알기에 문제 될 게 없었지만, 첫 번째와 세 번째 내용은 보기에 따라서는 중죄를 면할 수 없는 사안이었다.

상주문의 내용이 조선에도 알려지자 조선조정은 발칵 뒤집혔다.

선조는 너무 크게 놀라고 상심해서 상주문 내용을 알게 된 9월 23일부터 정사를 일체 철폐하고 정전(正殿)을 피해 거적을 깔고 앉아 황제의 처분을 기다렸다.

임금이 거적에 앉아 석고대죄(席藁待罪)를 하는 판이니 신하들이 어떻게 평상 좌석에 앉아 일을 볼 수 있겠는가? 신하들은 서성거리며 헤맬 뿐 일이 손에 제대로 잡히지도 않았다.

남쪽에서는 코앞의 적과 날카로이 대치중인데 임금이나 조정은 전쟁은 뒷전이 되고 말았다.

황제의 처분이 어찌 나올지 몰라 그에 대한 불안과 초조로 벌벌 떨고만 있는 셈이었다. 그러면서도 임금이나 조정은 양호 변호의 잘못은 반성하지 않고 정응태에게만 이를 갈았다.

할 수 없이 또 진주사를 보내야만 했다. 이제 조선을 변호해야 하는 진주사였다. 전선에 나가 있는 우의정 이항복을 불러올렸다.

그러나 더 어려운 것은 상주문이었다. 상주문의 내용을 누가 써야 하고 어떻게 써야 할 것인가? 왈가왈부 끝에 이번에도 참지(參知) 이정구(李廷龜)가 쓰고 세 가지 내용을 차례대로 변명해 상주하는 것으로 결론을 내렸다.

이 일에 대해서 말을 삼가며 조신하게 지내던 유성룡이 도저히 묵과할 수 없어 임금께 한마디 충언을 드렸다.

"이 상주문의 최난사(最難事)는 조종의 칭호입니다. 비록 조선이 번방이기는 하나 자주국으로서 오래전 신라시대부터 대등하게 당당히 써온 칭호입니다. 그러나 사실대로 말하면 그 결과가 어떤 환란으로 닥칠지 알 수 없습니다. 하오니 조종의 칭호에 대해서는 아예 언급하지 않는 것이 좋겠습니다."

그러나 선조는 참으로 충직했다.

"어찌 한 가지인들 빼 놓으리오. 군신은 부자와 같소. 칭호를 잘못 썼다 하여 벌을 내린다면 진실로 달게 받을 것이오. 모두 다 아뢰는 것이 옳은 일이오."

명 황제는 임금이요 아버지이며 조선왕은 신하요 자식이라 했다.

이정구는 혼신의 열의와 재주를 다해 그 어느 때보다도 길고도 절절한 상주문을 써서 임금의 재가를 받았다. 이 상주문을 들고 이정구는 부사가 되어 정사 이항복과 함께 북경으로 떠났다.

… 정응태가 신(臣)을 터무니없이 음해하니 너무 놀라 당황하고 원통합니다. 소방을 무고함이 극히 낭자하기 이를 데 없습니다. 신은 다 읽기도 전에 심장이 떨리고 찢기어 다 읽을 수가 없었습니다. …

고려 이래 조선은 왜에 시달리고 고통 받은 바가 너무 커서 이루 말로 다 할 수가 없습니다. 또한 그 화가 천조(天朝: 중국)에 이르지 않도록 하고자 일면 칼날을 막고 일면 어루만지며 속국의 도리에 최선을 다해 왔습니다.

그러므로 조선은 절대로 왜와 한편이 될 수도 없고 왜를 높이지도 섬기지도 않았습니다. …

소방은 해외에 처해 궁벽한 곳이지만 삼국시대 이래 중국을 사모하여 예의며 명호 등 모든 것을 모방하지 않은 것이 없었습니다. 조선은 미세한 조목에 이르기까지 중국의 격식에 맞춰 금석같이 굳게 지키고 자손에게 전했습니다.

오직 조종의 칭호만은 신라, 고려 이래 잘못된 오류가 있음에도 신민이 구습을 그대로 따르고 잘못됨을 그대로 이어 받아 외람되이 조니 종이니 하는 존칭을 붙였습니다.

이는 실로 무지망작(無知妄作: 무지하고 망령됨)의 죄입니다. 이로써 죄를 받으라 하신다면 신은 백번 죽어도 진실로 할 말이 없습니다.

소방은 선신(先臣) 이래로 중국을 성심으로 섬겨 율(律)은 대명률(大明律)을 사용하고 역(曆)은 대명력(大明曆)을 사용했으며 복색, 예의 등 모두 중국 것을 숭상하고 사모하지 않은 것이 없었습니다.

공사간 모든 서류와 서간에도 중국의 연호를 받들어 썼습니다. 하오니 무지망작으로 칭호의 잘못을 저지른 것 때문에 이를 꼭 참람(僭濫)하다고만 하실 수 있사오리까? 폐하께서는 이런 실정을 참작하여 너그러이 처분하여 주시옵소서. …

신이 능히 왜적의 흉한 칼날에 죽음으로써 강토를 지키지 못하고,

창황히 필마를 달려 서북 변경으로 물러나는 낭패를 당했습니다.

　이제 오직 폐하가 계신 부모의 나라로 돌아가서 죽기를 바랄 뿐이온대, 어찌 감히 도적을 안으로 끌어들여 스스로 나라를 뒤엎고, 군부의 나라에서 땅을 훔치려는 싸움을 벌이겠습니까? …

조선은, 그보다 임금선조는, 쓰지 말아야 할 것을 구차하게 굳이 써야 하는 궁지에 몰렸다. 이런 궁지를 자초한 것은 바로 선조 자신이었다.

그래 놓고도 선조는 자신이 살려고 얼도 배알도 다 내던지고 조상과 조국을 형편대로 팔아넘겼던 것이다. 조상은 무지망작의 죄인으로 내다 팔고, 조국은 중국의 땅을 훔치려는 도적으로 내다 판 것이다.

10월 하순 명 조정은 급사(給事) 서관란(徐觀瀾)과 감찰어사(監察御使) 진효(陳效)를 보내 선조에게 정사를 재개해도 좋다는 황명을 전달했다.

이 기막힌 치욕을 황제의 은혜로 받들어 황송해 마지않으며 임금 선조는 정전으로 돌아가 어탑에 앉았다.

수군도독 진린 (陳璘)

8월 16일, 아직 만세덕이 부임하지 않아 총독 형개가 서울에서 3제 독과 의논하고 조선군과 협의하여 부서와 병력을 재편성했다.

동로제독(東路提督) 마귀(麻貴), 휘하병력 2만 4천 명.

조선 평안병사 이경준(李慶濬)과 경상좌병사 성윤문(成允文), 휘하 병력 5천 5백 14명.

이들은 울산(蔚山)을 공략하기로 했다.

중로제독(中路提督) 동일원(董一元), 휘하병력 2만 6천 8백 명.

조선 경상우병사 정기룡(鄭起龍), 휘하병력 2천 2백 15명.

이들은 사천(泗川)을 공략하기로 했다.

서로제독(西路提督) 유정(劉綎), 휘하병력 2만 1천 9백 명.

조선 충청병사 이시언(李時言)과 전라병사 이광악(李光岳), 휘하병 력 5천 9백 28명.

이들은 순천(順天)을 공략하기로 했다.

수군도독(水軍都督) 진린(陳璘), 휘하병력 1만 9천 4백 명(앞으로 들어올 수군 포함).

통제사 이순신, 휘하병력 7천 3백 28명.

이들은 바다를 지키며 일본육군을 견제하고 수군을 공략하기로 하였다.

8월 18일, 제독들은 남대문 밖까지 나온 임금의 배웅을 받으며 남으로 길을 떠났다.

마귀는 나이도 지긋하고 노련해서 그런대로 조선의 전장에 익숙한 장수였지만, 유정은 너무 젊고 동일원은 조선에 처음 나온 장수였다.

좌의정 이덕형과 도원수 권율은 유정을 돕고, 우의정 이항복은 동일원을 돕기로 했다.

그보다 좀더 이른 6월 26일, 서울을 떠난 진린은 7월 16일 100여 척의 함대를 이끌고 이순신이 있는 고금도에 들어왔다.

진린은 사납고 오만하니 두터이 대접하고 노엽게 하지 않기 바라오.

미리 조정의 걱정이 전달된 바 있었다. 이순신은 병사들을 시켜 산짐승을 많이 사냥하고 물고기를 그물 그득하게 잡고 술을 넉넉하게 빚도록 했다.

그가 섬으로 들어오는 날 이순신은 위의를 갖추고 배를 타고 멀리까지 나가 마중하고 섬에 들어와서는 음식을 푸짐하게 대접했다.

중국을 떠난 후 모든 장병들이 이렇게 잘 먹은 적이 없었다. 실컷 먹

426

고 마셔서 흐뭇해지자 이순신 칭찬을 아끼지 않았다.

"이순신 띵호아."

7월 18일, 적선 100여 척이 침범해 온다 해서 진린과 이순신이 함선을 거느리고 금당도(金塘島: 완도)까지 나갔으나, 적의 함선 2척이 오다가 이쪽을 보고 달아날 뿐 그밖에 적선은 없었다.

조선수군은 녹도 만호 송여종 휘하 8척을, 명 수군은 모(某) 천총(千摠) 휘하 30척을 절이도(折爾島: 고흥반도 남단 거금도)에 잠복시키고 돌아왔다.

7월 24일, 함선 10척의 일본수군이 나타나 전투가 벌어졌다. 조선수군은 이미 단련된 솜씨로 적을 포위 공격하여 4척은 불태우고 6척은 나포하고 머리 69급을 베었다.

대승을 거둔 절이도 해전이었다.

명 수군은 적 주위를 맴돌기만 하다가 끝났기에 수확도 없었다.

그날 이순신은 운주당에서 진린을 위한 주연을 베풀었다. 천총이 와서 진린에게 전투 결과를 보고했다.

"쳐우뚱시(臭東西: 못난 놈)!"

보고를 듣던 진린이 갑자기 술잔을 던지며 고함을 질렀다. 그리고 벌떡 일어나 천총의 멱살을 잡고 주먹으로 뺨을 쥐어박았다.

"왕바딴(忘八蛋: 개자식). 이놈을 끌어내라."

이순신이 일어나 진린의 팔을 잡았다.

"이 사람이 착각을 한 것 같소이다."

"착각이라?"

"우리는 동맹군인데 명군, 조선군의 구별이 어디 있소이까? 조선군의 공이 바로 명군의 공이 아니겠소?"

"정말 그렇다고 여기시오?"

"여기는 게 아니라 사실이 그렇지 않습니까? 대인께서 명나라 대장으로 왜적을 무찌르고자 여기 오셨으니 이 진중의 모든 승첩은 바로 대인의 승첩이요 공로입니다."

"그럼 오늘 베어온 수급도 나의 공로란 말이오?"

"당연하지요. 다 대인의 것입니다."

진린은 몹시 기뻐하며 이순신의 손을 덥석 잡았다.

"내가 본국에서부터 장군의 이름을 많이 들었는데 과연 허명이 아니었소."

진린은 승전보고서와 함께 69급의 적 수급을 북경에 올려 보냈다.

진린은 이순신에게 깊이 탄복했다. 탄복은 그것으로 그치지 않았다. 이순신이 군대를 호령하고 함대를 지휘하는 범절을 볼 때마다 진린은 절로 고개가 숙여졌다.

이순신의 지나온 해전상황을 들을 때는 자연스레 진지한 학습자가 되었다. 실제로 나가 싸울 때는 이순신의 기함에 타고 명군에 대한 지휘를 모두 이순신에게 맡겼다. 군대와 백성들을 다스리고, 병기와 식량을 조달하는 행정능력을 살펴볼 때도 절로 고개가 끄덕여졌다.

진린이 조선에 들어온 후 식량조달이 제대로 되지 않아 조선의 담당 관리에게 곤장을 치기까지 했으나, 이순신에게 오고 나서는 주식뿐만 아니라 부식까지도 넉넉하여 배불리 먹게 되었다.

진린은 이순신과 함께 지내면서 그의 신묘한 무략(武略: 병법)과 심복을 자아내는 지도력과 성자 같은 인품에 깊이 탄복하여 그를 대인이라 불렀고 제갈량에 비유했다.

"작은 나라에 살기는 너무 아까운 인물이오."

중국에 들어가 포부를 펴라고 여러 번 권하기도 했다.

진린은 임금에게 글을 올리기도 했다.

통제사 이순신은 경천위지지재〔經天緯地之才: 온 천하를 경륜하여 다스릴 만한 재주. 강태공, 장자방, 제갈량 같은 사람의 재주〕가 있고, 보천욕일지공〔補天浴日之功: 국난을 극복해서 국운을 만회한 공로. 중국 신화에 나오는 여와(女媧)나 희화(羲和)가 했던 큰일〕이 있습니다.

비록 진린은 그렇더라도 명나라 병사들은 수군들도 마찬가지로 골칫거리였다.

고금도에는 피란민이 3만여 가구나 살고 있었다. 명 병사들은 매일같이 민가에 쳐들어가 먹을 것, 입을 것을 빼앗고 사내들을 치고 여자들을 겁탈했다. 진린에게 여러 번 부탁했으나 나아지는 기색은 없고 오히려 심해져 섬을 떠나는 사람들이 속출했다. 이순신은 고심 끝에 확실한 대책을 세우기로 했다.

"이사를 가야겠으니 이사 준비를 하라."

이순신은 영을 내렸다. 본영은 완도로, 백성들은 신지도로 옮길 작정이었다.

우선 본영과 주위의 건물들을 뜯어 재목을 내다 배에 실었다. 그러고 일반 짐들도 모두 배로 날랐다.

진린의 군관이 찾아왔다.

"무슨 일이십니까?"

"그대들은 우리의 우군이 아니오? 그런데 이럴 수가 있소? 백성들이 못 살겠다고 떠나는데 내가 무슨 면목으로 여기 있겠소? 나는 이 나라 대장으로서 백성들을 돌봐야 할 책임이 있소. 그러니 옮길 수밖에 없지요."

군관이 가더니 진린이 달려왔다.

"대인께서는 떠나지 마시고 여기 계시오."

"그럴 수가 없지 않소이까?"

"못된 놈들은 단속하면 되는 것이오. 그냥 여기 계시오."

"제가 건의한 대로 도독 어른께서 늘 단속하시지 않습니까? 단속을 하는데도 오히려 심하니 따로 사는 수밖에 없지요."

이순신은 짐 꾸리는 일손을 놓지 않았다. 이순신이 떠나면 군사도 백성도 다 떠나는 것이었다. 자기들만 덩그러니 남을 생각을 하니 진린은 가슴에 한기가 돌았다.

"대인, 저하고 잠깐 상의를 좀 합시다."

진린은 이순신의 손을 잡아끌고 자기 처소로 데려갔다.

"명군의 단속을 대인께서 맡으시면 어떻겠소?"

"그래요? 못된 것들을 끌어다 곤장을 쳐도 되겠소?"

"좋소."

"아주 못된 것들은 끌어다 목을 쳐도 되겠소?"

"목을 쳐도 좋은데 내 허락을 받으시오."

"그렇다면 떠나겠소."

"좋소. 허락 없이 목을 쳐도 좋소."

430

진린은 이렇게 이순신에게 모든 단속 권한을 넘겨주었다. 그날 이후 조그만 물건이라도 백성에게서 빼앗는 자는 가차 없이 잡혀가 매를 맞았다. 감히 못된 짓을 할 수가 없었다. 질서는 잡히고 백성들은 떠나지 않았다.

8월이 가면서 명 수군이 크게 보강되었다.

등자룡(鄧子龍), 진잠(陳蠶), 마문환(馬文煥), 계금(季金), 장양상(張良相) 등 장수들이 수백 척의 함선에 1만여 명의 병력을 싣고 고금도에 들어왔다.

명과 조선은 이제 왜군들의 뿌리를 뽑기 위해서 육지와 바다에서 일제히 공략하기로 했다.

경주에 내려와 있던 동로제독 마귀는 부산 쪽의 왜군을 견제하기 위하여 김응서를 동래에 보내고 9월 21일 울산성의 포위에 들어갔다.

마귀는 지난겨울의 참담한 실패를 떠올리고 적들을 성 밖으로 끌어내는 작전으로 나갔다. 기병들을 숲속에 매복시켰다가 나오기만 하면 폭풍같이 몰아쳐 짓밟아버릴 작정이었다.

마귀는 소단위 부대를 성 가까이 보내 수시로 싸움을 걸었다. 그러나 성안의 가등청정 또한 노련한 장수였다. 이미 마귀의 작전을 알고 있어 성 밖으로는 결코 나오지 않았다. 성안에는 병력이 1만여 명이나 있었다. 지난겨울 성이 덜 된 때와는 달랐다. 바다와 연결된 안전한 뱃길을 확보해 놓고 있어, 부산에서 올라오는 보급에도 걱정이 없었다.

정찰병들끼리 충돌하는 일은 더러 있었지만 싸움은 일어나지 않고 세월만 갔다.

중로제독 동일원은 9월 19일 진주에 도착했다. 진주에서 남강을 건너면 바로 망진(望晉)이고 거기서 동으로 10여리 가면 영춘(永春)인데 두 곳에 다 왜성이 있었다.

망진에 있는 것이 사천성(泗川城)이고 영춘의 바닷가에 새로 쌓은 것이 사천신성(泗川新城)이었다.

9월 20일 공격을 개시한 군사들은 망진, 영춘 그리고 곤양을 차례로 점령한 다음 28일 경상우병사 정기룡을 선봉으로 사천성을 공격했다. 여기 왜군장수는 도진의홍이었다. 사상자도 많이 난 이틀간의 치열한 전투에서 왜군은 견디지 못하고 성을 내주고 사천신성으로 달아났다.

사천성으로 들어간 제독 동일원은 의기양양해서 큰소리쳤다.

"성문과 성채를 다 부수어 적이 다시는 들어오지 못하게 하라. 내일이면 도진의홍을 사로잡아 내 앞에 무릎을 꿇릴 것이다."

도진의홍도 이름난 장수였다. 그는 신성에 들어가 쳐들어오는 적을 궤멸시킬 작전에 들어갔다.

"동일원이란 사람, 서둘다 망할 거다."

이항복도 그 점이 불안했다.

"사천성을 점령했으니 느긋하게 쉬면서 신성을 잘 살펴본 후 공격하는 게 낫지 않을까요?"

"모르시는 말씀. 병은 신속함이 으뜸이요 질질 끄는 것은 금물이라 했소."

다음날 일찍 사천성을 떠난 중로군은 한 시진쯤 지나서 신성에 도착했다.

신성은 죽은 듯 조용했다. 포위하고 대포를 쏘아 성문을 부수는데도 고요했다. 일부는 부서진 성문으로 들어갔지만 대부분은 성벽을 넘고자 사다리를 타고 올라갔다.

그때였다. 별안간 성벽 위에 적병들이 나타나더니 총탄이 콩 볶듯 터지며 빗발쳤다. 오르던 병사들은 낙엽처럼 떨어져 성벽 밑에 수북이 쌓였다. 또한 성내에서 갑자기 왜군들이 쏟아져 나오며 총을 쏘자 몰려 들어가던 병사들은 서로 밟고 밟히며 정신없이 달아났다.

중로군은 돌아볼 틈이 없이 계속 쫓기어 어느새 남강까지 밀렸다. 사천성이라도 온전하면 들어가 막을 수도 있었으나 이미 스스로 다 부숴버린 뒤였다.

남강으로 뛰어들었다. 헤엄치다 태반이 총에 맞아 죽었다. 겨우 살아서 강을 건넌 패잔병들은 밥을 빌어먹으며 북으로 달아났다.

겨우 목숨을 건진 동일원은 조승훈(祖承訓), 모국기(茅國器) 등의 부대를 삼가에 남겨 추격을 막도록 하고 자신은 성주(星州)까지 달아났다.

동일원은 혼이 빠져 헛소리를 했다.

"왜놈들, 이번에 혼이 빠졌겠지. 다시는 공격하지 못할 것이로다."

서로제독 유정은 남원을 거쳐 순천으로 들어왔다. 거기서 20여 리 동남쪽 바닷가에 새로 쌓은 예교(曳橋: 땅을 파서 바닷물을 끌어들인 교두보와 같다는 뜻으로 축성 당시에 생긴 이름) 왜성이 있었다.

서쪽은 산에 의지하고 나머지 삼면은 광양만(光陽灣)의 바다에 닿아 있었다. 소서행장 등 5명의 장수들과 1만 3천여 명의 병력이 지키고 있었다. 여기서 고금도는 배로 2~3일 거리였다. 유정은 진린에게 수륙 양면 공격을 제의했다.

이 제의에 따라 진린과 이순신의 연합함대는 9월 15일 고금도를 떠났다.

함대는 나로도(羅老島), 돌산도(突山島), 방답진(防踏津)을 지나 19일 여수 앞바다에 들어와 정박했다.

이순신은 처량한 심사에 가슴이 저려 잠을 이룰 수가 없었다. 여기는 전날의 좌수영이었다. 의기에 찬 장병들이 북적이던 진영의 건물들은 간 데 없고, 전장으로 떠나고 돌아오는 배를 보내며 맞으며 소리치고 손을 흔들던 선창은 가랑잎만 뒹굴고 있었다.

어느새 이미 옛날이 되어버린 좌수영 터는, 칠천량에서 죽어간 동지들과의 지난날을 되새겨 주며 옛사람들을 울리고 있었다.

다음날 9월 20일, 함대가 예교에서 10여리 떨어진 유도(柚島)에 이르자, 육로에서는 이미 공격을 시작했다는 유정의 연락이 왔다.

함대는 교대로 싸웠다. 밀물을 타고 들어가 공격하고 썰물을 타고 나와 다음을 준비했다. 높은 성 위에서 쏘아대는 총격이 함대에게는 전에 없던 시련이었다. 그래도 종일 쉬지 않고 들락거렸다. 그러나 육군 쪽은 아무래도 너무 조용했다. 사실은 전혀 움직이지 않고 있었다.

속이 뒤틀린 진린이 유정에게 군관을 보냈다.

"다 작전상의 일이다. 시비하지 말고 기다리라 해라."

이야기를 들은 진린은 더욱 화가 났지만 도리가 없었다. 제독은 도독의 상관이었다.

"구렁이 같은 놈…."

참고 기다렸다. 9월이 다 가고 10월이 와도 유정은 소식이 없었다.

"병(兵)은 거취가 분명해야 합니다."

이순신의 말에 진린은 직접 유정을 찾아갔다.

"마침 잘 왔소. 10월 2일 묘시(아침 6시)에 육군은 총공격을 하기로 했소. 수군도 그때를 맞춰 공격해 주시오. 바로 내일이오."

"알겠소."

"내일 안 되면 모레는 저 왜성을 함락시키고 말 거요. 그때까지 수군도 힘내 주시오."

진린은 섬으로 돌아오고 조선수군이 먼저 공격에 나섰다.

10월 2일, 유도를 떠난 조선함대는 묘시(오전 6시)부터 공격에 들어갔다. 다음날 오후까지 조선수군은 쉬지 않고 들락거리며 맹렬한 포격을 가했다. 적들은 많은 사상자를 냈고 성채는 여기저기 부서졌으며 성 위에 세운 행장의 지휘소인 천주각(天主閣)도 부서져 내렸다.

이순신 쪽의 피해도 전에 없이 막심했다. 병사들 사상자도 많았다. 사도첨사 황세득(黃世得), 군관 이청일(李淸一)이 전사했다. 진도군수 선의경(宣義卿), 해남현감 유형(柳珩), 강진현감 송상보(宋尙甫), 제포만호 주의수(朱義壽), 사량만호 김성옥(金聲玉) 등 많은 장수들이 중상을 입었다.

육군이 성내로 쳐들어갔다는 소식이 올 법도 한데 종무소식이었다. 그러다 해질 무렵 소식이 왔다. 유정의 쪽지였다.

조선수군의 공격이 시원찮아 성내로 들어갈 수가 없었소. 오늘 밤은 기어이 진입할 것이니 진 도독이 직접 공격해 주기를 바라오.

이순신은 기가 막혔다.

'왜성 진입은커녕 구경만 한 주제에 조선수군의 공격이 시원찮아 진입하지 못했다고?'

구경만 하던 진린도 허세를 크게 부렸다.

"내가 나갈 터이니 조선수군은 좀 쉬시오. 금일 자정이 되기 전에 소서행장의 큰절을 받을 것이니 두고 보시오."

이순신은 진린을 말렸다.

"달도 없는 캄캄한 밤이오. 함대의 출동은 매우 위험하오."

"캄캄한 밤이면 적도 우리를 못 볼 것 아니오?"

"적은 잠복하니 안 보이고, 우리는 배를 움직이니 보일 게 아니오?"

"출기불의(出其不意)라 했소. 캄캄한 밤이니 쳐들어오지 않을 것이라 방심하고 있을 때 허를 찌르는 것이오."

"방비가 있을 수도 있소."

"낮에 싸우느라 지쳐 있을 것이오."

밤이 되자 진린은 100여 척의 함선을 이끌고 예교로 나갔다. 한 시진이나 지났을까 진린이 금방 돌아왔다. 그런데 겁에 질려 정신 나간 사람이 다 되어 돌아왔다.

어둠속에서 적의 함선들이 대기하고 있었다. 그걸 모르고 다가가던 진린 함대는 불시에 공격을 받았다. 순식간에 39척이 불에 타고 격파되었다. 많은 병사들이 즉사하고 대부분이 바다에 뛰어들어 허우적거렸다.

이순신은 겁에 질려 떨고 있는 진린을 달랬다.

"왜놈들 피해가 몇 갑절은 더 클 것이오. 너무 상심 마시오."

"통제사는 잘 알 것이오. 정말 그렇지요?"

"물론이지요. 그러니 기운을 내시오."

안골포 만호 우수가 들것에 실려오고 있었다. 그는 진린의 요청으로 물길을 안내하러 그들과 함께 나갔었다.

"어디 좀 봅시다."

"별거 아닙니다."

이순신은 그를 자신의 막사로 데려갔다. 허벅지 깊이 총알이 박힌 중상이었다. 이순신은 손수 작은 칼로 헤집어 총알을 빼내고 검은 피를 입으로 빨아낸 다음 바닷물로 씻고 광목천으로 감아주었다.

그 밤 조선수군들은 물에 빠져 허우적거리는 명군들을 건져내느라 날이 새도록 뜬눈으로 버둥거렸다.

그래도 육지에서는 아무런 기척이 없었다. 서북풍이 불면서 바다에는 파도가 높았다.

배도 움직이지 못하고 있는데 10월 7일 유정의 군관이 찾아왔다.

> 육군은 잠시 순천으로 후퇴합니다. 정비를 마친 다음 다시 진격할 것이니 그리 아시오.

군관의 이야기를 들으니 더욱 기가 막혔다. 중로제독 동일원이 사천을 치다 참패해서 죽었느니 포로가 되었느니 하는 소문이 들려왔다. 엉거주춤 대기하면서 수군이 치명타를 입히기만 기다리던 유정이 그 소문을 듣자 그만 후퇴 명령을 내렸다.

풍랑이 낮아지자 10월 9일 수군 연합함대도 떠나서 10월 13일 고금도로 돌아왔다.

연합함대라고 하나 실제 싸움에서는 조선함대만 싸운 셈이었다. 명수군은 함선이 작고 약해서 왜군에 위협적인 화포 무기 등은 실을 수가 없었다.

함선들은 중국 남방의 강에서 수송이나 전투에 쓸 수 있도록 만든 주로 사선(沙船: 단층, 정원 60~80명), 호선(號船: 단층, 정원 20~30명)인 강배였다.

유정과 함께했던 좌의정 이덕형이 조정에 장계를 올렸다.

초 2일 성을 공격할 때 군사들이 성 밑 60보까지 이르니 적의 총알이 비 오듯 날아왔습니다. 그러나 제독은 후퇴도 전진도 명령하지 않았습니다.

부총병 오광(吳廣)의 부대는 대장의 후퇴 명령을 고대하면서 방패차에 들어가 곤히 잠든 자도 허다했습니다.

바다에서는 썰물이 되자 수군이 물러갔습니다. 육군이 규모 있게 전진하지 못하는 것을 보자 왜적들이 밧줄을 타고 내려와 오광의 군사를 치니 수십 명이 살해되었습니다.

군사들을 반나절이나 엉거주춤 서 있게 해서 적의 총알을 맞게 하다니 제독의 행태가 이해되지 않았습니다.

초 3일에는 조선수군이 조수를 타고 와 맹공을 감행해서 포탄이 행장의 거처에 명중되었습니다. 왜적들은 모두가 동쪽으로 몰려 싸웠습니다. 이때 서쪽으로 쳐들어가면 능히 성을 빼앗을 수 있었습니다. 접반사 김수가 문을 밀고 들어가 제독에게 싸우기를 간청했으나 제독은 오히려 노기를 띨 뿐 끝내 군사를 움직이지 않았습니다.

성 위에 어떤 여자가 나타나 지금 왜적이 없으니 속히 들어오라 하기도 했습니다.

이렇게 기회가 있었는데도 제독은 팔짱만 끼고 있었습니다.

제독이 하는 일을 보니 꼭 넋 나간 사람 같았습니다.

그러다 사천에서 참패했다는 소식을 듣고는 그만 후퇴하고 말았으니 참으로 통분한 일입니다.

인지장사 (人之將死) 에

작년 가을 즉 9월 16일 서해로 올라가려던 왜군이 명량에서 이순신에게 대패한 이후, 일본군이 북상을 포기하고 남해안으로 내려와 잠복하면서부터, 복견성에 깊이 들어앉은 풍신수길은 맥이 빠져 명호옥(名護屋) 으로 내려오기가 싫었다. 꿈지럭거리는 것 자체가 싫어지면서 몸은 더 쇠약해져 갔다.

그러던 것이 새해 들면서 건강은 눈에 띄게 나빠지기 시작했다. 출입이 귀찮고 앉아 있기보다는 누워 있기가 더 좋았다. 그는 자신의 종말이 다가옴을 피부로 느꼈다.

여름이 되면서는 상체를 세워 앉아 있기가 아주 힘들었다. 밤이 되어 사위가 조용해지면 자신도 모르게 눈물이 주르르 흘렀다.

"이렇게 빨리 끝날 줄은 몰랐구나. 이제 겨우 6살인 수뢰를 어찌할고? 공연한 짓을 너무 많이 했구나. 모든 게 다 내 잘못인 것을 …."

그는 독백처럼 중얼거렸다.

440

'아무래도 이 여름을 넘기기 어렵겠구나.'

그는 며칠 전부터 준비해 놓으라 한 벼루에서 붓을 들었다. 처마 끝 장명등의 차분한 불빛으로 곁에 놓인 옥판선지(玉板宣紙)가 아늑히 화사했다. 무거운 몸을 굽혀 그는 거기 몇 자 적어 내렸다.

몸이여, 이슬로 와서 이슬로 가니, 오사카의 영화여, 꿈속의 꿈이로다.

이른바 절명시(유언시)라는 것을 썼다.

붓을 놓으니 마음은 가벼워졌으나 몸은 뒤로 무너져 내렸다. 누워서 눈을 감으니 지난 평생이 주마등이 되어 돌아가고 있었다.

사람이 죽을 때가 되면 솔직한 본성으로 돌아가 착한 말을 한다더니 그도 그런 것 같았다.

> 鳥之將死 其鳴也哀, 人之將死 其言也善
> (조지 장사 기명야애, 인지 장사 기언야선)
> 새가 죽을 때는 그 울음이 슬프고, 사람이 죽을 때는 그 말이 착하다.
> – 《증자》(曾子)

"어쩌다 이렇게 많은 잘못을 저질렀는고?"

가장 후회가 되는 것은 조선 전쟁을 일으킨 일이었다.

비렁뱅이 신세에서 아무튼 관백까지 되었다. 사실상 일본의 제왕이었다. 거기서 그만 멈추는 것이었다. 그랬다면 자신도 안락을 누리며 장수하고 또한 대대손손 영화를 누릴 수도 있었다. 이제 6살인 수뢰를 생각하니 참으로 후회막급이었다.

그런데 우쭐해서 조선을 치고 명국을 치고 천하를 거머쥐겠다고 날뛰고 말았다.

백성들은 전쟁의 뒷바라지에 배를 곯고 허리가 휘었다. 병사로 나간 남편이며 아들은 타국에 나가 죽거나 병신이 되어 돌아왔다.

장수들의 고난도 이루 말할 수가 없었다. 장수 자신의 고생도 기가 막혔지만 자기 봉토의 유능한 부하들과 백성들을 수도 없이 죽음으로 몰고 갔다. 봉토의 생산은 망가지고 경제는 파탄지경에 이르렀다.

참으로 멍청한 짓은 자신과 아들의 울타리가 되는 심복 장수들을 전쟁에 앞장세워 그들의 힘을 탕진시킨 것이었다.

더 멍청한 짓은 자신을 제거하고자 암암리에 뿌리돌리기(네마와시, 根回)를 하고 있는 덕천가강(德川家康, 도쿠가와 이에야스)을 멀쩡하게 놓아둔 것이었다. 그것을 깨닫자 때는 이미 늦어 있었다. 자기 생전에 죽이려 했지만 심복 장수들을 다 조선에 내보냈으니 도리가 없었다.

"덕천가강만큼 의리가 굳은 사람은 없을 것이오."

알 만한 사람들에게 가강의 칭찬을 늘어놓았다. 가강의 환심을 사야 하는 자신의 처지가 스스로도 처량했다.

작년 건강이 나빠지면서 수길은 5봉행(奉行: 장관) 윗자리 역할을 맡을 5대로(大老: 원로, 고문)라는 제도를 만들어 당대 실력자들을 임명했다.

덕천가강(德川家康), 전전이가(前田利家), 우희다수가(宇喜多秀家), 모리휘원(毛利輝元), 소조천융경(小早川隆景) 이렇게 다섯이었다. 병으로 소조천융경이 죽은 뒤에는 동북지방의 제후 상삼경승(上杉景勝)을 임명했으나 그는 자기 고장에만 있어 실제로는 4대로가 일

442

을 보았다.

그러나 이제 이런 일들이 다 무슨 소용이 있단 말인가?

1598년 8월 19일, 한창이던 더위가 한 고비를 넘기던 여름날, 복견성(伏見城)에 누워 수길은 마지막 숨을 몰아쉬었다. 지켜보는 측근과 4대로, 5봉행에게 몇 마디 더듬거렸다.

"내 죽음을 … 비밀로 하고, 조선에서 즉시 … 철병하시오. 어린 아들 수뢰를 … 돌봐주시오."

겨우 말을 마치자 그는 숨을 거두었다. 63세.

수길이 숨을 거두자, 밤중에 은밀하게 그의 시신을 옮겨 경도 북쪽 아미타봉(阿彌陀峰) 아래에 묻었다.

그를 묻고 나서 4대로 5봉행은 조선에서 철병하는 일부터 의논했다. 몇 가지 사항이 결정되었다.

- 특사를 파견해서 책임 있는 장수들에게만 은밀히 알린다.
- 적과 휴전합의를 하고 철수하도록 한다.
- 휴전교섭 때에는 왕자 또는 대신 등의 볼모를 요구하되 볼모가 불가능할 때는 예물을 요구한다.
- 대치하고 있는 적과 재량껏 휴전합의를 하고, 11월 10일 주둔지를 떠나 11월 15일까지 부산에 집결한다.
- 특사는 궁목풍성(宮木豊盛)과 덕영수창(德永壽昌)으로 한다.

특사는 이상의 내용을 담고 4대로가 서명한 철수령 문서를 가지고 10월 1일 부산으로 건너왔다.

특사는 부산, 울산, 사천, 순천 등지를 한 바퀴 돌며 장수들에게 은밀하게 철수령을 전했다.

부산, 창원, 울산 등지에 있던 동부지역 장수들은 휴전교섭을 가등청
정에게 맡겼다. 그래서 청정은 경주에 있는 마귀에게 편지를 보냈다.

휴전할 뜻이 있으면 인질을 보내시오. 인질을 보내면 우리는 철수할
것이오.

마귀는 즉시 휘하 장수들을 불러 의논했다.

"볼모를 잡아 놓고 무리한 요구를 하지 않을까?"

"간사한 흉계임에 틀림없소. 좀더 알아보고 대처하는 게 좋겠소."

결론은 없었다. 마귀는 조선 접반사 장운익(張雲翼)과 단둘이 앉아
의견을 물었다.

장운익은 38세의 아직 젊은 사람이었지만 일찍이 장원급제하여 도
승지, 형조판서를 지낸 수재로 중국어에 능통했다. 그래서 마귀는 가
끔 단둘이서만 터놓고 이야기 하는 일이 많았다.

"저 사람들에게 다급한 일이 생긴 것 같습니다."

"다급한 일이라? 짐작되는 바가 있소?"

"수길이 죽었을지도 모릅니다."

마귀는 깜짝 놀랐다.

"헉, 어째서 그렇소?"

"휴전하고 철수한다 하는 말은 수길이 살아있는 한 장수들이 함부로
꺼낼 말이 아닙니다."

장운익은 돌아가는 정세를 이미 간파하고 있었다.

"우리 장수들은 무슨 흉계를 꾸미는 것 같다고 하던데 ….."

"그럴 수도 있지요. 장수들이나 저나 아직은 다 추측일 뿐입니다."

"인질은 어찌하는 게 좋겠소?"

"인질은 내지 않는 게 좋습니다. 인질을 내면 우리가 옹색해집니다. 저들이 흉계를 꾸미고 철수를 아니 할 수도 있습니다."

"알겠소."

"만일 수길이 죽어서 철수한다면 인질을 내도, 내지 않아도 철수할 것입니다."

"옳소."

"가타부타 답을 하지 말고 두고 보는 게 좋겠습니다."

"그게 좋겠소."

마귀는 회답을 보내지 않았다. 청정도 짐작하고 마귀의 동태를 살펴 가며 슬금슬금 부산으로 철수하기 시작했다. 마귀는 보고를 받고도 추격하지 않았다.

성주에 있는 동일원에게도 도진의홍의 편지가 왔다.

도진의홍에게 죽다가 살아난 동일원은 겁에 질려 있었다. 인질만 보내면 물러간다니 자신도 떳떳하게 물러갈 절호의 기회가 생긴 것이었다. 그런데 자신은 인질로 보낼 만한 사람이 없었다.

휘하 장수들에게 부탁했다. 장수들은 난색이었다. 큰일이었다.

'이 좋은 기회를 놓치면 안 되는데 ….'

고민하고 있는데 절강 출신 유격장군 모국기(茅國器)가 자기 동생을 인질로 내놓았다.

"일본에 가서 구경도 하고 몇 년 있다 돌아오면 벼슬도 내리고 상도 내릴 것이다."

모국기의 아우는 동일원의 부추김에 떠밀려 인질로 나섰다.

도진의홍은 모국기의 참모가 데리고 온 인질을 보자 슬쩍 뒤를 눌러 놓았다.

"우리가 철수할 때 딴짓을 하면 인질은 바다에 수장되는 것이오."

순천의 유정에게도 소서행장의 편지가 갔다. 유정은 다음날 즉시 잘 봐 달라는 편지와 함께 그의 조카를 인질로 보냈다.

고금도 이순신의 정보망에 요즘 이상한 풍문이 실려 왔다.

"풍신수길이 죽었단다."

기막힌 소문이었지만 확인할 길은 아직 없었다.

11월 8일, 이순신이 진린의 처소에서 위로연을 베풀었다. 늦게 돌아와 잠자리에 들려는데 진린이 부하를 보내왔다. 다시 진린의 처소로 갔다.

"예교의 소서행장이 이달 10일 철수해 떠난다는 기별이 왔소."

이순신은 풍신수길이 죽었다는 것을 확신할 수 있었다. 그렇다면 왜 적은 이제 도망가는 적이었다.

"누구한테서 온 기별이오?"

"오광한테서 온 것이오."

오광은 유정 막하의 부총병이었다. 진린과는 같은 고향 광동 출신으로 터놓고 지내는 사이였다.

446

“……．”

“오광은 나가서 치라는 의견인데 통제사의 의견은 어떻소?”

“도독께서는 어찌 생각하시오?”

“이제 가만두어도 끝나는 전쟁 같소. 굳이 나가 싸울 필요가 있소?”

“훗날 조정의 문책이 없을까요?”

“문책이오?”

“철수해가는 적을 알고도 놓아주었다고 … .”

“알았소. 내일 바로 나갑시다.”

이순신은 돌아오자 휘하 수사들을 불렀다.

“마지막 결전이 될 것이오. 장기전이 될 수도 있소. 식량, 무기, 화약 등 넉넉하게 실으시오.”

다음날 11월 9일, 이순신 함대 85척, 진린 함대 200여 척으로 이루어진 연합함대가 고금도를 떠났다. 치열한 결전이 될 것이었다. 이순신은 흠이 없고 짱짱한 함선들만 골랐다.

명나라 함선들은 작고 가벼워서 전함으로서는 조선의 판옥선만 같지 않았다. 진린, 등자룡 두 장수는 판옥선을 한 척씩 얻어 자신들의 기함으로 삼았다.

그날 백서량(白嶼梁: 여천)에 이르러 밤을 새우고 다음날 일찍 좌수영 앞에 와 진을 치고 기다렸다.

왜군이 떠난다는 날인데 기척이 없었다. 다음날 11월 11일, 유도(柚島: 여수시 율촌면 송도)로 이동하여 진을 치고 기다렸다. 수군 일부는 섬에 올라 장기전에 대비한 숙소와 취사시설을 준비했다.

11월 13일, 예교에서 가까운 장도(獐島)에 왜선 10여 척이 나타났다. 연합 수군이 즉시 쫓아갔으나 왜선들이 달아나 들어가는 바람에 허탕치고 돌아왔다.

소서행장은 고민이 많았다. 부산에서 가장 멀리 떨어져 있었다. 바닷길로 가야 하는데 무서운 이순신이 가로막고 있었다.

소서행장은 불현듯 심유경을 떠올렸다.

"태합의 관상을 보니 명재순삼(命在順三)이오."

재작년 그가 한 말이었다. 그의 예언처럼 풍신수길이 정말로 63세에 숨질 줄 알았다면 부산으로부터 이렇게 멀리까지 오지는 않았을 것이었다.

그는 진린을 구워삶아서 살길을 뚫어보기로 했다.

11월 14일, 오후가 되자 백기를 단 왜선 2척이 장도 앞바다까지 와서 기다렸다. 진린이 일본말 통사를 보냈다. 통사가 일본 배에 올라가더니 한참 뒤 붉은 기(旗)와 환도(環刀) 등의 선물을 받아가지고 일본 배를 타고 건너왔다. 통사는 거나하게 취해 있었다.

밤 술시(8시)에 백기를 단 왜선 한 척이 또 나타났다. 장수 한 명과 병사 7명이 통돼지 2마리와 술 2통을 갖고 진린의 장막으로 들어갔다.

"소서 장군의 부탁을 말씀드리러 왔습니다."

유마청신(有馬晴信)이란 젊은 장수였다. 구주 출신으로 3천 병력을 이끌고 참전한 장수였다. 같은 천주교 신자로서 행장과는 속 든 말을 할 수 있는 처지였다.

"철병하여 귀국하신다 들었소만⋯."

"그동안 서로 대적하여 싸웠습니다만, 소서 장군께서는 이제 헤어지는 마당에 서로 웃는 얼굴로 헤어지기를 바라십니다."

소서행장은 전쟁을 억지하고 사람을 살리려고 꽤나 노력했지만 그
것은 깡그리 실패로 돌아가고, 전쟁에 휩쓸려 숱한 피를 흘리게 하고
만 것이 진실로 한탄스러웠다. 떠나는 이제라도 단 한 명의 병사라도
다치지 않고 데리고 가 자기들 고향으로 보내주고 싶었다.

"거짓말을 해도 좋소. 어떤 조건도 좋소. 천주님은 온전히 이해하실
것이오. 도독과 상의해보시오."

행장의 말이었다. 그래서 유마청신이 대표로 왔다.

"어떻게 하면 웃는 얼굴로 헤어지겠소?"

"저희가 무어라 말씀 드릴 처지는 못 되오니, 도독 어른께서 처분하
시는 대로 따르겠습니다."

"혹시 생각나는 게 있으면 말해 보시오."

"가령 감시관을 보내 철군을 감시하고 … 무장해제를 시킨다든지…."

"감시관이라, 그것도 괜찮겠소."

"고맙습니다. 그런데 저 … 조선사람들에게는 당분간 비밀로 해주셨
으면 좋겠습니다."

"알겠소."

11월 15일, 이순신은 아침 일찍 진린을 찾아갔다.

"어제 왜장이 들렀다고 들었습니다만 … ."

"그렇소. 귀국하는 길이니 휴전을 하자 그런 부탁이었소."

"어찌하셨습니까?"

"거절했소."

"알겠습니다."

이순신은 돌아왔다. 그러나 그날도 왜군들이 몇 번이나 와서 진린의

막사를 들락거렸다.

11월 16일, 진문동(陳文同: 진린의 조카) 등 7명의 군관이 20척의 배에 군사 500여 명을 싣고 가 예교성으로 들어갔다. 그들끼리 약속한 철군 감시단이었다.

저녁에는 왜선 3척이 와서 말 1필과 창, 칼 등 많은 선물을 진린에게 바치고 돌아갔다. 진린이 이순신을 초대했다.

"알고 보니 육지의 장수들이 모두 적과 휴전을 했소. 육지에서는 다들 그러는데 우리 수군만 피를 흘릴 필요가 있겠소?"

수군도 휴전하자는 진린의 뜻이었다.

"도독께서는 형 총독의 지시를 받으시지요?"

"그렇소만…."

"형 총독께서 적과 휴전하라 그런 지시가 있었습니까?"

"아니오."

"그렇다면 마음대로 적과 화해하고 한통속이 되어도 되겠습니까?"

"그야 지금 사정이 그렇지 않습니까?"

"진문동은 무엇 때문에 적진에 들어갔습니까?"

"철병을 감시하러 들어갔소."

"……."

"통제사 어른께서도 내 뜻을 따라주시면 좋겠소만…."

"소장은 우리 임금으로부터 '적과 화해하고 싸우지 말라' 하는 분부는 받지 못했소이다."

"대인, 사세를 좀 고려해 봅시다."

"이 무도한 흉적들을 놓아 보내는 것은 하늘의 뜻을 거역하는 일입

450

니다."

한마디 남기고 이순신은 조용히 일어나 돌아왔다.

그 밤 이순신의 막사에 왜군장수가 찾아와 조총과 일본도 등을 바치려 했다.

"임진년 이래 왜적들을 잡아 얻은 총과 칼이 산과 같이 쌓여 있다. 당장 가지고 돌아가라."

이순신은 호통쳐 돌려보냈다.

11월 17일, 날이 어두워지자 예교의 서산에서 봉화가 올랐다. 그리고 봉화는 동쪽으로 이어져 창선도(昌善島)에 닿았다.

창선도에서는 부산으로 가기 위해 사천을 떠난 도진의홍과 남해도를 나온 종의지의 부대가 소서행장을 기다리고 있었다.

얼마 후 행장의 전령이 도진의홍을 찾아왔다.

예교는 이순신이 앞을 가로막고 있어 꼼짝 못하오. 배후에서 이를 쳐
주시오.

행장이 보낸 편지였다.

행장을 그대로 두고 그냥 떠날 수는 없었다. 도진의홍은 즉시 거제도 등에 와서 기다리는 왜군들의 협조를 얻어 500척의 대 함대를 편성했다.

귀천(歸天)의 바다

이순신은 요즘 각지의 정보통으로부터 들어오는 적들의 동태에 촉각이 곤두서 잠을 제대로 이루지 못하고 있었다.

그런데 서울에서도 참으로 실망스런 소식이 전해졌다. 유성룡을 탄핵하는 상소가 연일 줄을 잇고 있어 아무래도 파직될 것 같다는 소식이었다.

임진왜란 동안 유성룡은 이 나라에서 어떤 존재였던가?

그 존재와 위상을 이순신은 잘 알았다.

유성룡은 긴 전란 동안 정무와 군무를 한 몸으로 총괄했다. 혼자 감당하기에는 너무나 벅찼다. 이를 더욱 벅차게 한 것은, 나라가 망하는 한이 있어도 자신들의 신분 유지와 그 안전에만 집착하는 무책임한 선조와 간교한 양반 사대부들이었다.

유성룡이 실시한 시책에는 속오군(束伍軍), 서얼(庶孼)과 천민 등용, 훈련도감, 작미법(作米法: 대동법) 등 양반 사대부들이 결사적으로 저항하는 시책들이 많았다. 유성룡은 그런 시책들 때문에 이제 양반 사대부들에게는 숙적이 되어 있었다.

이제 전란은 끝나가는 형국이었다. 이제 유성룡은 없어도 되는 존재였다. 탄핵이 줄을 잇는 것은 임금이 자기에게는 매우 버거운 존재인 유성룡을 버리기로 마음먹은 까닭이었다.

기회를 알아차린 영악한 인간들이 적극적으로 나섰다.

이이첨(李爾瞻)이 탄핵 상소의 포문을 열었다. 그리고 정인홍(鄭仁弘) 등이 뒤를 이었다.

남이공(南以恭)을 대표로해서 북인들이 올린 탄핵의 상소는 그 내용과 언설이 대표적으로 간교하고 음흉하고 혹독했다.

그러나 유성룡은 변명도 대응도 하지 않고 오직 사직서만 잇달아 올리고 있었다.

이순신은 자세한 소식을 듣고 있었다. 자신이 해임되어 잡혀가던 일이 떠올랐다.

"아, 나라의 일이 … ."

이순신은 눈자위가 뜨거워졌다.

"변함없이 또 이 지경에 이른단 말인가?"

이순신은 수수로운 만감에 뒤척이다 밤을 꼬박 새우기도 했다. 허해진 몸이 더욱 쇠잔해지고 있었다.

낮에 진린이 걱정하는 편지를 보냈었다.

내가 밤이면 천문을 보고 낮이면 사람의 일을 살펴왔는데, 동방의 대장별이 희미해져 가고 있소. 머지않아 공의 신상에 화가 미칠 듯하오. 공이 이를 어찌 모르시겠습니까? 그런데도 어찌 무후(武侯: 제갈량)의 예방법을 쓰지 않으십니까?

이순신이 즉시 답장을 써 보냈다.

저는 충성이 무후만 못하고, 덕망이 무후만 못하고, 재주가 무후만 못합니다. 세 가지 다 무후만 못하므로 비록 무후의 법을 쓴다 한들 어찌 하늘이 들어줄 리가 있겠습니까?

11월 18일, 도진의홍의 500척 함대가 창선도를 떠났다는 정보가 들어왔다. 이순신은 해도를 꺼내 펼쳤다. 해도를 보면서 생각해 보았다.
적이 앞뒤에 있었다. 도진의홍을 먼저 칠 것인가, 소서행장을 먼저 칠 것인가.
'도진의홍은 노량해협으로 들어와 당장 덤빌 것이요, 행장은 예교에 들어 앉아 달아날 기회를 노릴 것이다.'
해도를 보고 있는데 진린이 찾아왔다.
"싸우러 나갈 것이오?"
그도 정보를 듣고 있었다.
"물론이지요. 도독께서는 고금도로 돌아가셔도 됩니다."
"그럴 수야 없지요. 이 몸을 우습게보십니까?"
"그럴 리가 있겠습니까?"
"어느 쪽을 먼저 쳐야 하겠소?"
"생각중입니다."
"내 생각엔 도진의홍을 먼저 쳐야 할 것 같소."

당연한 작전이었다. 당연하지 않더라도 그는 이제 행장을 칠 수가 없게 되었다. 조카 진문동의 목숨이 달려 있었다.

"잘 보셨습니다."

짐짓 인정해 주었다.

"함께 떠납시다."

"고맙소이다."

연합함대는 출전준비에 들어갔다. 이순신은 휘하 수사들을 은밀히 불렀다.

"마지막 전투가 될 것이오. 노량에서 격파하고 그대로 부산까지 추격할 작정이오. 육지의 적들이 다 빠져나갔다 하니, 우리의 배후를 걱정할 것은 없소. 모든 것을 넉넉하게 준비하시오. 특히 근접전에 대비한 질려탄(蒺藜彈), 진천뢰(震天雷) 등 투척용 무기와 화전(火箭)과 섶단 등의 발화용 무기를 충분히 싣도록 하시오."

11월 18일 연합함대는 준비를 마치고 해시(밤 10시)에 출발했다.

중앙에 진린의 직할 함대가 나아가고 좌측에 등자룡의 함대, 우측에 이순신의 함대가 나란히 나아갔다.

함대는 군악을 중지하고 병사들은 입에 함매(銜枚)하도록 했다.

자정이 되자 조용히 전진하는 기함에서 이순신은 손을 씻고 나와 무릎을 꿇고 하늘에 빌었다.

"이 원수들을 없앨 수만 있다면 죽어도 여한이 없겠나이다."

〔此讎若除 死則無憾(차수약제 사즉무감)〕

자정이 지나서 함대는 노량해협의 서쪽 입구 대도(大島)에 이르러 닻을 내리고 기다렸다.

이순신은 적들이 해협을 빠져나오기 전 해협에 몰아넣고 밀고 들어가면서 일거에 쳐부술 작정이었다. 해협 양편 육지에는 왜군 진지가 없어 마음 놓고 펼칠 수 있는 작전이었다.

척후선에서 연락이 왔다. 왜선들이 해협의 동쪽 입구에 들어섰다는 것이었다. 연합함대는 닻을 올리고 해협입구 쪽으로 서서히 이동했다.

축시(밤 2시) 연합함대와 왜군함대 500여 척이 마침내 노량 서쪽 입구에서 마주쳤다.

진린은 뒤에 처지고 등자룡은 옆으로 피하고 보니, 사실상 적선 500여 척의 상대는 조선수군의 85척이었다.

"공격하라! 적선으로 돌진하라!"

드디어 이순신의 공격신호가 떨어졌다. 조선함선들은 적의 함선들 속으로 돌진해 들어갔다. 이전에 이순신은 이런 명령을 내린 적이 없었다.

대포를 쏘고 불화살을 날리면서 그대로 적선을 들이받아 부수며 전진했다.

일본 배들은 전투형으로 새롭게 개량해 만든 안택선도 대개가 가볍고 얇은 삼판(杉板)의 배였다. 조선배들은 무겁고 두꺼운 송판(松板)의 배였다. 같은 크기라 해도 중량(重量)과 역량(力量)의 차이는 클 수밖에 없었다.

들이받고, 대포로 쏘고, 진천뢰를 던지고, 섶단을 던져 불을 붙이고…. 적 함대의 복판을 헤집고 좌충우돌하는 조선수군의 무서운 기

세에 눌려 왜군들은 제대로 대적할 엄두를 내지 못했다. 부서지고 불
타고 바다에 뛰어들면서 피하여 달아나기 급급했다.

왜군들은 그들의 장기인 등선접전으로 맞붙어 싸우려했다. 그러나
조선함대는 등선이 되지 않았다. 왜군들은 명군함대로 덤볐다. 진린
의 함대보다 앞으로 나와 있던 등자룡의 함대는 왜군의 백병전에 점령
되어 장병들이 죽고 불타고 수장되어 갔다.

기함인 등자룡의 판옥선에는 갈고리 달린 줄사다리를 던져 걸쳐놓
고 왜병들이 개미떼처럼 새까맣게 달라붙어 기어올랐다. 기함이 비록
판옥선이라 하나 병사들의 전투능력이 또한 문제였다. 그들은 이순신
의 수군이 아니었다. 등자룡의 기함은 마침내 왜군들에게 점령되어 명
군들은 백병전에 희생되고 등자룡의 목은 잘려 나갔다.

왜병들이 왜선으로 돌아가면서 배 위에 쓰러진 명군들은 불타는 기
함과 함께 장엄하게 수장되었다.

왜선들을 줄기차게 몰아붙이며 싸우는 것은 조선함대뿐이었다. 얼
마나 몰아붙였을까. 아직 새지 않은 밤을 달빛이 밝히고 있었다.

멀찍이 뒤쪽으로 진린의 함대가 보였다. 부서진 채, 불이 붙은 채
달아나는 적선들을 공격하며 물에 빠져 허우적거리는 적들을 건져 올
려 목을 베면서 천천히 따라오고 있었다. 그 뒤로 더 멀리 행장의 함선
들이 검둥오리 떼처럼 무리지어 달아나고 있었다. 그들의 퇴로를 가려
주고자 진린의 함대는 울타리를 서주고도 있었다.

왜선들은 해협의 동쪽으로 달아나기도 하고 서쪽 입구를 빠져 달아
나기도 했다.

서쪽으로 나온 거대한 대흑환(大黑丸) 한 척과 서너 척의 호위함이

진린 함대에 덤비다 쫓겨 관음포(觀音浦)로 달아났다. 남해로 빠지는 물길인 줄 알고 들어간 도진의홍의 기함선단이었다. 진린의 기함선단이 그들을 쫓아 들어갔다.

날이 희뿌옇게 새고 있었다. 앞서 가던 기함선단이 막다른 물길에 기겁을 하고 돌아서 나오며 진린의 기함선단에 덤벼들었다.

진린의 기함선단의 공격을 받아 위태로워진 대흑환에서 신호탄이 연방 터져 올랐다. 이윽고 진린 선단 뒤로 왜군의 안택선들이 달려들었다.

왜군은 앞뒤에서 진린의 기함을 에워싸고 맹렬한 총격을 퍼부었다. 동시에 왜병들은 갈고리 맨 밧줄사다리를 수 없이 던지며 진린 기함에 등선하고자 기를 쓰고 덤볐다. 등자룡도 이렇게 참변을 당했다. 참으로 위기의 순간이었다.

"도독을 구하라!"

조선함대가 달려오고 이순신이 달려왔다.

이순신 기함이 나타나자 왜병들은 놀라서 뱃바닥에 더욱 엎드렸다.

"오이, 이슨신이노, 이슨신이노 출현이다. 사격을 집중하라!"

왜선에서 명령 소리가 들렸다.

진린의 기함에 집중되던 왜선의 사격은 이제 모두다 이순신의 기함에 집중되었다. 이순신은 손수 현자포를 잡고 다가오는 왜선에 발사했다. 쏘는 대로 명중되면서 다가오는 왜선은 부서지고 불이 붙었다.

"계속 발사하라!"

이순신은 군관에게 대포를 넘겨주고 함교의 장대에 올라와 사방을 돌아보았다. 이제 날은 온전히 새고 멀리 가까이 환히 보이는 사방에서 격전은 아직도 한창이었다.

"공격을 늦춰서는 안 된다. 북을 더욱 세게 두드려라!"

북채를 든 송희립이 더욱 세게 두드리다 핑그르르 돌며 쓰러졌다. 옆 이마에서 피가 흘렀다. 여러 겹 세운 방패 사이를 뚫은 총탄이었다.

송희립은 잠시 정신을 잃었다가 다시 일어섰다. 다행이었다. 이순 신이 북채를 잡고 북을 쳤다. 이순신의 조카 완(莞)이 송희립의 머리 를 천으로 감싸 주자 송희립이 다시 북채를 받아 쥐었다.

이순신이 북채를 건네주고 돌아서 호상에 다가온 순간이었다.

"윽!"

날카로운 전율이 왼쪽 가슴을 관통하면서 이순신은 순간 기운이 삭 가셨다.

어느새 날아온 특제 조총의 한 발이었다. 그는 털썩 호상에 주저앉 았다. 갑옷 속으로 피가 쏟아져 흘렀다.

이순신은 직감했다.

아들 회(薈)가 놀라 다가왔다. 송희립도 놀라 다가왔다. 회가 울음 을 터뜨렸다. 이순신이 방을 가리켰다. 장대 옆 사방을 철판으로 둘러 친 장갑실(裝甲室)이었다.

"싸움이 한창이다. 내가 죽었다는 말을 하지 말라."

그리고 이순신은 눈을 감았다. 54세.

독전기를 휘두르던 조카 완과 가복 김이(金伊)가 이순신을 안아 장 갑실로 옮겼다. 이순신의 갑옷을 벗기고 상처를 찾아 천으로 감쌌다. 총알은 왼쪽 가슴을 뚫었다.

송희립은 울먹이는 회를 데리고 나와 손가락을 입에 대고 눈짓을 했다. 울지 말라는 뜻이었다. 그리고 회에게 북채를 들도록 했다.

회가 북을 쳤다. 쏟아지는 눈물을 참으려 하늘을 보며 쳤다. 이를 악물고 터져나가라 쳤다.

송희립이 독전기를 잡고 휘둘렀다. 더욱 힘차게 휘둘렀다.

여전히 독전기를 휘두르고 여전히 북을 치는 장대의 지휘에 고무되어 장수들과 병사들은 더욱 과감하게 싸웠다. 격파되지 않은 왜선들은 이제 죽지 않으려면 달아나야 했다.

대흑환은 특제 조총을 마구 쏘아 추격을 저지하며 달아났다.

정유재란을 준비하며 일본은 조총을 개량했다. 유효사거리가 2배로 늘어난 특제조총을 많이 만들어 사용했다. 특제 조총은 유효사거리 안에서 조선갑옷 두 겹을 뚫는 위력을 발휘했다.

대흑환은 겨우 사지를 빠져나가 거제도 쪽으로 달아났다.

부서져 널린 선체의 잔해들, 무기들, 깃발들, 시체들로 뒤덮인 바다, 막판을 태우는 연기 자욱한 노량 앞바다는 붉은 핏물이 너울거렸고, 채 가시지 않은 화약 냄새가 으늑히 떠돌고 있었다.

진린은 온전히 살아났다.

1598년 11월 19일 사시(오전 10시).

이순신은 하늘에 올라 있었다.

바다에는 멀쩡한 왜선은 단 한 척도 없었다.

진린의 배가 다가왔다.

"통제사 어른, 어서 나오시오. 대승이오. 어서 나오시오."

"숙부님께서는⋯."

이순신의 뱃머리에 서서 완이 말을 하다 목이 메었다.

"통제사 어른께서는 … ?"

"돌아가셨습니다."

완은 울음을 터뜨리고 말았다.

진린이 작은 배를 타고 건너왔다. 곧장 장갑실로 갔다.

"통제사 어른, 이게 도대체 웬일이시오?"

진린은 이순신의 시신에 엎드려 울먹였다.

"어느 때 이리 되신 거요?"

"왜선들이 한참 항거할 때입니다."

"오오, 공께서는 돌아가신 뒤에도 나를 구해주셨구료."

진린은 주저앉아 넋을 놓고 통곡했다.

왜군은 300여 척의 함선이 격파되고 1만여 명의 장병이 전사했다. 조선군의 피해는 적었지만 다른 때보다는 많았다.

가리포첨사 이영남(李英男), 낙안군수 방덕룡(方德龍), 흥양현감 고득장(高得蔣) 등 장수만도 10여 명이 여기서 전사했다. 명군의 피해는 더욱 적었으나 등자룡(鄧子龍), 이영(李寧), 노득공(盧得功) 등의 장수가 전사했다.

살아서 부산으로 몰려간 왜군들은 가슴을 쓸어내렸다.

"천행으로 이순신을 피해 왔구나."

그러나 이순신이 부산까지 쳐들어온다는 소문에 그들은 황급하게 떠났다.

11월 26일, 부산에는 단 한 척의 왜선도 단 한 사람의 왜군도 보이지 않았다.

"까아오, 까아오."

소름에 진저리 치던 긴긴 일곱 해. 무단히 짓밟힌 삼천리 조국 산천에서 버둥거리다 피를 쏟고 죽어간 200만 백성의 원혼들(국토의 7할이 폐허가 되었고, 인구의 절반이 죽었다) 짐승처럼 묶여 낯선 이역으로 끌려간 20만 백성의 생령들.

그들의 원한과 애절을 아는지 모르는지, 되찾은 부산 바다의 평온을 갈매기들이 한가롭게 맴돌며 날고 있었다.

이순신의 죽음이 알려지자 수군의 모든 기능이 마비되었다. 슬픔의 충격이 모든 장병들을 휩쓸면서 그들의 오감이 통곡 속으로 매몰되고 있었다.

"부산 공격은 그만둡시다."

"그렇소. 무슨 기운으로 싸우겠소?"

"장군을 모셔야지요."

이순신의 기함에 모인 수사들은 부산 공격을 포기하기로 했다. 이순신의 영구를 모시고 조용히 돌아가기로 했다. 진린은 물론 흔쾌히 동의했다. 진린은 그 자리에서 임시 통제사의 임무를 경상우수사 이순신에게 맡겼다.

"함대 출발!"

임시 통제사 이순신(李純信)의 구령이 떨어졌다. 북을 울리며 깃발을 날리며 그러나 울음을 참으며 개선 함대는 노량바다를 떠나 귀로에 올랐다.

개선의 뱃길 700리, 이순신은 무심한 영구의 몸으로 떠서 말없이 고금도에 돌아왔다.

어버이처럼 따르던 장병들과 백성들은 이제야 마음 놓고 땅을 치고 가슴을 치고 소리 내어 울 수 있었다.

진린과 명의 장병들도 통곡으로 만장(輓章)으로 슬퍼하여 마지않았다.

영구는 군영에 마련한 빈소〔지금의 월송대(月松臺)〕에 안치되어 함께 싸운 장병들과 백성들의 조상을 받았다.

조정에서는 그를 우의정으로 추증하고 예관을 보내어 정승 직위에 맞는 절차로 장례를 치르게 했다.

영구는 80여 일의 안치를 마치고 고금도를 떠나 고향집으로 운구되었다. 고향집은 적침에 이미 불타 흔적도 없었다. 영구는 임시 모옥(茅屋)에 잠시 안치되었다가 그해 1599년 2월 11일 금성산(錦城山) 아래에 예장되었다.

이순신의 전사가 알려진 날부터 삼남(三南)의 천지는 슬픔의 격통과 애도의 치성이 해일처럼 휩쓸었다.

백성들은 거리로 뛰쳐나와 통곡했으며 노인과 아이까지도 목 놓아 울었다. 고기를 먹는 사람도 없었고 흰옷을 입지 않은 사람도 없었다. 고향으로 운구될 때에는 수레를 붙잡고 울어서 수레가 제대로 나아가지 못했고, 따르며 호곡하는 백성들이 십리 길을 이었다. 수레가 머무는 곳마다 백성들이 제사를 지냈고, 승려들이 모여 재를 올렸다.

이순신의 전사가 조정에 처음 알려진 것은 11월 24일이고 그날 임금 선조도 이 놀라운 소식을 들었다. 승정원에서 임금께 보고를 올렸다.

방금 군문도감의 당하관이 군문의 보고서를 가지고 와서 문틈으로 말했습니다.

"군문(형개)이 지금 명령하기를 '유(유정) 제독과 동(동일원) 제독은 군사를 거느리고 부산에 가서 모이도록 하고, 진(진린) 도독도 역시 뒤따라서 부산으로 가도록 하라. 이순신이 전사하였으니, 그 후임을 곧 임명해서 지시를 받고 떠나도록 해야 할 것이다. 누구를 임명할 것인지 내일 날이 밝기 전에 이름을 써 가지고 와서 보고하도록 하라'고 하였습니다."

임금이 지시를 내렸다.

오늘은 밤이 깊었으니 어쩔 수 없다. 내일 아침에 승지가 보고서를 가지고 가서 사례할 것이다. 통제사는 곧 비변사로 하여금 추천하여 임명토록 할 것이다. 모든 일들은 승정원에서 살펴서 하도록 하라.

임금은 이순신의 죽음이 놀랍지도 않았고 슬프지도 않았다.
11월 25일 진린의 보고가 도착했다.

19일 인시(새벽 4시)부터 사시(오전 10시)까지 적들과 노량에서 큰 싸움을 벌였습니다.

통제사 이순신(李舜臣)은 군사들의 앞장에 나서서 싸우다 불행히도 적탄을 맞고 전사했습니다.

그의 충성에 대하여는 전하께서 잘 아실 것이기에 더 말할 필요가 없을 것입니다.

통제사의 직무는 하루도 비워 두어서는 안 될 것입니다. 제 생각으로는 이순신(李純信)을 승진시켜 그 자리에 임명했으면 좋겠는데 귀국의 추천과 일치할지 모르겠습니다.

회답을 기다리며 전하의 안녕을 기원합니다.

임금이 회답했다.

귀하가 대국의 누선으로써 노량에서 적의 숨통을 조였습니다. 우리 나라가 병란을 겪은 지 7년 만에 처음으로 이런 승리를 거두었으니 기린각에 그릴 1등 공신은 귀하가 아니고 누구겠습니까?

통제사 이순신은 귀하의 휘하에서 힘껏 싸우다 탄환을 맞고 갑자기 전사하였으니 무척 애석합니다.

그 후임으로는 이미 충청병사 이시언을 임명하였습니다. 분부대로 되지 못해 송구하오니 양해하여 주시기 간절히 바랍니다.

11월 26일 임금이 형개 총독을 방문했다.

"세 방면의 적들이 일시에 도망가 버리고, 진린 대인이 바다에서 큰 승리를 거두었습니다. 황제의 은덕도 그지없지만 이는 다 여러 대인들의 공로입니다."

임금의 인사였다.

"이렇게 찾아주시니 감사합니다. 적들은 이미 퇴각하기 시작했습니다. 부산에 있는 적들도 성채를 이미 불태웠다 합니다."

"모두 대인들의 덕택이지요."

"수백 척의 배들은 모두 건너가고 약간이 남아 있다고 합니다. 나는 이미 세 방면의 장수들에게 지시해 나머지 적을 소멸시키라 했습니다. 귀국의 수군 총병은 누구입니까? 빨리 내려보내는 게 어떻겠습니까?"

"새로 임명한 총병은 이시언입니다. 지금 전라도 지방에 있는데 즉시 부임하도록 하겠습니다."

"이시언은 합당한 인물이겠지요? 바닷길을 환히 꿰뚫고 있겠지요? 이순신이 용감하게 적을 치다가 끝내 전사했습니다. 나는 애통한 마음 억누를 길이 없어 이미 사람을 보내서 제사를 지내 주었습니다.

국왕께서도 사람을 보내서 제사를 지내주시고, 또한 아들들의 이름을 적어 두었다가 등용하는 게 어떻겠습니까?

이순신과 같은 사람은 참으로 흔치 않은 사람입니다. 마지막에 이렇게 되고 보니 더욱 가슴이 아픕니다. 바닷가에 사당을 세워 그의 충혼을 제사 지내야 마땅할 것입니다."

"우리의 힘으로는 사실 적을 소멸하기가 어려웠지만, 대인의 승산이 있음으로 해서 온 강토가 다시금 소생하게 되었습니다. 대인의 은덕은 갚을 길이 없고 황제의 은혜도 그지없습니다. 그리고 이시언은 우리나라에서는 이름난 장수입니다."

"이는 황제의 위력이 높고 국왕의 운수가 좋아 그런 것이오. 나 같은 사람이야 무슨 공로가 있겠습니까?"

"이번 바다의 승리는 진대인의 공로입니다. 동시에 또한 대인께서 지휘를 잘하신 덕분입니다."

이순신 전사의 애석함이 이 나라 임금에게서는 끝내 보이지 않은 때문이었을까? 다음날 사관은 이순신 전사의 애통함을 특기로 남겼다.

사관은 말한다.

이순신은 사람이 충성스럽고 용감한데다 재능과 지략이 있으므로 규율을 세우면서도 군사들을 사랑했기에 사람들이 모두 즐겨 따랐다.

전날 통제사 원균은 탐욕스럽고 포악하기 비길 데 없어서 인심이 이탈되어 결국 정유년 싸움에서 대패하고 말았다.

원균이 죽은 뒤에서야 이순신이 다시 그 후임이 되었다.

이순신은 남은 군사들을 수습하여 모으고 무기를 갖추어 명량에서 크게 이겼다. 이후에 둔전을 많이 일구는 한편 물고기와 소금을 팔아서 군량을 넉넉히 마련하였다. 몇 달 되지 않아서 군사의 기세가 다시 산중의 호랑이마냥 크게 떨쳤다.

이번 예교의 싸움에서도 육군들은 바라보기만 하면서 꿈쩍도 하지 않았지만 이순신은 명나라 수군과 함께 밤낮 피어린 싸움을 벌여 많은 적을 죽이고 사로잡았다.

노량 싸움에서도 날이 채 밝기도 전에 적의 대 부대로 불시에 쳐들어가 한동안 피나는 싸움을 했다.

이순신이 직접 앞장서 왜적을 쏘다가 불행히 적탄을 맞고 배 위에 쓰러졌다. 이순신의 마지막 말대로 옆에 있는 사람들이 죽음을 감추고 계속 북을 울리며 나가 싸웠다. 군사들은 이순신이 죽은 줄 모르고 기세를 올리며 힘껏 공격하자 적은 드디어 패주했다. 그래서 사람들은 '죽은 이순신이 산 왜적들을 쳐부쉈다'고 했던 것이다.

이순신이 전사했다는 소식이 전해지자, 호남의 온 지방 사람들이 통곡하지 않는 이가 없었다. 늙은 할머니와 어린아이들까지도 모두 슬퍼하면서 울음을 터뜨렸다.

만약 병신년(1596년), 정유년(1597년)에 이순신을 통제사의 직책에서 교체하지만 않았다면, 어찌 칠천도 싸움에서 패배하고 호남과 호서가 적의 소굴이 되었을 리가 있었겠는가?

아, 애석한 일이로다.

애석한 일이 그뿐이었으랴. 더욱 통탄한 일이 있었으니 그것은 깨어날 줄 모르는 임금의 망념(妄念)이었다.

임금은 조회에서 전쟁 결과를 아주 간명하게 평가했다.

"왜적의 패주는 오로지 명군의 덕분이다. 우리 장군과 사졸들은 명군의 꽁무니를 따라다니다가 요행히 패잔병의 머리나 얻었을 뿐이다.

우리 장졸들의 힘으로 적괴의 머리 하나라도 베었던가? 아니면 적진 하나라도 함락시켰던가?

이순신과 원균 두 장수의 해상 승첩과 권율의 행주 승첩이 약간 두드러질 뿐이다."

이순신은 전사 6년 후 (1604년, 선조 37년) 좌의정으로 추증되었고,

16년 후(1614년, 광해 6년) 금성산에서 어라산(於羅山)으로 천장(遷葬)되어 영면(永眠)에 들었다.

1643년(인조 21년) 충무(忠武)의 시호가 내려졌고, 1793년(정조 17년) 영의정에 추증되었다.

그리고 임금 정조는 직접 비문을 지어 이순신 묘소에 신도비(神道碑)를 세웠다.

내 선조께서 나라를 다시 일으킨 공로의 기초가 된 것은 오로지 이순신 한 사람의 힘이라. 내 이제 이순신에게 특별히 비명을 짓지 않고 누가 비명을 쓴다 하랴.

왕이 신하의 묘소에 비문을 지어 비를 세운 것은 이것이 유일했다.

도미천 (渡迷遷)에 말 세우고

이순신이 노량 앞바다에서 최후를 맞던 바로 그날 영의정 유성룡도 마침내 파직되었다.

유성룡은 드물게도 만 5년(1593년 10월부터 1598년 11월까지)이라는 긴 세월 동안 조선의 재상인 영의정의 자리에 있었다. 또한 도체찰사라는 직책을 겸임해서 사실상 임진왜란의 거의 전 기간을 전시 수상으로서 정무와 군무를 도맡아 처리했다. 몸소 피비린내 나는 전쟁터의 살벌한 현장을 누비면서 모든 일을 성충을 다해 수행해냈다.

파직은 유성룡 스스로 느끼고 있었듯이 유능이나 성실과는 아무런 상관이 없었다. 이른바 권좌인 자리에 너무 오래 있었다는 것, 그리고 이제 더 써먹을 일이 없어졌다는 것, 그것이 파직의 사실상 이유였다.

임금 선조가 삼척동자도 분별할 수 있는 일을 가리지 못하고 스스로 풍파를 일으켜 결국에는 석고대죄의 거적자리에까지 나앉게 되었을 때, 그런 임금을 보자 지평(持平) 이이첨(李爾瞻)은 절호의 기회가 도래했음을 확연히 깨달았다. 지나온 권세의 벽에 금이 가고 그 틈새로 강풍을 몰고 올 권세의 새바람이 살랑거리고 있음을 확연히 깨달았다.

　유성룡은 정응태의 탄핵을 변명하러 자청해 가야 할 위치에 있거늘 이를 자청하지 아니했으니 마땅히 파면시켜야 하옵니다.

유성룡을 탄핵하는 상소를 올렸다.

유성룡은 안으로는 국왕을 대신해 대소 정사를 처리하고, 밖으로는 전쟁 수행에 신경을 곤두세우고, 하루도 거르지 않고 군량 독촉 등 요구사항을 제기해 오는 형개군문(명군 지휘부)에 응수하며 전황을 챙기느라, 눈코 뜰 새 없이 바쁜 나날을 보내고 있었다.

새바람의 기회를 포착한 자들은 나라가 어떻게 되어 가든, 백성이 어떻게 되어가든, 전쟁이 어찌되어 가든 상관이 없었다.

병조정랑 윤홍(尹宏), 승문정자(承文正字) 유숙(柳潚) 등이 잇달아 탄핵 상소를 올렸다.

이들은 또 유생 홍봉선(洪奉先), 최희남(崔喜男) 등을 동원해서 집단 상소를 올리도록 했다. 정인홍(鄭仁弘)도 기회를 잃을 수 없었다.

북인을 대표하는 남이공(南以恭)은 눈에 띄는 상소로 두드러지고자 용을 썼다.

　유성룡은 원래 교묘하고 영리하여 아첨을 잘하는 자질을 가진 자로서, 문필의 작은 재주를 꾸며서 오랫동안 국정을 전단(專斷)하고 조정의 권세를 마음대로 희롱하였으며, 국사를 그르치고 백성들을 병들게 한 죄는 이루 다 기록할 수가 없습니다. …

명자(名字)를 도둑질하고 작위(爵位)를 훔쳐서 사람이 알지 못하게 사람을 해치고, 세상이 깨닫지 못하게 세상을 속였습니다.

성룡의 심복인 우성전(禹性傳), 이성중(李誠中) 등은 간악한 정철(鄭澈)에게 아첨해서 조신들에게 갖은 해를 끼쳤습니다. 이 또한 성룡이 사주한 것입니다. …

드디어 성룡이 사류(士類)와 갈라져서 뜻에 거슬리는 자는 배척하기를 원수같이 하고, 자기에게 곱게 보이는 자는 등용하기를 뒤질세라 서둘렀습니다.

조정을 매양 불안케 하고 남인, 북인이란 말 또한 세상에 만들어 냈으니 이것은 실상 성룡이 조작한 것입니다. …

훈련도감, 속오군, 작미법(대동법) 등을 만들어 온갖 폐단을 짓고 마침내 백성을 도탄에 빠뜨렸습니다. 그 원망은 임금에게 돌리고 그 이익은 자신이 차지했습니다.

권세를 마음대로 희롱하여 은혜를 베풀기도 하고 갚기도 하면서 많은 사람들을 승진시키고, 심지어는 서얼과 노예의 천한 신분에 있는 사람들까지도 발탁했습니다.

그러니 권율, 이순신, 고언백, 신충원(辛忠元) 등 그의 모든 무리들은 다만 지치지배(舐痔之輩: 치질이나 빨면서 아첨하는 무리)일 뿐입니다. …

성룡이 10여 년 동안 벼슬시키는 권리를 마음대로 행사하여 벼슬하는 친족이 안팎에 벌여 있고, 4도체찰사의 임무를 맡아 소유한 논밭이 원근에 가득하옵니다. …

유성룡은 일절 변명하지 않았다. 다만 사직 상소만 올렸다. 그러나 윤허될 리가 없었다. 아직은 써먹을 일이 남아 있기 때문이었다. 근두 달 동안 사직 상소와 탄핵 상소는 연달아 번갈아 올라갔다.

유성룡에 대한 탄핵의 청원은 여러 곳에서 빗발쳤다.

양사(兩司: 사헌부, 사간원)에서도 발 벗고 나섰다. 그런 까닭은 아유순지(阿諛順旨: 임금의 의중이 어디 있는지 간파하여 비위를 맞추는 일)에 유능한 재사들이 새바람이 불어오는 절호의 기회를 놓칠까 보아 안달이 난 때문이었다.

사간원에서 건의했다.

풍원부원군 유성룡은 그 바탕이 간사한데 잔재주로 앞가림을 해서 이름을 도적질하고 벼슬을 가로챘기 때문에, 사람들을 해쳐도 사람들이 알지 못했고, 세상을 속여도 세상에서 깨닫지 못했던 것입니다. 이것은 유성룡 평생의 심술(心術)이었습니다.

권세를 잡은 이후로 당파를 지어 나랏일을 망치고 사사로운 행위로 백성들에게 고통을 준 죄가 한두 가지가 아닙니다.

비위에 거슬리는 자는 원수처럼 배척하고 자기에게 빌붙는 자는 늦을 세라 등용하는 바람에 불량한 무리들이 그의 문하에 그림자처럼 붙어 다녔습니다.

왜적이 불공대천지원수(不共戴天之怨讐)라는 것은 어린아이들도 다 아는데, 유성룡은 자신이 대신으로 있으면서 앞장서서 화의를 주장하였습니다. 호택(胡澤)이 나왔을 때에 일본에 작위를 주어 다독이자는 의견을 극력 주장하면서 심유경과 맞장구를 쳤습니다.

남의 말은 귀담아듣지 않고 고집만 부리면서 자기의 주장대로 일을 저질러 정사에 해를 끼치지 않은 것이 없었습니다.

원망은 나라로 돌아가고 이득은 자신이 독식하였으니, 성룡이 어찌 자신을 위해서는 이렇듯 극성스러우면서, 나라를 위해서는 이렇듯 불성실할 수 있습니까?

직권을 농락하여 생색을 내고 신세 갚음을 하면서 심복의 앞잡이들을 안팎에다 박아놓고 각 진의 여러 장수들과 크고 작은 고을의 수령들을 의례히 가까운 친척들로 배치했습니다.

아직도 남은 세력이 당당하므로 사람들이 모두 기웃거리며 두려워하기 때문에 옳고 그른 것이 밝혀지지 못하고 공정한 논의가 날이 서지 못하고 있습니다.

벼슬과 품계를 박탈하여 온 나라 사람들의 분노를 조금이라도 풀어 주도록 하시기 바랍니다.

1598년(선조 31년) 11월 19일.

마침내 파직 명령이 내렸다. 임금에게 이제 유성룡은 없어도 되는 존재였다.

유성룡은 바로 행장을 꾸려 다음날 남행길에 올랐다. 용진(龍津)을 건너 양근리(楊根里: 양평군 양평읍)의 대탄(大灘)에서 유숙했다.

11월 22일, 도미천(渡迷遷)에 이르러 말에서 내렸다. 서울의 남산〔종남산, 목멱산(木覓山)〕을 보는 것은 여기가 마지막이었다.

유성룡은 자리를 깔고 임금 계신 곳을 향하여 네 번 절을 올렸다. 그리고 지필묵을 꺼내 시 한 수를 적었다.

田園歸路三千里 帷幄深恩四十年
(전 원 귀 로 삼 천 리　유 악 심 은 사 십 년)
立馬渡迷回首望 終南山色故依然
(입 마 도 미 회 수 망　종 남 산 색 고 의 연)

고향으로 돌아가는 길 삼천리, 벼슬살이 깊은 은혜 40년,
도미천에 말 세우고 돌아보니, 서울의 산빛은 변함이 없네

영욕과 풍상의 긴긴 벼슬살이, 유성룡에게 그것은 탐학과 군림의 권좌가 전혀 아니었다.

오로지 나라와 백성을 위해 가장 어려운 봉사로 감당한 힘든 일자리였다.

돌아가고 싶었으나 돌아가기 힘들었기에 귀향길이 삼천리였다.

도미천에 말 세운 북향사배(北向四拜)는, '강호에 병이 깊어 죽림(竹林)에 누엇더니'(정철의 〈관동별곡〉) 하려는 그런 (다시 불러주기를 바라면서 떠나는) 하직이 아니었다.

부족하나마 할 일을 마치고 떠날 수 있게 되었음에 감사하는 하직이었다.

남산의 의구함이 우주 삼라만상의 변함없는 본연을 보여주듯이, 권술이 도도한 나랏일의 홍수 속에서 비록 영욕과 부침이 무상하다 해도 백성과 강토의 역사는 늘 하늘의 뜻으로 의구하지 않았던가?

다음날 성덕리(聖德里: 양평군 강하면)에서 머물렀는데 전대가 텅텅 비어 더 이상 길을 갈 수가 없었다. 고향집에 가서 양식을 좀 가져오도록 사람을 보냈다.

딱한 사정을 알고 양근의 인척과 진사 김언수(金彦琇)가 쌀 몇 말씩 보태주어 노자에 충당했다. 그래도 자제들은 소삽한 길을 도보로 가면서 엎어지고 넘어지고 고생이 자심했다.

태백산 아래 도심촌(道心村)으로 먼저 갔다. 가형(유운룡)께서 노모를 모시고 피란가 계신 곳이었다.

고향 길을 잠시 멈추고 노모를 모시다 다음 해 2월에 고향 하회(河

回)로 돌아왔다.

서울을 떠난 사이 슬픈 소식을 전해 들었다. 슬픈 소식은 이순신의 전사요 그의 삭탈관작이었다. 삭탈관작은 선조의 국량으로 짐작건대 으레 있을 줄 알았던 것이었다.

그러나 이순신의 전사는 너무나 뜻밖이요 너무나 놀라운 충격이었다. 그는 하늘을 원망하며 울부짖었다.

"아, 슬프고 안타깝구나! 이순신만큼 뛰어난 재주와 능력을 가진 사람이 있었던가? 그러나 명운이 없구나. 가지고 있는 재능의 백분의 일도 쓰지 못하고 죽었으니, 아아, 참으로 애석하고 애석하구나."

有才無命 百不一施而死 嗚呼 惜哉 惜哉
(유 재 무 명 백 불 일 시 이 사 오 호 석 재 석 재)

삭탈관작은 예정된 수순임을 유성룡은 알고 있었다.

과연 양사(兩司: 사헌부와 사간원)에서 유성룡의 삭탈관작(削奪官爵)을 잇따라 요청했다. 파직으로는 부족해서 사판(仕版: 벼슬아치의 명부)에서 삭제하여 관작(官爵: 관직과 작위)을 아예 없던 것으로 하자는 것이었다.

12월 6일, 유성룡은 마침내 관작이 삭탈되었다.

진주사로 명나라에 갔다 돌아온 이원익이 1월 초에 차자(箚子: 간단한 서식의 상소문)를 올렸다.

유성룡은 청렴하고 지조가 있어 혈성으로 나라를 걱정했는데, 이제 전하께서 무도한 무리의 참소를 좇아 어진 이를 끝까지 쓰지 못하고, 또한 착한 무리를 유성룡의 당이라 하여 배척하시니, 신은 사림(士林)의 화가 이를 좇아서 일어날까 두렵습니다.

이원익은 경연에서도 유성룡의 재등용을 주장했다.

"유성룡을 다시 부르셔야 합니다. 오늘날 정승을 선택하는 데 유성룡 외에는 가히 고를 만한 사람이 없습니다."

이원익은 이 주장이 관철되지 않자 자신도 물러나겠다고 했다. 선조는 이원익을 말려야 했다.

"경은 종척(宗戚: 종친 그리고 왕실의 외척) 대신으로서 나를 버리고 장차 초나라로 갈 것이오, 진나라로 갈 것이오?"

서인인 우의정 이항복도 동인 유성룡의 삭탈관작에 크게 항의하며 자신도 처벌하라고 요구했다.

"의정부 아전이 옥당(玉堂: 홍문관)의 차문(箚文: 상소문)을 전하므로, 신이 남에게 부축을 받아 억지로 일어나 한 번 보았는데, 신은 다 읽지 못하고 놀라 스스로 정신을 잃었습니다. 마땅히 신도 제거되어야 합니다."

유성룡은 세상사를 잊고 조용히 지내고 싶었다. 이제 나라가 전란에서 벗어났으니 마음이 놓였다. 이제 더 이상 자신에 대한 조정의 관심은 부질없는 일이었다.

그는 책을 읽고 글을 쓰며 두문불출했다. 자신의 변함없는 의지를 말없이 간직하고자 옥연정사(玉淵精舍)의 보허대(步虛臺)에 소나무와 대나무를 심었다.

그는 옥연정사에서 전란을 돌이켜 보며 《징비록》(懲毖錄) 을 썼다.

1600년(선조 33년) 선조의 정비 의인왕후(懿仁王后) 의 국상이 거행되었다. 12월 유성룡은 동대문 밖 길가에서 재궁(梓宮: 임금이나 왕후의 관) 에 곡(哭) 하는 예를 행하고 곧바로 그날로 하향하여 돌아왔다.

곧 그에게 서용(敍用: 죄로 인해 파직된 사람을 다시 등용함) 의 명이 내렸지만 나가지 아니했다.

곧 다시 풍원부원군(豊原府院君) 으로 복귀되었으나 바로 사양하는 상소를 올렸다.

1604년(선조 37년) 여름, 귀향 이후 심혈을 기울여 써오던 대작 《징비록》에서 마침내 붓을 떼고 옥연정사를 나왔다. 허리를 펴고 보허대를 거닐었다.

그 여름 조정에서는 임진왜란에 공을 세운 사람들을 공신에 책봉했다. 31명인 2등 호성공신의 한 사람으로 유성룡도 공신이 되었다.

호성공신(扈聖功臣: 임금의 파천을 수행한 공로자) 86명, 선무공신(宣武功臣: 적을 물리쳐 나라를 구한 공로자) 18명이었다. 많은 환관들이 공신에 책봉되었다.

곽재우, 고경명, 조헌, 김천일, 이붕수, 정문부 등 의병으로서 스스로 일어나 목숨을 아끼지 않고 적과 싸워 나라를 구한 많은 의인들은 거의 소외되었다.

왜란의 처음부터 끝까지 줄기차게 나라와 백성을 망국으로 몰아넣기만 했던 원균이 이순신과 나란히 1등 공신에 올랐다. 원균의 1등 공신 책봉은 오로지 임금 선조의 갈수록 망극한 성은의 덕택이었다.

유성룡은 공신 역시 사퇴하는 상소를 올렸다. 충훈부(忠勳府)에서 공신의 화상을 그리기 위해 화원을 보냈으나 사퇴 상소를 올렸다 하고 그냥 돌려보냈다.

봉조하(奉朝賀: 의식에만 출사하며 종신토록 녹봉을 받음)의 녹(祿)을 내렸으나 역시 거절했다. 여러 차례 다시 내렸으나 끝내 거절했다.

선조는 내심 무안하고 괘씸했다. 그러나 다시 죄를 줄 순 없었다.

1607년(선조 40년) 몸의 쇠잔이 깊어지자 유성룡은 병문안도 모두 사양하고 유표(遺表: 죽을 때 올리는 상소)를 써 올렸다.

격식을 갖춘 공순한 진언이었으나 핵심은 뼈아픈 네 가지 충고였다.

난리는 언제고 일어나는 것이니, 먼 장래까지 대비하소서.
신하들을 깊이 관찰하시어, 바른 정사를 세우소서.
백성을 고이 기르시고, 어진 이를 등용하소서.
군정을 밝게 하시고, 훌륭한 장수를 골라 쓰소서.

그는 마침내 마지막이 다가오고 있음을 감지했다.
"안정해서 조화로 돌아가겠다."
그해 1607년 5월 6일, 한마디 마치고 조용히 숨을 거두었다. 66세.

조정에서는 사흘간 정사를 그치고 조상하도록 했다.
서울 남산 아래 옛 집터에는 그를 숭모하는 사대부들이 모여들었다. 제단을 모신 아래 그들은 며칠이고 통곡하기를 마지않았다.
성안 백성들은 사흘에 이어 스스로 하루 더 철시했다. 유례가 없는 일이었다.

미증유의 참담한 전란. 버러지같이 밟히고 버려지던 백성들, 속절없이 죽어가던 그 천한 목숨들을 구하고자 애를 태우며 동분서주하던 단 한 분의 정승, 그 어른을 보내며 그들은 가슴을 쳤다.

"어른은 가시고, 우리는 살았소."

백성들이 그를 먼저 알아보았다. 백성들은 애도의 눈물을 하루라도 더 흘리고 싶었다.

어버이처럼 의지하던 어른을 잃은 서글픈 백성들의 허탈한 속내가 하루 더 흘리는 눈물로 메워졌을까만은, 그래도 스스로 하루 더 쏟고 싶었던 그들의 눈물이야 대저 천심이 아니었으랴.

(끝)

·참고문헌·

국립중앙박물관 편, 2007, 《하늘이 내린 재상 류성룡》, 통천문화사.
국사편찬위원회, 2005, 〈조선왕조실록〉, http://sillok. history. go. kr.
김봉석, 2006, 《김방경 일본을 정벌하다》, 물레.
김성남, 2005, 《전쟁으로 보는 한국사》, 수막새.
김성한, 1992, 《임진왜란》 1~7, 행림출판.
김정진 외, 2007, 《거북선》, 랜덤하우스.
김종대, 2008, 《여해 이순신》, 예담.
노승석 역, 2008, 《충무공유사》, 현충사관리소.
_____ 역, 2010, 《난중일기》, 민음사.
도현신, 2008a, 《원균과 이순신》, 비봉출판사.
_____, 2008b, 《임진왜란 잘못 알려진 상식 깨부수기》, 역사넷.
민족문화추진회, 2006, 《서애 유성룡 문집》 1~3, 한국학술정보.
박기봉 편, 2006, 《충무공 이순신 전서》 1~4, 비봉출판사.
박종화, 2004, 《임진왜란》 1~10, 달궁.
박천홍, 2005, 《이순신 평전》, 북하우스.
배상열, 2007, 《난중일기 외전》, 비봉출판사.
백지원, 2009, 《조선왕을 참하라》, 진명출판사.
_____, 2009, 《조일전쟁》, 진명출판사.
송 복, 2007, 《서애 류성룡 위대한 만남》, 지식마당.
신정일, 2007, 《조선을 뒤흔든 최대역모사건》, 다산초당.
온창일, 2001, 《한민족전쟁사》, 집문당.
유성룡, 김흥식 역, 2003, 《징비록》, 서해문집.
_____, 이재호 역, 2007, 《징비록》, 역사의 아침.
이덕일, 2007, 《유성룡》, 역사의 아침.
_____, 2010, 《조선왕을 말하다》, 역사의 아침.
이민웅, 2004, 《임진왜란 해전사》, 청어람미디어.
이성무·이태진·정만조·이헌창 편, 2008, 《류성룡과 임진왜란》, 태학사.
이순신역사연구회, 2007, 《이순신과 임진왜란》 1~4, 비봉출판사.
이 찬 외, 1996, 《교학지도집》, 교학사.
최두환 주역, 1999, 《충무공 이순신 전집》 1~6, 우석.

기타 인터넷 자료 다수

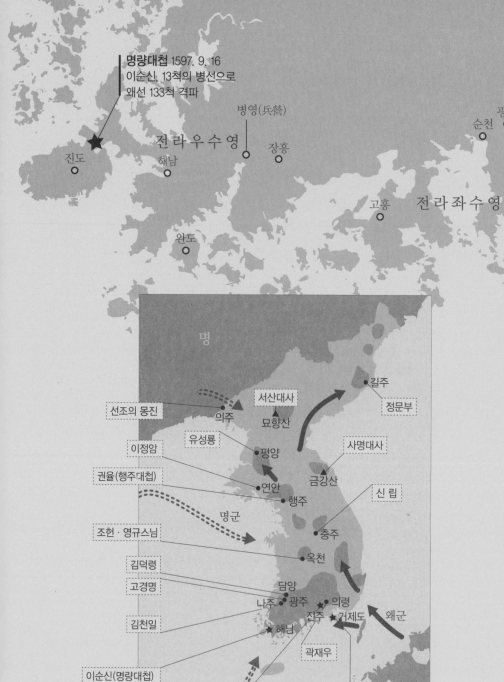

명량대첩 1597. 9. 16
이순신, 13척의 병선으로
왜선 133척 격파

전라우수영
병영(兵營)
장흥
해남
진도
완도
고흥
전라좌수영
광양
순천

명
선조의 몽진
의주
서산대사
묘향산
이정암
유성룡
평양
권율(행주대첩)
연안
행주
사명대사
금강산
길주
정문부
신 립
조헌 · 영규스님
옥천
중주
김덕령
고경명
담양
나주 광주
의령
거제도
진주
왜군
김천일
★ 해남
곽재우
이순신(명량대첩)
명군
김시민(진주대첩)
이순신(한산도대첩)
일본

임진왜란 주요 격전지역

노량해전 1598. 11. 18~19
왜선 300척 격파,
이순신 전사

울산

합포(마산)

경상우수영

경상좌수영

통영

동래

옥포

부산

부산포해전
1592. 9. 1
왜선 100여 척 격파

거제도

한산도

옥포해전 1592. 5. 7
왜선 44척 격파

사천해전 1592. 5. 29
왜선 13척 침몰,
거북선 최초 활용

한산도대첩 1592. 7. 6~13
왜선 90척 격파,
일본수군 전멸

당포해전 1592. 6. 2
왜선 26척 격파,
30척 침몰

대 마 도

엄원 (이즈하라)

일 본